张承志作品系列

卷六·散文

黄土高原

张承志　著

人民东方出版传媒
東方出版社

背了三十年的背包带

沙沟　2002 年

目录

雪中六盘

离开沙沟和西吉滩，离开了头戴六角帽的哲合忍耶回民的黄土山庄，在大雪纷扬中，我们穿过了一片片斑驳错落的村寨，来到了单家集。但那弹洞累累的清真寺和闻之已久的红军遗迹并没有留住我们，一罐茶只喝了一口，我们便又穿过杨茂、姚杜，在暮色中的好水川旁冻硬的土道上，急急地前进了。覆盖着山峦房屋的白雪使晚暮中的好水两岸依然明亮，干燥的雪在脚下“喳喳”作响。一路的小村还是一如西吉；瓦顶的高房静静地屹立在庄院一角，切开的山坡上偶有一排废弃的窑洞。然而问答间已经能辨出方言的差异。西吉已别，这是隆德，前方好水上游正揳入一支陕西口音的力量。我们踏着硬硬的薄雪，体味着这一切继续走向这苍茫雪谷纵深。背上行装迈开大步，搭上手扶拖拉机越过隆德，我们的心在六盘。

人间的事就是这样，当一切都已远逝，当新的世界像江河浪涛一样卷持着自己浮沉而下的时候，人们有时会回忆起一个遥远的印象，随着成年，随着见识和缺憾的积累，人们会开始懂得这印象、这心境的可贵。因为它只这么闪烁一瞬，然后就消失，就熄灭，就永远失而不得了。它在消失和熄灭的时候，带走了你的一份青春和历史，当你知道已经真的失去了它的时候，你会感到额头上又添了一道皱纹，你的生命又衰老了一分。

我感谢六盘山，因为在我顺着它腰肢的崎岖小道向上攀登时，为我唤醒了已经沉睡了的一个印象。那是一个十八岁的我，背负着六十斤重的行囊，在岷山山地的一座高山上行走的印象。六盘山泞滑的雪路，山间弥漫的一派浓雾，灌木枝条上凝住的银色的雪柱，为白雪和浓雾隐蔽了的那朴直悲壮的贫瘠山体，急促的喘息和背上的汗水，还有双腿的沉重，都强烈地向我的肉体和心灵唤起着那个印象。那一天我和一个背着一篓煤炭的农民并肩走在大雪覆盖的岷山道上，那农民被压弯的背和煤灰染黑的脸上流淌的道道汗水，还有那双在黑污中朝我闪着善良憨实的目光的眼睛，曾经给年轻的我带来过撞击般的感触。从那以后近二十年过去了。像我这样的人也能说，近二十年过去了。荒凉的岷山道，雪封的远山近村，脚上的冻伤和背上的重负，连同那个脸膛黑污、眼睛和善的驮炭人，都被忙碌的生涯淘去了，淡忘了。我只是朦胧中觉得自己心里似乎还存留着什么，它常常使我在奔波中稍稍定神的一瞬感到惶惑。

所以我感谢六盘山。哪怕是短暂的接触也好，哪怕我还远远不能洞知和理解；尽管我仍然只能再去投身于我的奔波世界，尽管我深知当我们在顶峰欢呼雀跃之后，朝下山道上迈出一步就有可能是对这座山峰的永诀——我仍然感谢六盘山。它在我成年的心里唤醒的那个印象已经再也不会沉睡了。当我望着在雪幕后雄伟地缓缓升起的、那颜色灰蒙的静默大山，望着它身上鳞甲般的丛丛树木，望着它襟裾下茫茫无际的大地上不可思议的梯田村庄的地图时，我久久地想着这近二十年的时光里经历的一切。从岷山道上那背炭的农民开始，一直到沙沟乡面容坚忍的哲合忍耶回民，许许多多的熟识面影仿佛在向我启示着什么。

来到和尚铺，回首望六盘，顶峰和山口已经被山峦遮住了。想起昨天夜宿的杨河乡，只觉得天关难越。眼前路分三岔，固原城已经举步可接。我知道，此别六盘山就是告别西海固；前面虽路程尚远，但我这次严冬远行的计划已经结束了。

巍巍六盘山还在冬雪中无言地默立着，荒瘠的岭脉沿着路左一字排开。我没有多少惊喜或可数的收获，但我的心中是一片踏实的宁静。

再见，我质朴、刚强的六盘山！

听人读书

有两件杯水末梢的小事，总想把它们记下备忘。其实备忘是不必的，因为已经顽固不弃地把它们忆了这么久，记之纸笔毕竟还是因为感动——哪怕周围写大潮大势的多么热闹，我还是更重视自己这种真实的小小感情。

都是听孩子念书。

地隔千里：一处是北国边界乌珠穆沁草地，一处是贫瘠之冠的宁夏山区小村。

在内蒙插队到了那个年头，知识青年们的心已经散了。走后门当兵的第一般浪头打散了知识青年的决心，人的本质 20 年一次地、突兀地出现在我们中间。

那时候，我们汗乌拉队的知识青年心气尚未磨褪，我们激烈地争论了几天，一个口号出现了："在根本利益上为牧民服务"。在这个口号之下，具有永久性利益的一些公益事业，比如小学的创办，中草药房及诊所的创办，还有原先也一直干着的盖定居点房屋、打深水井，就都落到了我们知识青年手里。

我因为这么一个不通顺的口号，懵懵懂懂地被安上民办汗乌拉小学教师的名字，给塞进了一群孩子当中。

不再重复那些艰难的故事了。

总之，不是讲给别人和历史，只是应该告诉自己的唯一一句话是：我和一群衣衫褴褛的蒙古娃娃一起，给自己生涯筑起了最重大的基础。

亘古以来，这片草原上第一次出现了琅琅书声。

那天的我 21 岁。经过一冬的折磨后，我的皮袍子烂得满是翻出羊毛的洞。被一些老太婆啧啧叹息时，那时的我懂得穷人的害羞是怎么回事。这和日后我见过的一位要人公子（当然他们是应该当第 × 梯队再当部长省长的）下乡前忙着借一件旧衣服以求不脱离群众——完全不像一个人世的事。那天我费了半天劲总算把蒙文字母的第一行"查干讨勒盖"讲完，然后我下令齐读。在我用拆下套马杆梢尖充当的教鞭指点下，感人肺腑的奇迹出现了。那天一直到散学好久我都觉得胸膛震响，此刻——20 年后的此刻我写到此处，又觉得那清脆的雷在心里升起了。

那就叫"琅琅书声"。二十来个蒙古儿童大睁着清澈惊异的眼睛，竭尽全力地齐齐喊着音节表。

"啊！哦！咿！噢！喔！……"

这是我第一次听见有人对我读书，那些齐齐喊出的音节金钟般撞着我的心。后来听说过当今练气功的有一手灌丹田气，用体育手榴弹八方击小腹并且憋出怪声。我想我的丹田气是由一群童男童女相围，以春季雪水浸泡大地百草生出清香之气，再由万里扫荡的长风挟幼童初声和草原初绿，徐徐汇集，猛然击入，进入我的身心丹田的。确实常常有非分的、对于自己生命的奇怪体会——我总是觉得万事只遗憾于时间太少和时机不适；至于原力，至于我这条生命的可能性，在此我能找到合适的比喻了：至今为止我全部劳作消耗的生命原力，顶多只相当那天孩子们三次喊声击入的能量。

然而那一天我如醉如痴，我木然端坐，襟前是蜿蜒不尽的乃林戈壁，背枕是雄视草海的汗乌拉峰。齐齐发出的一声声喊，清脆炸响的一声声雷，在那一天久久持续着，直至水草苍茫，大漠日沉。

那样的事我以为此生不会再有了，谁想到今年在西海固又发生了一次。

晚饭后，下了土炕无所事事。尔撒儿正在掏炉炖耀罐，我随口问：

尔撒儿，今天书带回来没有？

带回来了，他紧张又稍显惊惶地眨着一对活脱一个漂亮小姑娘的大眼。

来吵！我一屁股坐下，心里懒懒地把二郎腿一支：今夜晚就给巴巴念！

尔撒儿迟疑着。

今天走笔随心写着，我忽然猜想当时尔撒儿也许是要随他们回民小学的哪条规矩吧，不然迟疑着等什么。汗乌拉小学的往事太远了，我实在猜不出一位考学生的老师该怎样摆个架式。

念吵，我命令道，心里像门外的裸秃野山一样茫茫然地，说不出有个什么一定的意思。

1984年冬天我第一次结识这家回民。由于对清政府等官家的仇恨（鬼话？），我们的感情急剧深了起来。贫瘠的不毛荒山默默地永恒地挑拨着反抗的欲望，他们的穷苦生活使我每天都觉得刷新着对世界的认识。

我偏激起来。这在高中一年级入团时支部鉴定（也许那是我接受的最后一次鉴定了）上缺点栏中写道：思想方法偏激。我不明白当时团支部的哈红星（他后来也是饱经沧桑）如何有这样的透视力——其实我以全身心偏激地爱憎的时刻，只是在1984年的这个岁末才到来。从那以后，我猜我这个人是永远不会和显贵达官、永远不会和侮辱底层民众的势力妥协了。

我怒冲冲地吼着骂着，在这间穷乡僻壤的黄泥庄户里发号施令，满足着自己关于一名义军将领的幻想：

娘的给老子念书！不许等碎的长大再念，老子要这个大的立时就念！我母亲当年穷都穷死了也供老子念到硕士！叫尔撒儿念！叫海称儿念！你一辈子就后悔着没读个书？那你还挡着娃们不叫念！……

乱吼一通，今天静静回味也许并没有真的动真格的。城里人，笔杆人，说上几句当然很便宜。

第二年我来时，碎娃娃们仍然在门口混耍。大儿子尔撒儿和大女儿海称儿，却都不见了真念了书。那时听腻了的是两个娃怎么怎么笨，怎么“怕是念不成哩”。

我没有太关心。

我那时仍然为一些重大的秘密事激动着，沉身那些深潭里，每天不厌其烦地朝农民们打听细节琐碎。

说到孩子，尽管尔撒儿美得赛过漂亮姑娘，尽管海称儿白嫩得气死一切化妆品的卖主买主，我那时比较喜欢的是小女儿桃花。桃花使我联想起自己的孩子。她可爱的画中娃一般的苹果脸蛋，总使我沉耽于一些小天使、令人激动的图画之类。我曾精心拍过小桃花的肖像；也曾多少带着表演的严肃，拍过一张把桃花紧抱在肩头的自己的像——拍那张时，我心里想的是苏联纪念卫国战争的一座雕塑：一个披斗篷握长剑的红军战士屹立着，把一个小女孩紧搂在肩头。

至于上学，两三年里我接受了农民的观点——宁无文化，也不能无伊玛尼。中国回族知识分子和干部们有一种口头禅，就像前述的我自己一样，喜欢廉价地议论回民教育。而广大回民区的老人们却多是笑而不答。

后来我听到了这种绝对非 20 世纪的落后观点：书嘛念上些好是好哩，怕的是念得不认得主哩。念书走给的不是没见过哩：念得狠的坐了个帆布棚，念得日囊的骑着个叮铃铃——可有哪一个里里外外是个穆民呢？哪一位你敢指望他维护住祖祖辈辈的教门哩？咱家没下场吵，不求那些个虚光的事情。咱家养下的娃，哪怕他大字不识一个，但若他守住个念想不坏了伊玛尼，到了末日，拉上那些帆布棚坐下的、叮铃铃骑下的给比一比——谁在那时辰是个凄惶呢？

这是中国穆斯林反抗汉文明孔孟之道异化的一步绝路。我在游荡遍了大西北的州府山川后，在这样的观点面前不由得默然了。真的，宁愿落伍时代千年百年，也要坚守心中的伊玛尼（信仰）——难道这不是一条永恒的真理吗？

今年春天去时，家里正忙着种豆子。女孩子毕竟薄命——海称儿已经辍学许久，每天灶房内外地操劳，俨然待嫁了。我稍稍留心一下，才知道桃花虽然倚着门朝我调皮地歪头不语，却已经上了学了。我听说这几日她在家是因为我来了不肯上学：家里大人们也依了她——就随口说，明天打发娃上学走吵，别耽搁下。我记得自己信口授声，心不在焉。第二天，一直在院里晃闪的桃花不见了。

庄户外面，荒山野谷依旧那样四合着，一如去年的疮痍满目。

尔撒儿怯生生递过书：巴，这不是课本。我翻翻，是编得愈来愈他妈的深奥的四年级阅读教材。

"念这个，尔撒儿。"我翻了一篇《皂荚树》，然后坐得舒服些。

就这样我重逢了久别忘尽的琅琅读书声。像久旱的芜草突然浇上一场淋漓的雨水，我怔怔听着，觉得心给浸泡得精湿。

尔撒儿没有上一年级，据说基础不好不会汉语拼音。他读书时大有边地乡塾的气派味道，抑扬顿挫，西海固腔里攀咬着普通话的发音。皂荚树如何大公无私，如何遮荫挡雨又给孩子们以洗濯之便，引申乡村娃娃们对皂荚牺牲的礼赞——我听着觉得如听天书。哪怕悲怆的景色怎样否定着，但某种城市式的苗芽还是生长起来了。回味般咀嚼着四年里我听过的、这个村庄刚烈的苦难史，我觉得尔撒儿严肃而拗口的朗读声简直不可思议。

又念了一篇《伽里略的故事》。

已是夜中。尔撒儿的爹在角落里蹲着一声不吭，用枯叶牛粪填了的炕开始热烫起来。窗外那艰忍的景色终于黑暗了，只有少年清脆的童音，只有一些莫名其妙的外国怪事在被西海固的土语村腔诵读着。而千真万确这一切又都是因为有了我；不是因为劣种贵族的权势而是因为他们之中成长起来的我。春水击冰般的琅琅书声带着一丝血传的硬气，带着一丝令人心动的淳朴，久久地在这深山小屋里响着。

书念完了。

我感动得不知说什么好。

尔撒儿怯怯地望着我，小心合上了书。我从孩子眼神里看到他的话语，他一直担心地等着这一夜呢。我沉默了一阵，说了些一般的话，披衣到院外又看了看那大山大谷。

人世睡了，山野醒着，一直连着陇东陇西的滔滔山头，此刻潜伏在深沉的夜色里。高星灿烂，静静挂在山丛上空，好像也在等着一个什么。

这里真的已经和我结缘啦，我默默望着黑暗中的山想，但我已经该离开了。

这真是两件微乎其微的小事，只能供自己独坐无事时消磨思想。可是一旦想起又捉摸不尽它们的意味，总觉得在自己庸碌的人生中它们非同小可。北京夏夜，黑暗中燥气不退，抬头搁笔，向北向西的两条路都是关山重重。趁心情恬静平和，信手写下，也许便做完了自己该做的一桩事情。

1988. 5

最净的水

听人说，北京的水质硬而不纯。烧开了水，要歇几分钟再用，才少些白锈。

有闲时试了一下，不知其然。和滚沸时便冲了的茶相比，也比不出个结果。

又在哪个电影里听来一句：“……的水冲茶，才能出现香味”——怔然想到，即便是滇粤最好的红茶，我也从来没有冲出过那种鲜红颜色的茶来。后来买了一盒日本制作的、原产斯里兰卡的Lipton红茶，依然呈黄呈褐，不见清红。深夜里端详杯中，渐渐感到水质微浊，且有碱味，心里就悄悄不再奢想。

一口净水难求。回忆去年最后一次为民族研究所出差新疆，车出伊犁过了长春真人的八十里长坂以后不久，有一眼雪亮的涌泉。焦旱戈壁上，那晶莹的水如水似玉，清澈甘洌，大口长饮不止之间，觉得五脏六腑都润透清凉了。那样的水，当然只在异域；即在北京，你是休想喝一口好水的。

然而北京城的新潮人士们似乎正在传染洁癖，我见过好几个淑女都喜欢自己形容自己这个方面。所以企图描摹世态的电影中，特别喜欢用临睡前女的要男的刷牙这种细节。来访者中，有不少人是不动茶盏、渴然后辞的。

写水的文人也层出不穷；虽然都各自咽着北京城那种锈肠垢胃的硬水，却把纸上水写得龙涎真露，纯净无比。继而人们开始崇尚东洋，日本人的洗澡癖及其洗身洗心的意识，也开始显示价值了。

日本人“涤心”的洗澡传统，在用水上确实高了中国人一个层次。但是这个引起学者兴趣的洗澡癖究竟是不是有洁心淘欲的质地，也是学者们迟疑难决的问题。

依我看，中国人既然已经刀枪不入铜肠铁胃，每日里只靠锈碱成垢的饱肚子去投入争斗——当然不入用水的讨论范畴；然而以洗澡著称于世的日本人，也并没有进入洗心涤意的阶段。

日本的用水，也许是一种中间阶段。

用水的纯精神之国，只有一个地方可以当之无愧，那就是伊斯兰的陇山周边。

写上述用水的不洁和无聊，连钢笔都不出水了。而当我停顿一下，驻笔忆着大西北陇山的荒凉世界时，我又觉得那么难。写什么呢，这样的文字发表在都会人流胜水流的嘈杂污浊里，要多啰唆才能让他们对大西北陇山两侧的苦旱缺水有一点感觉呢。

伊斯兰做为落入了中国汉文明又与这文明格格不入的一种别扭异端，在大西北被赶进穷乡僻壤中的赤贫渴苦中来了。

城边边，水边边，山边边，我在这里写的是山边边。陇山东西其实是一种破山弃土；无水的一片焦黄山壑沟谷里，按时髦的生态环境讲是不该被古人选为乡里的。

穷乡僻壤中也有优劣——

穷中之穷的地方，用大窖水。挖一口巨大的直筒圆坑，四壁底子糊上胶泥，等干透了是口大缸。一年里冬接霜雪夏承雨水，再拽上牛驴，背上背斗，满山坳寻来残冰块雪倒进去，等春天溶了夏天满了就喝上整整一年。老甘肃人（包括西海固）谁不知道那黑污黏腻的窖水呢，而大都会人谁又相信这种腐臭的液体是水呢。

我曾对一个日本研究中国西北史的教授描述过这种水。那先生大睁圆眼，半晌无语，最后嫉恨而怀疑地瞟我一眼，忿忿地离座走了。

他可能在想：这个人怎么能这样顺口乱编呢？

我也在想：这个人怎么能当上中国西北史的专家呢？

也有富乡：一条小河沟蜿蜒而过，近年公家修了水库，甚至招待所有鱼吃。但粮食还是靠天下雨，陇山山地里水浇地少得像海里的帆。去年（1987 年）大旱一年，据我所知西吉海原有很多沟里颗粒不收。人可以吃家底吃救济，而耕地的牛断了麦草，于是灾区农民又是高价草市上的大买主。

水，勒命绳一样细长不断的水，它带给陇山周边的是生机呢，还是绝望？最近的两大创举是：引黄灌溉、吊庄迁民。两件事都是巨大的手术，不知投入了怎样的决心和财力。然而我在这里写的不是陇人和甘宁伊斯兰回民怎样改天换地背井离乡，而是——用水；在这里，水和人的关系是一种内心的精神的关系。

即使人禾都干渴着，走进山沟还是觉得水多。大车道的硬辙印旁，顺着坡坂走势，井口密密麻麻。这紧排成队的井口带来一种错觉，好像只要用一根芦管一吸，股股清泉就会直直流上山顶似的。

井口窖口一律用土坯磨高，收成窄窄的一缸大小。用木头镶了框子，再盖着一个奇怪的木盖。真正不可思议的是，家家井盖上都挂着锁，妇人女子挑水来了，一手扶着扁担，一手拎着钥匙——而她们贫窘的家门却只用一根麻绳草茎拴着。

锁井，当然是为了清洁。

然而清洁的水并不为着肚腹，而是为着净身。风尘仆仆满脸黄沙的老汉从山上下来了，寺里礼拜的时间已经临近。洗一个阿布代斯要用刚从井里汲来的清净水，这不比受苦在山上渴了喝一口牲口蹄坑里的积水了事。娃娃们掀着褴褛拖着鼻涕奔来跑去，可是没人敢祸害汲来的井水。连准备用在教门事情上的鸡羊也一样，早一个月就拴在院里禁了不洁的野食，每天用这种水喂养。

无论清晨，无论将暮，回民们掀开缸盖，把净瓶用这种绝对洁净的水灌满，就悄悄地凝思举意了。当第一捧水洒下以后，无人暗处这独自一人的农民已经沉入梦境。他继续念着，举落有致地一一洗着，薄薄的一层水遮住了肉身，渐渐把他带到了肃穆的境界。他的疲皱枯疼的肌肤湿润了，那净水在意念中滤过他的肌腱骨骼，向着心意之底流去。等到最后一捧水流尽时，他鬓发上闪着晶莹，脸庞上聚着血气，他起身戴上白帽子，变成了一个脱离了尘世的异域人。

此时的他若去旱焦的山上耕地割柴，他心里对辛苦是淡漠的。此时的他若去清真寺里礼拜，他心里对成功是信任的。此时的他若去打仗或者他遭遇突然的灾难，他心里对死灭是满足的——他发梢滴水浑身湿凉，他的意念中已经没有一丝一星贪恋悔恨了。

在中国这片实用中庸无心无情的土地上，泥土小道上走来这样的人是不可思议的。在陇山两麓万万千千的贫瘠沟壑里活着这样的人，是难以使人相信的。在也许是世界农区干旱之冠穷困之冠的无水山地里有着这样的用水，更是恍如说梦的事，没有人会完全相信，没有人能理解它的原因，我知道。

但是，用水的回民们最主要的性格特征，就是不用人理解。可能他们还反感这类理解，觉得近于一种玷污。他们把难堪入目的饭食浆水看成苟延残喘的手段，而把以最净的水洗心看成人生切要的目的。

当我离开这被山地抛弃的残破旱苦的山边，当我望着道旁密密排开的那一眼眼锁着的水窖水井，启程返回自己嘈杂仇恶的都市时，我总是为自己的怯懦和不洁深深痛苦。

人流正疯狂地涌向日本的物质宫殿。

日本人冷淡地看着，走向自己的温泉，走向自己的浴室。我不能忍受如此一种中国人的形象，我急不可耐地回来了。

我误入了陇山中心，我瞭望这无边旱海，我发现了世间原来有如此一块净土。

但是我终于告别了它，虽然怀着对那纯洁真净的水的崇敬。

每当我拧开水龙头看清水泻下，每当我提起茶壶沏进茶杯，每当我洗澡游泳潜入运河水库的时候，我总是满心充满了一种说不清的怅惘。

1988.5

金积堡

以前在留学时，有件小事曾使我吟味不已：在学习中偶尔触及了一个蒙古语词：nutak（读“努特格”，即家乡）。外国学者们对这个词掌握得很准确，但他们不能明白我讲 nutak 还有青色和黑色之分。我用我那点知识青年家底儿“砍”了一顿，于是大家都觉得快活而新鲜。

而我突然悟到：即使是在严谨的科学中，也存在着两个世界——书本的世界与感受的世界。

对于一个插队草原多年的知识青年来说，对于一个浪迹天涯后重回蒙古故乡的游子来说，对于一个已经对起伏的大漠草地习以为常、某一个夏日里他突然伫马凝望的牧人来说——“努特格”，它是远方山麓下的一块圆形的墨绿色的草，它是毡房迁走后留在草原上的一块痕印，它因为那逝去了的昔日里的一切静静地缭绕着一缕亲切、伤感和朦胧的记忆。它连结着营盘四周羊群出牧的方向、保存着一点亲自体验过的经验、含藏着人畜留下的那一丝酣睡时潜入了土地的体温。在灾害的冬天里要选盘迁徙：隔年的青色努特格是冬春盘，也是不冻盘；而隔年的黑色努特格因为是夏秋之季留下的，并没有那层干透的硬壳，所以羊群卧上去就会冻病……这一切，书本里没有写上。

我曾多次见过一个牧人那样静静地凝视着一个远远山麓下的努特格。我似乎听见过他们和那个黑绿的印迹之间往复传递的一支音乐。

这个词可以译成“营盘”，也可以译为“家乡”。也许十个努特格就可以构成一个牧人的青春，一百个努特格就意味着一部草原史。

这样的草原史很少有人写过。

这样的草原史也许和学者们写的完全不同。

在宁夏金积堡，我站在辽阔的平原上，感到自己仿佛看见了一个巨大的“努特格”。

一百多年以前，席卷西北各省的同治年回民大起义已经打到了第十个年头。以屠杀太平军、捻军而扬名的湘军主将刘嵩山被举义的贫苦回民击毙在金积堡的战场上。银川以南的沟渠阡陌已经血流如河，左宗棠以东南半壁江山的财富和帝国主义列强提供的贷款枪炮为其恃，正与腹中草根树皮、身上仅有褴褛的回民义军鏖战。金积堡周围近五百座村寨纷纷陷落，决心赴死的农民们正在扶老负幼，或自焚或投河自杀就义。同治九年年底，义军首领马化龙率族属自投官军的大营，请以一家之死救金积堡回民。同治十年正月十三，左宗棠杀害马化龙，剖心剐肉，并将马化龙人头遍示全国十年。其后，清廷整理善后，先经屠城，再行安置。今天如固原一带无水赤贫山区都是因当年清廷安置杀余妇幼，才成为人口密集的地区的。

上述不过是中国历史大河中的一朵浪花。

百年时光淘尽了一切。1984年冬，我去金积堡时才知道：那里如今已经空余地名；曾经抵抗清廷大军十年的金积堡墙，如今已经荡然无存了。如果说金积堡也是一个“努特格”，那它就是一块血红色的大地的疤痕。

我找到了马化龙的拱拜（圣徒墓之意）。墓为青砖灰顶，简陋而素净。我知道在这座孤零零地坐落在原野上的小墓里，安睡着起义英雄马化龙的无头遗体。

起身朝远处望去，这片黄河冲积的苍茫大川里村影如烟。薄暮时分，四野静寂，墓前一柱香烟缭绕着，引出一种神秘的沉默气氛。朦胧的田垄上，远远能看见躬身的农民在忙碌。

大潮退去了——

曾经在这片平川里蔓延如火的回民，如今只剩下一家。这一家人为百年前牺牲的领袖修了这座青砖的墓。

男人叫郭成禄。他刚开口就泪下如雨了：

“——他老人家，他为着众人的性命……”我难过地听着。好像，那残酷的凌迟之刑突然之间逼近了，黄昏里的原野突然显得深不可测。

郭成禄为马化龙造墓正是在“四人帮”最疯狂的日子里。墓地是郭家的自留地。这家人暗中备料，不露声色，终于等到了一个日子——

“——十月一日是国庆节么。公家人放了假没有谁能管咱。我一家做事一家当，妇人娃娃使上力，国庆节一天就把坟修了起来！……

事情办啦，公家人来啦，问的是，老郭你办这号事，你可知道个后果么？”

我转脸朝金积堡方向眺望。我突然想找到当年马化龙自投官军大营时的路线，——隔着使往事面目全非的村落、公路和新兴的城市，我觉得自己模糊地看见了一个什么。

“后果么？知道。一是枪毙，二是法办。咱等着哩。”郭成禄说着笑了。这位不通文墨的农民不肯背叛他牢记的历史；于是，历史就为了他而转折了一次——“四人帮”在恶贯满盈之后灭亡了。

他拉着我的胳臂，急急走了几步，他举起手指着一片村影：“看，那就是官营！……”

马化龙就义后，被尊称为“十三太爷”，以纪念那个血腥的同治十年正月十三。从甘肃到新疆，从青海到宁夏，从书本到民间，我已经不知多少次地听到过“十三太爷进官营”这句话。刹那间，从金积堡遗址，到这座青砖泥顶的小墓，再到前方那片朦胧的村影——我觉得有谁在我的脑海中画上了一条笔直的道路。

“那些庄子，现今都是湖南人，”郭成禄低声说，“四旗梁子这一片，只我一户回民。”

我从未见过所谓历史以如此清晰、如此逼真、如此可摸可触的形式在我眼前出现过。站在金积堡到四旗梁子（墓地）间的这片大平原上，我朦胧地看到，印痕在沉默中清晰了，托浮出一种新的真实。

那么人类在背后留下的每一个深陷的脚印，每一个含义独特的语言单词，每一块迁徙离弃长留身后的墨绿色营盘印迹，每一条无形无影缄默无言的道路，——都有可能埋藏着另一个鲜为人知的世界。

这是一个感受的世界。

在这样的世界里，迂腐的知识连同对它的求证指点都变成了可笑的游戏。对于缺乏感受可能的人来说，他毕生为之殚精竭力的事业，有可能只是一个可悲的谎言。

这个丰富的世界里积金堆银。背起行装，不问寒暑，在穷乡僻壤且住且行，在感受中去发现那些暗隐的“努特格”痕迹，等待着人民敞开心扉的一瞬，等待着大地山河——包括沉默不语的金积堡银积堡显露启示的一瞬——我不知道在什么时候立下了这个志愿。

不是为了研究，不是为了写作。

只要能够这样，在丰富的感受中活着。

枯水孟达峡

孟达峡是个人们都该知道的地方。

关于“孟达”二字语源，包括学者们在内谁也说不准确。大概它是一种突厥语；但这么推测，仅仅是因为峡内居住着讲突厥语言的撒拉人的缘故。在青海循化撒拉族自治县，也就是在孟达峡口以西，住着人称“撒拉十二工”的悍勇撒拉人。“工”也是一个莫名其妙的词，总之词义就是村庄。

黄河在孟达峡里，不一定是最威风凶猛的一段；但却是最漂亮的一段。它从青海远道而来，在撒拉人的边界遇上了钢色的积石山脉。于是，黄河劈石破路，沿孟达工黄褐色的庄寨，在甘青两省之边的大自然中，创造了这一条长峡——青崖矗立，鸣涛轰鸣，冲出峡口的黄河滔滔而来，背倚着雄壮升起的钢铸一般的积石山脉。

孟达峡口外，先有仅仅只三个庄子的一个小族——保安人的坡麓地；再有古风纹丝不变的大河家码头。黄河分出甘肃青海，小镇交流藏民回民。一逢集，成群的白帽子回民拥下渡船去寻找各自的教门；成群的红绿饰藏民登上渡船，用一捆柳梢绑牢的硬柴去换腌咸菜用的大葱。白色和红绿色拥着流着，显出古渡口的风气。

离大河家，若是溯着黄河，岸边比比皆是淘金的回民。

走上孟达路，见一对父子在河滩支着漏筛，用黄河水，淘黄金砂。

我问那金客后，知道黄河母亲金薄得很；只淘到看时黄澄澄的有、摸时水滑滑的那么一薄层。我说：这么着能把钱挣下么。金客苦笑着，他的儿子一锨砂子铲过来，话就断了。我朝着峡口又走，钢色的山体如水洗过一样光滑，浴在空气里。走远了再回头，只见那父子两顶白帽子，还那么弯着腰忙碌。黄河从我身边疾驶而去，又倏然甩过他俩，朝下游大河家方向冲去。我不再回顾，朝峡口走去。

我没有问他们宗教的事。

因为我知道：不仅大河家沿线，包括撒拉十二工回教中的哲合忍耶——那个如同中国脊骨一样的刚硬集团，已经在清乾隆的盛世之中，彻底地被斩尽杀绝了。那金客子爷儿俩不知道我的心事；我走孟达峡，是想亲自走一走当年哲合忍耶撒拉人扑向兰州殉教时留在孟达峡里的旧路。

一进峡口，耳音一变。

忙忙碌碌过光阴的、贫瘠而人情味十足的、热闹的甘肃声消失了，一瞬间万籁俱寂。

高原的、空气稀薄的、紫外线灼伤脸颊的、沉寂而冷漠的青海声，只是峡底的水哮。

耳际流声在一瞬之间的骤变，是十分奇异的。亲历大自然的声音在为自己转变，于我仅仅只此一次。

黄河远在深深的峡底。隆冬时节，正当枯水，窄窄的孟达峡挤扭着河水，逼得怒吼的河发出一种古怪的、单调的空响。

两岸的荒山，被高原的烈日烧坏了，没有峡口外表层的钢色；处处酥碎，层层剥蚀，红黄相间的土壤上植被稀秃，这是积石山脉的内里吗？那钢壳是怎样销熔的呢？

烧坏的风景，给人的双眼一种痛楚。看过之后，心里久久难受，不能康复。

我踏着晒焦的细细尘土，眯眼望着峡底的滚滚黄流。晴朗的冬日，和平而安宁。阳光晃眼，令人联想到夏天的曝晒。

——纵眼望去，青藏高原就这样，在视野之间开始了。高原的边缘，景色总是放大的。

我走着，心里想着200年前那些人。他们舍了如此八面威风的故土，冲出孟达峡去寻个什么呢！

流下去的水，去了就再不会回来，虽然人叫它黄河。200年前的黄河，已经和200年前殉命的撒拉人一块，永远地逝去了。

我溯河上行，饱览着望不尽的壮大自然。

峡水宣泄而下，争先恐后。

孟达峡里只有不绝的轰轰声。水撞石，山挡河，世世代代地轰响不止。我两耳充斥着这声音，走得一言不发。久了，觉得峡中其实无声，万物都在沉默。

这么想着，抬起头来，只觉得顶天入地的大景又无声地变了。

1990.10

走向船厂

回忆起来那时的思维方式不好，那时因为刚从德国旅行一圈，就总想用“巴伐利亚”描述它。如今毫无用那种比喻去形容吉林大地的兴趣了；人的认识确实是要经过时间考验才能渐渐端正的。吉林的起伏丘陵，用不着什么巴伐利亚来形容。吉林就是吉林，它是中国东北的一部，起伏绿郁，地貌如气候一样鲜烈。而且，它不仅不能用今天正兴起着对人的歧视的德国巴伐利亚来形容；对于一切欺辱和征服，对于人类本身，这片土地正是引人反省和深思的地方。

长途公共汽车离开长春市后，不久就驶进了我所说的吉林丘陵。沿途听见的口音中微微能感到一丝山东味儿，开始没有看见那种全绿的辽阔丘陵。我要去的地方是船厂，那个地名今天已经湮灭了。最初可能是睡了一会儿，最初我没有见到那排山倒海般的、人涌人浪一样的浓郁丘陵，和那绵延丘陵上的大豆高粱。

时光倒溯200年的话，这里人烟稀少。那时原生林和蒿草覆盖的丘陵上，庄稼虽少也应该是一样的浓重绿色。松花江，这成年之后才初次见到因而被它震动的北方大河，宽阔浩淼地在这绿色大地上巡视。

那时人烟稀少，因此逃荒和流放成了移民的两大来源。从我的家乡，山东人借渤海狭窄之便，在“闯关东”的概括中，开拓了它。从我的归属，甘肃回民被流放于此，美化了它。松花江上曾造舟楫求运输，而今天吉林市人却不知船厂这个古地名了。原因应该是陆上交通的发达，特别是包括俄日帝国主义都染指其间的铁道业，最后造成了取船厂而代之的格局。

铁道上轰鸣的火车，在沿线制造和传播着殖民地的气息。东北地大物博，但其中也生殖了亡国奴传统和汉奸传统。只有偏离铁道，顺着如松花江这样的通道，才能结识壮观的东北，侠义的东北，深沉的东北。

在日本打工弹指两年。感触极深却解释不清的，是日本弥漫的那种扩张气氛。哪怕在左翼阵营中，也总是碰上“满洲”这个词。在受自由法则保护的文艺作品中，对他们的满洲时代的赞叹、欣赏、怀念，大约与挨原子弹之前区别不大。满铁研究部基于帝国主义和殖民主义前提的汉学研究，已经被左翼的年轻一代接受——他们在60年代的“造反”是虚弱的。尽管过了50年，尽管挨了原子弹，在东京接触过赤裸裸的日本的中国人都清楚：他们并没有真正认错。他们只是用惊人的耐心在等。他们的心底还藏着那个满洲梦。他们只是等：或者等中国腐败得到了那一天，或者等东北留学生奴化到了那一天，或者等他们的经济强大到了那一天——他们一定要再次攫取东北大陆的利益。当然不仅是东北，但是首先是东北。他们惊奇地欢喜中国东北没有如同韩国那样的报仇雪耻的空气。这使他们贪婪的欲望更加缠绵和热烈。他们竭力掩饰对东北大陆的"责任感"，但是他们日本是东北的理解者。

如此一语道破，如此把感觉当做事实写出来，于自己是不利的。但是中国不应该人人都那么油，既然别人都不说破，那么我来说破。

松花江真宽阔。在北方，水量如此充沛的大河真让人感奋。而且还有船厂，这傲慢的日本人不知道的地方。

从 30 年代起日本学人顽强地研究我们中国回民。从 30 年代到 90 年代，他们用一本本论文为自己画了一个阴沉的轮廓像。从他们的研究中，我读出了他们的自供。

船厂是一位被流放到松花江的回民领袖，罪死的这位回民，用松花江水洗了遗体，墓和守墓的人都住在江畔。大江缓缓地涌来，凸满的水面是灰蒙蒙的。全国几省的参谒者只要顺着这条江，就可以找到他们向往的那座墓。当然这种长旅是出于神圣的心境，有着这样心境的人当然不会向日本人介绍。若不是我的文章，自视满洲知音的日本人，包括他们形形色色的同类，至今也不会知道松花江上有船厂。估计他们读后会边大吃一惊边收拾照相机——但他们至多只能步我后尘，重复他们嚼人粪便的生计而已。

船厂的圣徒墓，增添了吉林和东北的美。古老的移民们，无论是被人铁链锁着鞭子抽着步步血迹，或者是一根扁担挑着铺盖和孩子蹒跚向前，他们向大东北的辽阔原野输进了底气，输进了正直的血。那气血永远地溶进了松花江，使它满盈着沉重的力，并滋养得它的流域青青郁郁。

1992.12

北方女人的印象

从三年前初次闯入这条山沟，忽然一算已经不知来过几次了。这贫瘠绝地的红砂沟里，究竟有什么如此吸引了都会的我，在恍如磁场穿行身不由己的行动中，也一直没有仔细想过。但我并不在这里描写我感到的魅力。也许是人近中年就偏爱了苍凉萧杀的风景，这赤裸山沟里一望伤目的人事景物也许暗合了我内心中的什么吧。

这里是在一种命定的失败之下，辈辈不绝地掀起狼烟峰火的刚烈世界。只算清末民国，也有震骇中外的多少次大暴动大举义。每晚吃完了一碗浆水长面，在泥屋的树叶烧热的土坯炕上合盖着一条黑污棉被，我在昏黄摇曳的灯烛下总是暗自惊异——我正坐在同治农民战争的烈士后裔正中，我正被面对着国民党一个军前仆后继的英雄们敬着，坐在炕正中啊。

春去冬来，不知是偶然还是天意，只要我拐下斑白积雪的山崖，看见这熟悉的山沟正静静卧在一派茫茫雪海之间，仿佛在安详地等着我时，我总是悟到这又是一个冬日。

冬天里回民山沟像一片峥嵘的海。连漫天大雪也遮挡不住穷窘寒怆，斑驳的村落像黑黑刺破雪层的杂树一样，散布在这个人所不知的世界。像已绝望，但不沉没，它们载着那沉重得压陷了黄土的历史，随着阴晴巡化，随着雪浪积融，仿佛在海中不动地航行。

我的下乡方式简单。我来了；不像别人走了便不会回来。我又来了；他们看待我也不像看待别人。我只是天天和他们在昏黑的土炕上说到深夜，次日在泥屋里睡到日上三竿。我既不作考古研究也不搞文学访问。我在一群坐如黄土动则翻天的粗壮大汉中间呼吸几天，临别时骨子里便添了一分真正的硬气。

有一天我随口扯道：你们能行呢，在这么条干沟沟里住了硬是多少辈子呢，怕天下没谁治得你们这群男子。

不想他们嘿嘿笑了：

男人割韭菜一般早割尽了呢。我们这搭早先只剩下妇人娃娃。

我忙问：我大山不是祖宗的家乡热土么？

他们解释说，老家籍在陕西哩，籍在甘肃哩，官家赶杀回民的时辰，男人杀的杀了，剩下的妇人娃娃给赶羊般赶进了这条沟。官家封上山再不理睬，想的怕是把女人娃们赶进了一座空坟。后来，妇人家争气，硬是把生下的娃一个一个喂大了，又把娃们的娃娃一个一个生下来喂上。

有人笑问：张老师，没听说过寡妇村么？

——这是我第一次意识到藏在灶房里门背后的那些主角。我听过的斩尽杀绝太多了。我听过的寡妇村无人村太多了。我因为已经走遍了这片山区所以我才能够震动：一些冥冥之中从不抛头露面的女人们，她们在不断制造着一个最强悍自尊的民族，靠着血的生殖和糠菜洋芋的乳水。

这样就能回忆蒙古了。在草原上当知识青年时我曾经那样地对我插包的额吉——感到兴趣。那真是一种吸引；直至十年里怀着对她的激动写得手酸，后来终于下决心在《金牧场》里写了她一遍，仍然觉得笔虽尽墨未浓——我为自己受到的这种吸引久久不能理解。

只有从宁夏归来，只有心里满盛着一个掩着脸面蒙尘沐土躲在灶房里煮着不见菜蔬的浆水长面的回族女人影子，心思倏地又变成蒙语的自问自答时，我才觉得品出了二十年前自己知识青年经历的一种意味。

一个知识青年插队的往事，到头来是该珍惜还是该诅咒、他的青春是失落了还是值得的，依我看只取决于他能否遇上一位母亲般的女性。

她们永远身怀着启示，就像她们能奇异地怀胎生育。

只要你有一颗承受启示的心，只要你天性能够感受——这样说对那些长恨自己没顶于插队浩劫的人是不是太轻巧了呢？可能是这样，但是我不关心他们的命运。我只关心我的感受，关心源源给我感受的，我远在草原的额吉。

用了二十年时间我总算搞清了，我眼前浮动着她一生中一个个鲜活的形象。十岁的她赤着脚，破袍子上系一根脏花布腰带。稚气未褪的她爬上太高的鞍子放羊去了。

二十岁的她有了第一个孩子。她把孩子裹在一块烂羊皮里听包外呼啸的风暴，她那时已经满脸冻疤神情憔悴了。

三十多岁她数数身边孩子闹成一团数不清楚；她怅惘地望着十岁的大女儿赤着脚，束住褴褛的小袍子爬上马背放羊去了。

四十来岁时她盼着再抱一个真正吃奶的孩子。儿女们大了使她孤单得恐惧，她对我痴痴地反复说着，口气使我感到她把我也当成了一个婴儿。

五十来岁，六十来岁，如今她差不多七十岁了，她把门前的车、缸、毡片绳头把断腿的马失群的羊把烂醉的汉子都看成一种古怪可怜的小宝贝，她眼神里的不安和慈祥使人心醉。她突然接到通知说她当选了妇联代表和劳动模范，但她听不懂这通知，她蹒跚地晃动着白发走去劝那两条狗别打架。

我站在她的身边。一天我觉得自己像个英雄力士般站在她身边时，我突然忆起那年她在山坡上教我骑马；那时她就像此刻正一边爽声大笑一边高声嚷着的，她的儿媳妇一样。

我站在她的影子里看清了所有蒙古草原的女人。我深深地了解她们，我看见她们分别扮演着我额吉的十岁二十岁直至七十岁。

她们像一盘旋转不已的古老车轮，她们像循年枯荣的营盘印迹，在她们酷似的人生周始中，骑手和摔跤手们一代代纵马奔来了。

冬天快要逝尽时人心会惆怅。望着斑驳满地的残雪，人会觉得一年真的又过去了。雪是一种奇妙的东西；有了她的承浮或者覆盖，一切都是不易察觉的，而融雪时你会看见一种暴露的危险速度。大地在变黑时稳重地位移了一分，你在换装时筋骨肌肤都衰老了一寸。

这时启程去蒙古草地，那里的女人们笑容都疲惫了。

这时启程去回民山区，那里的女人们姿影都佝偻了。

海称儿她娘擦擦汗，她一说到回娘家总觉得是说一种开国盛典般的大事。咋个走法？走给就能行。我从娘家堡子嫁来这沟里。数数嘛娘家一共走给过两三次。都是走着，乘班车要花一个元。不远不远！只有两架山。抱个娃引个娃嚷着耍着就到咧。她说完不知为什么不好意思。她说得笑起来时，怀里的娃娃也嘻嘻笑了。说完笑完她就上山了，在斑驳残雪中她的影子像一叶漂在海里的叶子。

额吉赶开了那两条狗，转过脸对着我时还是嗔嗔的表情。牧民轻淡土地只是牢牢盯着生命，我和她在一起时总意识到自己和狗呀羊的一样平凡。那个黄，它咳嗽，不是病，我早知道那天东山里跑来的那条狐狸有病。跑一跑停一停难道不是有病的狐狸吗？黄咬了它，那天夜里它咳嗽得我一夜没能睡。听说新来的女医生心肠好呢，你去给我求求那女医生行不行？哪怕只给两片药。我上马求医去了，踌躇着不知人家医生信不信我。我回头再望望额吉时，她点燃了包里的炊火，我觉得那烟雾弥漫的毡帐就像一条小船在草海里飘动。

二十年里我从北方的一角流浪到了另一角。我重复地看着一些女人的生涯，渐渐觉得自己习惯了北方的景色。无论是草地的不尽单调还是黄土的酷旱伤人，我已经从中读到了一种真正女人的最深美色。

没有比这更撼动人心的美了。

太阳从东升起，积雪向西消融。从蒙古草原到黄土高原，从稚气不退的青春到成年之后的孤旅，我也像搭着一条命中的船向西走。尽数途中这渡我浮世的女性已经很难了，说清她们那平凡得无从着笔的事迹已经根本不能。冷眼看着都会里俗红艳绿的喧骚，一个北方的男子有什么好说呢？

也许这片国土，也许这条笨大旧重的老船，也只是因为有了这无声无息的忍辱负重，才勉强维持了它的航程吧。

由于她们的生殖，十亿之中哪怕只有百万，也一定已经有了一支大军，他们会感铭着自己脚下的牺牲，在攻占了自己的彼岸时，涂掉英雄圣人的玷污，刻上她们无名的姓氏。

1988 年 3 月

北庄的雪景

那一年在河州城，在几个村庄轮流小住。都是些在西北史上名气很大、实际上贫瘠荒凉的山沟庄子，比如莫尼沟等等。放走了一匹久骑的爱马，看着它赤裸着汗淋淋的皮毛跑回草地，手里空拿着一副皮笼头——当时我处进回族世界时的心情大致就是这样。

不愿去想熟悉的草原，听人用甘肃土话议论《黑骏马》时感觉麻木。也不愿用笔记本抄这陌生的黄土高原，我觉得我该有我的形式。

总听人讲，北庄老人家如何如何淳朴，待人如何谦虚，生活如何清贫。农民们说他有国家派给的警卫员、手枪和“巡洋舰”，可是永远住土炕，一天天和四方来拜谒的老农民们攀谈——而且农民坐炕上，他蹲炕下。

听得多了，心里生起了好奇。我的不超过五名的弟子之一，白庄出身的马进祥摆出一副客观介绍的样子，不怂恿我去，但宣布如果我愿意去，他能搞到车。我望望迷蒙的大雪，心里怀疑。但是广河的马县长把一辆白色的客货两运开到了眼前，进祥又把他的老父亲请到驾驶员右侧向导席上，驾驶员也是姓马的回民。——我背上了包。

在无数姓马的回族伙伴的拥裹之中，我这个张姓只有客人的含义。去投奔的人也姓马，大名鼎鼎的北庄老人家马进城先生，中国伊斯兰教协会副会长。

外面大雪纷飞，雪意正酣。河州东乡，在冬雪中它呈着一种平地突兀而起、但不辨高低轮廓的淡影，远远静卧着，一片神秘。奔向它时会有错觉，不知那片朦胧高原是在升起抑或是在悄悄伏下。雪片不断地扰乱视野，我辨不清边缘线条。只是在很久之后我才懂得了这个形象的拒否意思：它四面环水，黄河、洮河、大夏河为它阻挡着汉藏习俗和语言以及闲客，南缘一条水拦住回民最密集的和政、广河、三甲集一线——使古老的东乡母语幸存。它外壳温和，貌不惊人，极尽平庸贫瘠之相，掩藏着腹地惊心动魄的深沟裂隙、悬崖巨谷。

我竭力透过雪雾，我看见第一条峥嵘万状恐怖危险的大沟时，心里突然一亮。大雪向全盛的高峰升华，努力遮住我的视线。东乡沉默着掩饰着，似乎是掩饰痛苦。然而一种从未品味过的、一种几乎可以形容为音乐起源的感触，却随着难言的苍凉雄浑，随着风景愈向纵深便愈残酷，随着伟大的它为我露出裸体——而涌上了我的心间。

这是拥有着一切可能的苦难与烈性，然而悄然静寂的风景。

这是用天赐的迷茫大雪掩盖伤疤、清洁自己、抹去锋芒、一派朴素的风景。我奔向它的心脏，它似乎叹了口气，决定饶恕我并让我进入，如一尊天神俯视着一只迷路的小鸟。

我屏住呼吸。我没有把这一切告诉我那傻乎乎自以为是主人的马进祥弟弟。我瞟了一眼在向导席上端坐着始终一言不发的、后来我曾从北京不远数千里赶到他坟前跪下的进祥的父亲。我从那一刻目不转睛——这是我崇拜的那种风景。

雪粉成旋风，路滑得几次停车。我们猛踢崖缝上的干土，再把土摔碎在路上，让车开动几步。后来干脆把车上的防水帆布铺在轮前，开过去，再扯着布跑上去铺上。最后——车从一道大梁上疯了一般倒滑下来，不管我们的汗水心意。

路已经是雪白一条冰带子，东乡的山隐现在雪幕之后，谦和安静，我抬头望着这不动声色的淡影，绝望了。

向导席上的进祥父亲一动不动，一声不吭，好像已经入了静。驾驶席上的小伙子笑容不褪，好像那一溜倒滑挺有趣。我抖擞起来，兜屁股踢着进祥，把半堆土坯块装上了车。

重车不滑，白色的冰带不再活泼，代之移动起来的又是东乡的雪中众山。雪现在时浓时淡，像是向我拉开了一幕又一幕。我不解，但是我此刻心情已经端庄。鹅毛大雪中，山峦变得沉重而肃穆，音乐真的出现了。我刚刚要侧耳倾听，车子一转，驶下了小道。

深不可测的涧谷近在腋下。四周群山竞相升高。我们正在爬坡，视野中我们却降入了一个海底。东乡的山，它涌着，裂着，拔地而起矗立着，无声嘶吼着，形容不出的激烈和沉默合铸着它们。

沟沟如刀伤，黄土呈着一种血褐。我知道，自己就要撞入一种可怕的真实——它们终于等到了我，它们的倾诉会淹没我，但是我已经欲罢不能了。我只能前进，冒着这百里合奏的音乐。

大雪在覆盖、隐藏、拒绝、装扮。雪是不可破译的语言，我直至今天仍不解那天那雪的原因是什么。

无论是好奇或是理解，无论是同情或是支援——在这茫茫的东乡大雪中都不可能。只能够静静赞美，只能感觉着冰冽的纯洁沁入肉体，只能够让自己也进入它的内容。

马进祥的老父亲一直纹丝不动。走了这么一路没有说一句话，拐入小道时他也只是稍微地指了一指。

北庄如同海底的一块平地，雪在这里像是砌过抹平一样。在这片记忆中平坦得怪异的地场正中，有一株劈成双岔的柏树。巨冠如两朵蘑菇云，双树干在根部扎入白雪，远远望去有一种坚硬扎实的感觉。树冠顶子模糊在雪雾里，干墨黑中隐约一丝深绿。

雪海中这一棵树孤直地立着，唯它有着与雪景相对的墨黑色——其他，无论庄子院落，无论山峦沟壑，无论清真寺和稀疏的行人，都溶入了大雪之中，再也无从分辨了。

我们进入了一户庄院。北庄老人家披着一件黑色的光板羊皮大氅，头戴一顶和任何一个回民毫无两样的白帽子，疾步迎了上来。

他精神矍铄，面目慈祥。互致问候之后，久闻的东乡礼性便显现了：老人家坚持我们是客，要上炕坐；而他是庄院主人，要在炕下陪。我坚持说无论是讲辈分、讲教规、讲遭遇经历，或者北京的虚假客套，我都要让他上炕坐上首。推让良久，我不是东乡淳朴礼行的对手——后来几年之后回想起来，我还为那一天我在炕上坐着又吃又问，而大名鼎鼎的北庄老人家却在炕下作陪而不安。

真人不露，他的谈吐举止一如老农，毫无半点锋芒。他的脸庞使人过多久也不能忘却，那是真正的苏莱提——因纯洁和信仰而带来的美，这种美愈是遇上磨难就愈是强烈。屋外惨烈的风景与我仅隔一窗，我几次欲言又止，最后决定不再探问。其实我们彼此看一眼，心里就都明白了。话语的极致是不说。这就是神秘主义的方式，我心里默默地想，答案要靠你用身心感悟。那满天的大雪一直在倾诉，我既然是我，就应该听得懂东乡大山的语言。我想着，喝着盖碗里的茶。时间度过着，我觉得自己在那段时间里，离求道的先行者很近。我想到那棵独立白雪的大树，心中一怔，觉得该快些去看看它。

北庄老人家给我讲了一些关于除四害时，全国追杀麻雀的话。他用一些我从未见过的语气说：

那些麻雀也没躲过灾难，人还想躲么！

我后来常常琢磨这句话。

真是，有谁将心比心地关怀过他人的处境呢，有哪个人类分子关怀过麻雀的苦难呢。有些人为着自己的一步坎坷便写一车书，但是他们也许亲手制造了麻雀的苦难。为什么人不能与麻雀将心比心呢？那棵笔直地挺立在白雪中的大树身上，一定落满了麻雀。我想着，欠身下炕，握住北庄老人家温软的手，舍不得，还是告别了。

在废墟已经完全被雪埋住，仅仅使雪堆凸起一些形状的北庄雪原上，那棵树等待着我。

雪地上只有它不被染白，我觉得一望茫茫的素缟世界，似乎只生养了它这一条生命。

我和进祥一块，缓缓地踩着雪，一面凝视着那株双叉巨树，一面走着。雪还在纷纷飘洒——只是雪片小了，如满天飞舞的白粉。我不知该回答些什么。我抱歉地望望四绕的悲怆山色。一瞬间莫名其妙地，我忽然忆起了内蒙古的马儿，还有鞍具。我进来了，我迟钝地想，伊斯兰的黄土高原认出了我。

我正和进祥离开那棵树时，他的老父亲急匆匆赶到了。老人没有招呼我们，径自走近了那株古树，跪下上坟。

那是几年前的事了。那时我尚在浮层，见了老人上坟尚在似懂非懂之间。当时的我不像如今；当时我只是心头一热，便拉着马进祥，朝他的父亲走去。

雪又悄然浓密，山峦和村影又模糊了轮廓。东乡的山就是这样，它雄峻至极，忍着一沟沟一壑壑的悲哀和愤怒，但是不肯尽数显现。我茫然望着一片白蒙蒙飞雪大帐，在心头记忆着它的形象。

雪愈下愈猛，混沌的白吞没着视野。只有这棵信号般的大树，牢牢地挺立在天地之间，沉默而宁静，喜怒不形于色。

我们捧起两掌，为北庄也为自己祈求。这一刻度过得实在而纯净。我一秒一秒地、恋恋地送走了它，然后随着老人，低声唤道："阿米乃！你容许吧！"

声音很低，但清楚极了。树梢上嗡嗡地有雪片震落。我抬起脸，觉得雪在颊上冰凉地融了。我睁开眼，吃了一惊：

原来，只只麻雀被我们的声音惊起，溅起的雪混入了降下的雪中。

我望着那些麻雀，还有那棵高矗雪中的大树，说不出一句话来。过了一个时辰，我们便离开了北庄，离开时那雪更浓了。

背影

成年以后，有时我会在恍惚中陷入一种若有所思的混沌中。有些儿时的影影绰绰的幻象，在那时明灭倏忽地掠过空茫的视野。我感到了一种诱惑和神秘；但我不能解释。那是什么呢？像一些匆匆而去的、避开我注视的背影！

那是在小学二年级还是三年级？——反正是在上学去的路上。我双手揣着兜，斜背着姐姐用过的旧书包，边走边踢着路上的石子儿。那天太阳照耀得眩目，我无意中眯着眼睛。突然，潮水浸漫般的人群中出现了母亲的背影。

她背朝着我，正大步笔直地赶着路。人潮缓缓地逆着她涌来，我觉得她的腰挺得又僵又硬。她的两腿好像迈不稳，但她走得又急又重。那一年我还不满十岁，经常因为淘气被她捆在桌子腿上。但是鬼使神差，我不再踢石子儿了，我默默地尾随着她，走了长长一程。骄阳照射着她的乱发，她的背影显得单薄又倔强。——不过那只是一小会儿的事；后来，究竟我傻乎乎地跟着她走到了哪里，又是怎样离开的她，已经完全忘了。

差不多三十年过去了。

当然，三十年里，包括我的家在内，一切都变了。

前天下午，我为了休息一下疲惫的头脑，信步走出了家。明亮的阳光在拥挤的树枝和楼群间眩目地闪烁着，我漫步走着，脚下踢着一颗小石子。猛然间我看见了母亲——她正迎面走来，手里提着一捆青菜。她的步子一下一下迈踏得急忙又沉重，像在僵硬地跺着路面。她穿过嘈杂，笔直地面对着我，我看见她的神情茫然又坚定。在那一刹之间我被一阵难以名状的感动攫住了，我简直忍受不住这感动的冲撞。奇怪的是在我眼中清晰而灼烫地走动着的，并不是她此刻银发苍颜的形象，而是一个恍如隔世的、充满神秘的背影。

三十年是一个轮回么？或者换一句话讲，是一个光阴么？然而，我所以感到激动，是因为我在记忆了差不多三十年的一个背影之后，终于看见了一个迎我而来的母亲。

——我像在说梦。

旧历三月二十七的前夜，我来到兰州赶尔麦里——追悼牺牲在清朝统治阶级屠刀下的亡人的集会。到达时兰州已是夜色苍茫，而我还在徘徊——我不知道尔麦里的地点。在夜幕静垂的兰州街上，我独自一人，走走停停。我无法寻人问路。我知道，如果听到我的来意，兰州会感到古怪的。

这时我看见了一群农民，一群农村来的回民。他们背对着我，披着黑棉袄，夹着麻包捆正走得匆忙。我看见那一片在夜雾中黯淡亮着的白帽子时，差点失声喊起来。可是我只是默默地跟上了他们。我已经成人了，我已经学会了藏起或抑制住心中的感情。他们笨拙硬直的背影在我的前面朦胧地晃着，我觉得我已经能从那姿势中感受到他们的戒备、他们的自尊、他们与这都市的隔膜以及他们固执地认准的目标。

他们拐进了一条小巷。没有路灯。我睁大眼睛辨认着他们那些黑黝黝的背影。一些白色的圆点在那些黑影上面像是启示的信号。我来了，我在心里悄声呼唤着。像你们一样，我也来啦。我跟定了前面那些古怪的背影，加快了步伐。

第二天我的两眼看见了一个波澜壮阔的伟大场面。两万农民从陇东河西、从新疆青海奔涌汇集于此，人头攒动的海洋上尘土弥漫。无文的农民掀起了直入云霄的呼啸，为说谎的历史修订。

当两万人汇成的大海在我眼前喧嚣沸腾，当我真真地看见了两万个终日躬耕荒山的背影在拥挤呼喊，当我震惊地知道自从乾隆四十六年三月二十七清朝刽子手使一腔血洒在兰州城墙以后，二百零四年之间无论腥风血雨苦寒恶暑，回回撒拉东乡各族的人民年年都要在此追悼颂念——我激动得不能自制。那染血的城墙早已荡然无存了；岂止乾隆年号，即使改朝换代也已有三次。二百零四年对于一个统治者来说，不仅是太长而且是一个恐怖的数字；而人民——我凝视着那两万背影我明白了：人民要坚持着心中沉重的感情直至彼世。

那一天我结束了自己漫长的求学。那一天我觉得自己拿到了一个没有硬皮证书的学位。

尔麦里结束了，我目送着农民们大股大股地涌出兰州。他们抹抹汗污的额头，把捆成小卷的黑棉袄一背，头也不回地径直去了。黑衣白帽的浪头急急地追逐着，只留给我一片斑驳闪幻的背影。我独自站在大街路口，一连几天目送着他们。最后我熟识的那家宁夏回民也走了。他们对我频频回首，但他们终于也走了。当我望着他们终于也化成了一些不可理喻的背影时，我从心底感到了孤独。

于是我慌忙追上了他们。

陇东、河州、运河、天山、济南府、焉耆镇，我追寻着他们的踪迹，追寻着我看到听到的一切在我心中激起的回声。我看惯了那些避开热气腾腾的食堂，蹲在车站一角嚼着干馍的旅人；看惯了那些匍伏着的苍老虔诚的脊背；看惯了在风沙弥漫的乡村大道上的、那些白帽子下面的坚忍眼神。我惊奇地感到：在奔波中目的似乎消失了，我像一片落叶，正在北方贫穷的黄土大山中悠悠地随波飘荡。

我看到了真正巨大的背影——

原来，这些黄土大山和原野村镇，连同它们怀抱中的那个默默人群从未向世间袒露自己。六盘山一字排成屏障，遮住了它背后的西海固。开都河眨闪着微笑般的粼波，隔开了隐蔽在绿荫中的村庄。黄河湍流上节节拦坝，消失了舟楫也消失了筏客子的传说。数不清的夯土墙蒿草丛掩护着，闭口不言殉教者的冤愤和鲜血的流淌。茫茫大西北黄褐色连着黄褐色；仔细听时，犁铧梿枷又只是循着成熟的节奏，你崇拜的人们只是日复一日地忙碌着生计。真实——真实被埋藏在心底的一个微乎的波动上，隔着一座伟大的背影。

每当远行将归的时候，我总是在别离的瞬间愣怔一下，心里总是在那一瞬闪过这个无法理解的背影。你什么时候才肯转过身来呢？生我养我的母族！要等到哪一次沧海桑田的时刻，你才肯从这世界上迎面而来呢？

我好不容易才听见了喊声。

妻子和小女儿正盯着我，她们的脸上挂着诧异的神情。小女儿奶声奶气地嚷道："爸爸，我叫你，你怎么不答应呢？"妻子也说："孩子喊你喊了好一阵工夫了，"她又补充道，"可是你一直背对着我们，不回头。"

我把小女儿搂紧在怀里。

"歇歇吧，爸爸！"女儿大人气地说。

妻子也说道："每天回来都见你这么背着脸坐着。你休息一会儿和孩子玩玩吧。"

我想到了那个背影。

我在别人的眼中，也已经变得像一个背影了么？我回忆起有一次，我一路走着去车站。到了车站，突然有人猛击了我一掌：原来是个朋友。他大惊小怪地嚷道："嘿！一路走着跟着你，可是走了一路也没认出你！干瞧了一路你的后背！"——这么说，我变了。

我抱起我可爱的小女儿走上闹市。在一个路口我给她买了一盒冰激淋。走到一个小店我又给她买了两块山楂羊羹。我的心情沉重又快活，我觉得太阳晒得又温暖又深切。我和孩子说笑着，讲到小白兔、熊猫和大灰狼。她的晶莹的黑眸子显着醉人的天真和幸福，也偶然倏地闪灭一下，亮起一种永远激动我的神秘。

在街心绿地上，她兴奋地使劲叫嚷着来回奔跑。阳光突然被她搅得闪烁不定。我出神地凝望着她，仿佛看见了一个梦。在那浪涛般涌动不息、又像高原大山般遥远的背影上，此刻印上了一个在阳光中嬉戏的、新鲜的小生命。

我久久地望着，心里慢慢涨起庄严的潮。

1986年4—12月

大河家

大河家是一处黄河渡口。

年年放浪在大西北的黄土高原之间，大河家便渐渐地成了自己的必经之地。它恰像那种地理教师不懂的、暗中的地理枢纽；虽然偏疏贫穷，不为人知，却比交通干线的名胜更自然更原始，不露痕迹地沟通着中国。

这些地点，一旦了解多了，去熟了，就使人开始依恋。半年一年久别不见，特别是像我此次离开祖国两年之久后，从归国那一瞬起便觉得它们在一声声呼唤。真是呼唤，听不见却感觉得到，在尚未立足脚跟放下行李前，在尚不能马上去看望它们之前，该先在纸上与它们神交。

大河家是甘肃南缘边界上的一个回民小镇。密集的，土夯的农家参差不齐地排成几条街巷，街头处有一块尘土飞扬的空场，那就是著名的大河家集。店铺簇堆，人马拥挤，集上半数以上都是头戴白帽的回民。清真寺的塔尖高出青杨树的梢头，远近能看见十几座之多，唯熟知内情的人才知道每一座的源流、派别和历史。

当然，任何一处黄河渡口都使人激动。而大河家渡，不仅有风景的壮阔悲凉夺人心魂，而且有一股平和与自然，使人可以获得宁静。

几条土巷，攒尖般汇在一起，造成了集。出集百步，便是咆哮黄河。

在这里等摆渡，一眼可以看见甘青两省，又能同时见识回藏两族。傍大河家集一侧是甘肃，黄土绿树，戴白帽的回民们终日在坡地里忙碌。大河彼岸是青海，红石嶙峋，服色尚黑的藏人们隐约在山道里出没。大河家，它把青海的柴禾和药材，把平犄角的藏羊和甘肃的大葱白菜，把味浓叶大的茶——在轰鸣滚翻的黄河水上传递。

河上悬空吊着一条拳头般粗壮的大铁索。一条大木船挽在这悬索上，借黄河水的冲力，用一支舵使船往返两岸。船入中流时，那景色十分壮观。在颠簸如叶的渡船上，船客子扳牢大舵，把黄河的千钧水力，分成了横渡的巧劲。

此地指行业为客。割麦人称麦客子，船把式称船客子，淘金人称金客子。船撞入漩涡时，水溅起来，岸上船上的人都怔怔地看。使船时的吆声是听不见的，在大河家，永远地充斥着河谷的，只有黄河跌撞而下的轰轰涛声。

清晨时分，因为黄河走得太急，过水太多吧，整个河谷白濛濛地罩着浓雾，听得水响，不见河流。渐渐天热了，阳光照透了雾，才看见平素黄河的雄姿。那黄河太漂亮了，衬着一面被它在古时劈开的红石头山，衬着被它滋润得冲天的茂盛青杨林，一川狂怒狂欢的黄河水，不顾性命地尽管奔流。

我住在韩三十八家里已是第几次了，现在回想着已经数不清楚。此刻从远托异国的逆旅归来，仿佛中我又住进了他那院里。屋檐下挂着一串串玉米，院角有一个换水沐浴的棚子。

韩三十八今年应是八十岁，明年若抱成个孙子名字正巧该叫韩八十三。他也喜欢看河。黎明时，雾罩河，他一声不响地凝望着那一川雾。水汽渗在他脸上的皱纹里，我猜不出他在看河时想些什么。

他从死地里挣着命回来了。五十年前他是马仲英的护兵。在喀什以南的戈壁滩上，他们捏着步枪疯跑，天上的飞机追着他们剿杀。那是没有边的大戈壁滩呐，不知道人怎么能跑过飞机。队伍灭了，他和几个大河家同乡钻进了昆仑山。

沿着昆仑山北缘，沿着塔里木沙漠南缘，他们几个大河家男子逃回了家——世界上著书立说的探险家谁走过这样的路线？我在有一年坐飞机去喀什，从舷窗里可以看清烈日下沙漠中的每一丛蓬蓬草。我觉得恐怖，飞机追着逃跑的人打，战争看来确实无美可言。

韩三十八老汉和我看河，总是默默不语。他从来不提及当年马仲英的神话，也不讲他见识过的血腥沙场。这对我这个求学者不免可惜，因为我只有凭自己猜想了。

逃回大河家以后，他干尽了渡口远近的一切营生：筏客、金客、麦客，卖过茶叶，走过私，闯过藏人地方。黄河是他的家路；他说过，只要挣上了钱，就找河。在任何一个渡口搭上个筏子，或是再当个筏客子再挣几个钱，不多久就能与他的撒拉妇人相遇。这真是一种准确的地理：任世界再大也不难找到黄河，河水一直流向家门，正因此韩三十八老人稳重如山，任世事浮沉总是那么胸有成竹。

怪不得此地也有我们山东人。黄河就是家路，顺着黄河，能到济南，人这样一想，心就安静了。

壮游无止，这是中国的古风。与其随波逐流学习肮脏，不如先去大河家住一阵。去看甘青两省，去看黄土高原和积石山脉分界。去看那造雾的滔滔大河，和真的经过险境的人一块儿。

1992 年 11 月于北京

感激沙沟

进出沙沟有两个口子，两个山口一大一小。庄稼人通常称呼大山口为老虎口；我想，决不是此地史上曾有老虎出没，而是因为这一条莽莽山沟中满住老虎般的人物，几度嘶啸，便使远近知道了厉害吧。小山口有一座唐代风格的石窟寺，文称须弥寺，考古术语又可称为一处摩崖造像——而百姓们对偶像不感兴趣，仅仅捎带一字，称这窄窄山口为寺口子。

人兽各类，各有其道。我几次进沙沟，都是从老虎口进入。离别沙沟时，也都是从老虎口出山。可能是受了当地人的影响吧，我这个职业考古队员出身的人也对唐代雕刻的那些偶像不屑一顾。更是受了沙沟人秘密的再教育，我也沾染了他们虎行虎步的习惯，一连 6 年，数次进入老虎口，深入沙沟。

沙沟深不可测，就像它的貌不惊人。外人途经此地，1 个小时甚至 20 分钟后眼睛便会被旱裸的景色染得浑浊，接着就发炎淌水，角膜流脓。我冷冷地看过那些轻浮的闯入者，不加一丁点讽刺地，劝他们别再戴隐形博士伦眼镜。沙沟看不见；它在西北大洋大海的黄土高原中仅仅是一丝皱纹。但是沙沟是圣地，全中国有虎性的人们只对此处向往，原因当然是沙沟人天生英雄。

我的引路人马志文便住在沙沟。

前定的机缘，奇异的大雪，使我和他结成了兄弟。他等着我，四周围着滚滚的黄土山。就像以前额吉等着我，四周围着乌珠穆沁不尽的大草原。马志文兄弟落泪的时刻，天空便飘下了纷纷扬扬的大雪——那一刻的沙沟有多美，唯成人后的男子才能体会。沟沟壑壑的黄土次第白了，扰动人心，掩埋故事，渐渐地托显出大西北悲怆的本色。

在那苍茫音乐般的雪中，马志文的儿子赶着牛走下坡来了。少年身影微小，他用 3 年便念完了小学。我无能，那一次雪中他颤颤地把长面端出院子，捧给我。事情紧急，我一口也无法吃。我只能记着那长面上飘出的热气融入雪花，记着把一册《心灵史》放在托盘上，回送给他。能读这本书的，只有他们。献上这本书的，只有我。这样，当我跨出老虎口时，沙沟就刻进我的心脏了。

唯有你美，西北五省，唯有你美的沙沟，我说不尽对你的感激。登上山峁，那层层叠叠的残酷山景，正是大陆的累累伤痕。但是它们从不像文人那样怨恨，也从没有过哪个文人为它们诉说。沙沟几十里周边的大山大岭永远沉默，它们对现世的冷漠是绝对的。包括对华山那类的名山，它们也毫不理睬缄口不言。走惯了沙沟大山我也厌腻了华山，那样特殊那样炫耀，确实偏差了大西北的本意。沙沟孩子——比如志文女儿海称儿在山顶割柴时，她在山顶上眺望着远山大雪，那才是高原的美丽本色。西北人会赞同我的；他们哪怕已经远离了家乡，但他们心里游盛着的，只有这样的景色。

这样听着，会有人盼望去沙沟一游了。

那么，先要进老虎口。

而老虎口的位置，我不能发表给你。

因为你必须先举意虔诚，你必须先沐浴净身，你必须先在五省的黄土风尘中苦苦寻找一回。等到你真的像是沙沟人的朋友了，等到你真的不会回到现世贩卖了，老虎口——那一天会为你敞开的。

1991.4

学科的黄土与科学的金子

也许有一些学科是特殊的：它们对 19 世纪实证主义哲学指导下的研究是封闭的，因为它们缺乏或者干脆没有那堆故纸。还有一些是倾斜的：参与的双方里，一方细密周备连篇累牍，另一方却死不发一语。之后还有哑学科：沉默是你研究对象的原则，你可以猜可以看，可以相面和评头品足，但它点水不漏别有洞天，你永远不可能靠近它的内容和本质。前些年知识界人士呼唤过“真善美”；但你得不到那个真实，它自己也——这是重要所在——完全否认自己还拥有什么真实。取繁作简，可以举一些例子：中亚突厥语研究是大难门，也因此有大专家。专家们都以克劳森（Sir Gerard Clauson）的《前 13 世纪突厥语词源学词典》为据发挥学问。但是每个谙熟维语或哈语的外来人或每一个在北京、兰州读过大学的维哈小伙子都清楚：词典从来没有写准过他们的母语。他们要挑几个常用词给你解释，但又卡了壳；因为解释时发现汉语没有相应的词汇。这些语言在平时听不到，但只要情景、山形、牲畜口齿、颠簸感受、毛皮摆在眼前，阉马套牛圈羊、婚礼丧葬那个时辰正好到来，抱养义子、初胎归母、部落血脉成为当时紧要的大事——总之，要在合于突厥文化的特殊条件时，才突然活了，才突然显示含义，删砍辞典。

第二个例子是清季陕西起义、云南大理起义、大小金川起义，以及甘肃金积堡起义等等反叛。清朝廷各制一部《方略》，尽收一切奏折上谕军情敌报，鸿篇巨制。而战时烧红数省而败时悄无一息的老百姓留下什么史料了呢？已经任人宰杀又何必管人家议论！

第三个例子是宗教研究。有谁知道五斗米道、太平道的神学内容？或者白莲教、袄教、太平天国诸教的教旨干办？它们可以在入世时轰轰烈烈震动海内，但谁能体会和把握它们在出世的深夜寂静里是怎样进行更关键的实践呢？他们的概念比那旋律般轻灵的突厥语更无法捕捉，你的学院学会式科学在他们语重色厉的迷信面前土崩瓦解。纵使费尽九牛二虎之力求人翻译了他们的经典，他们在那里面写的也都是呓语般的虚构故事。研究现在不仅是困难而且是正在被嘲笑。学科的研究还可能吗？ ×× 和所谓 ×× 学研究之间，究竟算是什么关系呢？然而我们又处于今天：19 世纪式的文绉绉还在努力扩张地盘，而 20 世纪末各门新潮的方法论却似乎已经面临末日，学科发展的不节制导致了印刷垃圾正危害人类，在论文专著堆成的黄土高原之下，真正科学的金脉已经被深深埋葬了。

在这种时候，若想挑几本优秀的人文社会科学著作，并企图用来鼓舞真正的科学、鼓舞正确的方法论的话，我能说的有一本：马通先生著《中国伊斯兰教派与门宦制度史略》。

中国回族和伊斯兰教研究的可能性仅仅在于一点，那就是人民活着。上述种种学科的困难，有可能因人民数百年如一日的坚守伊玛尼（信仰）和古典干办，在某种条件下被突破。但应该强调的是中国回族伊斯兰教研究的难度（几乎可称为不可能性）：首先作为一个前提应当提醒注意的是，中国回族是在分散于东方文化中心——汉文明的汪洋大海之中的情况下坚持他们的神性世界的。因此，和犹太人相似，中国回族信仰的伊斯兰教极具宗教的本义性、沉默性以及神秘性。

其次，宗教的人是一些努力在“圣”的空间中求存活的人；他们的生活体验和心路历程对于不拥有宗教感情的人，对于活在失去神圣的空间里的人来说，是难以理解和缺乏真实的。学者们容易对古怪的仪式、食生活和性生活的禁忌、每日五番的举礼感到隔阂，至少在心理中不以为然——但其实他们已经远离了圣礼的范畴。他们更对崇拜的意义感到迷惑，蔑视对木石环境尤其是空冥的虔诚膜拜——因而他们又与任何圣的显现以及圣的存在无缘，他们已经成为浅薄的俗世代言人，只能对这种深刻的神圣理想主义滥发议论了。

学科讲求的学术，在回族伊斯兰研究的题目下严重偏离了人民渴望的理解，它使穆斯林人民更深地陷在黄土高原之下，更摒绝了开放，倔强地只给世间以背影。但是，理解宗教型人类的状况及其精神，意味着人性和人道的成熟和进步。学者们明白：中国回族伊斯兰教本身与激烈严酷的农民起义难分难解，人民在拥有宗教理想的同时更拥有光荣英勇的革命史。他们虽没有为人民的宗教精神感动，但却被人民的战斗精神感动了。缺乏对这两种精神的洞彻的悟性，并不妨碍他们表示尊重。

于是问题又回到命题开始：学科的尊重肃敬遇到了坚固的沉默。沉默是宗教的第一层属性和外壳。黄土高原穷乡僻壤的农民们在深夜和清晨进行着自我磨炼，他们沿崎岖山径挑来清净的水，再唯恐玷污地把井盖锁上；他们跪在泥屋炕上，面对黄土崖壁遍遍诵祷；他们长途跋涉，奔向一些谁也不知晓的荒野地点；他们避开黄泥屋里用枯叶和牛粪燃起的温暖，凿一孔孤窑于无人绝地，独身坐静，忍受寒苦，节减腹食；他们用古典调的波斯—阿拉伯语开始动情地吟诵，配以调节有法的呼吸。在高潮降临时他们获得了无上的愉悦，他们激动得老泪纵横。后他们回到村庄，日复一日地苦苦思索着当时的感觉。没有人具备与他们对话的水平，因为他们沉醉的是一切哲学最深奥最古老的概念。神秘在其彻底的本质中是最朴素的。学科所以感到神秘的过分和无稽，是因为科学已经在学院和印刷垃圾中异化了。

真正的回族研究和宗教学研究，只有在模糊感受到这一切之后，才发现自己面临着巨大的困难。具备上述心历路程、精神状态和世界观点的回族，是不屑于与俗界对话的。他们蔑视与清政府制造的一堆堆故纸争论，他们拒绝拿出自己内部的史料。他们甚至淡漠看待自己的苦难和流血，认为这只是圣与俗概念的一些演绎。

马通的《中国伊斯兰教派与门宦制度史略》迎着这种困难迈出了一大步。作者花费了三十余年时间以求凿穿坚壁。卷首开列了一个长长的访问名单，那些姓名响亮得唯知情人才会震惊。资料全部来于民间搜集，并且写法只用资料叙述，很少文人之“论”，因此这部书至少具有重要的资料价值。该书向世间第一次披露了中国回族的丰富内涵，一册牵动全躯，西北史、西北民族关系史、中西关系史、回民起义史、西北军阀研究、教派衍化、神学、神秘主义（苏非主义）神学及哲学、汉文明与外来文化、心理研究，甚至中古波斯—阿拉伯语言形态——都可以借此获得新鲜空气。

本书第四章写到灵明堂门宦的创始，在对教史的叙述中，可以读到苦难社会中的人怎样趋向宗教，再走入异端，甚至向疯痴的神秘主义迷醉的过程。这是一个旧中国人民精神史的深刻生动的例子，也是出世的苏非主义哲学的一个新鲜活泼的例子。同章第二节对北庄门宦的描述更重要；通过对北庄等派别的溯本清源，中亚研究界一下子肃正了对新疆西南部叶城—莎车文化结的认识。北庄门宦教统源于南疆，而北庄又是一个政治权势很大的教团，这使更沉默（根本不通行汉语言）的秘境南疆突然隐现了一下其深沉面目。不仅如此，由于北庄信众主要是操东乡语（蒙古语族一支），但一直自认是回族的少数民族，因此在这里可以非常罕见地看见宗教维系形式的存在。宗教（包括教派）概念高于民族概念；这种重要现象不见于新疆和蒙古，是一种远远未被认识的特殊共同体。同样，穆夫提等数个门宦直接受传于大名鼎鼎的南疆政治风云人物阿帕克·和卓（喀什香妃墓的建筑即是他的陵寝），更为世界苏非主义发源的探讨提供了视野。

值得一提的是西道堂教派。

西道堂是清咸同年间出现于甘南的一个新集体制宗教公社。不同于全国回族，此地尊崇回儒刘智，以孔孟之儒学哲理诠释《古兰》。共同居住，共同分配，公有教育，共同占有生产资料。道堂拥有土地、山林、商号、马帮、作坊，甚至护商护社的武装。教民婚娶由共同体解决。儿童一律读书，尚有男女分校、择优送至大学的远见。道堂教主马启西一如各教派先驱，最后以惨遭军阀杀害谢世。道堂民众也一如回族大众，几经患难，挣扎于绝望边缘。但是西道堂依然发展着，实践着孔孟大同思想和伊斯兰早期穆斯林公社思想。

西道堂的事迹沉默不为人知。20世纪30年代，记者范长江在其《中国的西北角》中曾盛誉西道堂，但止于新闻报道而已。马通先生此书第一次介绍了西道堂教派的详情，使世界发现：居然在中国荒芜的山区确实成功了和存在过一个乌托邦。这对于哲学和人类进步的意义是极为重大的，后世只要有人类对公社理想的追求，西道堂的历史就会继续给他们以启示。

当然此书还使人联想。比如，我知道职业的新疆、蒙古、西藏研究者会有一种异乡人的苦恼。他们枉有热情但进入不了向往的“内部”。而一些生长于斯的同行又似乎欠缺学者的火候。再如一位小说家或诗人更常常产生“内部”对自己自尊心的伤害，他们决定采取主观主义径自制作，但悄藏着对秘密的嫉妒和遗憾。在科学方法论的讨论达到这一步时，是否要求研究者必须具备与研究对象之间的血缘呢？海外汉学家们正流行娶一位中国老婆；非同族类是否就永远难入虎穴不得虎子呢？

《中国伊斯兰教派与门宦制度史略》无疑具备着一定程度的这种内部性质。初读它时会有一种新鲜感。三十年劳作获得的资料性使得它有些工具书的味道。后来会感到某种深沉；书中含而不露的叙述中隐约可见成熟的情感。这当然是极宝贵的，本文开头已经提出过资料与立场的对立、粉饰与沉默的对立、俗世与圣界的对立。面对血泊中走来绝境中繁衍的中国回族农民，缺乏这种情感即是缺乏研究的起码基础。如果说马克思主义的人文社会科学有什么光辉的话，人民性即阶级的人道立场就是它成为科学的原因。更重要的是一份选择，更重要的是一份沉重的诗情，而不在于与内部之间的血缘纠葛。这种研究者主体拥有的内驱力有无和分量，直接关系着科学成果的有无和分量。

但是，必须强调这里涉及的是关于宗教的科学，这科学踏入的土地是圣的空间。虽然不该求全，但也应该指出马通著作对于大西北酷烈的黄土山地仍然缺乏质的分析；而对宗教型人类来说，空间并不平等。对于各教派门宦的非合理体验（神威、恐惧、近主、感觉），以及其产生的历史根源缺乏更多重视。回回自华化以来又在清季被逼入社会最底层和赤贫绝地，因为精神生活于神圣之中民族才苟存至今。这需要同等水平的理解，理解者必须深入圣域才能摸索科学的解释。这一切又是与历史密切关联的；史家必须真正挣脱以往历史偏见的束缚，才能叙述历史中真实的、活着的梗脉。

在人文社会科学诸分野里，也许没有另一个逼迫学科如此尖锐选择的领域了。但是我想，这是不对的，大多数学科其实都面临着这种问题：是添枝加叶努力在自己的世界里也营造一本权威的克劳森大辞典（*Sir G. Clauson*）呢，还是破开黄土的厚重，向不理睬学科和论文、健康活泼地存在的那个世界寻求？一切科学都有神秘区，都有潜藏的圣域。19 世纪实证式的、“四人帮”唯政治论的、现代时髦新思潮的方法在它们面前都是浅薄的；正确的方法存在于研究对象拥有的方式中。

马通先生此书由宁夏人民出版社推出，销量不大，读者却奉为指南。这种著作的社会命运正应如此，它暗合着它关注的一方世界的境遇。这个时期是一个学科职衔和论文泛滥的时期。这个时期也是科学和堪称艺术的科学起步的时期。在印刷垃圾正在堆着黄土高原的时候，真正的思想已经默默向着神秘的金矿跋涉。马通著作至少会引起中国伊斯兰教研究和回族研究的注意，在它的带动下会有一些人急追上来，陆续提出科学的真知灼见。

泥屋糊壁

八十年代悠悠过去，新一轮的日子开始。我在农村遛达的时候发现，如今的下乡家是，家家吃请，顿顿便宴，再也不是八十年代的一碟咸盐一碟醋的“食无余，不知肉”的时代了。墙上也一样，需要装扮了。

于是我开始铺纸研墨，立志在半个大西北，看能否写遍农民的泥屋，又拒绝官宦商贾的索要。既是戏耍，半杂严肃，不觉间农民的墙，变了我的大字本儿。选其一二，补书边角。

其一：心真诚则真主相助

人和善则和平降临

谨为西吉北大寺建寺六十周年书碑

其二：且任此身浮逆水

寂寞深山有弟兄

灾年换米平年糊壁，某某兄弟雅属

其三：墨迹不入官宦家

糊壁农户做窗花

二〇〇二年冬月为侄儿戏书

其四：莫奢谈迪尼且参悟赛俩目

勿繁琐毫孔细端详艾里夫

分赠马学凯、杨万宝、杨东文，马宝光

其五：门扉闭日，农夫正劳作田野

炉炕热时，游子已休养山间

二〇〇二年夏为西海固高房作对

2002 年 10 月　整理

回民的黄土高原

我描述的地域在南北两翼有它的自然分界：以青藏高原的甘南为一线划出了它的模糊南缘。北面是大沙漠。东界大约是平凉坐落的纬线；西界在河西走廊中若隐若现——或在汉、藏、蒙、突厥诸语族住民区中消失，或沿一条看不见的通路，在中亚新疆的绿洲中再度繁荣。

为了文学，我名之为伊斯兰黄土高原。

它的标识和旗帜是中国回教各教派。而我所以使用“中国回教各教派”一词，是因为我想区别世界伊斯兰问题中出现的一些情况。中国回族的问题与伊朗或巴基斯坦的不同。

这片以回族为主要色彩的土地干旱荒瘠。黄土上几乎没有植被，水土流失的严重已经使人们向它要粮的决心归于失败了。近年来退耕种草，改农为牧已经成了政府的国策。这项政策更形象地形容着这片黄土山地可怕的自然环境；因为一般说来，要拥有数不清多悠久的艰苦奋斗、农耕为本之传统的中国农民放弃犁锄，简直不可思议。然而“弃农”在中国农民史上就这样出现了，出现得悄然无声而且毫无阻碍。难道你感觉不到一种巨大的顺从之潮么？

在汉代画像石中描画过的原始技术两千年来丝毫未变：两牛抬杠的犁耕，抡甩连枷的脱粒。黄泥小屋前有一块光滑的打麦场，冬天那里矗立着两个草堆：一堆大而发黄的是麦垛，一堆小而发黑的是胡麻垛。大堆供着一年的吃食；小的碾油卖钱，挣来一年最低限度的花费。

你默默地离开那片光滑的打谷场，你登上赤石嶙峋的荒山之顶再回头望去，一片悄然寂静的小山村正在那黄色的荒山浪谷里静卧着，村头有一座醒目些的建筑，那建筑顶上有一支金属的镰月在黯淡发光。

你感到说不清心里的思绪。你感到压抑、尊重、同情和被疏远。你觉得你该离开它了，但是你不甘心，因为你确实没有深入它。

——是的。这就是我说的中国的回族的黄土高原。

纪元七八世纪间，阿拉伯、波斯和中亚伊斯兰教徒进入中国并进入盛唐文明。13 世纪因蒙古可汗国的军事行动和后来治理中国的需要，“回回”一名响彻中国并且“元时回回遍中图”。大运河是从广州、泉州港向此输送伊斯兰教的动脉；与这几条海路相对应，新疆塔里木南北缘绿洲线，以及河西走廊便属于伊斯兰教血统与教统传播的陆路。

蒙古人的元朝灭亡时，这一类人已经走完了丧失母语的历史；一个新民族出现了——它是一个操汉语汉文而保持着与汉文化不同的宗教心理的异乡人之族。

我的断代自此开始：从蒙元以后，中国回回民族数百年间消亡与苟存的心情史展开了；一个在默默无言之中挤压一种心灵的事实，也在无人知晓之间被巩固了。它变成了中国文化的一个死角。散居的、都市的、孤立的回族成员习惯了掩饰，他们开始缄口不言，像人们缄口不言自己家庭中的禁忌的家底。这些人属于回族而并非伊斯兰教徒的原因就在于此，就在于我知道他们心中有这种掩藏的隐秘。

但在聚居区——在我讲到的甘宁青边区，在蒙、藏、维三大块文化世界的夹角，在草原的绿、藏区的黑、中亚十字路的花色之间，这个回族人口密集的世界闪烁着一片血染过的蓝色。

血是红色的，而信仰是蓝色的，它们相浸相染后的颜色竟是——贫苦悲壮的黄色。

它是黄土的海。焦干枯裂的黄色山头滚滚如浪。黄土山沟里坐落着的黄泥小屋难能分辨。黄土壤中刨出的洋芋也是黄色的；它沾泥带土，一串串捧在回民们的大手里，像是上天给予的最严厉的命运。

黄河在这里奔腾出了它最威风最漂亮的一段。它浊黄如铜，泥沙沉重，把此地的心情本色传达给半个中国。

人聚众而胆壮。因为在中国一隅这微小的聚居，回族在清朝300年间为自己争来了一个“三年一小反，五年一大反”的叛逆者印象。18世纪的清军统帅确实不能理解：为什么起义的农民能够举着木棒铁锹扑向兰州城呢？为什么他们在可以突围转移时，却死守华林山全体牺牲呢？19世纪末的人物左宗棠更不能理解：为什么在他的大规模的军威皇法前，挑战的尽是些褴褛的、菜色的人？为什么在他看来是目不识丁的农民马化龙即使被他凌迟活剥，而这颗马化龙的人头在示众中国各州县10年以后，还有人会苦苦恋着，一直欲盗回那颗枯干变形的人头呢？

血流成河。血浸入我坚信曾是蓝色的山地以后，蓝世界变成了黄土。左宗棠下令移民，战败的异乡人被赶进了无水荒山。西海固无水，河州东西乡无水，平凉山区和靖远山区无水。不仅没有灌溉水，而且没有食用水。如果你今天去宁夏回族自治区的海原县，如果你今天去甘肃临夏回族自治区的东乡县，你能看懂农民屋后的那个肮脏的深窖么？挖一口大窖，接一夏天雨水，冬天女人们背上筐远上深山，一筐筐背来积雪倾入窖内——一冬的雪水供明年一春的饮用——你能理解吗？这种违反居住规律的居住，这种死境中的生存，这种细菌万种发酵发臭的窖水居然哺养着一支最强悍的中国人——你还能相信科学么？

科学在奇迹面前几乎变成了无稽之谈，这里是宗教栖身的土地。伊斯兰教在这里变成了一种中国式的、黄土高原式的、穷人的、异乡人的唯一可以依靠的精神支柱。河州变成了一个学术思想的中心，专为穷苦的黄土高原居民制造渡世理论。河州教派林立，门宦如云，清真寺里住着一个又一个淡泊不露的哲人。精通阿拉伯文、波斯文的老者没有受过正统教育的污染，他们著作的书籍在来世也许会使诺贝尔文学奖感到羞耻。临潭终于出现了西道堂门宦，我可以解释得很简明：西道堂是一个实现了的乌托邦；在宗教的纽带维系下，它实行了整整半个世纪伊斯兰共产主义。西吉表现的是另一种精神，哲赫林耶苏非主义因为清朝官府的镇压，坚信殉教可以直入天堂，因此它反叛不已，辈辈流血。农民坚持着自己的信仰，后来对信仰的坚持已经变成对自己利益和心灵的守卫。坚持带来了牺牲；死人受到了狂热的崇拜。光辉灿烂的秦皇汉武唐宗宋祖在不识字的黄土高原里没人知道；代之而起的是另一些名人，农民的名人，一生清贫终遭惨死的穷伟人。他们的坟墓有自愿的教子虔诚地看守，每逢他们的忌日就有来自天南地北的崇拜者在此念诵祷词，让那些列在中国历史教科书年表上的列代皇帝们永远嫉妒。

是的，从湟水到六盘山，从藏区北缘到沙漠南线，这片文化教育落后而民间的文化却如此发达的世界里藏着真实——昔日统治者的历史充满谎言，真实的历史藏在这些流血的心灵之间。

但你要记住：真实只在心灵之间。人们是很难向你诉说的。人们习惯了：像千里瘠荒的黄土浪涛默默无语一样，这里的居民在数百年漫长的时间里也习惯了沉默。

你满怀真诚，你恋恋不舍，你想追上去揪住他的衣襟，你想大声喊：“我是你的朋友！”——但他早已走远了，晃动着一个倔犟的背影。

我写得非常简单。也许根本不应该把文章写到这一层，我不应该忘记首先应该描写一下甘宁青黄土高原的地貌景观，写写它们的物产，写写村庄和房子的模样，写写这回民区最著名的而且经常被人观光采风的民歌——“花儿”与“少年”。

是这样的。“花儿”做为中国农村民谣的一种，确实极有特色。我在我的中篇小说《北方的河》中引用过一首：

哎哟哟——

西宁城我去过

有一个当当的磨

哎哟哟——

尕妹妹怀里我睡过

有一股扰人的火

为了“不伤教化”，在小说中我把其中一句“尕妹妹怀里我睡过”改成了“尕妹跟前我去过”。其实这些山歌都是粗野而质朴的，歌中引用的触景生情的联想活灵活现。

在这片强悍之地，在这片与官府互相敌视之地，又令人感动地保存着最好的民风。我在甘肃东乡的大山里走路时，曾经看见了一幅传说中的景象：远远山路上走来了一对婆媳，发现我之后，年轻的媳妇背过脸，对着山崖，年老的婆婆叉手站在前面，恭敬地对我行礼。再走了一程，迎面有一人骑着自行车驶来；发现我之后，那人为了下车让路，险些摔倒在山路上。心里怀着感动和惊奇朝前走着，一路上遇到的农民毫无例外地让路——荒山中严守着淳朴的礼节，宽宽的大路一次次地被“让”给了你一个人。“让路”——在中文中尽管还有这个词汇存在，但除了在这片黄土世界里，你在哪里也难找到这个词汇产生时的古老景象了。

心在朴实中活着会变得纯洁。沿着这片黄色的山地，回味着这里在几百年之间发生的历史，听着人们对于民族理想的真诚希望，看着一种文化落后和文化发达的并存现象，你会理解感悟出一个朦胧模糊的什么——也想即兴随情地唱几声；你没有唱出来是因为你还没有得到那千锤百炼的调整句，你想唱是因为你显然已经抓住了那质朴真实的旋律。

我只能这样粗疏地画一个圈在地图上。我只能告诉你这是一个神奇的世界。我只能简单地呐喊几声这里不是伊朗或沙特阿拉伯；只能强调这里的一切问题都是关于人、人心、人的处境的问题。另外，我还想提醒你：带着一副旅游客的派头和好奇心是不可能进入这个世界的，甚至连靠近它都困难。因为在这片僻远山区里没有任何奇观异景，只有一片焦渴干旱的黄色大山在等待着成熟的朋友。

它在等待理解，但它绝不怕孤独。数百年淌过它心灵的历史使它习惯了背对人世，它同样可以背对你。

但我愿你们能理解这片黄土大陆，像理解你们自己的家乡。当历史流到今天，当20世纪末的人们在为种种问题苦恼的今天，我想也许甘宁青的伊斯兰黄土高原里有一把能解开你的苦恼的钥匙。只要你怀着真诚，只要你懂得尊重，也许最终感到被解脱、被理解的人不是别人，而正是你自己。

如果，主允许，如果我们有如此之深的缘分的话，那么我们的相逢在明天，在那里。

明天，在那片雄浑浊黄的大陆背影里，我们一定会找到真理的一些残迹。

离别西海固

一

那时已经全凭预感为主。虽然，最后的时刻是在兰州和在银川，但是预感早已降临，我早在那场泼天而下的大雪中就明白了，我预感到了这种离别。

你完全不同于往昔的任何一次。你不是乌珠穆沁，也不是仅仅系着我浪漫追求的天山夏台山麓。直至此刻，我还在咀嚼你的意味。你不是我遭逢的一个女人，你是我的天命。

然而，警号一次次闪着红光——我知道我只有离别这一步险路。

西海固，若不是因为我，有谁知道你千山万壑的旱渴荒凉，有谁知道你刚烈苦难的内里？

西海固，若不是因为你，我怎么可能完成蜕变，我怎么可能冲决寄生的学术和虚伪的文章；若不是因为你这约束之地，我怎么可能终于找到了这一滴水般渺小而纯真的意义？

遥遥望着你焦旱赤裸的远山，我没有一种祈祷和祝愿的仪式。

我早学会了沉默。周围的时代变了，二十岁的人没有青春，三十岁便成熟为买办。人人萎缩成一具衣架，笑是假笑，只为钱哭。十面埋伏中的我在他们看来是一只动物园里的猴，我在嘶吼时，他们打呵欠。

但是我依然只能离开了你，西海固。

我是一条鱼，生命需要寻找滋润。而你是无水的旱海，你千里荒山沟崖坡坎没有一棵树。我是一头牛，负着自家沉重的破车挣扎。而你是无情的杀场，你那六十万男女终日奔突着寻找牺牲。我在那么深地爱上了你之后，我在已经觉得五族女子皆无颜色、世间惟有你美之后，仍然离开了你。离别你，再进污浊。

难怪，那一天沙沟白崖内外，漫天大雪如倾如泻呼啸飞舞地落下来了。上湾弟在那猛烈的雪中不知是兴奋还是恐惧。他满脸都是紧急的表情。在习惯了那种哲合忍耶教派的表情之后，我交际着东京的富佬和买办，我周旋在那种捉摸不定的虚假表现之中时，常常突然大怒失禁。我在朝他们疯狂地破口大骂时，他们不知道沙沟百崖那一日悲怆的大雪。他们不懂穷人的心，不懂束海达依和哲合忍耶，他们没有关于黄土高原的教养。他们不知道——远在他们面对摄像机镜头表演勇敢之前，哲合忍耶派已经拼了二百年，八辈人的鲜血已经把高原染成黄褐色了。

如今在这无雪的冬天，在这不见土壤毫无自然的都会，我满眼都是沙沟毗邻的不尽山峦，那西海固遮天盖地的大雪沐浴着我，淹没时的窒息和凉润是神秘的。

二

历史学的极端是考古学；我那一夜在沙沟用的是考古学的挑剔。我强忍着踏破谜底的激动，似用无意之言，实在八面考证——那时我不相信这一切是真实的。我不敢相信中国人能够这样只活在一口气一股心劲中，我不相信历史那玩意居然能被一群衣衫褴褛难得饱暖的农民背熟。

我装作学生相，装作仅仅有不耻下问或是谦虚平易之习。我掩饰着内心深处阵阵的震撼，在冬夜的西海固，在荒山深处的一个山沟小村里听农民给我上清史课。那震撼有石破天惊之感，我在第一瞬就感觉到它巨大的含义。上湾弟如同一名安排教学课表的办公室人员，每天使我见到一个又一个难以置信的人。

就这样，我被一套辈辈都有牺牲者的家史引着，一刀剖开了乾隆盛世。而当我认识的刀剥着《清史稿》、剥着一个个传教团的记录、剥着 J•Fletcher 著作的纠缠深深切入之后，我就永远地否认了统治者的改革的盛世——我不同于你，系红领带的暴露派作家。在你们欢庆“创作自由”吹嘘“文学迎来黄金时代”时，我已经在西海固的赤裸荒山里反叛入伙，我从那时便宣誓反对一切体制。

我在西海固放浪，满眼是灼人眼目的伤痍风景。而你——你如我的导师，使我永远地恋着那一个个专出牺牲者、被捕者、起义者的家庭。当西海固千里蔓延的黄土尚没有迎来那次奇迹大雪以前，你一直沉默着，注视着我的癫狂和惊喜。你独自捧着我的作品集，费力地读，不舍篇末注脚，但是从来没有一句肯定。

这一切使我深深思索。

在一九八四年冬日的西海固深处，我远远地离开了中国文人的团伙。他们在跳舞，我们在上坟。后来，刘宾雁发表了他的第四次作协大会日记，讲舞星张贤亮怎样提议为“大会工作人员”举办舞会而实际上真和大会工作人员跳了的只有他刘宾雁——那时，我们在上坟；九省回民不顾危险冲入兰州，白布帽子铺天盖地。我挤在几万回民中间，不知言语，只是亢奋。那一天被政府强占的、穷人救星的圣徒墓又回到了哲合忍耶派百姓手中。他是被清政府杀害的——声威雄壮的那次上坟，使我快乐地感受了一种强硬的反叛之美。追着他们的背影，我也发表了一篇散文，写的是这种与中国文人无干的中国脊背。

回到村庄里，冬夜里我听着关于那位穷人，宗教导师的故事。他被杀害后，两位妻子中一位自尽于陇东深山。另一位张夫人和女儿们被充军伊犁，陪罪相随的农民们也一同背井离乡。草芥般的女人命不难揣测——女儿们被折磨得死在半途。夫人到了伊犁，除夕夜杀了清朝官吏一门，大年初一自首求死。案官沉吟良久，说：好个有志气的女人！……

我也沉吟良久。

我那时渴望行动，我追寻到了伊犁。在洪水滔滔的夏季的伊犁河断崖上，一位东乡族的老人，他名叫马玉素甫，为我念了悼念的章节。河水浊浪滚滚，义无反顾地向西而不是向东奔流——连大河都充满了反叛的热情。在那位通渭草芽沟张氏女人的就义处，我们跪下了。那是我生平第一次虔诚地举念和踏入仪礼。马玉素甫并不是哲合忍耶，只是感我心诚——为了报答，一年后我又赶到甘肃太子寺，代他瞻仰了他故乡的拱北——日子就在这种无人知晓而被我们珍视的方式中流逝着。积石山、居家集，大西关、马家堡，沙沟和张家川，牛首山和金积堡。我奔走着，沿着长城，沿着黄河，在黄土高原和丝绸之路那雄浑壮美的风景之间。

我不再考据。

挑剔和犹豫一眨眼便过去了。我开始呼喊，开始宣传，我满脸都蒙上了兴奋激动造成的皱纹。静夜五更，我独醒着，让一颗腔中的心在火焰中反复灼烤焚烧。心累极了，命在消耗，但是我有描述不出的喜悦。

三

渐渐地我懂了什么叫做 Farizo。它严格地指出信仰与无信的界限，承认和愚顽的界限。对于一切简朴地或是深刻地接近了一神论的人来说，Farizo 是清洁的人与动物的分界。信徒们所以礼拜，就是因为他们遵守 Farizo，承认、感叹、畏惧、追求那比宇宙更辽阔比命运更无常的存在。中文中早在远古就有一个准确但被滥用的译词——天命。

那一年，我苦苦想着一个问题：什么是我的天命。我总是渴望自己的、独特的形式。我知道冥冥之中的那个存在让我进入西海固，并不是为着叫我礼全每天的 Farizo 拜。一切宗教都包含着对天命——Farizo 的顺从，我的举礼应当是怎样的呢？

西海固的群山缄默着。夜幕垂下后，清真寺里人们还在补一天的天命拜。老人们神色肃穆。我呆呆凝视着他们。这些和历代政府都以刀斧相见的人，这些坐满20年黑牢出狱后便径直来到寺里的人，这些白日在高高的山峁上吆牛种麦傍晚背回巨大的柴捆的人——全神贯注，悄然无声。

我只有独自品味，我必须自己找到天命。

西海固变得更辽阔了——东到松花江畔的吉林船厂，西到塔里木北缘的新疆焉耆，我不知目的，放浪徘徊，像一片风卷的叶子，簌簌地发出“西海固，西海固”的呓语，飘游在广袤的北中国。

我捕捉不到。我连自己行为的原因也不清楚。那过分辽阔的北中国为我现出了一张白色网络的秘密地图。我沿着点与线，没有人发觉。人堕入追求时，人堕入神秘的抚摸时，那行为是无法解说的。

人可以选择各式各样的自由。人可以玷污和背信，人也可以尊重或追求。快乐和痛苦正是完整人生。而在这一切之上，再也没有比“穷人宗教”这四个字更使我动心的了。

我静静地接受了，完成这件功课胜过千年的仪礼。那片落叶如今卷进激流，那位褴褛的哲人远在二百年前就说过，端庄的人道就是如水的天命。

如水的天命——Farizo Dayim，有哪一位东方西方的先贤这样简单地指导过我呢？

我接受得犹豫再三。挑战太强大了，埋伏太阴险了。宗教处处败北，体制在左右压迫。黑色是一种难以描述的颜色——在突厥牧人那里，它同时是最高贵的、最恐怖的、最神秘的、最不祥的和最美丽的。夜里。我迎着高原的寒冷走上山梁，璀璨的星群如同谶语。漆黑的夜色包裹着我，完全把我视为对峙的大人，并不怜悯我的微弱。

我只有无力的语言，只有一个为我焦急的农民朋友。你等待着我回答，但那等待是意味深长的，你并不为我变成——照明的一个火把。

天命，信仰，终极——当你真的和它遭遇的时候，你会觉得孤苦无依。四野漆黑，前不见古人为你担当参考。你会突然渴望逃跑，有谁能谴责杀场的一个逃兵呢？那几天我崩溃了，我不再检索垃圾般的书籍。单独的突入和巨大的原初质问对立着。我承受不了如此的压力。我要放弃这 Farizo，我要放弃这苍凉千里的大自然，我要逃回都市的温暖中去。

——但是，阻挡的大雪，就在我拔脚的瞬间，纷纷扬扬地落下来了。

四

那场大雪是我人生中唯有一次的奇迹体验。

上午开始就彤云阴冷。娃娃们挤在正房，只有这间屋子为我生着煤火。我不知为什么暴躁不安，我恨不得插翅飞出这片闭绝的枯山。娃娃们吵闹得太凶，兄弟的母亲跑来当奶奶，吆喝孩子。我怕心里的毒火烧破表皮，拉着他溜到母亲家。

清冷的屋里没有煤火。西海固度冬时，人总是坐在炕上——用马粪牛粪燃出热烟，炕上的人合盖一条破棉被在腿上，人人再披一件棉袄。至今西海固山区回民都喜欢在大棉袄领口缝一个纽绊，横着扣住，终日披着那袄行走。我们急得团团转，大雪已经落下来了，一会儿工夫山会封住，我就要逃不出这密封的黄土高原了。

心里有一股毒火在蔓延。我清楚：这是人性的恶和人道的天命在争抢。然而我忍受不了这种抉择，我多想当个恶棍，放纵性情，无拘无束。我只想逃跑，Farizo留给未来哪个勇敢纯洁的人吧。我渴得要命，西海固的罐罐茶愈喝愈涩。我冲出门外，站在崖畔的场上。

大雪如天地间合奏的音乐。它悠悠扬扬，它在高处是密集的微粒，它在近旁是偌大的毛片。远山朦胧了，如难解的机密。近山白了，涂抹着沙沟白崖血色的褐红石头。

我痴痴盯着山沟。猜测不出算是什么颜色的雪平稳地一层层填着它。棱坎钝了，沟底晶莹地升高，次第飘下的大团大团的雪还在填满着它。沟平了，路断了——这是无情地断我后路的雪啊。我为这样巨大的自然界的发言惊得欲说无语，我开始从这突兀的西海固大雪之中，觉察到了一丝真切的情分。

你那时悄悄站在我背后。

兄弟，你超过了乌珠穆沁的额吉，更超过一切大学的导师。我无法彻底地理解你。那时分，那一刻的你喃喃着，你是大雪言语的译者吗？

你低声耳语着："走不成了吵。不走了吵。住下再缓一阵吵。再没有个车了吵。这么个雪连手扶（拖拉机）也不给走吵。走不成吵。不能走么，硬是不能走吵……"

你的声音，雪的声音，时至今日还丝丝清晰。是谶语么，是对我的形式、我的Farizo的判定么？

人称"血脖子教"的哲合忍耶，为一句侮辱便拔出柴捆中斧头拼命的哲合忍耶，八辈人与三朝官府生死胜负的哲合忍耶，悍勇威慑大西北的哲合忍耶，被流放被监视被压迫而高声大赞自己理想的哲合忍耶——难道居然就为了我，改用了雪一样深情而低柔的语言么？

沙沟的两个山口都白了。桃堡和臭水河白了。通向老虎口的道路白了。白崖路上那几架高耸的大山白了。人世间唯有大雪倾泻，如泣如诉，如歌如诗。大雪阻挡中的我更渺小，一刻一刻，我觉得自己融化了，变成了一片雪花，随着前定的风，逐着天命般的神秘舞蹈。

五

新的形式就是再生的原初形式。

书，我重新思索着书的含义。

西海固的大山里有一个关于书的本质、书的幸福的故事。

那个故事发生的年代应当略去，地点在固原双林沟。造反已经三年，哲合忍耶像昔日一样，死的死了，捕的捕了，萧条的西海固一片死寂，官府和体制的对头——回教哲合忍耶派已经像是灭绝了。

官军听说造反首领——至今人尊称他师傅——起事前曾潜居双林沟，日夜面壁功修，闭门读书一年。于是突袭了双林沟，包围了师傅常住的那户人家。这家人男子已经战死在泾源白面河，那一天女人正给娃娃切土豆熬散饭，官军一拥而入，在灶台前抓住了她。

女人一菜刀劈死了一名官军。

她死了。为着两个窄长的木箱，那箱子里满装书籍，是师傅存在她家的。她不识字，不知那书里写着怎样的机密；她只知道，要守住这书和箱子，哪怕让军人用刺刀把自己活活捅死。死后几十年过去了，她的族人不信任任何人，包括师傅的遗腹女——如今教内尊称姑姑——等到这姑姑五十岁了，双林沟人郑重地请来了姑姑，把那两箱子书籍还给了她。

这个故事迷住了我。

我想到了我的作品，我的书。它们从来没有找到过真正的保护者。读者往往无信，我写到今天，总感到有一种强烈的拒绝读者的冲动。

那两只木箱中的书，是幸福的。

顺从有时就这么简单，天命被道破时就这么简单。我决心让自己的人生之作有个归宿，六十万刚硬有如中国脊骨的哲合忍耶信仰者，是它可以托身的人。

你就这样完成了，我的《心灵史》。

我顿时失去了一切。

唯有你，属于那六十万人的你，飞翔着远远离去，像是与我分离了的一条生命。

现在，此刻，我不再存在，我不复是我。

只有你，《心灵史》，Farizo，和那西海固悲怆空旷的世界同在。

力气全尽，我的天命履行了。

我从来倾诉无度，而你却步步循着方寸。我从来犀利激烈，而你却深深地规避。有意地加入故事加入诗，我嘲笑了学究和历史；有意地收藏锋芒削减分量，我追上了穷人的本质。

没有多少读书人会认真钻研，只有哲合忍耶会皆大欢喜。我的感情，我的困难，我的苦心，都藏在隐语的字里行间——只有沙沟农民知晓谜底。

书，我读了一辈子你，我写了半辈子你，如今我懂得你的意味了。

在雄浑的大西北，在大陆的这片大伤疤上，一直延伸到遥遥的北中国，会有一个孤独的魂灵盘旋。那场奇迹的大雪是他唤来的，这不可思议的长旅是他引导的，我一生的意义和一腔的异血，都是他创造的。我深埋着，我没有说，甚至在全部《心灵史》中我也没有描述我对他的爱。

六

气力抽丝般拔尽了。如今负重的牛更觉出车路的泥泞。枪弹如雨点一般，淋在我四周的干燥的土崖上。出城向东，几百里方圆的无水高原上，人如蚁，村如林，窖雪苟活。往昔是官府的流罪，如今是本能的驱赶；人群涌向西，涌向南，西海固三分在新疆，一分向川地，——这才是真正的“在路上”。

我也该上路了。忍住泪告别了几个朋友，咬咬牙抛下了亲人，记着战友腿上的枪眼，想着回民心上的伤疤，我走了。

临行前我去了洪乐府，又在小东寺流连了几天。我说不出心中的依恋和惆怅。在邦达时分，在虎夫坦时分，我听着激昂响亮的高声赞念，一动不动，屏着呼吸，盼这一派圣乐永远地活在我的心里和血里。

道别时说着色俩目双手一握；再分开那手时，我忍着撕裂般的疼痛。

你们那么送了一程又一程，而我不知自己为什么非要一步又一步退着离开了你们。最后的一个机会岔错开了，他没能赶来北京和我再碰个面。此生一世，这件情谊就这么残缺着了。我知道每当洋芋刨了时他就会站在沙沟山上想起我来。我知道每当难处大了时，我也会在五洲四海想起他来。

那宛如铁一样刚硬的支撑，那一笔下去带着六十万人的力量，都与我远远地告别了。那么深情，那么无常，真有如主的前定。西海固，我离别了你，没有仪礼，没有形式，如那片枯叶最后被埋没一样，远托异国，再入污浊。

为着法蒂玛快活地成长，为着她将来去寻找桃花姐姐时有一躯自由之身，我向着东方，奔向西方，不顾这危险的绝路，不顾这衰竭的生命，就像你的兄弟远上新疆特克斯挖贝母一样，我也想挖通一条活路。

我又走到了路上。

心境全变了。

没有仪礼，没有形式，连文章也这样的愈发荒唐。文人作家的朋友们会觉得我生疏古怪，穆斯林的朋友们会觉得我不该离去。

只有我深知自己。我知道对于我最好的形式还是流浪。让强劲的大海旷野的风吹拂，让两条腿疲惫不堪，让痛苦和快乐反复锤打，让心里永远满满盛着感动。

1991 年 2 月

刘介廉的五更月

一

老实说，对于这个领域，哪怕再口干舌燥地解释，再长的笨拙作文，我对解释那些完全靠神领意会、又凝缩至极的异端怪作，完全没有信心。

记得八十年代，由于初次接触的新鲜，我那时感动堵溢，简直不信天下还有更高的文字。其时气氛种种宽容，我也童言无忌。正好在文汇报的“笔会”版写短文，于是信笔而就，写过一次《著书述》的读后。

偏偏是这一篇，被编辑丢了。

而令我暗暗奇怪的是，文稿丢失我却不曾动怒，甚至不太在意。我心底微微有一丝念头：觉得自己的哪里存在问题。后来常年旅行西北，每与真实的社会有所接近，就觉得那小稿丢了也好，鬼知道它有多轻薄。——这回能写得好一点么？我并无自信。

可能，对几乎一切事物，中国人都怀着差异，共同的思路难求。但我已经厌恶危险的优越感。即便在这个世界，人还是有着足够的诚意。该接近一些了，不能继续隔膜。

二

这里介绍的一个清代知识人物，读者对其人，知之者他是千古一人，不知者其人如同乌有。其名刘智，字介廉，金陵（南京）穆斯林，清代初期回教的大著述家。在他的世界里，人们喜欢说他“熟知经汉两学”。这个说法，有点像常说的某某大师“学贯东西”。只不过，这里的“东”或者“汉”，包括了儒老释的中国文化。而“经”或者“西”，可没有跑到欧美，它指的是阿拉伯－波斯的伊斯兰文化。

刘介廉可能是用汉语的叙述系统解释伊斯兰教的队列里，最成功的一个。他显然捉住了古汉语的多义、凝练和一定的暧昧性；充分利用了古汉语的难解本身，完成了在一定程度上对伊斯兰神秘哲理的解说。在这个过程中他不可能不受汉文化的影响，他形象地把一些深刻观点，比如老子关于“道”的概念，导入汉译的伊斯兰神学。

他有许多大部头传世。其中包括苏非主义（即伊斯兰神秘主义）的奥义书《天方性理》。我其实根本不懂那些天书，只不过爱读他小小一篇千五百字的《著书述》；再就是时而捉摸他的另一首口诀歌，即《五更月》。

回民如大河，但只在底层流淌。知识人如串珠，少得粒粒可数。刘介廉等人的地位，实际上是在远远的数百年后，才被发现后无来者的。他们的那些依据双文化的创造，也是在后来，才被认定为中国回教学术顶峰的。

著者自述，他“年十五而有志于学”，阅遍了儒学之经史子集及杂家书。又读天方经、释藏、道藏，继而阅西洋书。他的目标是：“会通百家，而折衷于天方之学。”这是几个时期（明末、清初、晚清、民国）流淌不息的，一种穆斯林知识人的一般理想。只缘于刘智在这篇小序里激烈抒情，一句一掷，才使人印象深刻。

> 尤有难者，生无同志，业无同事。即族属亲友且以予不治生产为不祥。……自立稿，自誊清，自修自润。而又不敢自是。……
>
> 难于其学，复难于翻译。难于编著，复难于成。难于会通百氏而成一家之言，复难于以一人经理百物而无相为友。……

《著书述》里如上的作家剖白，感动着中国穆斯林中代代的知识分子。因为他们中作为个体都多少有过苦涩，他们常说自己的心情，被刘介廉写得淋漓尽致。围坐言及刘介廉，人们慨叹不已。

血统是一种接近的基础。但这点基础，并不能使人追上刘介廉的境界，也不能代替对刘介廉价值的理解。把创造的困难归结为一个孤独问题，是毫无价值的观点。刘介廉确实没有忍住感慨，但他更在向巨大的命题发问。他并不需要晚了几百年的同情。他盼望揭示他的独异，揭示他在跋涉的终点取得的，他人不能之处。

面对着一个在生存最低限度上挣扎的、小商贫农的母族，刘介廉的要求是无望的。

——但是同道又确实是有的；只是要补充说，念经人里有，念书人里无。

如果想法子用最彻底的简化，试着一言以蔽之——这是一种与实践须臾不可或离的学问。

已经是另一个话题。与其他各种领域的，也许可以划属纯粹智力范畴的、或者发达于思辨过程的学问不同，这是一种孕育在人群团体的活动仪典基础上的学问。那个人群社会在基础的活动愈繁复，这个学问在上层的发育就愈丰满。否之，它就会陷入低潮、会萎缩和渐渐消失。

换言之，在这个领域里，学问本身是对自身行为的一种“探幽”尝试。它的全部，不过是用语言来尝试表达神秘行为。这自然会导致层层的不易，难上有难。而最后一层的难，或者就在如今——面对理直气壮的“科学教”进行解说。

再换言之，实践着 talīqa（阿拉伯语，经堂语作“脱勒盖提”。神秘主义功修及授受体系）的阿訇们，或许有谁在与刘介廉神交；——而那些或是字典图书断言历史、或是功过比例评价古人的学者们，不用说，他们大概根本就不知道——书的背面还有这么多事。

专家的火候差得远矣，严肃说还没有入门。而且若追及求知大义，他们其实正背离穆斯林学术以及漫长的信仰文化的积累，与刘介廉背道而驰。

可是，除了错了对象之外，刘介廉的孤愤说难，还有什么更深的原因呢？

三

首先是神秘体验问题。《著书述》中，他虔诚地记述了他在写作《天方至圣实录》时的朱仙镇神秘体验。他庄重地以身作例，强调了 karāma（阿拉伯语，经堂语作“克拉麦提”，奇迹）的过程。这是他学说的主题，也是他心理的依靠。他的认真没有谁当真，karāma 太飘渺遥远了。无疑，读者正是在这儿关了门。

> 年余而圣录未半，思得一同志襄成，久知寿春有人，辞姑而北至亳复至寿，诸君子皆姑息而不予谬。闻陈留许氏多藏经，访之，过朱仙镇，偶得赛氏家藏至圣录，西经原本也。阅之，与吾昔所得者大较真详，愕然快然，喜曰：造物之成就我，如此其巧耶！

毫无疑问会有人不以为然。但争论是无益的。因为以科学主义之矛，去攻打神秘主义之盾，只是纠缠而已。不过这并不重要。只有一点值得说：刘介廉的体验或者幻象，对于他自己是绝对必须的。

人的主观的、唯心的认定，有时会成为另一种客观、科学、或文化的依托。应该说，尊重神秘体验，并不一定就是确认物质。证明过程的时代是一种认知的初期，它已经过去了。有无，并不是最大的问题。

刘介廉被准或不准地称为回儒。其实他就是中国回教本身。在中国，伊斯兰教是一种有一千四百年发展史的社会结构和生活方式。与学者的寻章摘句不同，这才是真正的“民间”：平民百姓低低存活其中，上层显贵高高游离其外。若无刘介廉等数人，何谈回教学术！只因为个别人的努力，使得一种宗教文化，在一个时代里是繁荣的。

刘介廉复杂也好空洞也好，必须说的是，其本质是宗教的和神秘的。他或许读书万卷学贯东西，但是他更有 talīqa 的“实践”。

这是一种特殊的著作家。他虽然对著作全力以赴，但在辞世时，他更以守住了机密为满足。刊刻著作只是其冰山一角。这一条至关重要。

四

自然，他的立志，更与中国主体文化的教子相异。

刘介廉的志向在追求“天地人”的“三极之学”。所谓上知天文下识地理在中国是老生常谈，但在刘介廉，“天、地、人”，其境界内涵都完全变了。它被扩大充填，变成了一个富于魅力的理想学界。

> 向也，吾欲著三极会编，苦无其学。遍求书肆，天地人三者之书言多陈腐无实。求之天方之书，无从可得。早思夜皇，俄于京师得诸吴氏藏经数十册，皆西国原本。自元世载入，藏之府库，而为流寇发出者。天文地理之学，思过半矣。继而于秦中复得人镜经、格致全经，而三极之学皆在焉。

"天"，很快就从天文学跳跃，变成研究宇宙规律、实际上是研究其不可知规律的宗教理论。所谓"地"，在此亦不是地理的考据、不是那些自家孤陋寡闻却吹嘘"第一个"发现的"探险"。刘介廉所云之"地"，指的是世界和社会。至于"人"亦微亦宏，从严峻的生存到持身的准则，再到心灵的体验，都在"人"的概念之中。

不用说，没有谁设计过如此学术。刘介廉发愤于这个蓝图，"著书数百卷"，虽然已刊者不及十分之一。

学术界可以不承认，它确实未成气候。但在清代初年的石头城上空，在刘介廉的头上，确实多着一个月亮，而且是一镰五更月。他藉着对他独惠的照耀，寸心多得的参照，获得了异样的知识视野。若允许进一步说，他获得了一种知识分子的"品级"。

也不用说，对永远处于弱势、甚至永远处于歧视之下的中国回教来说，某些贡献的湮没，是必然的。

何况刘介廉的贡献是暧昧的。他的理想学界停顿于朦胧蓝图，后来萎缩在孤单的墓碑之后，没有人继承和发展他。无论中国的大文化，或是伊斯兰的正统主流，都不在乎这点损失。因此也就没有——这个思路的开花结果。

不能如意的遭遇使人投向认知自己的群体。在一个隐形的国中之国放浪，就常是一种慰藉。刘介廉的著作几乎都在远游和迁徙中写成。在中国，这也是一个在多数人中罕见，但在某一类人中屡见的现象。

> 乃裹粮负笈，历齐鲁，走都门，就正朝绅先达。由襄楚入西秦，访求宿学遗经。过吴门，游武林，越会稽，抵粤东，考文问字。阅胡氏天禄阁藏书，得未曾有；由天童至大嵩珠山观

海，大畅所游。

归而自谓曰：“学问如是而已乎？道理如是而已乎？”

谁有过这样大气的发问？

人去远，时已逝，如此抱负的学人，早已久违了。

五

我想，关键已经讲清楚了——如果不能一定程度地介入苏非社团的实践，就无法揣味刘介廉的内容。

不仅《四库全书》的编纂者忽视了他（总目提要对刘曾妄做贬毁）。多种狭隘使得他默默无闻。大量以理解者自居的回族学人，排斥真知的实践性空谈刘介廉，持续地以误解对他进行“研究”。

刘介廉的“天地人三极之学”，其三极就其狭义简言之：真主意欲的隐在规律，即天；地上人间尤其穆斯林社会，乃地；人的心灵即宗教体验，这才是人——三极之中，都包括了伊斯兰的功课甚至进一步的功修。都存在实践问题。而这一点，正是叶公好龙的回族学人的羞处。

没有资料证实刘介廉具体受过阳明学的影响。但是，可以说在王阳明之后，没有谁如此强调过、并亲身实践过“知行一致”。

下一段，同样也并非好“懂”：

虽然，于至难中而有至美存焉，于至苦处而有至乐生焉。暴入之时，求之弗得，入之弗深，若探海寻珠，只觉其难。沉浸既久，而一旦骊珠在握，万目称奇，美哉何似。勉成之际，殚力搜罗，庸心采缀，如织锦编花，多见其苦。工夫既到，而一朝彩凤成章，千人唱美，乐也何如！得其美无难矣，得其乐无苦矣，吾于至难至苦中寻斯美乐之境。

如果我判断说，这是他含蓄使用的宗教功课的隐喻；可能有人会说缺乏根据。可是若对比一节《五更月》的 talīqa 口诀，感觉就会不一样了：

三更中，月正朗。一颗明珠海底藏。忙登程，驾轻航，翻入龙窝层层浪。受尽千般无限苦，捞得明珠无价偿。紧护持，莫放荡，富贵好还原家乡。

至今未发现流失的介廉遗著。我们也就无法猜测，他曾经怎样步步走进苏非的门坎。今天是解读古代的钥匙；根据对今日伊斯兰社会的了解，刘介廉应该尚有大量活动并未暴露。既没有在他的《天方典礼》《天方至圣实录》等译著中公开、也没有在他的生涯巨著《天方性理》中显示。

这正合“规矩”。传世作品，与回教社会的规范禁忌暗合的现象，应当是引导研究刘介廉的途径。走得最歪的是一些败家子型的学者。因为缺乏学术训练以及恐惧利欲，一首《五更月》，被他们用夹生的原教旨主义观点，加上不负责任的胡说，歪批几过。

《五更月》的俚俗性，异于作者知识分子式的私人笔调。在《著书述》里那种笔调很明显。也许这暗示着刘介廉与农村的连系？此外，作品口诀调，不同于其他刘介廉文字。不能不怀疑它——它不仅是一篇作品，还像是一件用品，宗教的用品。自然这只是猜测而已；虽然在“天地人”的地理世界，每逢接触苏非式的存在，感觉就会更引诱如此的猜测。

六

在我崇敬的老马阿訇的寺里，我第一次见到刘介廉的《五更月》。那是一套四幅的隶书，黑底白字，印刷得一似拓片。那天，我问道：“老阿訇，这是个啥呀？”

老阿訇，这汉字不识一个、阿文可以著述的老人朗朗地答：“这是刘介廉！”

后来，他又把那条幅带到了兰州。我在兰州又看见那条幅。居然连在墙上的位置、挂法都丝毫未变。我吃惊了，老人的行动异常庄重。

后来几次我与老人相遇。《五更月》的拓片式隶书条幅，也在每个我和老人重逢的地点看到。次数多了，地点多了，我开始琢磨含义。一个不识而且拒绝汉字的老人，把他不认识的汉字条幅带着，在茫茫黄土里翻山越岭，他是为什么呢？果然，问他的时候，老人说：“唔，是认不得。机密么，都认不得！”但是，我想他仔细地听过口诀的每一句。他确认过，刘介廉与他本人的 talīqa 一致。否则他决不会挂任何汉字。

在穷乡僻壤的庄户里，“研究”在进行。刘介廉的《五更月》，不仅贴在泥屋的墙壁上，而且已经有了正式的阿拉伯语的诠释讲义。我在吐鲁番盆地的一个村庄里，听过一次阿文释文的讲解。虽然，不能说那已是完璧。

既然学问追求到“行”，秘密就会很多。talīqa 也包括人的关系。《五更月》中有“访名师，求护卫，透过玄关得真机”之语，这也许暗示着，他与谁之间存在过授受之道。另外，对“二更中，月正圆，呼吸二气莫放闲”一句，一个维吾尔朋友曾尖锐地判断说：“呼吸二气，hu（呼），指的是 Allāh-u（‘真主’一词的主格）；hi（吸），指的是 Ileh-i（‘主’一词的属格）。”这是可能的，因为二更中一节里，已有“常把真言记心间”之语，这当是指今天常见于回维等族的 ziker（即克尔，念辞）。

刘介廉隐约地进行（并不是完成）了——用深入中国人心理的儒佛话语，解说和传播伊斯兰神秘主义的事业。他的意义，还要等更多的时光流失，才能显现。等无约束和非仪礼的汉文化的失败，再重复上几回；也等伊斯兰教条主义带来的悲剧，再鲜血淋漓地上演几次。

一瞬间，我突兀想起那序的结尾：“念我孤人，闻见不广，词语不工，正其纰缪，补其阙略，以成大观，斯道之幸……”我不禁想，或许《著书述》稍多地放任了情绪。其实在三极的“大地”上，他并非一个悲剧话题。他的形象是鹤发童颜的慈祥巴巴（长老），是传说般的得道神仙。一提介廉巴巴，回民们就显出愉悦和对汉文的赞赏。《五更月》，由于它成功的村言土语，不仅被穆斯林承认，而且被视为珍宝密谶。

石头城上的五更月，如今移到了黄土高原的群山之巅。刘介廉以一首古怪的俚语长诗，赢得了伟大的成功和信任。我想，这已经补偿了他生前的孤苦。

至于我，多少年过去了，学习才做完了一个开头。疑问难点成片地迎头涌来。我经常遥遥地想起老阿訇的陋室条幅。凝视着，我像窥见了一点苏非的样相，更看见了一个知与行，著述与行动互寓的例子。那样的学问人生，鲜烈得让我痴醉。此刻，我特别渴望和老人讨论。可是，他已经在几年前去世了。

1999 年，开斋节

附录：（著书述）

著书至不易也。予年十五而有志于学。八年膏晷，而儒者之经史子集及杂家之书阅遍。又六年读天方经。又三年释藏竟。又一年阅道藏竟。道藏无物也。继而阅西洋书一百三十七种，会通百家而折衷于天方之学。

著书数百卷，已刊者什一。典礼、性理数种而已。典礼者，明教之书也。性理者，明道之书也。今复著至圣录，以明教、道渊源之自出，而示天下以证道之全体也。盖三书者，三而一者也。履阶而登，升堂入室，其庶几矣。

忆自初学以至于今四十余年。览遍诸家，读书万卷。天下名都胜迹游历过半。虽车尘驴背未尝废吟哦。而所成者无几，且未善也。著书岂易易哉！尤有难者，生无同志，业无同事。即族属亲友且以予不治生产为不祥。而予孳孳之意不息，笃志阐天方之学以晓中人。

自立稿，自誊清，自修自润。而又不敢自是。乃裹粮负笈，历齐鲁，走都门，就正朝绅先达。由襄楚入西秦，访求宿学遗经。过吴门，游武林，越会稽，抵粤东，考文问字。阅胡氏天禄阁藏书，得未曾有；由天童至大嵩珠山观海，大畅所游。归而自谓曰：“学问如是而已乎？道理如是而已乎？文章非我事，功利非我图，坐拥万山，老于圣贤窝中可也。”

庚子冬，赴兖府马公召，谒孔陵，有感而归。

明年辛丑二月，寓三山市肆，甫译天方至圣录，俄复有姑苏之役。

年余而圣录未半，思得一同志襄成，久知寿春有人，辞姑而北，至亳复至寿，诸君子皆姑息而不予谬。闻陈留许氏多藏经，访之，过朱仙镇，偶得赛氏家藏至圣录，西经原本也。阅之，与吾昔所得者大较真详，愕然快然，喜曰：“造物之成就我，如此其巧耶！”

向也，吾欲著三极会编，苦无其学，遍求书肆，天地人三者之书言多陈腐无实。求之天方之书，无从可得。早思夜皇，俄于京师得诸吴氏藏经数十册，皆西国原本，自元世载入，藏之府库，而为流寇发出者，天文地理之学，思过半矣。继而于秦中复得人镜经、格致全经，而三极之学皆在焉。

今著至圣录，正苦无真本，而于不意中由得之，岂造物笃意于吾而欲吾成厥志耶？吾其受命矣。置旧翻新，重订至圣录。时陈留歉疫大渐，不可居，得许子一序而归。复寓三山市肆，日沉浸于钩提笔削。

患乎求之难而得之易，得之易而成之复难。何也？造物之成就人处固多，而颠簸人处亦多。人心之反复，世道之崎岖，尘纷之抢攘，毁誉之凌渎。日无宁晷，心无宁刻。入室则咿唔嚅叽，假寓则是非糅杂。谋一椽可隐而力不赡。兄弟戚友，初未尝不爱吾居吾也，视吾迂腐疏狂，去之远之不暇。尝至一岁迁徙数处，无恒其友。凡皆造物之颠簸我也。心志之苦，筋骨之劳，可谓至矣。然而志不可夺，乃去三山而就和阳之市，三阅月而录竟。

计自辛丑二月发笔，迄今甲辰正月，三易春秋，十更居处。南北星霜数千里，三脱稿乃见小成。较之居旷庭，坐精舍，田亩丰给，朋济讨论，一人创之而众人成之者，岂不为尤难也哉。

难于其学，复难于翻译。难于编著，复难于成。难于会通百氏而成一家之言，复难于以一人经理百务而无相为友。虽然，于至难中而有至美存焉，于至苦处而有至乐生焉。

暴入之时，求之弗得，入之弗深，若探海寻珠，只觉其难。沉浸既久，而一旦骊珠在握，万目称奇，美哉何似。勉成之际，殚力搜罗，庸心采缀，如织锦编花，多见其苦。工夫既到，而一朝彩凤成章，千人唱美，乐也何如！

得其美无难矣，得其乐无苦矣，吾于至难至苦中寻斯美乐之境。假使当日坐守陈编，不有燕秦之驱劳，安得快睹三极之奇学？或眷怀姑苏，不有河中之跋涉，又安能获此圣录之真本？以是知造物之颠播我，正以成就我也。吾之蒙惠于造物者深矣、厚矣。

志斯成矣，独愧夫才力不足，不能答其惠我之至意也。殚躬尽瘁已矣。尚冀世之君子，念我孤人，闻见不广，词语不工，而一志于倡明正学也。正其纰缪，补其阙略，修之润之，共襄厥美，以成大观，垂鉴永远，则斯道之幸也。

破衲痴

直到年来读了舍起灵（自号破衲痴）的另一篇奇文。舍起灵为他所译的波斯文著作《Ashiantu al-Lamaati》，即中国回民经堂常云之《莱马尔提》经，题了一个相当中国味的题目，《昭元秘诀》。

绝妙的是其书的小引。文极短，全录于下。

> 余尝曰：寄秦、寄鲁、寄梁宋，非寄也，寄居天地之客也。又尝曰：作诗、作文、作词、作赋，亦非作也，发挥造化之蕴也。
>
> 如是则行年半百，越境万里。过帝都，客盛京，三遇马生而成其志。况师生之际，日授千言，其诗文之工拙，序义之短长，而又何有于我哉。
>
> 切思粒食滴饮，概不由人，况发挥至大之元机，唤醒沉迷之睡梦，又岂敢争功于造化我者哉。今译此集，文不讳俚俗，诗不妨鄙拙。虽其志在合东西之音，较真伪之误，其实余无乃传言耶，代笔耶。其工拙之词，俾我如此者，我即如此言也。其长短之句，令我如是者，我即如是书也。又岂肯以己之汗颜，人之舌论，而为阻斯译之隘也哉。
>
> 破衲痴迅笔自识

路上更觉故乡遥远

黑黝黝的都市楼影夺尽星空，窗里无月，夜正深沉。沐浴之后，身心有一种透明的感觉。提起笔来，马上想起 1984 年冬天在沙沟庄子度过的那个夜晚。

对于我，对于一颗苦苦追寻但看不见方向的心来说，沙沟之夜是真正的启示之夜，是真正的人生中很难遭逢的转折瞬间——然而那一夜我震惊地、忍着剧烈心跳读过的，是杨怀中的《论 18 世纪哲赫林耶穆斯林的起义》。

我出身于考古学和蒙古史；我读过的论文和见过的学者很多——但是我终于不愿再弄这种学问，并且从职业上告别了它。后来我干着许多形形色色的事情，而心中的疑问一直没有获得解答——

什么才是值得献身的学术呢？自从那个在星光下呈着一派艰忍暗红的沙沟庄子度过的夜晚开始，我觉得眼前有一条路被照亮了——这条路通向一种比考据更真实、比诗篇更动情、比黄土更朴实、比权威更深刻的人生。

这样的路常常隐遁不显。可是应当说自唐宋以来，这条路上一直有人踯躅前行。这路埋在穷山恶水和被遗弃的领域。它很像海上行船；前进之中失却着后路，一往直前更举目无亲甚至全无方向。

你时时记着、细细品味着你与贫瘠的故乡、与那些永远地感动着你的回族农民之间的一切，在精神世界里你如一个娇儿依偎着他们。然而物质的、严峻的现实中不见他们的影子——你在最艰险的崖坎上仍然必须独自爬过去，哪怕过去后身心交瘁遍体鳞伤。

你要经历许久之后才能知道——回族和伊斯兰在中国都是一种底层的概念；冲出母胎的每一个人物，几乎都终将成为一种少年丧母的孤儿。因为他们必须跻身中国。

这是回回民族特殊的分娩形式。这是回族优秀儿女成人的形式。这是回族与伊斯兰向中华民族及其文明补给贡献的形式。

也许他们会愈来愈深地热爱上自己的母族；但势如离弦之箭，他们在介入中国大文明的疾行中离自己穷苦的母族愈来愈远。

也许他们会一天天淡漠自己的记忆；介入是竞争也是求同，当他们真的在世俗世界功成路尽之际，他们精神上的虚空和怅惘是难以形容的——早在明代，这种现象已经引人注目。

海瑞——据其姓氏、故里、性格便可以看到一种非中原的异族味道。考证他族属的最佳资料也许正是他的回回式的烈性。“骂皇帝”的怪癖和罢官后深刻的悲观，也许正是回族知识士子否认自己血脉的结局和前定。

李贽——祖姓林，六世祖林驽是泉州巨商，航行往来波斯湾，娶“碧眼女”为室。他与中性伊斯兰胡商番客的血缘相当清晰——

因此他才敢离经叛道，著书立说再题以“焚、藏”。由于这种血中的魅力，当年士子人人各挟李氏《藏书》《焚书》以为奇货。放浪于哲学，相知于女子，又求佛又学道——李贽对于伊斯兰的一丝回忆和血统，也许是割舍得最为彻底的。但是绝望更加深刻。最后他在用剃刀自杀前，才留下了一篇似乎要教给后人回民葬仪的遗嘱。只是晚了——狱卒问鲜血淋淋的李贽：和尚痛否？答曰：不痛。又问：和尚何以自割？李贽——这位孔孟儒学体系中的异端者大师答道：七十老翁，更有何求！

郑和——哈只云南马家的儿子，中国海军史上最伟大的统帅和世界诸大航海家之一。第三次远航归国后，郑和虽不声张，却回到云南家乡度过斋月，很可能还曾礼过尔德节拜——伊斯兰中心之一的云南家乡会使他在那一个斋月里完全做一个教徒。但是在郑和的政治军事外交生涯中，族与教的影子显然很薄，他与回族回教之间的关系，严格地说是在分离告别，而并非归回依附。所以，海军不信郑和是回回，也就并非是一种无知可笑的现象了。

一面是中国历史伟人的桂冠，一面是难逃的悲剧故事和祖先的否认；这难道真的可以谐调么？这里面难道就不存在湮灭了的、更重要更真实的历史么？这些故事是孤立的么？如果你把它们渐渐看为普遍的，那么你获得的认识究竟是什么呢？

致使中国史上的回族人物孤独的原因，还不仅是血统的、前定的因素。除开步入中国文明的上层——中国文化界之后必然遭遇的融化、自卑，以及与中国文化界并立争雄之后的远离家乡之外，回族优秀人物处境艰难的原因，正来自于回族内部。这个命题非常暧昧难以深究；但是在呼唤一个振兴和升华之前，宣布一场自我批判的时机也就近了，哪怕批判者的认识朦胧。回族不是一个低文化水平的民族。回族拥有的一神教世界观，是人类最基本的认识论真理之一。回族只有敢于批判清除自身的病毒，才有可能生存下去。

杨怀中论文中提到了回回民族中的“乡约”传统；其准确不见于以往的回族史研究。

乡约就是回奸，就是木纳非格（伪信者），就是强权与暴政用高官厚禄豢养的治理、监视、限制、侵犯回族及其心灵信仰的那种人。元明之季不易细考；乡约制度确立于清乾隆年后，代代流毒，祸害不已。乡约传统是回民的耻辱。

每一个回族青年，当他终于走出了荒裸赤贫的家乡，当他终于在城镇里寻上了一块立足地场，当他终于能学而优之后——我想，他必须做一次抉择。他必须直面父兄日晒雨淋黧黑渴裂的面庞和祖先的坟茔，他必须望着家乡那灼目伤神的风景做出决定：坚守或者背弃。

明清无考古；读者会用自己的体验来感觉和判断。乡约——求官的族病产生于回族的分散性、商业传统和受压迫史。而除开出卖母族的乡约回官之外，回族特有的小商贩业也不是一种高水平的文化。小商的求生手段一旦成了传统，一旦在一个民族中占了太大的比例，就会潜移默化地销蚀这个民族担负的意义重大的使命。干大事而惜身，见小利而忘命，这种劣性尤其常见于中国回族知识分子。小商传统在学术以及思想方面的浮现，不仅使从郑和到刘介廉种种类型的大家大师难以产生，而且直接营造着陷自己的代表人物于孤独的环境。

但是，无论有着怎样的内部环境和外部处境，回族——像我那穷得失明的曾祖母夜夜纺线供养儿子读书一样，像我们几乎每人都拥有的那位含辛茹苦的母亲一样——仍然不绝如缕地为中国献出着最优秀的儿子。

杨怀中最大的贡献，是他用纯粹传统文学的方法，企图表达多少年来压郁在回族人民心头的那种情感。但是，这是一种关于历史的情感。它很难胆怯地、打折扣地表达。本文开头我写到几年前我在沙沟庄子初读时的感受；我觉得一种自孩提时代就朦胧有过的、不能证明也解释不清的情感，在那暗红山峦的环境里突然被引发出来并猛然在胸中燃成一片大火。一种没有被害事实的被迫害体验，一种非理性的坚信不疑，一种突然降临的历史观点，都被他那篇论文突兀地引发出来了——我相信，有着类似血统和心理基础的人，哪怕他是一个信仰其他宗教的人，哪怕他是一个有理想追求渴望的无神论者，都会被这种感受所启发，甚至改变自己的人生。

问题终于被提出来了，正因此问题更加严峻。你一面批判着自身和自己的传统，一面揭露着迫害和对人心的侵犯；那么你从事的事业是历史学么？难道这就是年轻时曾经想过、而涉世一深便逐渐淡忘的初衷么？

这就是那种值得为之献身的学术么？

杨怀中因他接近着学术的原初质问，也接近了前述的前定；或者停滞以求喝彩，或者前进放弃理解。

如果杨怀中在这条路上走下去，那么他接近的是心灵的模糊体验而不是史学的广引博证。他最终要直面对峙的将是立场及方法论，而不是别的。

巨大的考验正等着他。连锁而来的原初质问尚刚刚开始。郑和李贽疏远了母体，那么投入母体会有怎样的情景呢？用孔孟之道诠释伊斯兰教的命题当真成立么？中国回民中的宗教观点和实践，确实能够经受住一神论思想体系的检验么？人道的正确方向，在未来的新世纪里究竟在哪里呢？

作为一名晚辈，我不能再渲染道路的崎岖了。作为追求真理的同道和一个回民儿子，我愿在承受着作序的沉重的同时，与我敬重的同道们共同思索。

几年前在沙沟庄子度过的那个夜晚已经远了，印象中只有一派费解而神秘的暗红。走出村庄，踏上大路，无论甘肃宁夏都是沉默的冬日风景。

但是你如今不能再回家。如今你只能在这条路上坚定地走下去，既然你举意要统一人心和历史。

如今我也走到了这条路上。也许先行者们就是这样设想的：总会有人上路，哪怕彼此听不见足音，哪怕每一个都以为自己孤单一身。

也许，回族的路在前定中就要这样走。也许这就是回族的一种形式，一种渡世的形式。

1990.3

宁肯湮灭

18世纪中叶，约在清乾隆十年，今青海省循化的撒拉人地区来了一个穷苦的传教人，他的名字叫马明心。

当时的甘青边缘——在地理和文化上正是青藏高原和黄土高原的边缘——贫瘠不堪设想。借着藏文化的喇嘛教与中国文化的孔孟之道之间的这块边界空地，马明心传播了一种名叫哲合忍耶（Jahrinya）的苏非主义教理。

苏非主义，即被伊斯兰教称谓的一神教神秘主义。它是对于原教旨主义和宗教繁琐哲学的批判，主张内心省悟以及体验，是一种渴求人与造物主之间直接沟通的思想。在它起源的遥远中世纪，它代表着一种自由的感情和精神。著名的苏非大家曼苏尔·哈拉智因他高声呼喊“我是真主”，而被10世纪的正统派伊斯兰法庭处以极刑——但今天，世界上各种派别都承认和尊重了他。

这种反抗原教旨主义和繁琐神学对心灵的束缚，主张每一个人与主结合之权利和可能的思想，强烈地反映着各个历史时期最最苦难深重的底层大众的心情。因此苏非主义在伊斯兰各世界发展迅速。西班牙、土耳其、中亚细亚都出现过苏非主义的神学大师、大诗人以及事迹动人的殉道者。

由于殉道现象，像一切宗教曾有过的一样，圣徒渐渐形成为领导民众信仰的领袖和感情的维系结。朴素而饥饿的信众逐渐提出了圣徒崇敬的观念，以使深奥的主与自己有一种中介——这仍是世界各大一神教的共同经历。

到了 17、18 世纪，中西亚的苏非主义已发展成一些茂盛的大树。个人渴求与圣徒崇敬，已经使苏非主义发展成一个个有组织、有地域、有强烈感情、有仪礼规矩、有圣徒谱系的大派别。学术上曾译“教团”，但这种译法含义不明。中国回民称之“教门”，也是略去了秘密——这种苏非派实质上是一种信仰者的组织；有些甚至占据着一隅之地，与统治者的王道霸道分庭抗礼。

乾隆十年，马明心进入撒拉人地区时，在中国新疆西南角的叶城——莎车宗教文化中心和甘肃河州，已经早有十多个苏非派别存在了。

世界学术界对苏非派极为注意，对中国伊斯兰问题则几乎全力倾注于苏非派。无疑，这种现象的原因仅仅在于：一、苏非主义派别往往反映着最底层贫苦民众的生存现实；二、苏非主义派别乃是伊斯兰原教旨主义和正统的异端，以及国家统治者及其伦理哲学的异端；三、苏非派的思想渊源及朴实信众的感情中，存在着一神论世界观的原初意味；四、上述诸特点具备着动人的美。

马明心曾在也门求学十几年，出身贫寒，举目无亲，本人是遗腹子，10 岁出国来一生没有一瞬的富贵。他在循化，继而在河州及陇东南传播哲合忍耶，其事迹至今为西北农民念念不忘。

马明心的哲合忍耶内容丰富复杂，但简言之只是四个字：穷人宗教。他背着背篼，奔波于荒旱不可思议的陇山周边辽阔的黄土高原，不求报酬，不使穷苦回民有一点负担。后来他被清政府捕走时，家中只有三孔破窑，数百个麻钱——老百姓们还补充说：这几百麻钱还是他妻子去郭城驿当铺典当他的一件羊毛衫，那当铺老板不仅不收当而且施散了几百钱以表心意时，带回窑里的。传说他妻子一生推磨纺线，直至官军来时自尽都穷苦终生。苏非（suf）原义为“羊毛衫”，指云游的求道者［元代汉文文牍译为“迭里威士”（阿语：乞丐、穷人）学术界旧译“托钵僧”］；马明心活着时，他在大西北民众中的形象，是一个穿着妻子手织的羊毛衫在穷乡僻壤中奔走的苏非老人家。

乾隆四十六年，清政府的不当处理激变哲合忍耶，从而导致了著名的撒拉人事变。清政府查出哲合忍耶的导师是马明心，于是突袭哲合忍耶关川道堂，从家中捕走了马明心，监于兰州。此举酿成大规模的乾隆四十六年回、撒拉、东乡等族大扑城。浑身褴褛的民众团团围住了兰州，要求清廷释放马明心。清吏惊惶，企图杀一儆百，于是在当年 3 月 27 日把马明心杀害于兰州城墙上。义军悲愤至极，不求生还，寻无水孤山死守，与官军战至最后一人一刀。无一人生，无一人降。马明心一妻自尽于家，另一妻张氏及女儿被充军伊犁。张氏于除夕夜手刃伊犁清吏一家，大年初一就义于伊犁。其三子充军云南烟瘴地，两人早殁，一人在云南复苏了哲合忍耶。

上述均可参见钦定官修的军事文件汇编《钦定兰州纪略》。

马明心的殉道，使得哲合忍耶这一苏非主义教派从此牢牢地在中国扎下了根。3年后，为着给他复仇，哲合忍耶掀起了更大规模的一次起义，即乾隆四十九年石峰堡起义。失败后，清廷又官修一部文件汇编，题《钦定石峰堡纪略》。

但是，哲合忍耶像一切宗教和思想一样，以迫害为动力，在被禁绝的隐密地下，悄悄地生存着和发展着。它与清政府之间的仇恨再也不能勾销。同治年间，它又参加了以太平天国为主角的中国人民反清大起义；其道堂——灵州金积堡成了全部大西北反清战争的大本营。这样的壮烈教史，与西北中国的历史以及贫苦民众的心灵史一起，相互纠缠，共存共生，直至清朝覆灭。

《热什哈尔》一书，就是这样一支民众中的一个隐名的知识分子，在乾隆四十九年之后到嘉庆年间左右的禁绝清查之中，于潜伏中秘密写成的。它记载了哲合忍耶前两代导师——马明心以及继承人穆宪章的一些事迹。

如我在该书汉译本序中写过的，此书很难用学科分类。（见本书《心灵模式》）它既是史事，又是神学，接近散文记录文体，又像在隐喻象征。它间于历史、文学、宗教三者之间，但作者坚持的——却是一种真诚的向往。他向往着一个超然的存在，他只求在那里被接受。他不费笔墨解释他早已坚信的，他也不追述他认为那伟大存在早已洞知的事实真相。他只管他与它的独自交流。

兼之他不仅使用阿拉伯文，而且使用波斯文，拒绝理解便是多重的。人们初读时有权认为此书不知所云，但是人们应当知道：迫害者是国家而且有大量文牍刻版（除两部钦定书外还有满文档案，如《石峰堡档》，藏中国第一历史档案馆）；而被迫害者是农民，仅有这薄薄一册。

《热什哈尔》一书流传以后，民国期间的哲合忍耶知识分子纷纷效仿，用阿拉伯文记述教史。其中有名的著作有《曼纳给布》（圣徒的美行）以及其姊妹作《哲罕耶道统史诗》。其他著述包括汉文尚有数种；都是后来治中国回族史、中国苏非主义研究、哲合忍耶研究者企图渔猎的对象。

至少有下述外国人企图掌握哲合忍耶的实体，在他们的著作中以世界苏非主义的知识企图判断哲合忍耶。择其要者，可以罗列如下：

1880 年法国人 Rocher，E. 出版《中国云南省》二卷；1911 年，法国多隆传教团对甘肃实行调查，出版《关于中国穆斯林的研究》；1921 年，安德鲁，G.（Andrew，G.）出版了调查研究报告《中国西北伊斯兰教》，他本人去过民国初年的张家川（哲合忍耶当时的中心），并记载了哲合忍耶当时的一些实况；40 年代，日本学者岩村忍、小野忍、佐口透三人随日本皇军抵达绥远，集中全力企图搞清回教问题。他们对哲合忍耶尤有浓厚兴趣。共发表：

1949—1950 年，岩村忍《中国回教社会的结构》上、下（原始调查至今未发表）；1947 年，小野忍：《中国的回教教派》，东亚论丛第 6 辑，及其他；1963 年，佐口透：《18—19 世纪东土耳其斯坦社会史研究》。

以此三人为先河，日本学人对哲合忍耶苏非派的研究数不胜数。其中应当指出的是：日本人当年在绥远着重调查了包括哲合忍耶派的回民典籍，并不问巨细，全部抄录所有他们听说了书名的典籍于论文之中。

但他们没有听说过《热什哈尔》。

欧美学人继传教士调查书之后，近年来下力于哲合忍耶问题的，主要是哈佛大学弗莱彻（Fletcher）、李普曼（Jonathan N.Lipman）等人。当然他们只能涉及西亚，而对中国则不过只作皮毛之论而已；因为深入伤痕累累的心灵，是一件不易的和沉重的事情。

国内有关研究的状况是：勉维霖、杨怀中、马通三人是中国苏非主义派别的主要研究者。其中杨著《回族史论文高存》、勉著《宁夏伊斯兰教派概要》、马著《中国伊斯兰教派与门宦制度史略》，都是上乘之作。三人三著均以哲合忍耶为其苏非派、回族史研究之首要，可见哲合忍耶在中国回族中的举足轻重。

但是，他们都没有获得《热什哈尔》。

1980年，西北五省区召开伊斯兰教学术讨论会银川会议；由《热什哈尔》派生的两大教史著作之一《丽撒拉合》（*Risalah agsariyah*）的节译本被会议印刷分发。

《丽撒拉合》之音译是我随《热什哈尔》《曼纳给布》两书"首词定名"之例写下的；民国间，它曾石印入世。兰州哲派人士郭南浦为其题署为《哲罕耶道统史传》、题阿文书名为Al-kitab Al-Jahri；遂以《道统史传》知名。

然而无论《丽撒拉合》或是《曼纳给布》，史源均在成书于清嘉庆年间的、关里爷在搜捕禁绝的恐怖中写成的《热什哈尔》。这一点，著作《丽撒拉合》的曼苏尔·马学智和著作《曼纳给布》的毡爷（阿布杜·艾哈德）两人均在自序中讲明，并再三称颂关里爷。甚至，这两位作家在自序中都以关里爷（阿布杜·尕底尔·艾布·艾拉曼）的继承人自比。

毡爷《曼纳给布》序："我，无能的祈求者阿布杜·艾哈德一直听自己的老师讲：《热什哈尔》语意明确，事件清晰……不知自何时起，我举意为这部经典补遗。"

马学智《丽撒拉合》《哲罕耶道统史传》序；"阿布杜·尕底尔（关里爷）编著的经典，好像太阳驱散黑暗一样消除了我的愚盲。使我知道，即使有了它的高高照耀，灯烛也依然可以发光……"

80年代末，回教哲合忍耶派决定公开自己的秘籍。承三联书店慧识，《热什哈尔》可能与这个世界见面了。

顺便说一句，其他资料的整理翻译和深入研究，也正由《热什哈尔》的译者杨万宝、马学凯的同事们，即回民哲合忍耶派的阿訇们进行着。

综上，这部《热什哈尔》乃是中国回民中的一部内部资料。由于回族其他派别内部著述稀少，兼之哲合忍耶派拥有的悲壮历史，这部书被称为中国回族第一书，就决不是夸大之词了。

它将在学术界引起的重视，是毋庸多言的。

而它证实的历史良心和它对被压迫人民的慰藉，才是意味深远的。原初的、本义的学问与我们久违了，也许《热什哈尔》可以引起人们一些有益的思考。

由于世间包括学术并没有足够的同情和诚意，哲合忍耶对外部尤其对自己的研究——采取了怀疑和拒绝的态度。如此的资料宁甘湮灭，不肯示人；就像哲合忍耶宁肯牺牲也不肯妥协的形象一样。哲合忍耶终于等到了这一天：——自己的孩子终于掌握了经汉两大语言并长成为一种新型的学者；自己的能力终于可以掌握对自己的科学及神学研究；一种不仅仅是客观的和严谨的、而且是正义的和温暖人心的学术，就要出现了。今后，哲合忍耶将一一整理、翻译、出版自己的内部资料。受回族哲合忍耶派委托，我借此文重申：回族哲合忍耶派清真寺对自己拥有的一切阿拉伯文、波斯文资料保留著作权。哲合忍耶对自己的一切资料保留著作者的权益。哲合忍耶欢迎一切教内外、海内外的朋友帮助自己完成这一项研究大业，也愿意支援一切尊重哲合忍耶的朋友的事业。

1990.11

《热什哈尔》

——拒绝现世的学术和艺术

这里所说的是中国伊斯兰教的苏非主义派别的一派民众、阿拉伯语名称为哲合忍耶的回民内部藏有的一部宗教历史文献。它同时具备罕见的文学意义。如果不是因为历史赋予的机缘，也许这部文献会永远隐藏，永远不为人知。同时，由于在中国著述史上很少有过如此深具意义的书籍，所以有必要从它的源头开始介绍。

一

1781 年、1784 年以及始自 1860 年蔓延十载的回民反乱被镇压之后，清政府曾分别汇编战时军事文件为《钦定兰州纪略》《钦定石峰堡纪略》《钦定平定陕甘土匪方略》等书，中国哲合忍耶派回民遂以“新教”之名见诸于官文书；但无论官府和民间，都并不知其真详。

早在十八世纪中叶，约在清乾隆十年，今青海省循化的撒拉人地区来了一个穷苦的传教人，他的名字叫马明心。从当时到现在，其实他的名字一直在黄土高原上空轰响，只是世间完全未曾发觉。

当时的甘青边缘——在地理上和文化上正是青藏高原和黄土高原的边缘，贫瘠不堪设想。藉着这块空白和这种绝望的现世，马明心传播了一种称为哲合忍耶的伊斯兰神秘主义的教理。这种教理丰富复杂，但简言之只有四个字：穷人宗教。它在当时掀起和引发的伟大希望和热烈激动，今天已经很难想象了。只是马明心故居——黄土高原腹地的几孔坍塌土窑，沉默地比喻着这种苏非派伊斯兰教的本质。

苏非（suf，波斯语），原意为“羊毛衫”，指身穿羊毛编结的粗衣云游的修道者。十三世纪汉文文献记为“迭里威士”（阿拉伯语，乞丐、穷人），学术界旧译“托钵僧”。苏非派传入中国伊斯兰世界以后，在中国繁衍了数十个派别，哲合忍耶是其中一支。苏非主义是性格鲜烈的一神教神秘主义，它对原教旨主义和宗教烦琐哲学的批判，以及它那种渴望人与造物主之间的直接沟通的思想，本质上是一种伟大的异端。马明心不仅是这样一个苏非传道者，更重要的是，他身上集聚着水深火热的黄土高原的躁动。

国家体制不会长期容忍这种异端。乾隆四十六年（1781）及四十九年，由于清政府逮捕以及杀害宗教导师马明心，哲合忍耶与满清王朝之间爆发了冲突。这次当称第一次中国伊斯兰教宗教战争的反乱，在鲜为人知的牺牲即殉教之后失败了。从1784年起，哲合忍耶回民开始了他们长达一百数十年之久的、直至辛亥革命发生才结束的被禁史和潜伏史。

长久以来，这一支回民悄无声息，无声无形，完全从人们的记忆里消失了。但事实上，这个神秘的伊斯兰教派别不仅在彻底的镇压和严禁中一直保存着一息命脉，而且在恐怖中写下了向黑暗历史抗议的、一部极其罕见的记录。这就是至今为止一直没有公开、一直被秘藏的《热什哈尔》。

二

到了清嘉庆年间，潜伏中的回民内部开始悄悄传阅一册“经”。这部经典一半用阿拉伯语、一半用波斯语写成；是一个隐名的人冒死写成的。后来他在甘肃一带的回民区里，渐渐被称为“关里爷”。从书的著者自序里，又可以得知关里爷的教名是艾布艾拉曼·阿布都·尕底尔。

书其实并没有标题。按照伊斯兰教的规习，第一页也仅仅是赞辞。只是因为正文的第一个单词是“rashaha”，读音为“热什哈”；农民们便以这第一个单词来称呼此书，以首词为书题的方法也从此诞生。《热什哈尔》一书由此得名，“热什哈尔”一词也因此在大西北的农民心目中，转变成“咱们的历史”这个基本含意，并且进一步衍化成“机密事、奇迹录”的替代词。

rashaha 一词含意复杂。如果允许概括，可以说它在阿拉伯语中的原意是“渗”。譬如“出汗、透露、流出、泄漏”等范畴，都与这个词相关连。这里正是苏非派神秘主义思维的天地。因为“渗”

必须要依据一个主体。农民们认为，主体是隐藏的“大海”、是真主和教门深处的全部秘密；而《热什哈尔》是被准许“泄漏”的“露、汗、滴”，是显露了的真相。是“主”向付出了血、证明了自身信仰真诚的一部分人的显迹。简言之，著者关里爷和哲合忍耶的回民们在用神秘主义的逻辑说：这部书是伟大海洋的一滴露珠。

这部书记载了哲合忍耶派的第一代和第二代宗教导师即穆勒什德的事迹和奇迹。书至第一代穆勒什德马明心时，著者使用的是阿拉伯语；而当写到第二代即正在被追查的穆勒什德时，书改用了连回民中的阿訇也大都不懂的波斯语。因此，不是在具有同样立场的内部，甚至在内部对不懂阿拉伯语及波斯语两种语言的人来说，书中未写的严峻气氛和著者的决意都是很难感受的。

久读之，关里爷的形象渐渐出现了。

他必须写下一些什么。但他更知道必须使这些内容处于保密之中。首先不能使使用汉语的官府读到，因此排除了汉语。其次不能使伪信者、尤其是伪信而熟知阿拉伯语的教职人物读到，因此在最秘密的后半改用了波斯语。但他更知道：墨一旦落在纸上就不可能再言守密。比文字更重要的是内容，内容本身的守密才是正道。就这样，这部宗教文献出现了不可思议的变形。以奇迹记录为历史记录的方法是苏非主义的认识论的表现，但在当时，却是身处追捕清查中的关里爷唯一的选择。意味首先在此出现：这个在几乎可以说是无宗教无信仰的中国绝无仅有的一例，不仅解释了宗教中的奇迹论发生的原因，甚至也指出了文学中变形和怪诞的原则。

还不仅如此。秘密如其词意，是一种深不可测的范畴。有信仰的书，无论是历史或文学，其核心只是也必须是宗教。在《热什哈尔》的深处，可以触摸到关里爷本人的一种呕心沥血而难于文字的心境。他对真实有所把握。写作取舍之间，哲合忍耶神圣信仰成为了最后的尺度。所以，令人陶醉的神秘主义奇迹描写，不仅对潜伏和苦难中的哲合忍耶民众，而且对著者关里爷，都是唯一的安慰。

三

一些在清代战乱当时就已经湮灭不传的逝事，只是藉《热什哈尔》才保留了下来。比如，伊斯兰研究界一直对马明心早年赴西亚求学的路线问题推测不休；而《热什哈尔》却早就明记，马明心赴西亚求学的路线，是滇缅路。

> 他走上了云南路，进入了言语不通的阿佤国（地名为阿拉伯文学音译汉语，即所谓小儿锦写法），渡过了九条底格里斯河那样的大江。

再如关于哲合忍耶派在云南贵州地域的传入缘由，不见于同期其他公私文书，唯《热什哈尔》明确记述了一个人称云南马三爷的马明心追随者，在云南掩护马明心被流放的儿子的经过：

> 相传：分别的时候来了。殉道者的家眷都被流放，上了罪孽的长途，走过一个一个陌生的城池。其余的多斯达尼都如羊群，被驱散受苦。为了正道和伊斯兰，尔不都·喀里木（云南马三爷）拼命地设法照顾着毛拉的儿子们。他不怕招罪，不顾正是大难的岁月。他卖了家产移居，和毛拉的家人住到了一处。

在这些问题上，《热什哈尔》首先显示了它作为一部历史著作的内涵。但是在另一些方面，《热什哈尔》却把历史叙述文学化。比如关于第二代教统的记载。

这个文学化过程含意深沉。也许这种文学化的宗教描写又解释了非常重要的关于文学选择的起因，以及文学表现与社会、自由、禁忌的关系。它指示了一条高尚而深刻的道路。只是很少有人理解也很少有人仿效。这一切标志着关里爷作为作家和学者的成熟。关于他们永远也不会忘记的乾隆年间的禁绝的镇压，以及第二代宗教导师穆宪章的长达整整三十年的、于潜伏中掌握教务的历史，《热什哈尔》的回顾是这样的：

> 相传：我们伟大的毛拉、穆罕默德·召非（穆宪章）快归真的前夜，我的朋友穆罕默德·罕格在旁边侍候。他央求毛拉说："你多少睡一会吧。"毛拉大声答道："呵，我三十年没有睡过觉了，今天你能叫我睡！"

农民们默默地沉醉于这种故事中。他们一遍一遍地从这一段记事里，逐年地体味着。确实从这个短短的、朴素至极的故事里，不仅有历史，而且有似乎可以触碰到的其他什么。

尚不仅是某种文学化的表达。《热什哈尔》依据的更大的哲学原则是苏非主义的奇迹论。也许只有奇迹才能医愈人心所受的残害、并结束罪恶的现世吧，奇迹永远是底层民众的理想。作为对清代连篇累牍的方略实录的抗议，《热什哈尔》虽然是被迫害者对事实的唯一陈诉，但它却不屑于事实的细末。它只关心奇迹的成立与否。

奇迹即克拉麦提一词，阿拉伯语为kalama，是苏非主义和一切宗教最重要的概念。当伴随苏非派的发展出现了世俗化现象时，其特征也是克拉麦提概念的滥觞。可以说，克拉麦提不仅是属于宗教的一个原理，也是一个对宗教判断的标识。若是与其他各种克拉麦提记载相比较，《热什哈尔》中奇迹记载的深度及分寸令人回味不已。

解释关里爷的克拉麦提记载的火候，是很困难的。但是逻辑大致应当如下。首先，《热什哈尔》记载中的合理真切的细节使人联想：这种场面和这种事情是不可能编造的。其次，必须承认在这些场面、事情的过程中，有着奇异的因果。特殊的只是——在过程中，特殊的人有过一些语言和行为。而这种言行和判断来自预感；历史在日后证实了预感的正确。那么进一步可以说，这是预言。我想，以上大致应该是宗教世界里关于奇迹的认识过程。

《热什哈尔》中朴素而真切的克拉麦提记载，完全不同于诸如呼风唤雨、白日飞升之类的胡说。它不仅靠着一个个生动的记忆，为后世保存了伟大清贫的宗教家马明心的事迹和细节，而且记下了一种底层的情绪。这种盼望奇迹的情绪，实质上是苦难人民的希望。

《热什哈尔》开创的这种关于克拉麦提的火候，后来渐渐成了一种重要的虔诚的标志和著作的传统。如在一百年后同样用阿拉伯语写成的宗教著作《兰州传》里，就有这种传统的影子。该书中，有关于马明心早期在青海的一件事的记载。而清朝官文书记载，马明心于乾隆三十六年起在青海循化传教，因此这个记载具有更大的可信性。

相传：毛拉领着弟子们过西宁的老鸦峡。在一棵大树旁，人们忙着准备礼正午的拜。一个满拉高声念唤拜辞。毛拉对他说道：“你低声念吧，现在正是隐藏的时候。”休息时，太阳非常毒辣，弟子把毛拉垫的山羊皮挪到树荫下阴凉里。毛拉却又把它挪回曝晒处，说：“现在正是磨难的时候。”

可以把这个记载与关里爷书比较。对于乾隆四十六年的磨难之前的预感或预言，关里爷的记述也是这种朴素的故事。《热什哈尔》中讲到的云南马三爷即尔不都•喀里木，是远在事变之前就按照马明心的吩咐回到原籍的。其次，马明心是被官军突袭关川时突然被捕的，然而《热什哈尔》中记载的，是当时马明心家里发生的事。

在迁徙和大难到临的前夕，他说：“记好了。你们还有兄弟在云南。若是有人问你还有兄弟没有，就回答：有。再问是同胞兄弟么的话，就回答：是同胞兄弟。”

后来当马三爷和马明心的被流放的孩子见面时，这段话不仅使他们相认和感伤，更重要的是：云南从这一段话开始了它作为哲合忍耶根据地的可歌可泣的历史。

人们认为，这些记事说明导师马明心已经预见到了乾隆年间的镇压，因此这是无可置疑的奇迹即克拉麦提。人们用细微的生活知识和极为具体的历史追忆来判断；他们不读汉文更不读清朝方略，也不谙西宁道路。但一切都与事实毫厘不差。被神圣地记载的、导师马明心在关川、在老鸦峡大树下的言行，显然是流传日久的教内口碑而决非创作。它的各种细微之处经得住品味，并与宗教本身的历程细节一一吻合。再加之几年后的乾隆大灾难，人们就有权认为，这是被字字不误地证明了的克拉麦提。

被迫害的民众不仅为历史的不公平而激动，更要为治愈心灵的痛苦而去寻找平衡这不公平现实的理论。于是，历史过程中的偶然、奇异、不可思议的瞬间就这样被发掘和强调出来，使强权的历史变成了一种更强大的力量的演绎。各种意义的史实都被抽象，变成了慰藉人民心灵的奇迹。无信仰者对宗教尤其对奇迹的貌似合理的怀疑，主要原因应当说，在于他们缺乏对历史不平的激动，以及缺乏疗治心灵痛苦的渴求。但另一方面，欺世的伪宗教者则一直在把奇迹庸俗化。阿布都•尕底尔•关里爷在《热什哈尔》中达到的奇迹论水平，也许还要经过相当长的时间才会被人们认识。

四

《热什哈尔》是一部几乎不能用惯行的学科归类的书。我曾认为它介于历史、文学和宗教三者之间；但最好的归纳仍是保藏着它的百姓的归纳：这是“经”，是一部在很多意义上可能在未来被视为经典的著作。

再兼之它采用的非常自由的段落散文体裁，以及它的语言，此书在中国著述史上的位置就更为特殊。并存于一书中的，朴素得无以复加的大西北村言土语与装饰色彩浓重的阿拉伯—波斯的华丽文体，强化了神秘的宗教感觉和难言的文学魅力。

书以一个个“相传”启承，开始一段叙述。并无顺序和规矩约束。它立誓为被屠杀被迫害的人群披露真实，但它几乎不涉及那屠杀和迫害的事实。它举意成为黑暗现世里唯一的证言，但它写出的却只是费解的克拉麦提。它的著成，标志着真诚的信仰并没有被暴政灭绝。而它的被秘藏被保护，又以它的伊斯兰属性为条件。因此，无论怎样内涵复杂，《热什哈尔》都只是、也必须是一部“经”。

著者阿布都•尕底尔•关里爷在写作时追求的目标，已经不可明究。这个与中国知识分子完全不同的著述者深不可测。他不但追求一个超然的信仰，也追求一个实在的目的。使他不能不写的“口唤”即使命和理由，简单又长远。他根本没有打算让外人阅读，所以他当然不费笔墨去解释他早已坚信的教门奇迹。他也不重视那无数的历史事件，因为历史已经过去。他只是为了给一个最伟大的真实作证，也为了给自己的真诚作证，因此才决意写《热什哈尔》。除了这两点之外，他没有冒着生命危险写的必要。而对这两点即著者的本心，将使我们长久地体味不已。

无疑，艾布艾拉曼•阿布都•尕底尔•关里爷在这样的写作中，很难压抑心中的激动和感知的真实。他的写作渐渐使他陶醉（阿拉伯语为“费纳”——苏非派正是以追求神秘的陶醉境界为特征的流派），在书的后半关里爷的情绪已跃于纸面。潜心地细读着，感受会非常奇特。在他的时代里，谁也不知道他。他独自沉默着，完成了一个至今都还不能尽释的使命。他是对的，没有必要写给不信者。著作必须攀登到圣的门坎，才能被民众舍命秘藏。包括真实，一切的真实都比不了心情的真实；一切的心情都比不了信仰的存在。

中国，所谓“藏之深山，封之铁函”的说法，一直是文人的一种自信表现。不用说并没有过几个例子。自信于中国知识分子来说也许是一个危险的概念。他们不懂——可怕的并非不读书和书太少，而在于书中是否有真知灼见；文化的危机永远不在芸芸众生、而只在智识阶级之中。然而，在与中国知识分子完全不相干的黄土高原深处，在中国知识分子难以想象的恐怖、禁绝、清查中，《热什哈尔》却真的写成并真的在深山隐藏、在人的心灵里封存了近二百年。

这部《热什哈尔》完全可以继续拒绝这个现世。因为当今的智识阶级离人民和信仰更远，所以直至民众刊布都未能靠近它。《热什哈尔》也因此未被玷污，但是正是直面二十一世纪复杂前景的中国，需要这种新鲜的、信仰的思想，在这个意义上《热什哈尔》决定走向公开。或者这不合已逝的著者的初衷；因为他的拒绝建立在对不信者的彻底怀疑之上。

在向长久脱离底层、甚至时时背叛人民的中国知识界挑战这一意义上，在对中国严峻的文化危机应战这一意义上，关里爷这一著述家形象，连同他的坚定的信仰、还有他特殊的阿拉伯—波斯语教养，伴随着秘藏了近二百年的《热什哈尔》一起出现了。

历尽难以尽数的磨难之后，今天，由杨万宝阿訇、马学凯阿訇译出的《热什哈尔》汉译本，在三联书店正式出版了。同时，本书的进一步校勘、注释和写本研究，也正在由汉译者进行着。

在泛滥的铜臭和人的异化大潮中，特别是在巨大的文化危机正在逼近威胁的今天，《热什哈尔》的出版深具意味。

无疑，不用说市井所谓的“可读性”；明白说，这是一部与经营俗计无关的书。这是选择和审视读者的书。今天的读者在面对这深思熟虑的一半阿拉伯语、一半波斯语的深奥写法以及这难以理解的内容时，应该首先对自己质疑。

确实，读者必须有某种改变的愿望。需要一种盼望成为新型的有知识更有信仰的人的内心要求，需要一种对体制化的学术和文学冲决或反抗的气质，需要一种对逼近的文化危机的责任感——才能与这部书结缘。在这里也必须说：读者完全不必是伊斯兰教的信者，但却必须是信仰或追求信仰的人。《热什哈尔》一定会给这一部分中国人以启发，甚至会使他们得到前进和斗争的鼓舞。

——此书会逐渐被理解。我凭藉体味的介绍和分析也只能到此为止。会有一天，中国将为自己有过艾布艾拉曼•阿布都•尕底尔•关里爷这样的伟大作家，为有过《热什哈尔》这样的伟大著作而震惊和骄傲的，应该这样坚信。

秘籍《热什哈尔》解题

一

知识界的轨迹，在结局处往往使人不屑一顾。这种感觉，当它无法找到一种有力证明或者时代本身就缺乏悟性的时候，只能孤独地被误认为狂妄。因为知识界以工匠化了的专业技艺拒绝批语；而对于一个小时代来说，社会永远不会提出变繁琐知识为认识——即真知的强求。小时代的人们和读者只需要水止渴；没有谁幻想水之外还有直觉和想象的奶、超感官的灵性寻求即蜜，以及超常和超验的神示——酒。

上述四种液体的渴求过程，也许才是真正值得流传的人类的认知过程。然而我们面临的知识界大多与这个过程无关。除开因大学毕业分配工作导致的许多“知的领域”与“专业人员”的误会之外；19世纪知性的象征——实证主义，与20世纪末迷茫混乱的现代思潮，都无法拯救这些惶惶无路的智识者。

19世纪中，因达尔文发表《物种起源》，启发人类认识了旧石器时代。北欧由于石器的发现和认识，终于提出了以地层学和标型学为两大支柱的近代考古学，并刷新了古玩铺子的眼力。同时，中国乾嘉学派走向全盛，百废俱兴，其中一个小树枝便是日本所谓的东洋学。这个时代非常之持久。直到1981年翁独健、白寿彝等学术泰斗招收研究生时，这场人类认知（尤其是对于历史）的大潮尚不知已处强弩之末，反而以为实证主义因政治条件的改善正欲中兴，前途无限。

事实远非如此。传统的学术——它确实早就仅仅是学中之术，而不是追求认识的初衷、不是人向世界的“天问”——已呈不吉之兆。方法论和文人优雅同堕落，图书馆与学报文章共萧条。喧嚣而来的，是夹生饭里下绿豆——中文难以下咽，洋文崩人牙齿。沸点在艺术诸论，烫处是“文化”周边，唯恐搁凉往前使劲挤的是历史学。

世纪末的新潮思想往往是伪学。但是要想冲决老一套正襟危坐的实证主义，还非此不能奏效。比如研究中国古代的神话系统——应当说是研究考古学中新石器时代各区域文化对应的逝去的精神——依我看，乃是不可能的。因为那是死了三五千年的某些旧习、仪式、精神病或心绪情感、暗示或隐语，在当时也属于秘密的禁物。那是宗教的久远种子，不可能由今天尚在宗教门外的人判断。而站在19世纪式考据派营垒中的人的一家之言，便成了严谨的权威，以子之矛攻子之盾谈何容易。对付严谨的胡说，最好让泼皮的胡说来干。中国知识界的新弄潮儿当记一大功，因为他们猛刨了乾嘉学派以来日益腐朽的实证主义墙脚。实证往往证明着虚假，19世纪连同它的儿子20世纪都已经结束了。

但是新潮派并没有确立自己。他们的办法只不过是把水兑稀。他们没有发现，只是听说。他们没有基础，不敢浓缩和朴素化。他们只祈求洋人赐宝，而没有深入中国。他们一窝蜂低价贱卖中国的民俗画，却缺乏对民众的感悟和敬重。新生的这一代智识精华中，只有极少数可能掌握着现代主义；而大多数却可能堕落成投机商或买办。

二

——热衷批评一切、无视自身责任，这两点都不可取。我愿意在此介绍《热什哈尔》一书，也许这部陌生的书可能使人们感到有益。这部书和它的作者从来没有介入上述中国知识界的种种——它乃是民间秘密抄本。这部书成书的时间约在清嘉庆年间或乾隆末年——又恰好在实证主义及其史学，以及中国乾嘉考据之学的同时。

《热什哈尔》是中国回族内部首屈一指的古文献，也是在清季遭逢迫害的回族人民找到的、自己记载自己心情和史事的形式。

由于残酷的迫害，具体地说是由于乾隆四十六年清政府对甘肃回民哲合忍耶派的屠杀，只有一身褴褛满心悲愤的回民们选择了拒否。这种拒否，在文史上的形式就是——不使人读。《热什哈尔》一书主要使用阿拉伯文写成，这样便拒绝了汉语世界对之阅读的可能。写成后从未刻版，仅仅在哲合忍耶派回民的一些大学者（阿訇意即学者）中传抄。而作者为了进一步守密，书的后半又改用波斯文——这样继而拒绝了相当多数的阿訇阅读，因为阿訇中识波斯文的毕竟更少。

抄本亦极少；据笔者几年来调查，今天此书抄本决不会超过30部。

“热什哈尔”一词系阿拉伯文rashah，原意是“漏、泄出、出汗”；引申常为“晶莹、烁亮”。约10世纪的诸苏非主义（即伊斯兰神秘主义）著作中，有一部《原本生活的露珠·注》，就用了这个词。我们译它的文学含意为“露珠”。

此书命题为《热什哈尔》，是由于书的正文第一个单词是“热什哈尔”。这种听凭首词定题的方法非常罕见，它隐示着作者的一种宿命态度和自信——中国回民有以首词称呼某段落或篇名的习惯，比如赞美诗《默罕麦斯》中有一大节的第一个词为“艾台依吐”，百姓们就称那五页长的大节为《艾台依吐》。抄本并没有在扉页上写这个书题，书的题目是在近200年的漫长岁月中，被旱渴的黄土高原上饥寒交迫的回民们叫响的。你走遍大西北，甚至在山东、河北、江苏或黑龙江；目不识丁的农民们不仅知道《热什哈尔》，而且对它坚信热爱。他们会执犟地说，只有《热什哈尔》真实。虽然他们自己并未读过全书，只是辈辈相传这本书是“自己的”。

《热什哈尔》记述了乾隆年间被清政府两次镇压的回民哲合忍耶派，以及他们的苏非导师的故事。贫苦的回民们大都不知道政府当时就钦定官修了两部战时军事文件汇编——《钦定兰州纪略》与《钦定石峰堡纪略》。他们认为既然有了《热什哈尔》，便不仅有了历史，而且有了后世里和残民的政府“打官司”的证据。而当我真的发现了——以翁独健先生要求的考证发现了《钦定石峰堡纪略》

中有伪造的原始文件时——我为浑身褴褛的农民的认识震动了。

也就是说，就史的意味来说，《热什哈尔》是非官方的、被禁绝的、底层民众的历史文献。

三

乾隆四十六年和四十九年，由于哲合忍耶回民这个人民反抗势力的出现，清政府在两次大规模的军事镇压之后，对这一支回民实行了禁绝。这禁绝令一直维持到辛亥革命清朝覆灭。

但是，《热什哈尔》一书并没有提供一笔潜伏账。包括我在内的读者们将长久地面对着这样一种陌生的世界观——作者沉迷于苏非即神秘主义的认识和感受中，满纸荒唐言，一段接一段地讲述着不可思议的故事。

以学校里听来的知识和常识，是无法与这种认识论对面的。作者在搜捕追杀中冒险写成此书，作者以宗教信仰担保写成此书。作者又以两种几乎不能解读的文字证明了——他并不想使人承认。

这部书追踪的，是于乾隆四十六年三月二十七日被清政府杀害于兰州城墙上的宗教导师马明心的奇迹以及马明心的继承者穆宪章的奇迹。以这种殉难圣徒的奇迹故事为纵线，每一段均钞上“相传”两字为开始——全书浑然成为这样一部散文体的哲理论辩。湮灭的史事散在其中，一一与同期的汉籍相对应。阿拉伯—波斯文体的修饰性与大西北黄土沟塬的村言土语相衬，呈着一种朴素的、鲜烈的美。

我见到的这一部抄本年深日久，粗厚的硬纸已经黄褐。墨迹优美，花体的阿拉伯－波斯文墨字中，段落开头总有一个朱砂红字（相传）。装订也是回民的技艺，每一页翻开都可见裱过的布角缀连前后。大西北的回族人民对这部著作的态度使任何作家都心醉神驰：他们把它视为“经”而不是“书”；平日藏在净室秘处，灾祸来了宁舍性命而不让它遭受污辱。仿佛它象征着他们生存的真实。

不仅仅只是史学、哲学或神学，也不仅仅只是某种西北底层生活状况的实录，《热什哈尔》一书提供了一种不可言传的东西。民众与国家，现世与理想，迫害与追求，慰藉与神秘，真实与淡漠，作品与信仰——尤其是人迎送的日子和人的心灵精神，在一部《热什哈尔》中，都若隐若现，于沉默中始终坚守，于倾诉中藏着节制。愈是使用更多的参考文献，愈觉得这部书的深刻；愈是熟悉清季回族史和宗教，便愈觉得这部书难以洞彻。这不仅仅是一部书，这是被迫害时代的中国回族的一种形象，是他们的心灵模式。

那种生存的苦难，也许应该让它永远逝去了。但是这种认知的方式——它的真诚，它的拒否，它的勇气，它与一方水土一部民众的血肉联系，它的凭借灵性和不为一般见识束缚，也许却能给它以外的大世界以某些借鉴。

十九世纪和实证主义都过去了，也许应当留取的只是考据家们当年追求真实的初衷。发现了《热什哈尔》并为它提起笔来时，我觉得自己第一次可以正视昔日师长的期待了。当然，一册《热什哈尔》并不能承负整个时代转变中的大问题。即使它千真万确地被几十万回族人民认为是自己的心声，也不能说它已经彻底地写出了那心灵。但是它默默指示着一种途径：从这里不仅“书”可能挣脱旧的束缚走向现代和未来，而且人心也可能战胜漫长的冷漠，去接近一种最神秘的温暖。

在中国，如同《热什哈尔》这样的书能幸存至今，确实是回族的贡献。藏书者和作者都真正熬过了黑暗迫害的光阴。血干了，变成更厚的黄土，深埋了这一类奇书，也深埋了隐遁的作家。

四

有趣的是，原著者的名字，似有似无。

民间只是传说，《热什哈尔》是“关里爷”写的。关里爷是住在哪一道“关”的“里面”，很难细究。只知他的宗教经名为艾布艾拉曼•阿布都•尕底尔，书中常以“羸弱的仆人艾布艾拉曼”或者“千罪的我、阿布都•尕底尔”自称。

据传说，关里爷为甘肃伏羌人（甘谷县），家曾住伏羌东关内，“关里”一名由此而来亦未可知。他是19世纪前叶极重要的回教人物，不仅以学者名，更主要的是他曾在哲合忍耶苏非派史上举足轻重（关于他的事迹应另有专文）。由于《热什哈尔》的作成，应该强调——关里爷开创了这种文体。在关里爷之后，有志之士开始模仿他，在各个时期都写过一些阿拉伯文抄本。再后来，所谓“热什哈尔”甚至成了一切宗教内史事抄本的代名词。不过，晚近的抄本和中国回族的这种内部写作，大都缺乏如同关里爷那样的恐怖环境，对于神秘主义和奇迹理论的掌握也大都不如关里爷深沉。

关里爷逝世后，坟墓曾被清政府毁坏。后来迁修的坟在今张家川回族自治县莲花城。由于对他的怀念，百姓们虽然无法了解他的全部经历，但仍年复一年为他上坟诵经。因此也记住了他的忌日——农历九月初七。他生年不详。

此书译者是关里爷盼念的后来人，年轻满拉（经学生）杨万宝和他的同学马学凯。他们把翻译此书作为自己诚信的表白。日日沐浴后开卷，夜夜苦劳中推敲。大阿訇马兆麟为他们提供了祖辈秘藏的抄本，大阿訇王栋帮助他们切磋史实文字。我仅仅作了一些秘书工作，对汉译稍稍作了一点润色。应他们强求，我虽在译者中补了一个名气，其实仅仅想表明我需要这样的搭救而已。

关里爷在《热什哈尔》的首句中写道："当古老的大海向着我们……渗透迸溅时，我采集了爱慕的露珠。"当审定这一句译文时，杨万宝正和我在一起。我们凝视着这段被破译出来的话，心中充满了异样的感觉。这不是水。我们感到自己吮吸着一种神奇的液体。我们似乎窥见一道隐藏在宇宙中的、虹一样的轨迹，我们不仅追上了它的显化，而且自己正悄然溶成一粒露珠。

这露珠渺小微弱，但是它不是稀释的水。它是200年来为着心灵的纯净前仆后继地牺牲的人们的血。它是我们求知的中介。

关里爷并没有为自己命题，但是他获得的这个题目真如神赐。这简直是天然，简直是前定，一滴概括了一切。

中国的秘密向来如此，当上层萎缩和丧失的时刻到了，底层人民便登台表演。这大陆里埋着的宝藏是丰富的，当你真的觉得像是触碰到逝者的心灵时，那感动是无法释说的。——未来，当人们都渴望着成为"爱慕的露珠"时，薄薄一册《热什哈尔》将胜过万吨废纸，获得人们真正的尊敬。

1990年苦夏

附录：作者以日文在東洋学報第73卷1–2期（1992年1月）发表的《隐藏的中国伊斯兰教秘密资料：热什哈尔》

隠された中国イスラム教の秘密資料——［ラシュフ］

張承志

中国のイスラム教は10個の民族、一五〇〇万の人口を擁するが、その中の一つである回族は七〇〇万の人口を持っている。近代に入って以来この回族は中国で目立つものになっており、いっそう研究が進んでいる。

回教の中には様々な教派がある。もっとも簡単に総括すれば、三つに分類される。まず、唐－元時代から古い伝統儀礼を持つのがカディーム（古典の意味）と名づけられ、それにアラブ半島に起こったワッハーブ宗教運動の影響をうけて中国で盛んになってきた原理主義教派がイフワーニー（兄弟の意味）と名づけられる。その他、多数のイスラム神秘主義すなわちスーフィズムと認められる教派が存在する。

スーフィズムすなわちイスラム神秘主義教派を信ずる中国回族は、百万ぐらいはいると思う。それぞれクブラウィーヤ、カーディリーヤ、フフィーヤ、ジャフリーヤの四つの系統に属するが、細かく数えると何十もの分派も認められる。中国イスラムの中心地域はいつも甘粛（清末の甘粛には今の寧夏と青海東部をも含めるので、ここでは旧甘粛の意味で使う）、新疆、雲南の三つの地域であるから、スーフィズム各教派もこの三つの地域に集中して全国に影響をもたらしている。

1

中国イスラムの中で、ジャフリーヤ程悲しく重たい歴史を持ち、厳密な宗教組織を持つ宗教集団は他にないと思う。それに、ジャフリーヤ程豊かな教内資料を持つ宗教集団もあまりないだろう。以下にはジャフリーヤ教派の重要典籍の一種類である［ラシュフ］を紹介したい。

ジャフリーヤ教理は 18 世紀に馬明心によって西アジアから中国に伝来されたスーフィズムの一つである。馬明心のこの新しいイスラムは貧しい中国回族に大きい影響を及ぼし、大勢の信者を集めたのである。ジャフリーヤは一つの教派として中国に現れたばかりの頃に異端とみなされ、清の政府に弾圧された教派である。それから二百年程の歴史の流れの中で、ジャフリーヤ教派は相変わらず政府に禁止、あるいは差別される一方、何回にも亙る反乱を起こした教派であるから、この世を信じず自分の秘密を何よりも大事にして、絶えず書かれてはいても教内の宗教資料を公開しないようにしている。宗教の清潔さを保ち、他人に読まれないために、この種類の教内資料は大体アラビア語とペルシャ語で書かれたのである。

ジャフリーヤ回族のこの観点はかなり立派なものと思う。目立つ歴史を持つという理由でジャフリーヤ教派は注目されつづけてはいるが、政府や学者が差別的な意識を持つかぎり、ジャフリーヤ回族にとっては、彼らに対する政策も彼らに関する研究も傷つくものでしかない。役人も知識人も含める教外の世界にどんなに多くの議論があっても、ジャフリーヤの民衆は自分たちの秘密資料を持っていることによってある意味でのバランスが取れ、さらに自分の民衆に歴史と世界観を教えられるのである。

言うまでもなく、[ラシュフ]という宗教書は今まで世に知られなかったものである。この本の持っている宗教観点、文章の形式、歴史の物語、不思議なスーフィ的な精神は、今でも新鮮なものだと思う。

2

[ラシュフ]は乾隆46年と49年のジャフリーヤ宗教戦争が弾圧された後、この教派が禁止されていた嘉慶－道光年間に書かれた書物である。前半はアラビア語、後半はペルシャ語からなっている。時にアラブ－ペルシャ文字で中国語とくに人名と地名を転写する。この本は出版されなかったばかりでなく、印刷されることもなかったのであるが、中国の九つの省に散在しているジャフリーヤ教派の回族の中に手抄の形で伝えられつづけたのである。

著者は甘粛の伏羌（現甘粛甘谷県）の馬姓だが、回族地域でよく見られるように、この著者の漢字の名前は忘れられ、宗教の名前すなわち経名しか残されていない。彼の経名はアブドゥル・ラフマーン・アブドゥル・カーディルであり、普通には「関里爺」と呼ばれている。伝えられているのは、彼の家が県城の東関の裏側にあったためこのように名付けられたというのであるが、甘粛の山地に住むジャフリーヤは甘粛の南、天水の向こうの地域を「関里」と呼ぶからこの呼称があるのかもしれない。

関里爺は19世紀の甘粛イスラム史における重要な人物であった。一冊の［ラシュフ］を著わしたためだけでなく、関里爺はその頃、甘粛南の回族イスラムの指導者でもあったからである。

書名の［ラシュフ］はアラビア語の動詞rashaha、すなわち「汗が流れる」、「水が浸み通る」に基づく言葉であるが、この書名の［ラシュフ］は西アジアのスーフィズムの書物に同名のものも見られる。例えば、ナクシュバンディーヤの［Rashahat Aynal-Hayat］はよく知られている。しかし、関里爺の［ラシュフ］には実は書名などはないのである。この本の本文の第一語にラシャハという言葉を使ったので、この本が［ラシュフ］と呼ばれるようになったと、ジャフリーヤの宗教者は教えているのである。この点だけにおいてもスーフィズムの一つの特徴として研究に値するものと考えられる。

3

乾隆49年以後、ジャフリーヤ教派は清の政府に厳しく禁止される一方、自分の教統を続けるために非常に秘密な活動をしていた。しかしその具体的な事情については誰にも分からなかったのである。関里爺の［ラシュフ］の中で、丁度その時期とその活動に関する部分がわざわざアラビア語から中国のアホンたちもあまり読めないペルシャ語に変わっていることも、意味深いものと思われる。

乾隆49年以後に作られた戦時の軍事文書集［欽定石峰堡記略］

には、乾隆帝本人が細かく指揮してジャフリーヤの指導者を捜し、乾隆46年に政府に殺されたジャフリーヤの創始者、第一代の宗教導師馬明心の後を継ぐ人を捜したことが記録されている。寧夏北部の田舎の王アホンという人が疑われ、絶えず取り調べを受けついに獄死した物語が、この［欽定石峰堡記略］に見られるのである。しかしその神秘な「第二代」はどうしても発見されなかった。それればかりか、二百年にも近い長い時間の流れの間、ジャフリーヤ教派の第二代の指導者および伝教の系譜のことについて、教外の人には誰にもわからなかったのである。

たとえばジャフリーヤの雲南の教統について、関里爺は、その頃流罪になった人々がどのように雲南馬三爺と呼ばれるアブドゥル・カリームに指導され、そしてジャフリーヤを雲南に根付かせたかということについて、この本に記録した。

「伝えられる：別れの時がきた。殉道者の家族はみな流され、罪の長い旅に出たのだ。

知らない町町を通り過ぎるだけなのだ。ほかの教友たちも、羊のように追い散らされて、苦しむものだ。正道のため、イスラムのため、アブドゥル・カリームは一生懸命に道を探りながら、モッラーの息子たちの世話をしていた。かれは罪も避けず、大難の年月をも恐れない。家を売ってかれは引っ越し、流罪のモッラーの家族と一緒に住むようになった。」

関里爺の［ラシュフ］は馬明心の奇跡と伝教の歴史を記した後、丁度第二代の導師のことを記録する所をペルシャ語に変えて

書いたのである。さらに関里爺とジャフリーヤの第二代の宗教導師、平涼の穆憲章とは同時代の人であること

4

［ラシュフ］の文体についても紹介しておきたい。

この文体は中国にある様々の文章の中においては特殊なものである。もちろん西アジアのスーフィズムの影響が見られるが、中国西北地域の力強い方言と素朴さでこの著作は中国的なものと認められる。一部の［ラシュフ］の中に、生き生きしている田舎の人情と風景、それに18世紀末から19世紀前半においての中国西北農村の生活のこまごましたことが全書に溢れている。十億の漢族人も含めた世界でいつも理解されがたい問題点、すなわちイスラムの信仰は中国人の中にどういう風に根をおろしているかについても、非常に具体的に描き込んでいるのである。

本の形式は並列するたくさんの段落からなっている。すべての段落が「伝えられる」というタイトルらしい言葉で始まる。文章の流れに従って、内容は自由に変換してきて、時に全く不思議なスーフィたちの奇跡の記録であり、時に田舎のアホンたちの宗教活動と生活の実況である。スーフィズムの陶酔に沈んだ著者の自由な発想が、この散文体の書物にみごとに表現されたのである。

文学の面でもこの本は高く評価すべきであると思われる。いままでの作家文学と全く違うものであるばかりでなく、中国のいたるところにある民間文学とも違うものである。アラブーペルシャ語からもたらされる文章の鮮やかさ、本に溢れる黄土高原の生活

の匂い、不可思議な観点、生き生きしている物語、これらが一緒になって［ラシュフ］を盛り上げているのである。中国で私の紹介を読んで、この［ラシュフ］にまず驚いたのが研究者ではなく作家であった現象も、意味深いものと思う。

しかし［ラシュフ］は決して一冊の個人的な作品で終わるものではない。残酷な弾圧と禁止の社会環境が、歴史の具体的な事件についての沈黙と奇跡に対する追求と堅信で書かれた文章から読み取れるのである。

奇跡という言葉はアラビア語でカラーマである。中国のスーフィズム各教派の人々にはこの言葉を知らない人はいない。［ラシュフ］は歴史文献であるが、著者本人は歴史そのものについてあまり興味がなかったと感じられる。関里爺がいちばん重視したのはカラーマすなわち奇跡であった。「伝えられる」で始まる一つ一つの散文には馬明心と穆憲章の不思議な言葉と行為について書かれ、さらにそれがカラーマだと証明されていたのである。ある意味で言うと、［ラシュフ］という書物はカラーマの記録であると言ってもよいと思われるが、カラーマという不思議な概念は絶望的な民衆のただ一つの希望であることが、［ラシュフ］を味わいながら強く感じられる。

5

［ラシュフ］は、ジャフリーヤ教派のアホンたちのアラビアーペルシャ語による著作活動の始まりである。関里爺の後にジャフリーヤ教派に多数の本が現れてきたのである。ジャフリーヤ教派の影響でかなりのスーフィズム教派も自分たちの宗教史を書く

ようになり、この内部著作活動は中国におけるイスラム発展の一つの特徴にもなったのである。

1988年から［ラシュフ］がジャフリーヤ派の若いアホン楊万宝と馬学凱の手によって翻訳され始め、1990年に第一段落の翻訳すなわち漢語の訳が出来上がり、北京の三聯書店が出版する予定である。漢訳の書名は［熱什哈爾］である。［ラシュフ］のテキストの校正と注釈、それに他のいくつかの宗教書の翻訳をも含む研究が、ジャフリーヤ派のモスクで進められているのである。　ジャフリーヤ教派に依頼され、私が［ラシュフ］の漢訳本に書いた前書きは、（［読書］1990年第10号、北京）に［心霊模式］のタイトルで発表したことを付記する。

1991.9. 東洋文庫にて

（［ラシュフ］のテキストに書名はなし。漢訳本の書名は［熱什哈爾］）

此文最初以《心灵模式》为题发表。现与日文合为一篇，并据意改题。

粗饮茶

自幼看惯了母亲喝茶。她总说那是她唯一的嗜好，接过我们买来的茶时，她常自责地笑道：怎么我就改不了呢？非要喝这一口！

那时太穷，买不起“茶”，她只喝“茶叶末”。四毛钱一两的花茶末，被我记得清清楚楚。后来有钱了，“茶”却消失，哪怕百元二百元一两的花茶，色浊味淡，沏来一试满腹生疑。干脆再买来塑料袋装的便宜货，与昂贵的高级花茶各沏一杯，母亲和我喝过后，都觉不出任何高下之别。苦笑以后，母亲饮茶再也不问质地价格；我呢，对花茶全无信任，一天天改向喝绿茶或者——姑且说：“粗茶”。

提笔前意识到：以中国之辽阔，人民之穷窘，所谓粗茶之饮一定五花八门不胜其多。我的一盏之饮，也仅限于蒙、哈、回三族的部分地区，岂敢指尾做身，妄充茶论！

一

在尝到蒙古奶茶之前，我先在革命大串联时期喝过藏族的奶茶。后来我才懂得他们比蒙古人更彻底地以茶代饭。藏民熬茶后加入酥油，这个词又在北亚各牧区各有其解。当然说清楚游牧民族的黄油、酥油、奶油不是一件易事，难怪日本学者总听不懂；因为他们对这些其实是奶制品的油只有一个词描述，而且是外来语：butter。加酥油的茶拌上炒青稞面，就是使伟大的吐蕃文明温饱生衍的糌粑。汉人们吃不惯，觉得酥油茶是惩罚，因此住一阵就溜，始终完成不了他们掺砂子的大业。而酥油还算奢侈；第二碗糌粑是用“达拉”拌的，达拉就是脱脂后的酸奶。一般人们一餐两碗糌粑，一碗用酥油一碗用达拉，——然后再慢慢喝茶。

蒙古人的文明可能并非与西藏同源，他们喝奶茶时不吃面，吃米。与粗糙的青稞面对应的是粗糙的带壳糜子，蒙语译为“黑米”。主妇用一个铁箍束住的圆树干挖成的舂筒，装进炒熟的黑米，有空就捣。那种家务活儿很烦人，插队时我经常被女人们抓差，抱着杵，一边捣一边问：“行了吧？”

——在奶茶里泡上些新舂出来的黑米，刚脱壳和炒得半焦的米，使这顿茶喷香无比。当然，我们不像高寒的西藏；我们还往茶里泡进奶皮子、奶豆腐。有时，比如严冬泡进肥瘦的羊肉，喜庆时泡进土制的月饼。

蒙古牧民的奶茶用铁锅熬。砖茶被斧子劈下来（大概蒙古女人唯此一件事摸斧子），再用皮子或布片垫着砸碎。茶投入滚锅，女人一手扶住长袍前襟，一手用一只铜勺把茶舀起又注回锅里。加一勺奶，再注进，再舀起——那仪态非常迷人，它如一个幻象永远地印在了我的记忆里。

然后投进一撮盐池运来的青盐。

蒙古牧民用小圆碗喝茶。儿童用木碗，大人用瓷碗。景德镇出产的带有透明斑点的蓝边细瓷碗，特别是连景德镇也未曾留意的“龙碗”——最受青睐。吃着饮着，空腹饱暖了，疲乏褪去了，消息交换了，事情决定了。

那一勺奶举足轻重。首先它是贫富的区分，“喝黑茶的过去”，说着便觉得感伤。今日若碰上个懒媳妇没有预备下奶，倒给一碗黑茶，喝茶人即使打马回家时，心里也是忿忿的。

字面意义的六十年代，我在草原上的茶生活，基本上靠的是无味的黑茶。奶牛太少，畜群分工，牧羊户没有牛奶。蒙古牧民不能容忍，于是夏天挤山羊奶——也许是古代度荒的穷人技能。奶茶都是在牧民家喝的，而且集中在夏季。春黑米，饮黑茶，那全套旧式的日子，大概只有今天流行的民族学社会学的博士们羡慕了。当年的我们并没有在意，历史特别宠爱我们这一代，它在合上本子之前让我们瞟了瞟最后一页。

即便在炎热的骄阳曝烤之后，蒙古牧民不取生冷，忌饮凉茶。晒得黑红的人推门弯腰，脚迈进来时嘴里问的是：有热茶么？

待客必须端出茶来，这是起码的草原礼性。对白天串包的放羊人，对风尘仆仆的牧马人更是如此。而寻求充饥的男人则必须有肚子，不能咽吞不下。还需要会一种舐吞嚼的饮茶法，漫谈时舒服地躺在包角，半碗茶放着不动；要走时端起碗，把它在虎口之间转着，舌头一舐，奶茶一冲，嚼上几口——炒米奶食的一顿茶就顿时结束。然后立起身来，说完剩下的几句，推门告辞。

我就学不会这种饮茶法。有时简直讨厌炒米。我的舌头每舐只粘一层米，而碗里的却愈泡愈胀，逼得人最后像吞沙子似的把米用茶冲下胃。而且不敢争辩；因为不会喝茶，显然是因为没挨过饿，闯荡吃苦的经历太少。

今年夏天我回去避暑，一进门就是一句“空茶”。这是我硬译的，也可还原为“空喝”，就是不要往碗里放米、奶豆腐，只喝奶茶。其实阿巴哈纳尔一带风俗就与我们乌珠穆沁不同，人家把奶食炒米盛为一盘，听便客人自取，主妇只管添茶。我曾经耐心地多次向嫂子介绍，无奈改不了她的乌珠穆沁习惯。

习惯真是个不可理喻的东西。北京知识青年里有不少对，移居城市两口子还遵从奶茶生活。一次我去东部出身的一对知识青年家喝茶，发现他们茶里无盐。我惊奇不已，这才知道东部几苏木的牧民茶俗不同。我们均是原籍西乌旗的移民家住熟的知识青年，茶滚加盐决不可少，居然和他们旧东乌旗残部再教育出来的知识青年格格不入。

蒙古奶茶的最妙处，要在寒冷的隆冬体会。不用说与郑板桥“晨起无事，扫地焚香，烹茶洗砚”一一相反。其时疾风哀号，摧摇骨墙，天窗嘎然几裂，冻毡闷声折断。被头呵气结冰，靴里马鬃铁硬，火烤前胸，风吹后背。嫂子早用黄油煮熟小米，锅里刚刚熬成奶茶。抽刀搬肉，于红白相间处削下一片，挑在灶筒壁上。油烟滋滋爆响，浓香如同热量。吃它几片以后，再烙烤一片胸杈白肉，泡在米中。茶不停添，口连连啜。半个时辰后，肚里羊肉、黄油饭、滚茶样样热烫，活力才泛到头脚腰背。这时抖擞精神，跳起穿衣，垫靴马鬃已经烤干。系上帽带，抓起马嚼，猛一推门，冲进扑头盖地狂吼怒号的风雪之中。大吼一声：好大的雪啊！随即大步踏进风雪找马。

其时里外已被寒风侵透，但是满肠热茶，人不知冷——严酷的又一个冬日，就这样开始。

没有料到的只是：从此我染上了痛饮奶茶的癖习，以后数十年天南地北，这爱癖再也无法改掉。

二

刚刚接触突厥语各族的茶生活时，我的心理是既好奇又挑剔。对哈萨克人的奶茶滋味，虽然口中满是浓香，心里却总嫌他们少了一“熬”——哈萨克的奶茶是沏兑的。

但是很快我就折服了。

伊犁牧区的柯扎依部落，在饮用奶茶时的讲究，不断地使人联想到他们驻牧地域的地理特性。他们显然接受了波斯，甚至接受了印度和土耳其或地中海南岸的某种影响。一只造型优美的大茶炊是不可少的，旁边顺次排开鲜奶、奶酪、黄油以及一小碟盐。另一只是浓酽超度的、事先煮好的茶。当然更不可少的是主妇；她继承了古老的女人待茶的风俗，把一撮盐、一块黄油、一勺奶皮子、一碗底鲜奶依序放进碗里，然后注入半碗或三分之一碗酽茶。最后倾过大茶炊，滚沸的开水冒着白烟冲进碗中，香味和淡黄的颜色突然满溢出来。

然后她欠身递茶，先敬来宾，再敬老者。她在自己喝的时候，留意着毡帐里每个人的碗，随时放下自己的碗，再为别人新沏。这一点，女人在这种时辰的修养和传统，通行北亚诸族毫无区别，我猜它古老之极。

常有美丽的少妇蹲在炊前待茶。但是用无聊的汉地文人的把戏是行不通的，她们不会接过话头，大多根本不答。最后一角的老者接过话题，让答问依主人的规矩继续进行。

第二碗下肚以后，头上汗珠涔涔。这就要补充关于碗的事：哈萨克牧区喜用大海碗。我尽管在早期用蒙古龙碗对之质疑；但是后来，我懂了，让滚热的奶茶不仅暖和肚肠，还要让它使全身发汗，让人彻底从内脏向四肢地松弛暖透，最后让心里的疲惫完全散尽——非用柯扎依部落的这种大碗不可。

在天山中，一名骑手或游子目击了过多的刺激。梦幻般的山中湖已经失去了，但从雪峰上远远瞥见了它。鞍上已经没有叉子枪甚至没有一把七寸刀子，但在小路上看见了野兽。冬季暖日，看见大块的积雪从松梢上湿漉漉地跌下，露出的松枝和森林都是黛青色的。牧场如此峻峭，道路如此险恶，从亲戚家的老祖母的乃孜勒回家一路，有那么多大大小小的事情发生。事情经常令人不快，而天山如此美貌——矛盾的牧人需要休息，需要用浓浓的香奶茶把累了的心泡一泡。

在新疆走得多了，我被哈萨克的奶茶逐渐改造，以至于开始为它到处宣传。也许是由于疲累的纠缠，我变得“渴茶”。我总盼望到哈萨克人家里去，放松身心，喝个淋漓痛快，让汗出透，让郁闷发散。北京有两家哈族朋友，他们已经熟悉了我的内心，总是不问时间地，在我敲门进屋以后，马上就开始兑茶。

哈族式奶茶的主食不是炒米，是油炸的面果子包尔撒克，这个人人都知道。哈式饮茶更重要的是音乐；毡房挂着一柄冬不拉，奶茶几巡之后，客人就问到这柄琴。他并不说弹。主人递给他后，话题便转到琴上。不知不觉谁弹了起来，突厥的空气浓郁地呈现了。他们是一个文学性非常强的集团，修辞高雅，富于形容，民歌采用圆舞曲的三拍子。

这样，在天山北麓的茶生活就不单是休憩和游牧流程的环节，它在和谐的伴奏中，发育着丰满的情调。

视野中又不仅仅是单调草海，而是美不胜收的天山。蓝松，白雪，无论沉重或者欢快总悄然存在的美感——所谓良辰美景对应心事，所谓“四美”，好像差一丁点就会齐备。

那时禁不住赞叹。茶后人们都觉得应该捧起双手，感谢给予的创造者。我的慨叹还多着一层，我反复地联想起蒙古草原，想着我该怎样回答这样的经历。

最后是个砖茶的输入问题。砖茶是农耕中华和游牧民族之间的连系。古语有“茶马交易”，一句千钧。确实，唯有这句概括本质。其余比如“绢马交易”就未必影响远及牧区奥深；宋与西夏之间的“青白盐之争”更是地理决定历史。一个游牧社会，尤其是一个纯粹的游牧社会，它可以不依存农耕世界繁衍和生存下去，只要给它茶。

不穿绢布可以有皮衣。不食粟米可以“以肉为食酪为浆”。茫茫草海虽然缺乏、但并非没有盐池。草原蕴藏复杂；自远古就盛行黄金饰具和冶铁术。

——只是，生理的平衡要求着茶。要浓茶，要劲大味足易于搬送的茶。多多益善，粗末不拘。于是，川茶、湖茶、湘茶应召而至，从不知多么久远的古代就被制成硬硬的砖头状，运向长城各口，销往整个欧亚内大陆的牧人世界。

唉，砖茶，包括湖北四川的茶场工人在内，有谁知道砖茶对牧民的重要呢？

同样的青黑砖茶，在蒙哈两大地域里，又受到了不同的鉴赏。

哈萨克人把色极黑、极坚硬的砖茶，描写式地称做 tasčai，即“石头茶”。对另外几种压制松紧和色泽不同的砖茶，不作过分严格的区分和好恶。据我看，他们饮用更多的是蒙古人称之“黄茶”的黄绿色、近两寸厚、质地比较松软的砖茶——而这种黄茶被蒙古牧民视为性凉、不暖、比“石头茶”差得多的劣等货。乌珠穆沁牧民坚持认为石头般的 haračai（黑茶）性热、补人、甚至能够入药。

三

成人之后又走进第三块大地，在肃杀荒凉的黄土高原度世。我在数不清的砖房、厦子房、土夯院、窑洞和卵石屋里，结交农户，攀谈掌故，吃面片，饮粗茶，一眨眼十数年。

在河州四乡，人们喝的是春尖茶。产地多是云南，铺子里都是大簸箩散装。摊铺主人经营茶叶买卖多是几辈子历史，用两张粗草纸，把一斤春尖包成两个梯形的方块锭子。再罩上一张红艳的土印经字都哇纸，绳儿转过几转，提上这么两锭茶，就是最入俗的礼性。

春尖茶也大多含些土，沏水前要把茶叶先扑抖一番。渐渐泡开的茶原来都是大叶，仿佛没有打砖压型的茯茶一般。我心里有时琢磨，春尖茶和蒙疆两地使用的砖茶，味道不同，源头不一，只一个粗字概括着它们的共性。粗茶对着穷日月。慢慢地，我几乎要立志饮遍天下的穷人茶，为这一类不上茶经的饮品做个科学研究。

不过在甘宁青，黄土高原的茶饮多用盖碗子。这种碗用着麻烦，其中诀窍是——有一个伺候茶的人，在一旁时时掀开碗盖续水。做客的不必过谦，尽管放下便聊天扯磨，由着那侍者提着滚开的壶添水。确实那仅仅是添一口水；盖碗子里面，民俗礼节要求碗口溢满。

在清真寺里闲谈最方便：一个眉清目秀的小满拉，永远一头津津有味地听，一头微倾开壶，注上那一口水。若是话题重大，他添水时更加庄重，注水时不易察觉地嘴角一动，轻轻地自语一声“比斯民俩”。

在农民家炕头上也没有两样，大都是晚辈的家儿子或者侄儿子斟水。女人不露面。似我一来再来的客，日久熟识了，女人不再规避，也只是立在门口听。她若倒茶，要先递给自家男人，再转给客。贫穷封闭僻壤，民风粗砺。一旦有缘和那些农民交了朋友，便觉得揪面片子喷香诱人，春尖粗茶深有三味。老人们立在屋角，过意不去地说：“山里，寻不上个细茶，怕是喝不惯？”而我却发觉，就像内蒙新疆一样，所谓 xiar、hara 和 tas，所谓春尖和粗细的种种命名分类，其实都是后来人比附。在茶叶和茶砖的产地，一定另有名称和茶农、茶工的职业见解。南北千里之隔，人们径自各按各的方式看待这些茶，其中观念差之千里。若说还有什么相通之处，也许只在一个粗字。

粗茶的极致，是西海固的罐罐茶。

我是在久闻其名之后，才喝到了它的。当然我完全没有料到，这种茶居然与我发生了那么深刻的关系。我还懂了：其实贫瘠甲天下的排名，未必就一定数得上西海固。若以罐罐茶为标志划分，就我陋见，甘肃的岷县也许才是第一？

满掌裂茧的粗黑大手，小心翼翼地撮来一束枯干的细枝。不是树枝，是草丛中或者能算木本的、一些豆细的蓬蓬干枝。架起的火苗只有一股。这火苗轻轻舐着一个细筒（约一尺高、寸半粗细、熏烧得焦黑的铁直筒）的底儿，而关节粗壮的手指又捏起一撮柴，颤颤抖抖地添在火上。铁筒有个把子，焊在顶沿。煮的水，并不是满罐，而是一盅。茶是砸碎的末，而且，是蒙古人称做“黑”、哈萨克称为“石头”的砖茶末子。

令人拍案惊奇的是，如同一握之草的那几撮细枯枝，居然把罐罐煮开了！我判定是因为那寸半的底面积：火虽细，攻一点。惊叹间，火熄了，主人殷勤地立起身，恭敬地给客人斟上。果然只有一盅，罐筒里不剩一滴。

客人推辞不过，持盏慢饮，茶味苦中微甜，呷着觉得那么金贵。火已经又燃起，头一罐罐是客人的——主人解释着。而炕上有三四人围坐，都微笑，欢喜这罐罐茶给客人添了个新鲜。煮滚的第二罐又不是主人家的，炕上一个老汉半推着接过杯盏。三一罐罐，四一罐罐，最后的一罐才轮到主人家——又称奇的是：头一罐敬客的茶还没有饮完。

于是大家娓娓而谈。水早已注上，火苗还在舐着罐底。很快新一轮的头一罐，又斟进了客人的杯盏里；怪的是，如此久熬，茶依然酽酽的。我十余年横断半个大西北，住过数不尽的村庄，后来饮这种罐罐茶上瘾忘情，伴着这茶听够了农民的心事也和农民一起经了不少世事——我没有见过有谁换茶叶或者添茶叶。

茶是无望岁月里唯一的奢侈。若是有段经文禁茶，人们早把这残存的欲望戒了，或者说把这一撮茶钱省了。而罐罐茶，它确实奇异，千炖百熬，它不单不褪茶色而且愈熬愈浓，愈炖愈香！

在西海固的三百大山里，条条沟里的村庄都睡了。出门小解，夜空无月，深蓝的天穹繁星满布。四顾漆黑，只有我们一户亮着灯火。爬回炕上，连说睡睡，话题却又挑出一个要紧故事。人兴奋了，支起半个身子说得绘声绘色。“娃！起给！架火熬些茶！”于是乖巧的儿子蹦下炕，捅着了炉子。年年我一来，他们就弄些煤炭，支起炉火。罐罐茶用煤火炖，多少是浪费了些。

半夜三更，趴在炕上盖着被，手里端着一碗滚烫的罐罐茶。小口喝着，心里不仅热乎而且觉得神奇。茶不显得多么浓，只是有一丝微涩的甜味留在舌尖。我们有时压低声音，好像怕隔墙的妇人女子的耳朵听了去。有时禁不住嗓高声大，一抖擞，掀翻了被子。旋即又自己不好意思，赶紧侧着卧下。人啊人，生在世上行走一遭，如此的情义和亲密，究竟能得着几分呢？想着，仰脖咽下一大口，苦苦的甜味一直沁穿了肚肠。

不只是居城，即便乡下和草原，新的饮茶潮流也在萌动。

也许是因为砖茶产自南方，毕竟不够清真；或者是由于品尝口味的提高，——近年来又是由操突厥语的奶茶民族领先，开始了使用红茶煮奶茶的革命。蒙古人同步地迎合了改革，内蒙出现了工业生产的奶茶粉。

我用一个保守分子的眼光，分别对上述新事物怀疑过。但是，红茶熬出的奶茶，澄不出一点泥渣；伊利牌的速溶奶茶粉与乌珠穆沁女人们烧出来的茶相比，不只惟妙惟肖，甚至凝着同样的一薄层奶皮。

不管民众怎样依旧痛苦，不管他们就在今年也可能颗粒不收，从山里到川里，从青海到甘肃，黑白电视，简易沙发，已经慢腾腾地出现在农民的庄户里。“细茶”一词，正在愈来愈多地挂上他们嘴头，就像“haohua”（豪华）成了一个蒙语借词一样。

——历史真的就要合上最后的一页，悄然而生硬。

一个银闪闪的考究托盘递了过来，上面满刻着波斯的细密画图案。盘中有一只杯，半盏棕黄色的、喷香细腻的奶茶，在静静地望着我。红茶煮透后的苦涩，被雪白的牛奶中和了，轻轻啜了一口，这新世纪的奶茶口感很正，香而细，没有杂味。

我沉吟着，端着茶杯心中怅然。那么多的情景奔来眼底。冬不拉伴奏的和平，嫂子铜勺下的瀑布，黄土大山里的星夜，都一一浮现出来。那时我不是在做“诗人的流浪”，那时我和他们一起流汗劳累。那时我是一个孩子，不引人注意，在辽阔的秘境自由出入。如今饮着纯正红茶和全脂牛奶煮成的香茶，却觉得关山次第远去，人在别离。

我随着时间的大潮，既然连他们都放弃了黑黄砖茶，也就改用了红茶鲜奶过冬。暑季则喝完全是凉性的绿茶、甚至是日本茶消夏。只是，一端起茶我就感到若有所动。我虽然不多说出来，但总爱在一斟一饮之间回味。

1998.4

访谈东塬上

小引：

2004年5月11日，与《穆斯林通讯》编辑部和《星光》文学季刊编辑部在固原三营的无水东塬，做了一次访谈式的交流。应该说这是一次罕见的、我主动追求的交流。原因很简单，因为命题的巨大和时机的紧迫。外面，应该称为新十字军主义的势力胁迫着世界，在指鹿为马的不义宣传的声浪中，正在对穆斯林世界实行有计划的打击。里面，穆斯林世界自上一个世纪里，身陷殖民主义的侵占压迫以及殖民主义统治下独立的大潮之中，也身陷自赤贫绝地以及固有的传统矛盾之中，一直没有清理和改革自身的余裕。我企图以这一次的交流为开始，一步步和各种朋友一起探讨世界伊斯兰进程中的经验和教训，以及我们面对着这个危机世纪——应该选择的立场和可能做出的努力。

当日的交流话题远远偏出了我的设想，从记录中可以看出：朋友们更关心的是民族知识分子的登场。我不想修改这个稿子，因为，甚至具体的内容都未必多么重要，嘤其鸣矣，求其友声，唯有思想渴望着同类。

附记

张老师，这次我们还是想听听你对我们的嘱咐。

《穆斯林通讯》现在的势头非常好，许多人都喜爱这份报纸，你们的报纸几乎是他们的信息之源。

我们可以谈另外一个话题。

基督教系统在发展到一定阶段的时候，有一次马丁·路德的新教革新运动。它是美国英国的今天主要的意识形态。而伊斯兰的历史性革新，按我个人的观点，至今没有实现。为什么呢？因为伊斯兰世界在获得历史飞跃的契机时，却被人导入了——走向僵化的歧路。伊斯兰教在这儿走了这样一个U形的后转弯，走上了一个无法迎接新时代的怪圈。必须注意，在这个过程中，欧美尤其是英国的情报机关插手其中，设计了引导一部分伊斯兰教陷于落后和僵死的战略。英美的殖民主义者同时也是原教旨主义的十字军狂信者，它想消灭或击败穆斯林世界的思想从未中断过。但他们意识到，把伊斯兰消灭是不可能的，最好的办法把伊斯兰引向永远的怪圈，使之自我消耗，不得进步。在走向进步的伟大历史运动中，这个弯子转向背后，契机失去了。

一百年之后，穆斯林世界依然必须解决自己的现代化问题，完

成宗教思想和形式的改革。换句话说，就是要重新摸索迎接新世纪的道路。否则在十字军主义者和法西斯主义者面前，就只能挨打。每天看着电视，穆斯林的心在流血。

非穆斯林的左翼知识分子，爱好和平的世界人民，出于高尚的正义，在向承受法西斯十字军攻击的穆斯林世界伸出援手。网上的标语呼唤着："一分钟也不要犹豫，站出来，支持伊拉克人民！"对这种珍贵的国际救援的报答之一，就是改造革新我们的"教门形式"，使之能应对严峻的未来。

《穆斯林通讯》是好不容易才建设成功的一个话语阵地。我盼你们能在引导穆斯林探索正确的宗教道路方面，发挥可能的作用。无论作家，无论知识分子，我们都应该有一个深沉的目标，要为促进信仰世界的现代化，一块块垫起铺路的石头。

穆斯林世界的知识分子没有话语能力，我们的民间更没有话语能力。有感情的人可能没有能力，有能力的人可能没有感情。在这种情况下，最需要解决的是什么？

谁都只能按照自己认为大致正确的去做。但是有一个理想，要追求一个进步的倾向。至少不是主张穆斯林道路的僵化倒退。

所谓传统？伊斯兰博大浑厚的那一面的东西是什么？

我要说，并非老一套反而正确，它们更面临着严峻的质疑。徘徊大西北，日复一日看到的是：在世俗化对宗教的腐蚀中，过去遮掩的、含蓄的、可以谅解的弊端，到了今天已经发展成严重违反伊斯兰原则的、撕开了一切遮羞布的腐化。

批评传统是困难的，因为它们与农民社会同步发展。但它们已不能身当大任，它们的颓势已无法挽回。

穆斯林们渴望着一种更好的宗教形式。我们应该与他们一起，描绘未来的蓝图，探讨未来穆斯林世界是什么样子。我们向往和实践一种参悟的、和平的形式；在那里，教规不是限制和吓唬人、而是简单的和易行的。伊玛尼将是人的品质，是好人的标志。最高的社会目标是与各民族团结起来，莫说教派的门户，我们对不同的宗教都绝无排斥之意。一切他人的美好，都是我们的追求。人类的文明，是新穆斯林世界的建设基础。

越来越多的年轻人、农村娃考上了大学，同时他们也对旧的宗教敬而远之。他们不满意旧有的宗教形式。让他们感到强烈吸引和离不开的崭新的宗教形式，正需要大家探索。

关心他人的痛苦，就是真正的穆斯林。不关心他人的苦难的人不是真正的穆斯林。因为漠视他人苦难，意味着在处境改善以后、手中有了权力和武力时——你就会歧视别人，重复着过去别人对穆斯林的态度。伊斯兰信仰本身就包含着一种普世的人道主义情怀，仅仅局限于本民族传统和家族血缘纽带是一种狭隘的穆斯林观。我们日常说的“天下回回是一家”，这个“天下”的观念应该包括整个世界。如果我们的眼光更开阔，愚昧、狭隘、内部腐化的地盘就会相应缩小。

关心他人的苦难——不管是我作为一个作家，还是你们作为一个重要的穆斯林媒体来影响青年——是个重要的问题。最迫切的和最临近的，就是巴勒斯坦和伊拉克的苦难。我们可能缺乏话语空间，但是我们要向每一个人的师长、同学、邻居、朋友宣传：穆斯林是热爱和平的，穆斯林在抵御着霸权主义和法西斯主义对世界的进犯。

记得我们开始办报纸时曾提到“敬主爱人”的理念。有人有意见，说“爱人”这个词是基督教的理念。

当这种声音出现的时候，应该群起而攻之。基督教的口号为什么不能用？《古兰经》确认他们是有经的人，《引支勒》也是真主启示的经典之一。能使用爱的概念才是好穆斯林。这里面潜在的，是歧视别人。

歧视和变质，就潜伏在日常的生活之中。我经常在新疆旅行，大多数新疆的回族，并不在意自己不了解维族。那种漠视的程度，让人懂了为什么大汉族主义者不理解回民。在新疆，我在一个寺上住着。我问：这个庄子一半回族一半维族，寺里干尔麦里，为什么不把他们请来？交流一番多么有趣。可阿訇说：他们在打依尔上坐不住，乱动。不像我们，洗完阿不代斯一句话都不说。看，我们就这样决定了对一个伟大民族采取漠不关心的态度。

自我封闭，可能缘自于文化心理上的不自信。

确实，应该追求建立一种理想的者马尔提。它既不是腐朽的迷信加封建的老传统，也不是倒退僵化、空喊复兴的怪圈，它将如巨大的磁石吸引着年轻一代和非穆斯林，它是我们一步步摸索的，一种良性发展的道路。也许它可以称为“Tarīgat Allah”（陀里伽同拉），真主的道路。

严峻的国际形势，迫使我们进行新的思考和实践。我们要共同扶助，互相启发，在一步步的摸索中，互取所长，争取找到一种能达到希望和胜利的“真主之道”。

不知您感觉到没有，穆斯林知识分子随着年龄降低，凝聚意识在增强。

在兰州西宁那样的环境中，可能会有这样的感觉，可在北京感觉是相反的。中国的伊斯兰教，要让它变得有魅力，能够吸引年轻人尤其是年轻知识分子，道路还正漫长。

北京或西海固，与其说是教门在教育穆斯林，不如说是孝的观念在教育。中国文明中的孝悌思想，与伊斯兰的孝敬教规，在历史中实现了深深的结合。

在堕落的世风中，人可能追求精神和生活的宗教化。在欧美加入伊斯兰的现象很普遍，因为他们过去就有一神教背景，对宗教不生疏。他们入教的原因可能很简单，比如认为伊斯兰是真正反对帝国主义的。他们出于深刻的左翼思想向伊斯兰投奔。而中国人不仅对宗教尤其一神教很生疏，而且对他人的苦痛也习惯于漠然，所以类似的例子是孤立的。

九十年代有显眼的汉族归依伊斯兰的现象。

人们都在寻找道路。迎接汉族优秀分子变成新穆斯林，是历史的呼唤。应该推动所有的阿訇做这个工作。我倒觉得回族概念应该取消掉，如果不是穆斯林的话，就别自称回族。这样说，还因为

这个概念里潜在着一丝种族主义。优秀的清真寺应该带着新鲜的血液，大踏步地往前走。

你在《寺里的学术》中提到文明内部的发言。现在，穆斯林年轻的博士硕士很多，你认为这些年轻知识分子从哪个方面能够突破？

不能轻信。现在，中国的大学已是一片生产博士硕士的工厂森林，每年都有数不清的博士硕士被生产出来。这种大规模生产给中华民族带来的是灾难还是进步，已经是一个问题。这些博士硕士中的一部分的堕落，正在使社会瞠目结舌。他们中回族出身的一些怎么样？不知道。

文明代言人的资格，这是一个很大的话题。不能因为他的户口上写着回族，他就有资格充当这个角色——命题比这种算术大得多。

在我接受伊斯兰的文化和信仰之前，是蒙古游牧文化把我从一个北京学生改造得脱胎换骨。因此我有强烈的报答蒙古民族的心理。但《黑骏马》出版后，受到过一些中伤和排斥。感情的受伤，促使我思考文明代言人的资格问题。难道血统是文明表述的唯一资格吗？也许我对蒙古游牧民族的文化表述，比血统蒙古人表述得更真挚。我离开了草原，抵达了新的土地。但是，一个真诚的人受到的拒绝和伤害，难道是正确的吗？

终于，博士读下来了。比如读了一个人类学或者社会学的博士。我想提醒：这些专业一诞生，就带着帝国主义掠夺第三世界文化财富的胎记。它们在进入中国时的杂役、翻译和账房，是后日这些学科在中国的泰斗。他们不同于伟大的人类学家摩尔根，能在学术的道路上酝酿宗教式的道德自问。摩尔根在文明代言资格的自问之末，做了印第安人的养子。印第安人正式接受了他，摩尔根才从文明的表述与被表述的道德与心理上，获得了解脱。

我忍不住想问，在中国的社会学家和人类学家里，有一个人做过这样的姿态和举动吗？

比如关于小儿锦。阿訇上头讲，满拉下面听。一边听一边在当作教科书的经上，用三分钱一个的蘸水笔尖蘸着黑墨水在旁边注音，把读法、注解、师傅的指引，用自己看得懂的字记下来。这就是小儿锦。这不是什么“回族最早的拼音文字”，也用不着谁去发现。就像三营小学娃娃们的笔记本用不着谁去发现、就像自古生存着印第安文明的美洲大陆用不着哥伦布去发现一样。

在这样一个学术谱系中，在如此的浮躁环境中，我们不必猜测一代贴着回族标签的知识分子会有什么作为，但他们或许会发生激烈的分化。

> 其实回族知识分子或者说穆斯林知识分子都存在一个人格分裂的问题，现实的诱惑、现世的名利，与民族的感情、信仰的方式之间存在着矛盾，这是处于“多数”的海洋中的“少数”所必须面对的两难境地。

我更想说：在打磨文字技巧和学问规范之前，要知道学术和文学的良心是最重要的。应该思考你和所面临的文明主人之间的关系，要自问你是否对得起你调查的村落、和那里的人民。

为了与他们竞争，我呼吁开展“寺里的学术”。虽然我非常清楚：如此对旧秩序的颠覆，不是几个阿訇能干得成的。我们只是以这

个姿态，呼吁未来的清真寺和阿訇满拉、穆斯林知识分子，介入捍卫自己文化表述权利的事业。至于能否成功，决定事情的是真主。

这是一个历史的口唤，它不理睬谁的急功近利。当弱势民族不再处于受压迫、被歧视的处境，当底层民众获得了平等和“事实上的平等”，一切遗产都是人类共有的。那时，穆斯林获得了平等的对待，博士们的道德得到了规范——我们将全力声讨排斥和嫉妒。

对于中国的穆斯林，不管是民间还是知识阶层，希望到底在哪儿？

不知我的思路是否很费解——前面提及《黑骏马》和蒙古体验，就是这个意思。人并非没有机会表达对他人的关心。对他人表达平等和热爱，是一件动人的事业。

只能等待自己有话语权的那天？

话语权可以用水平来实现。顺便说一句：我高度评价“黄牛奖文学奖”的空缺。因为它如同宣布：敢于对更高水平提出要求，意味着真的要追求对世界的话语权。

我们这一代知识分子可能是值得怀疑的？

不能这么说。人都在前定的链条上。不如留意这样的思路：穆斯林本身的规范，会洗涤流行文艺的污脏。或者说，伊斯兰的信仰，会启发人去探索学科内最优秀的东西。摩尔根做了伟大的示范，优秀的后来人会模仿他。于是他们会靠近知识传统中最干净、最专业化的内核。我们等待着这样的人的出现，随时准备着支援他。

这就是答案了。还是《寺里的学术》确定的方式。

请允许我再说一些话：

我们没有排斥一切体制内回族或汉族知识分子的念头。有志气的中国穆斯林追求的，是代表整个中华民族。我们对人类的辉煌文明、包括学术和文学的积累不敢轻慢，因此对之才有了责任感。当别人在泡沫文化的洪水面前怯步时，伊斯兰的教养使我们站了出来。既然敢于公开自己遵从穆斯林的道德大义，那么我们也不会面对知识分子道德的堕落，而嗫嚅不语，畏缩不前。

不，学术永远都不是主要的问题！塑造和追求理想的伊斯兰形式，才是我们的理想。我盼望我们有这样光荣的前定，经过我们一生的跋涉和积累，为苦苦寻求光明的“真主之道”的穆斯林世界，贡献我们的一点经验。

2004 年 6 月

师傅窑

如今回顾那样的地方，确实有些隔世之感。

人总是难逃次次的离别，而离别久了，又难忍阵阵的向往。

这也是在大西北惯见的一种地方。泛碱的秃山，焦黄的干沟。可是走在弯弯的沟里，看见不高的崖坎上，有个半塌的小小窑洞。山沟和窑洞配在一搭，平添着荒凉的气氛。只有一扇嵌在窑口的粗木头门，因为雕着些花，露出些新锯的白木碴，才显出这不是一眼废窑。

这种窑，不单是有人照应，还常常派着用场，让一些老者或什么人进来住下，接连几天甚至几十天地坐静，度过独处的时光。

一

记得那时我和娃娃，还有他爷一共三人，就从窑上头的这个塄坎跳下。下头窑门对着一片场，三面的陡坎，像围了一个护院。喘着在窑门站定了，说也怪这场上没有风。那时我们看着下方，见夹沙的狂风就在鞋子下头，顺着干沟呜呜穿过。我还眺望沟口的平坦处，见一溜烟尘，白滚滚地奔到沟尽头，在开阔地里消散了。

如今在兰州的馆子，娃娃已经干了八个月。

若是他家里非要在今年里娶上亲，娃娃也已经能掏出个数。而那一天，他爷的表情严肃，粗嶙嶙的大手捏着两支香。忆着那天的步步举动我觉得新奇；山外头，文学界，那一年闹了些什么？都忘了。其实当时我尚不能觉悟到，那以后，它们一天天地，与我两不相干。当然不是真的两个相干，而是千年的擂台，咱们比个身前生后。

进了窑，风声被隔开，眼睁睁瞪着洞里的层层石渣硬土，突然觉出一片寂静。我总忘不了他爷"噗"一声，把皮袄甩在地上。大皮袄，西海固汉子的心爱物，翻着厚暖的白花花羊毛，平摊开铺着，使我看得暖和。

——即便此刻也忍不住一股冲动，想跪到那白软的羊毛上去。人声鼎沸的外界正骚情什么"千禧"。人和人就这么不同，不知是该为这伤心，还是该感到庆幸。娃的爷说，国民党的三个师从陕甘两省合围，把我父亲他们一伙子围了个生铁桶，四下里打炮。我听得入神，我没有见过家族和历史连得这么紧的例子。

百姓造反没下场，没下场……他爷自语着。

而一座孤窑平衡了成败。那以后世间便不见了一个人的模糊影子；而这眼窑，却渐渐地瓦匠木匠各修几下，成了生者对他的念想。那个冬天，娃还是一个俊秀的少年，巴闪着一双水灵灵的大眼，听话地跟在一旁，手里握着芭兰香。我暖暖跪坐在羊毛上，瞥一眼窑外，看见了绵延的黄土浪头。

二

一个时期里我无法安心，一个字写不下去，痒痒地幻想着什么。一个背影，一个魅人的影子，充填了我饥渴的想象。如今娃已经拔节长大，到了着急娶亲的年龄。农民么，急完了春天的吃食，就忙着急冬天的媳妇。他爹不像他爷心大，自从娃进了二十岁，便忧心忡忡，生怕娶不上媳妇惹人家笑话，天天的催娃。

而我，心里怀上了这个影子，便一眼透过，在深层和农民相遇了。农民的心事，就寄托在这寒窑荒山。这么想着，久了，甚至连一扇扇粗木雕花也愈发好看，上立邦漆太白，上平价清漆太黄。添一斧过多，少一刀太少。无论当面或是想象，每次我望着它，都活生生像望着个西海固的孤苦农民，禁不住心怦怦跳。

后来恍然感到，我也该去窑里点个香。路上遇见个本省知识分子不以为然，智叟一般数落我，“你怎么把自己降低得和农民一样呢？”他说。

要紧的是我别降低得和你一样，我想。

青白色的一缕烟丝扶摇上升，纠缠又缭绕，像我们烦乱的心绪。和人事一样，地理也是不平衡的。陷入赤贫的民众，总是向土地索要些安慰。所以我们不单有脾气大的知识分子，还有机密大的地点。窑外黄土山如耀眼的白浪。我舒服地跪坐在娃和他爷中间，那缕青烟旋绕着，流入了我的怀抱。

那一年娃娃长得像个俊俏姑娘。大人们开玩笑时，说以后娃娶亲不用花钱，反过来向女家要也能成。他爷呢，从来他爷不露本色，他总揽家族大事，包括引我走师傅窑。

一扇门，关着刚烈的感情。一方土地，藏着感人的地点。谜底是什么并不重要，人们在窑里找的，也许不过是个人的心愿。

我在那一年，曾经是怎么个样呢？我总在问自己。也许今天的这个并不是我；真正的我，魂儿随着一缕烟，从那天就没有回过家。

三

在窑洞里，青烟还在飘渺地一摇一闪，沉思般渗入粗砺的窑壁。艰难的是十数年如一日，人总要打发死板岁月。本来，人们虽没有那么想，可是意识里却暗暗以为，会来个什么变化。不，只有水流不尽的日子，堕落无边的现世。

青壮打工去，割麦童与姑。我也和朋友商量，把娃娃弄到兰州，向城市要钱。如今娃娃已经棱角粗砬，下巴和颧骨都突了出来。只是架子薄弱，下苦打工好像挺吃力。

后来我在兰州见了娃娃一面，千叮咛万嘱咐，要求他只许成功不许失败，一定要把钱拿上。娃娃说，已经挣上了两千五。再过了半年多，一次，他在远远的电话那头告诉我，已经挣到手六千个元！……我逼真地觉得，电流里传着暖暖的希望。

手抓电话说着，说着，眼前突然跳出师傅窑。有人说他牺牲了，有人猜他隐遁了，说着猜着几十年。他也永远是一个谜，使西海固更加难解。

凄凉的风景若是看得太久，渐渐会“远视”。我就已然不见身近，无论围着什么世界。他们几十年地怀念一个人，这感情令我陶醉。我的心事、年龄、以及视野，都固定在那天，那个和娃娃，他爷一块在师傅窑度过的冬日下午。在窑前波涛滚滚的，那些红岩石白碱土的穷山，在心事和想象中生动地变移。

我喜欢这陶醉的感觉。此刻，我对面的墙壁，现出了层层石渣硬土。一股青袅袅的香烟，对着怀抱，旋绕着飘起来了。

2000.3

三营会

一

活得若是浑如虫蚁，有时人便忍不住想反抗。然而反抗不成——那么人就干脆想恶作剧。

以下的这个小小记事，无甚剧情，更不算恶，尤其是不好解释。若必须起码注释的话，你不妨把它设想是发生在“四人帮”的时代。那时，两个学校八个样板，连在火车上读《牛虻》都被解放军没收。密告盛行，人心惶惶。

我必须去看一个农民。原因简单，因为我们是朋友。不是亲戚，只是朋友，可是共过患难，情义深重。

当其时也，生逢乱世，这么一种关系，可不易说清。公路卡子上，火车查票时，军警盘问得细而又细。千里看农民？别扯啦，这是一个神经病型的“阶级斗争新动向”。

更要命的是，警察还没有查票呢，我先觉得，如此自己一定会被人视为“阶级斗争新动向”。我自己先警觉，先紧张，如同卡夫卡，进入了四周都是军警宪特，我独自被围追堵截，被逮捕被拷打被法办（西海固民间词汇：法办即枪毙也）的幻觉。唉，连作家都不信天赋人权，还感叹什么民主遥远。

多年来我努力改造自己。我常暗自开导自己说：要学学那些闯了祸就跑，而且倒下头就睡的，西海固山里的强悍刁顽之民。那些家伙才是真实社会这个亲妈生养的，他们对世界本能地反应和判断。一个对底层世界精通的哲人归纳过这种心理素质：“没事不惹事，出事不怕事。”

从新年伊始，我就盘算：在不惹事和不怕事之间，我要办一件事。

二

人的思想，原来起源于环境。

无论干什么，先要离了这窒息的北京。先上路再说，走出去一步是一步。果然，踏入黄土高原以后，我的心思突然质变了。

突然间，要为见上这一面不顾一切。心里念叨着，他妈的若不见这一面愧对此世。这样，心底的一丝，逐次勃起坚硬。盼重逢、求一面的念头渐渐膨胀，很快变成半疯狂的和冷峻的决定，最后决心已是九牛难拉。

那时人宛如“内视”，我注视着剖开般的自己，不禁惊奇这危险的本性。车外，窗外，路的两侧以外，是大西北的无限浑浊。

我如猎人，绕着陕甘宁青，慢慢打量，目光斜瞟着那一片穷山恶水。意念在东，我先西行。

我在冬季的吐鲁番盆地消磨日子。那个冬季，还打破了我对中亚的一个小常识：吐鲁番终年不雪。那个冬季，天竟也动情，居然我目击了吐鲁番的降雪。虽然雪下得不太大，但已是空气凛冽。古代史和传说的“火州”印象，随着雪花，纷纷散落。

家家都拿出剩下的储存鲜葡萄——它痛苦地抽搐着，不愿变成葡萄干。

我轻轻地咬一口，甜得不禁皱了眉头。

在吐鲁番，人自然就嗅多了自由的中亚气息。两耳充斥着维吾尔、哈萨克和蒙古人的歌声，我更不能接受强加于我的现实；压制人的情义、压制作家与人民结合的现实。

我动员了一个又一个朋友。为我送信的，早早已经出发。帮我接待的，已经去安炉子拉煤炭。新疆的冬雪美丽而清凉，件件安排着，我觉得自己的头脑从没有这么灵敏。

决心打磨得久了，此行已不全是为了见他，那个农民。没有几天就要进入人民的世纪了，哪怕你特务横行，反正我们用信仰、人生、情感垒筑起来的一切，不能就这么被破坏。我们要报复，要给这荒唐的年代一个不驯的信号。我盯着隆冬的铁色戈壁，一个周密的计划已经实行了。

三

如果再换回今天的语言，时机到了。于是我突然一跃，把身子置于——姑且称它西秦州吧。这座城池是西北重镇，城中同样有我的堡垒户。离开吐鲁番以后，它是我的第一个营地。

中国人随意涂抹地名。地名也像鲁迅先生讲的路，也本是无所谓有，无所谓无的，叫的人多了，也就有了地名。

百姓如同达尔文说的，弱肉强食命如草芥。他们从不受法律保护，也从不懂法制。军队来镇压百姓，头一天，找个有水井的地方打个营盘，老百姓就在暗处数着：头营。几日后，军队开到了下一处地方扎营，百姓正悄悄地在山坡上偷看呢，数道：二营。若是听说官长姓王，就喊它王营；若风传官长一把山羊胡子，就命名曰：胡子营。不信你去查地图；一部中国古今地图集，差不多就是显示了这么个地名逻辑。

我也随这个习惯，先把西秦州，当了我的头营。

西秦州如今商厦夹十字，四郊变闹市，若是和我扎头营的那时相比，人面貌依旧，风俗已然不同。今天是，红旗小轿车轮到了商贩坐，时时我也被一些“企业家”邀请，坐着红旗，一路烟尘，使旁观者迷惑不解地，笔直奔向黄土高原的小庄子。当然，那时心里不禁涌起对权势衰荣的深刻感触。

又参观，又吃饭，和各界人等交际。我发觉我例外地随和，甚至给人题字。因为，我的心像个瞄准器，打量着偌大的西北五省转圈圈。

为了成全那次的约会，样样的联系太细致了，写来太占篇幅。总的说，需要有一块地场，再需要有人去通知。而最后，要有一个铁打的约定时间，到了那一刻，就是兄弟会的时辰。

西秦州的一个兄弟站了出来。“大哥，既然你这么决心大，我就给你跑一趟！”他说。我注视着他，从西秦州到那农民的庄子，粗粗算，公路的距离大概有400公里。然后还要进山，庄子不通班车。他说，“这不算啥，我用摩托把他驮出来！”

我说：“我要绕二营，才能避开秘密警察的耳目。这一绕，前后就远出来千里的路。咱们敢约日子吗？万一谁误了……”西秦兄弟笑了，他哈哈说：“那就死等！等到开春，等到麦收呗。”

话说到了这个地步，就不能犹豫了。我算了算，定下了一个日子。

这一封信，字字千斤。为了表示郑重，信的末尾甚至盖了图章。我们约定：各自从自己的地方出发，不管绕过多么远的路，不管出了什么事，都要在同一天，赶到那个地方。

四

那个地方当然自有地名。但是它对我来说，因为在西秦州之后，我又在充当二营的一个小村住过；那么它就是三营。它的地理位置充满神秘，临近两省交界的边区。

边区是重要的。自古百姓也好，革命也好，只有在这种地方才能获得周旋余地。现在，它如同《圣经》讲的约束之地，是念想太久的兄弟遇面的地点。对我来说还有一层含义：作为一名作家，那里是我和民众连接血肉的地方。

离了头营后，地缘人际、还有方言和熟人，都换了一遍。

我从西北绕到了北国，等候着日子南下。突兀地一日想，绕这么大的个圈子，要是在像日本英国那样的岛国，还真不可能呢。就连讲这么个故事，怕他们也是无法理解。其实，事隔多年以后，我才听说——那年，我滞留过的每一个营地，后来都遭到调查。我们的脚，只比特务的鼻子快了一步。

那年我在二营，总想：不知西秦兄弟怎么样了，他是否把信送到了？就这样“住陕望陇”地，既不安，又激动，一天天数着过日子。

那一天，我离开二营出发时，心里忐忑打鼓。

老农民，日程表，照理说这两者是不能硬扯到一搭的。但是偌大的世间，还不是只有他才使你惦挂；你还不只是为了他，才这么甘心奔波么。当长途车晃晃悠悠，驶近了我的第三营地的时候，我忍不住一瞬盘算：万一他没有按计划赶来，我怎么办。真的等到麦秋冬至，真的等到世道改换吗？一瞬过了又自觉好笑。

颠簸了半天，到了。

下了车，找我的堡垒户。这户人家，就是我们订下的约会地场。顺着一条冻硬的土路，往上走。路迂回着，穿过泥屋散落的村镇，对面是一溜苍凉的淡黄土山。远远地看见一座庄户院，砖墙大门，稀疏杨树，好像就是。

正盯着呢，门洞里闪出来一个人，遥遥地对准了我，行着礼。

他，就是我绕了半个中国求见一面的，那个久别的农民。

五

不必渲染重逢的种种，我现在不爱写长句子，也不爱写长段落。

关于久别再见的细节，其实写出来或者不写，都是一样的。

不错，那是一生中少有的，愉快的几天。在两省之间的边区，在我们的自造地图上的三营，我只觉得从来没有过的知足；我还在那一次特别地悟到：自己从来没有过如此地想念过人。

人想人，是一个古老的题目。

失之交臂，魂断蓝桥，男人和女人相爱离别，引出文章泛滥。经过了三营的约会以后，我懂得了，人之想念，并非就等于男女吸引。因为在男女那里，更多的是对孤单的恐惧。

人想人，当然也不是人想概念。插个题外话；人想人主题的升华，是人想党。电影《党的女儿》在母亲和党两个概念之间进行了动人的互比和置换，使少年的我受到过烙印般的感染。不过，当我真的“找党”，打算加入海军前，与王愿坚同志谈及此事时，他却以为不妥。愿坚同志呵呵宽厚的声音，如今忆来是那么神秘。

写到这里，我想，不能满纸都是小说语言，必须明说哪怕一句：人的缘分小，教门的缘分大，我们弟兄的如此交情后头，确实还有着巨大的思想背景。我和那个农民两个男子，跳跃千里，约会一时一地，也确实并非只是哥们儿关系就能解释。但是，我记得我好像在哪儿写过——哲合忍耶，它简直不是什么宗教，它是一个滚热的感情集团！

我对这种其实并不拘泥教条，但是把二百年前的、爷爷父兄的、故乡家族的、还有自己个人的——种种情感混为一体，然后品味着它过活的人，确实喜欢极了。哪怕再挨上几顿中国智识阶级的交叉火力攻击，我还是要说，我喜欢它，我爱它。反正腾达道独木桥人各有路，我已经选择了，在这个世纪末，迎送有情有义的生活。

六

在未来的某一天，我们也会如白胡子老者一样，回首往事，给儿孙讲古。那时他们会听不懂，尤其是不懂什么叫“四人帮时代”。

那个时代的上下限很模糊，我也闹不清它结束在什么时候。只记得后来的事，多是乡野式的演义。老百姓没文化，动不动又把乾隆年间的旧习惯拿了出来。说是：一个拦羊的老汉正在山上睡觉呢，忽然梦见申兆林（曾记否，他们把一切赃官都叫做申兆林）跪在地上，哭着求饶呢。不出三个月，“四人帮”就完蛋啦。还说，有人亲眼看见，一道红艳的光打下来，咔咔地东山边的天炸裂开了，云云。

不用说，等天道恢复了它庄严的运行，我们弟兄浪个亲戚，通个探望，再也不用那么头营二营，劳神地设计了。

回忆那时，真是不顾一切只求一面。把这事给孩子们讲，他们都觉得如此小事就这么难为人，真是不可思议。什么世道，连朋友见面都盯梢！他们愤愤不平地嚷着，打了一个呵欠。

我却觉得庆幸。在步步关卡，心上关山的年月里，总算有过这么一次。因为这，为这件事里隐喻的抗议，我暗自品味着满意。今天回忆起来，“四人帮”和特务制都是一定要灭亡的；毛主席不是早就说过么：反民主的潮流只是一股逆流。好在，我们至少没有那么老老实实当顺奴，像好些个体面的人物一样。我们设计了小小一场哑剧，与我们亲爱的尾巴打哑语，一幕成功。

都过去了。

现在，我常独自遐想，为人一世，人生中一定要有一丝什么。否则这个人就没有意思。像饭里的盐，少了它就乏了滋味。但它是什么呢？我不知道。我只能说，这个三营会的体验里，倒是充满着这种东西。

1998 年，斋月

尺幅为伴

一

春天趁江南尚未进入苦热，奔赴江西，拜访了几个文化胜地。赣水两岸，湿凉气候，硬红土壤，养育的人物大多身怀傲骨。我已经几次暗暗称奇，这次得下江南，当然更想对这一缕气质顺便考古。

原来一心盼着看看“惶恐滩头说惶恐”的赣水险滩，到达吉水县城以后，人皆答曰惶恐滩已经炸平了。心里黯然，仿佛兴致已经扫荡过半。朋友们说：去看看杨万里的故居吧！那里存着木雕版的文集！

于是一行友人，冒着细雨，渡过浩淼的赣江，前往南宋诗人杨万里的家——吉水塘村。一路上雨幕烟山，山景秀美清淡。时时看见一株或三几株巨大的樟树，冠形、叶色、姿态、意境，都使人不忍绕行。特别在渡口以东有一丛樟林，共五六棵擎天大木，树皮刚砺而滑润，伞盖饱满又深沉。我摸出相机，撑着湿漉漉的伞，拍了一张照。前方迷蒙处，就是"南宋四家"之一的杨万里老屋。

雨水泥泞中，我们进了村。

故居殿堂已经颓坍，怪的是木架梁构俨然完整，如一具建筑烈士的遗骸。火烧过一般的黑骨架矗立在水漉漉的碧绿坡岗上，使人肃然一怔。

果然，翻阅着资料便发现杨万里有人不能及之处。我渐渐读得入迷，不再为惶恐滩牢骚。"……计料自京还家之费，赋以一箧，锁而置之卧所，戒家人不许市一物，恐累归。日日若促装者。"（《鹤林玉露》）

猛然想起冈林信康一句歌词："如被什么追赶着一样，连今天你仍在奔跑向前。"卡夫卡似乎也描写过类似的"居住的不安"。如此的古人心理披露，轻轻勾住了我。一字字细读下去，知道杨万里是一位著名清官，夫人亲自种麻纺织，写诗两万首之多，平生敬佩者王安石。

但是似乎没有什么名句留下……想着，摩挲一番现在由村长收藏的木雕刻版。忽然看到下一则资料：

一个权贵横行一时。他又附庸风雅，在自己新修就一处园林时，请杨万里写一篇记。而他岂知杨万里的激烈，万里怒斥道：——"官可弃，记不可作！"

二

……斜躺在西海固山地用牛粪烧热的炕头上，美滋滋看着女孩给我揪面片。

锅里的热气蒸腾着，使我更忆起南方冬秀的潮冷。我放下手里读着的杨万里资料，顺口对那个女子吟道：“不擀长面揪面片——肉可弃，洋芋不可少！……”惹得老小都笑。

趿上拖鞋——是娃他大给我买来的毛绒拖鞋，比我在北京家里那双还洋气，踱出门外。倏忽地脑际闪过江西的杨万里故居。那里绿洇湿漫，淡青的雨雾中立着威严的樟树——和眼前固海同心的焦山苦岭毫不相干。

我已经记忆漶锈，背不出杨万里的哪怕一句了。蒙蒙中只记得他有一副烈性，一身硬骨。眼前只有粗砺的碱土石山，看不见樟树的华盖。

打工在兰州城的娃，引着初登门的女朋友在指点山势，怕是说他那次拉洋芋险些摔进深壑的故事吧——我半是兴致半是随意地，吆了一声娃：“来，巴巴的屋里来一下！”这个娃已经在兰州打工三年。在生活的磨砺中不知怎地出落得漂亮利索，开口总是微笑，临事不慌不乱。

“取纸来，巴巴给你写几个字。”

“给我？写画儿？”农民把毛笔字叫“画儿”。

我说着，兴致随着话浓了起来。娃喜欢地铺纸倒墨，他兴奋时也是一字一顿地说话：“店里稍稍一挂，我就把它搬到新屋。兰州租一间房二百七十个元，我看下了一处。”

墨已调匀，掂着笔，杨万里的故事又浮现出来。突然心中一股滚烫，便挥笔写了下去：

墨纸不入官宦家

糊壁农户做窗花

这写下的只是一联白话，但它又是我心里一直默想的话，想把它实践的话，它不成诗句，所以搁下笔便觉得没有尽意。沉吟着，娃一旁说：“这个话好！巴，我记下了。”

我从凑不出的对仗中抬头，见娃的眼神像在宣言。我暗忖道，难道日后他也会面临这样的命题？……我盖上章，推过墨纸，对他说：“没写好。你不是在店里睡板凳么？巴巴应你一幅画儿，想出好的，写了寄给你。你挂在凳子高头，当个伴。”

那一天过去了。一直到前天，突然接到娃从兰州打来的电话。扯了一阵，像没有紧要事。问时，他像害羞般问道：“那画儿，怕是还没有寄？”我一怔，心想这事耽误了。连忙在电话里立下保证，当天下午便铺纸备墨。

写成的仍然无韵无法，不过它总算表达了我的心思：

世态人心间，守汝少年志

楼山厦海里，念我黄泥屋

然后再上下落款。一遍写坏，再写一遍。渐渐写得沉醉进去，仿佛眼前又浮现了文天祥、杨万里，浮现出这些年的许多事。我换支小笔，上面写上“某某侄儿兰州打工尺幅为伴”，下款留下年月：“壬午年古尔邦尼”。

2002 年 2 月

吊瓶子

腊月间散布开来的这一场感冒，如一次世纪末的瘟疫。离开与归回北京，各见一位熟识的老者被感冒击倒后辞世；进村和告别之间，先是我弟兄两口子加一个闺女，后来闺女打针好了，男人身板硬抗过去了，抱着娃回娘家来看我的那大女子却母女病了一对。全家只剩了一个儿子没病，临走前一天，他也咳嗽开了。

全怨这颠倒的节气。暖冬烘烘，冬行夏令，蓝天晃眼，粒雪不落。你想想，那么多病菌魅毒在热腾腾的空气里蒸着烤着，能不变成灾病降下来么？

我开头没在意，心想打过针退了烧不会再有啥，匆忙地拿着车票下了乡。到了山里睡上热炕，心想何止感冒，一年的陈疾宿乏都会很快痊愈。所以，开头谁若说：咦，你咳嗽呢，我就笑道：就好啦，只剩一点点。

想不到这一点点拖成了一根线。

仗着对往日健康时代的印象，我自信一向连药也不吃的我，若是先锋六号七号一块用上，牛黄银翘双管齐下，采取牛刀宰鸡的治疗法，这讨厌的病一定会溜之大吉。想不到鬼缠住了我，咳嗽声常常从下午涌起，后来到夜间都咳个不停。

——我那兄弟推开被儿坐起："咋这么个咳嗽？不成了明天走固原上医院？"

"不用不用，谁走那烂脏固原！咳咳咳，咔咔咔……"我在炕上咳嗽成一团。半晌这阵咳过去了，觉得不好意思，再对志文开个玩笑："我咋不心慌？你这屋赛过疗养院！"

在寺里给经学生们讲过一次课。刚刚拿起粉笔在黑板上写下"关于文明的内部发言"几个字，咳嗽就漾上来了。一群最用功的娃娃正围着我，个个端着复读机。我死命压着咳，竭力想把精彩些的句子录进去，但是偏偏不争气，咯咯咯、吭吭吭……水泄不通地挤满教室的学生们盯着我，表情比我还要着急。

在公路上给某位大婶子打电话。事情不过是我太忙，这回顾不上去她家浪了。但是电线的那一头，她不乐意。说鱼都预备下了，菜蔬都收拾好了。我说实在脱不开身，你老人家多包涵吧，咳咳咳……她反而愈说愈坚决，不行那不行。我的咳嗽排山倒海而来：那婶子……咔咔咔，再说个啥，吭吭吭吭、风大着、库库库库……婶子那再不说……扣扣扣扣——干脆我挂断了电话。这么着，人们开始劝我输液。日语里的这个词是拟音的"点滴"，而农民却不用术语，一律称之为吊瓶子。没有人言及瓶子里的药，只是都异口同声地推荐说：吊个两瓶子，保准咳嗽能好。

我一律拒绝。我怕的是那针头家什。这么多年，我虽然弄清了村规人情，但却对农村医疗一窍不通。别弄个连环感染，我说：“不吊不吊！咯咯，还是买瓶甘草片吧！”

但有一回去一个豪杰型的农户家做客，他有车，一见我咳得凶，二话不说径自开车去乡卫生院把院长给拉来了。豪杰抱着两个一千毫升的大瓶子，乐呵呵地说：“这两瓶子下去，你那咳嗽就好了！”没办法，只能接受在农民家输液的新事物。我挣扎着问卫生院长：“那针，咯咯是一次性的吧？”院长睬也不睬我，似乎我是一种文化水平比农民低一级的人，我又问，他才回给一句：“唔，一次性的。”同时一把扯开塑料袋，揪出那副针头针管来。

我放心了，躺下脱毛衣，露出胳膊。四周的农民们齐声说：“不用脱！扎手上的筋。”真是比农民还土气，我无奈地叹了口气。突然想起一件事，忙问院长：“咦，是啥药？”

“好药。”就这样，有生以来第一次在农民的庄户院里吊上瓶，点着滴，输了液。两瓶子既然在豪杰家吊过了，那么再吊两瓶子也就无所谓。后两瓶，我是在自家弟兄的屋里吊的。

娃娃们拧着塑料管上的微调钮，小心翼翼地把点滴的快慢调好。大人寻着窗棂上的钉子，又想挂稳瓶瓶又想让我躺得美。我那结识了十几年的兄弟又擦净一个梨递过来：吃上，梨儿吃上不咳嗽。最精心要数从兰州回家遇我的大儿子——他插上手以后卫生院的小护士便回了，谁比得上这高中生的细法？他静静地坐在炕沿上，甚至安慰般抚着我的手，好像我一吊上了瓶子，也就正式成了病人。

我静躺着，环视着这间农家。吊瓶子给人确实带来奇异的感觉，我突然渴望就这么躺下去。在大山环抱的小村里，在情深义重的前世兄弟家中，吊上一个玻璃瓶，享受人间的情谊。内外的人都回避了，高房里只有兰州儿子。我看着他，渐渐倦意袭来。

那是遥远的旧事了，我病倒在吉木萨尔的县招待所里。每天挣扎着去医院打针，在小贩摊子买几只生鸡蛋磕开喝掉。黑夜的招待所空无一人，那时我感到彻骨的无助和孤单。

回忆着，我察觉到自己嘴角的微笑。那是因为你还没有练就深入百姓的本领，你有眼无珠，没有看见吉木萨尔或者整个世界的本相。那时你只是个肤浅的小伙子，只知考古的技术和文人的语言……晶莹的水滴一颗又一颗，在我的凝视里扑簌而落。

在西海固，也许在一切的乡村都一样，吊瓶了吊罢了，病人家要自己拔针头，换新瓶子也是一样。医生护士把针扎进静脉便走了，余下的事再不帮忙。昨夜在豪杰家也是几个农民换瓶拔针，今天我们的兰州儿子正伺候着。这傻娃娃长大了，浓眉大眼间一股自信的神情。我索性一语不发。注视着那滴下的药液，体味着身体里的感觉。最后的药水在瓶底集成一个浅浅的半圆盅形。我瞧瞧兰州儿子，他聪明地使个眼色，意思是不慌。手背上的胶布已被他一条条揭开，只剩下盖着针头的纱布块，被他轻轻按着。

盅形的液体渗漏光了。透明的管子里，出现了一个下移的小小水平面。它轻柔地一分分下滑，无声无息，像是一支纯净的歌。它流过几个弯曲，流向我的手背。

就在它正要滑入手背那块纱布的一瞬间，在兰州打工的儿子轻轻抽出了针头。

2002年2月

东厢作高房

我一直有一种瘾头，到南方一些文化大省去燕人学步，在文献之邦打开眼界。前些年曾一连三访江西，其中在庐山见白居易草堂和题诗，心里若有所思，由于怕忘了，就把白诗原作抄在本子上。

> 五架三间新草堂，石阶桂柱竹编墙，
> 南檐纳日冬天暖，北户迎风夏月凉。
> 洒砌飞泉才有点，拂窗斜竹不成行，
> 来春更葺东厢屋，纸阁芦帘著孟光。
>
> ——香炉峰上新卜山居草堂初成偶题东壁

从小学生时代开始在课本上接触唐诗，渐渐知道白居易高人一等。他落笔出口言深句浅，朴素几至白描，所以赢得了两种读者的喜爱，这两种读者就是：孩子和农民。

香炉峰草堂一诗即是这样。当时在庐山上吟读一遍，就想：这诗的前一半若贴在甘青农户的泥屋墙上，就像是白居易专意给他们写的一样。此外，还可以当作高考题目，看哪个西北考生能不伤原诗，不露痕迹地把诗中的越桂湘竹改掉，变它为一首《六盘山草堂》。

这是胡说。说实际的——若哪家新盖了房子，把它写了贴在东墙上，或者只贴前半，难道不是诗文情境天衣无缝？我甚至想象得出第二句贴上农民家的时候、围观的粗砬汉子们啧啧赞叹：写得好！南檐纳日，北户迎风！你看人家大诗人写的！冬天暖，夏月凉！

这么喜欢白居易的草堂诗，可能还因为自己心里的一个情结。我是对马恩经典中所谓住宅问题最敏感的人，或者说，是对人的生存最感不安的人。所以，早在远远的八十年代初，就写过“黄泥小屋”这么一个意象。无奈时不我济，半生颠倒，到头来，依然不能成就区区一个泥屋梦。于是我不再固执，松弛念愿，直把剩余的嘈杂逆旅，当作了甜甜的温柔之乡。一旦愿望放弃，人心就异常地平静了。再看那些造屋营家、百般忙碌的人，只觉趣味横生，常常加入进去，给他们乱出些主意。

就像人家二十年积攒了官职财富，我这二十年积攒了一群农民朋友。他们步步富裕以后，常邀我去他们家乡长住，盖房营屋的话题，在半个北中国多次提起。我曾写过，要在伊犁的夏台盖一座小房子。后来，条件像伊犁的苹果一样成熟了，我却不愿旧话再提。一个家在风景如画的那拉提的弟弟，几个月就催我一次，电话里他的声音焦灼，而我却人在沉吟，身不能动。

每逢下乡到上湾，我喜欢在闲暇时，画兄弟家的庄户平面图。不想时光迅疾，家屋也屡动土木，画到二〇〇几年，突然发现本子上的速写，像是一家农民的历史记录。

我高兴了，跳下炕，拉着兄弟跑前跑后，步测手量，正式画他的平面图。我这一幅画得比例不准，但是囊括了前场和后院、门前新挖的井，还有两亩换一亩从邻居手里换来的、如今栽了果树的一面山坡。当然，我画得最细致的是前面的一座高房。

西海固地方建筑习俗，在余裕稍积之后，便在院角筑一座高房。青砖台阶数层，砌成小小平台，可以乘凉或洗漱，也可以纵目远眺。那高房平日锁起，我到了便洒扫干净。那是我二十年浪迹大西北的基地，高房里藏着我的什物，墙上贴满了纪念的墨迹。

同时照相的手段也被动员，一连几年，我用心地反复照一帧同样角度的《上湾平面图》，从白雪斑驳的冬季，照到青枝绿叶的夏天。

翌年又画了一幅新平面图，怪的是还是掌握不好比例，虽然较上一次更细，但还是一幅示意的速写。画时突然看到正房后头空着一块地，于是就和他商量：干脆我就在这儿盖一排屋。这样不单可作长远计，而且还能“著孟光”。我的屋子隐蔽在他的背后，既能够拦截打搅，又享有天然僻静，不仅能进出百里腾挪休养，又可以潜居后院秉烛夜读，这是多好的一个设计啊。

甚至已经到了施工的边缘——最终，我还是没有在那块空地上，自己备砖买瓦、兄弟动土施工、真的盖起那座亲切的房子。广厦被一口微风吹垮了：不是别的，是农村人情的搅哒，是疲惫不堪的应酬，使我最终放下了举起的手。即便两重院落，挡不住农村的人脉纠缠，若说长旅基地，其实一间高房已经足够。我脸在微笑心中黯然，我冷冷地也饶有趣味地注视着自己。这么说，我已经承认了这不尽人意的方式，并打算把它保持下去。

那么，白居易的东厢，就只能是西海固的高房了。重读时，一股平实淡泊的感觉，无言地浸泡着周身。

看来人都难逃一个惯性，把住久了的异乡，当作了自己的巢穴。人都蛰伏在一个未必喜欢的角落，不愿破坏冥冥中的安排。白居易又何尝不是这样呢，他喜爱的草堂，并未成为他的归宿。我的上湾平面图也追着他的庐山草堂诗，停留在一个遥遥的憧憬之上。

不出今明年，农民兄弟又要盖房子，小儿子也该娶媳妇了。我已经嘱咐他：等新屋落成以后，记着把白居易老人家的这首诗，不在西不在北，而一定要贴在东墙上。

改于 2005 年 4 月

桃花面片

从庄子外奔波了一日归来，扑掸掉衣上鞋上的浮尘，收拾罢周身杂事，讨水洗净了手，我常在高房上歇息一下精神，或顺手记下几笔听来的学问。那时大人们一溜烟不知都躲到哪搭走了，屋里独剩下我。最小的满拉进屋来捅开炉子，炖上罐罐茶。我一头划拉罢最末几个字，一头随口打问些他学习的细节。

冬日的下午，静寂而温热。窗外那旱透的山梁，近几日呈着淡白色。已经旱了几年？数数大约从1996年以后就没有什么收成。今年一样不祥的晴空，蓝晃晃的看不见一丁点雪的音信。去年无雪，今年无雪，明年还是没有雪吧，我好奇农民们的态度，我总想探测——他们忍受灾难的限度。

满拉把茶杯斟满。我问："你姐姐呢？"

他答："给巴巴做饭着哩。"

我把杯子端起趿鞋下炕："走，下去看看。"

若说起过去的西海固，灶房是女人的秘界，外人男子是不得进去的。客来了，正房坐下。饭熟了，有丈夫儿子端过来，通常是丈夫在炕下站着伺候，一边连声对着炕桌催着客人快吃，一边伸手隔着门帘接过托盘奉上。如今山区甚至半个北方仍然一样，妇人不见男客，叔伯不进灶房。算不清该追根于中国的封建传统，还是该溯源于回民的教门规矩。反正忆起 80 年代的下乡日子，最初我只看见饭菜在那片神秘的门帘子两边传递，却看不见给我擀出细细的清油长面的"娃他妈"。

俱往矣，我早凭我在穷乡僻壤结交百姓的本领突破了封建门帘，自由地出入于灶房。屈指近 20 年的磨砺验证，使得一扇扇农户的柴扉对我敞开，也使一个个农民的家人认清了自己人的记号。妻女不再回避，灶房由我进出。我来时，女儿们便回娘家帮厨，小满拉也请了假跟随，娃他妈常和娃他父亲一搭，和我商议家务到深夜。

一步跳过了这深沟隔阂，心里常觉得往事如烟。一切的变移，一切的飞跃都是在默无声息之中完成的——如今有谁看得出，我们这乐陶陶的一家，藏着怎样丰富沉重的心事？

——端着茶杯，靠着女子屋里炕上的被褥，我恍然陷入了如上的遐思。

她们正和着面，准备给我揪面片。

原想说我不饿，一想又没开口。

当年 4 岁的、在罕见的大雪中冻得两腮通红的桃花，如今已出落成一个漂亮勤快的姑娘。她没有宣布，但全面接手了做饭的职责。冬天灶房太冷，男孩都打工去兰州，一家的饭，就都在她的屋里做。我来了，做饭次数骤然增加，烧得屋子暖暖的，于是一家人便更挤在这屋闲聊扯磨。

那时她赤着脚，在飞舞的雪花中睁大着黑黑的眼睛。破棉絮从红花袄的肘上襟上露出来，一只粗瓷大碗被小手吃力地捧住。想着不禁又一阵心疼。

“巴巴，你笑啥呢？”突然，我看见桃花大眼睛闪闪地正望着我。锅已经哒哒地滚开，她连同从姐姐婆家来浪亲戚的女孩儿，正左右开弓地对准了锅，嗖嗖地揪着面片。

“笑你两个穿一样的红，又叫一样的名，”我忙答道。来到她嫂子家串门的女孩儿也叫桃花，又灵巧又懂事。赶上我招来的乱，她不但没有怨言，还一天到晚跟着担水做饭。

两个女子高兴得美滋滋的，嗖嗖的揪面片雨点般飞向汤锅。我和她们扯着闲磨，舒服地靠着被垛。这些年西海固连连苦旱，有些年甚至绝产不见颗粒。但是农民们知道救助自己的只有自己的两只手，所以家家开荒，户户打工，不少人还在地球的温暖化灾害中开始改种冬麦——于是年年难过年年过，如今虽然吃的是1996年的麦子，但是油香水饺米饭面片，光阴居然在和大自然的攻防拉锯中，一年年地改善了。

喏，桌上不是摆着彩电，只是没人看它。一家人喜欢热腾腾地挤在炕上炕下，享受一个无人打搅。我又一阵阵陷入遐思，当年雪地里那小女孩的形象总是幻现浮出。门推开，娃他父亲进来了，娃他妈相跟着。最小的满拉给我的杯子里又斟了一回水。“这屋好！冬天这屋暖和！……”娃他父亲自赞自叹。娃他妈看他一眼笑一笑，完全是听天由命的神情。

两个桃花并肩站着，一色的红外套，一样的粗辫子。交叉飞着两条线的面片，串连着我的心绪。饭熟了，这一个桃花精心地盛一个满碗，那一个桃花双手地端了敬给巴巴——我忙示意要让一让娃他父亲，结果娃他父亲率领着小满拉，正对着我道开了赛俩目。我无奈，使筷子拨了一下，吹吹热气，夹起一块洋芋吃下，再扒了两口面。香香的滚烫，一下子穿透了肚肠。

2002 年 2 月

忘掉了丝绸的古路

若不是偶尔想起《西行漫记》，想起斯诺对它的描写，我是决不会对预旺感兴趣的。预旺只是一个村子，充其量是个凋敝的镇子，哪怕它曾是边区一县，我是不会专程看它去的。

——上述念头并没有形状，甚至它从来没有出现在我的脑际。但正因此它是“下意识”，我的兴奋在南方，在西海固那匪性十足又朴实拙笨的大山之中。交通线于我早已蜕化成抵达前的折磨；我匆匆奔去，默念着些无名的地名；完全不顾侧后的预旺，不顾预旺一线坐落的古镇韦州，不顾那条被废弃忽视了的大川——它是古代的通道啊。

间或听谁提及韦州等地方。咦，那可是砖包的古城，千年的古寺！……我只懒懒地一抬眼，问一声：是么？在哪？听着人兴冲冲的介绍，说些韦州怎么古预旺怎么老，却没心思搭腔。

我使劲地伸直腰，湛蓝的晴空静静在上。有过不少瞬间我考虑过去勘查一番。但要知道那一样也要下大功夫。算啦。算了吗？好像，在某种时刻我也重复地自问过：要历史，还是要现实？

平心静气地总结的话，该说——后来的我，不是舍弃历史也不是厚今薄古，而是完完全全地“忘了”，我后来忘掉了所谓历史世界。我恍惚又亢奋，圆睁两眼，瞪着北周墓、须弥山，脑中一片空白，好像自己根本不曾干过什么考古队员，好像自己从来没有在新疆火烫的骄阳里，用手指从沙土里刨着一小片“丝绸之路”上的瓷片！……

如今回想着，只觉得古怪。

十多年的时光里，我一直身在丝绸之路这个概念其实是个不严谨的文学化概念，应当说是在古通道——的一段上，穿梭奔波，访奇问能，进村下乡。我不同于考古的年轻时代，那时我不是走在路上，而是住进了道里。可是考古学的发掘——那是一种多么深刻的方法，我怎么能住在安西王阿难答的分地而无动于衷，怎能站在与预旺只隔一个黄土峁的锁家岔子而视而不见——连美国人埃德加·斯诺都曾“在预旺堡高高结实的城墙上，越过宁夏平原，眺望蒙古”！

我有些吃惊。我是不愿失去喜爱的历史学呢？还是不愿变得单调？

道路、古迹、事实、人生，其实这四者必须循着一个合理的逻辑。古来谬论流传说，秀才不出门全知天下事，其实大谬大错。秀才须出门，才知天下事，唯有两脚沾上泥巴，或能知真实之一二。心懒足疾的酸书呆子，其实什么也不知道。但推开门户扑面有风就够了么？不，还要怀着一些分析的能力。再数一遍：道路、古迹、事实、人生。它们互证互疑，互作逻辑。在紧要处筛选再三，在必要时奔波数千里为见一人、为求一语——我怎么又陷入了呓语？

学着斯诺，我也眺望着——向北眺望斯诺所说的“长城和历史性的蒙古草原”，向南眺望着红军彭德怀的司令部、“古老的回民城池”预旺堡。

凝望中，兴趣悄悄地浮上来了。

它与我这么多年走惯的那条路——隔一道山，从北向南，首尾并行。只不过，我常走的那条路是农民搭班车走的公家官路——而被我忽视的这一条，隐蔽沉默地隔着一条东山与我并行的这条路，却是历史古道。

除开交通角度，从地形上说，它是一道大川。浩浩莽莽，烟村不断，两翼都一字排开着淡黄色的山影——若是近前追究，西山说我连着天下的西海固，我贫瘠甲天下；东山说我通向陕北连着沙漠，荒凉还能比过我么。两道山夹着的平川里，坐落着一串的城镇。

好一条通路，我不出声地称奇，它居然被我视而不见，一连十几年。原来出了灵州，也就是出了渠闸桥堡的黄河灌区，敞怀迎着的世界是大小罗山东坡下的庄子，而不是枸杞子的产地中宁中卫。这片农村很隐蔽，因为一条路衰落了。

所以韦州有古老的大寺，有玲珑的宝塔，虽已沦为乡镇，不改庄严的州名。当然要害关口有关有寨，下马关附近烽火台一座连一座，让人转念便想到不远的阿拉善草原。这么望着，心里觉得热闹起来。

确实，我去过贺兰山北麓的阿拉善——那架著名的山脉，简直薄得像一层墙。一顿茶的工夫，就能从宁夏的清真寺，跳到满耳蒙古语的沙漠牧场里。这种转瞬就能改变置身其中的环境、一迈脚就能跨过地理、民族、文化的障壁的感觉，从贺兰山到下马关，清晰地伴着自己。

再向南，就是斯诺和红军住过的预旺。再接着顺路南下，还有残存着一个流罪故事的瓦亭驿，还有强制迁徙安置叛民的平凉行营，从那里通向甘肃南部，通向黄花川、张家川和穷乡僻壤。

和一伙快活的年轻人走在锁家岔了的黄土峁上，一面望远一面想心事。太阳不见，可是天空湛蓝。愈是干旱的绝产山区，天愈蓝。没有工业当然也没有环境污染，因为这儿不是“环境”，这儿是生存的绝境边缘。

顶着瓦蓝清澈的天空，我们一伙兄弟在黄土峁上急急行走。锁家岔子大山里的小伙子长得红脸膛浓眉毛，一个个都特别爱笑。我们去看四月八太爷当满拉时的窑洞——不不，再也不要给这狗顿亚（世界）讲故事啦！

我想，人们就是如此的不同，毫无办法。你揭露历史上二百年前的官府罪行，他说你这是文化冒险主义、道德理想主义。我们之间需要几道转弯的翻译，语言确实不同，恐怕骨头和血也不同。

双脚蹚起焦干的土皮——峁上晒酥的黄土再被受苦的农民踩过几遍，土会结一层黑黄的薄皮。疾疾走着，焦脆的黑黄土皮在脚下破碎，不远处就是汉唐的烽燧。

斯诺住在那庄子里的时候，他也是选择了现实，放弃了历史。否则——他若是对历史感兴趣，会听到哲合忍耶的凄惨故事么。那个美国人对于今天的美国也是需要“重译”的，今天的美国人正在折磨伊拉克，还有谁为一支褴褛的农民军说话。

这样想着，心里觉得有趣。好吧，让我们回到考古，我可以马上走完从阿拉善草原越过贺兰山南下灵州，再经过韦州预旺到达西安的古道。我还可以立即实行天山北麓和南缘的两股丝绸之路的再考查。真是的，沙寨，石沟，忘掉了丝绸之路。这样逆向的学习，是我在大学和研究生院想象过的么。我这么想着，就觉得视野里鲜亮灼目地升起了历史，它那么清晰，面含微笑，好像一直都悄悄地伏在那里，和我隔着一条山梁。

我把它忘掉得那么彻底干净。不仅如此，我已经到了这般地步——到了库车不去看千佛洞，住在喀什不去看班超城，——我猛然想起自己的学业恩师，翁独健先生会怎样？在这真正的试卷尽头，他会给他的私淑弟子怎样的分数呢？

我喊住了同行的伙伴们。

“坐一会儿，缓一缓，”我对他们一头说着一头坐在黄土山头上。天空地阔，茫茫的黄土浪头和蓝莹莹的天，在交汇处化成一线白炽。年轻人们，即使在黄土峁上也不安分，一会儿便笑闹着跑远了。

我独自坐在上头。俯瞰下去，远处下面的他们围做一堆，人影小小的。那群小人蹦跳、蠕动，头上的小帽像一个个白点。

趁这歇息的时辰，我又由北向南地，把这条古道的上下仔细看了一遍。消失在天尽头的烽火台，蜿蜒在山谷处的羊肠道，村子，寺，焦焦的坡地，都没有变。不管我是想着丝绸之道还是想着百姓生计，这天下都没有变。

1998.12

心上关山

一

若是翻开那时的地图，一个个地名恍如隔世，凝望着图上的脉络纹理，心似是苏醒又似是麻醉。

真是，简直毫无准备，几乎不具条件，但是仅仅缘着宿命和顽固的热情——居然走遍了那么多路，那么多山。

路多是暗中藏险的路，山是步步设关的山。我不是说诸如南疆的铁门关、北疆的果子沟，我说的是另一些地方。那里也许貌似平常平和安详，但是那里的观念，无论官民公私，都认为是不可阑入的。

那一年在吐鲁番的煤窑沟，我和维族向导力铁甫向路口的一堆人问路，想弄清楚这个天山南坡的小煤矿里，有没有侏罗系煤层的地下自燃现象。当然不能二杆子一般地这么问。我模仿着新疆人的口气，尽量清楚地说，科学院的，听说这山里冒烟，出硫磺和硝，来看个一下子。

人堆中有一个挤来，边扣上一顶警察帽，边说：有证明不有？

接着把我们带进了派出所。

当然没出事。但是，从那时到现在，我一直没有搞清楚：公民在祖国的境内尤其是在普通农村而非边境禁区的地方，究竟有无旅行的自由？如果在祖国之内旅行是公民的权利，那么诸如煤窑沟警察一事，他的行为的界限在哪里？

——因此，尽管我走遍了半个中国，尽管我简直无以复加地深爱祖国的每一寸穷乡僻壤，尽管我还居然在警察系统的群众出版社出版了我的旅行记《大地散步》——我仍然感觉在路上毫无安全。我总觉得，法网在路上四张，关卡在路上林立。它已经潜进了我的心，融进了我的六感八识。我觉得自己又病态又好笑，但又以为这也不失为一种不坏的习惯。

在肮脏而寒冷的运输站、客运站，挤清晨长途班车时，四周爆炸着叫骂与吆喊。狠狠的一个字：挤。但不能挤成一个架打，这就有挤的学问。我能在瞬间中顺便帮那穷凶恶煞的汉子一把。上了车坐下学问更大，前五分钟必须判断邻座的性质，然后决定对他的态度。回首往事，我还不至于因为惹人肇事后被痛打而羞耻，也不因显形露财丢包丢钱而悔恨；其原因，也许就在于这种不清楚自己的公民权，因此对旅行从未有过骄浪、从未失尽警觉的心态。

记得那年从兰州去张家川，车行十三小时，车内三次斗殴。捉对厮杀型、集团对阵型都发生了。那一路真是深刻的人生大课，其中两架均以挑衅者惨败告终。第一例，说是挑衅，倒不如说是眼花——他们以为对方人少好欺，打起来方知车厢内三成的乘客都是对方一族一村一行。于是血迸溅着，人瘫软了。车到龙山镇时，失败者们突然下了车。第二例是一对同座。我第一次目睹了一个野壮大汉被一个瘦削青年最终打得一声不吭。欺负的报应，在那一例里真是极致。谁能料得到，那瘦削青年竟如此善打呢？他骂一声娘揍一拳，那粗汉伏在车椅上不动，满脸鲜血。最后胜者累了，不再理睬认输的对手。车继续颠簸着。窗外是陇南秀丽的青山绿水，前方还有七八个小时的同路。颠簸着，人困了。那一对刚刚往死里揍过的敌手，睡着后挤在一团。再后来瘦胜者醒了，也没有一拳揍开依偎过来的那血糊糊的大脑袋。他厌恶地望着窗外，一直没有再吭一声。

然而我却和一个老汉谈了一阵。很庆幸当发觉他的一些宗教见解与我有些出入时，我没有用词不当——老汉便是那三成善打乘客的首领。

——如今非常想念他们。从那个瘦削青年到那可怜的败者，从那拥有实力的老头，到向他的人马挑衅的几个龙山镇好汉。我想再次见到他们，渴望与他们相遇。

包括新疆吐鲁番煤窑沟那孤独的警察，连他都令人回忆得亲切。他是那条戈壁滩当心的大道和两侧的村子——维左回右——的多么好的看守；他是二十世纪中亚的多么好的注解，他是我的人生长旅中的一个多么难忘的人物和故事啊。

因为毕竟走过了道道关山。无论是提一念留意官警，或者是长途车拥挤江湖，有一句至关重要的话当说：那时路是通的。

二

而今世事两变。应当说，开放的经济已经使诸如煤窑沟的警官改得很多；一般来说只要掏出金灿灿的钱，那么“巡洋舰”就可以直放龙山镇和张家川，更可以使县招待所一流地服务。但是复杂的是，煤窑沟尽管不再理睬观光客和考察者，但它正是此时此刻才发觉了你的个别独僻；同样，你也不是昨天那副赶着毛驴车的快乐相，你如今已是要负责的成人。

以前只是投身大自然和民众，如同当年在陕西河底村，你脱下衣服，投身就跳进了黄河。

如今却像另一次，那次夜行巴塘，那时初次体验了恐怖。我骑着一匹壮健的河曲大走马，陷进泥沼直至马腹。

轻薄的文人们，他们怎么可能感受这一切！

李白叫喊的“行路难”，屈原咏唱的“路修远”，仿佛都在这个春天清晰铿锵，巨大苍茫的感受逼近了人，使人的心开阔又黯然。

屈原把所谓道路走到了极限。

“朝发轫于天津兮，夕余至乎西极。”他能从天之边涯，从天河之渡启程，一日西行，一天走到苍天的西极。

“路不周以左转兮，指西海以为期。”读这样的句子不能不一吟三叹。屈子的辞句，宛如潇洒的画面。轻车以传说为熟路，在英雄共工一头撞折的不周山脚，勒偏缰向左转。读着令人感动得心酸。在限制中，在流放中和流浪中，屈原达到了对道路的浪漫想象的极致。而且谐拍循板，若有日程，胸有成竹，“西海”即是旅人约会的终点。

这样的句子，读久了如在中毒。太美了，辞章之美憧憬之美互相衬托，使人知道了早就有过对“道”的苦苦爱恋，使人知道了唯有如此求道，人才算活过一世。

当拦羊老汉在羊群蹚出的沟壑上、密密麻麻的小路上，架起了关卡的时候，我只剩下以吟诵屈子的华章过活。何止约期西海、车绕不周，我还要“朝饮木兰之坠露，夕餐秋菊之落英”。在极端的污浊中求存活，只能追求极端的清洁。

已是春季了。我的血液又像那时一样涌动起来。慎行，还是举步？我在犹豫中沉沉地想念着。

庄户之外，大路更早已断绝。远远望去，四外的风景都呈着暗红色。屈子的车，飞龙驾辕，镶嵌象牙美玉。但是在六盘的山道上，蜿蜒而来的是战车。

追求寻道之苦，在于前途无路之际。宿不能行，淫雨不开，亲人隔断，遍地泥泞。焦急得恨不得一步迈到天涯。然而又屈服于理智，不能浪动寸分。一别三载，心重成疾。在这种心境里浏览《楚辞》，见屈子也有通达的句子。他承认人各有志，人各有路，“民好恶其不同兮，民生各有所乐”——这是我辑的一句。

这样断章取义，是一种《楚辞》读法。否则在今日中国，横领豪夺有欲无耻的气氛里，你还敢抄录屈原的下半句么？譬如“体解未变”（凌迟也不投降）、“九死未悔”？

或许这就是因果。

——社会嘲笑屈原，所以社会失了公德。山里内外关卡，所以人将失道。泰山崩，所以黄河溢。

“民（作‘人’解）各有乐，民好恶不同”，这种哲学，早在公元之前，就被屈原看破了。

我的僵硬的双足，寸分未动如铸如钉的双足，在这种轮番的折磨和安慰中，渐渐恢复了正常的脉动。足背脚弓处，血管怦怦跳着，就像我半生里每一次上路之前一样。这种触感一下子流入心里，重压倏然消失，喜悦莫名地充斥了胸腔。思想，当它切肤般变成了肉体的感知以后，人才会去坚持它。

说来奇怪，我对于爱情一词的体会，就更多的不是得知于男女，而是得知于道路。

真的，宇宙中没有不灭的事物，只有它，唯它最贵，唯它最深。渐渐地人觉得，命可弃，它不可弃。无论它好孬俊丑，好也想，丑也思，无法舍弃。舍了它人就再难新欢，弃了它活着再无滋味。那种心境，才是爱情。

真的，这样写着不禁失笑，生而为人，这样想念，该是多么好；我若能这样地想念她，想念亲人，想念人，该是多么好呵。

至于关山难越，不过是时代的小小把戏。正道是不可能阻挡闭锁的。在每天每月流淌的时间中，不久便会有一天到来，斩关落锁，打通路径，这是不言而喻的事。虽然距此时此刻还稍远，但是我的心，还有我的双足都感到，变化正在临近，就像江河季节的前行。

行期已经指日可待。

1995.3

匈奴的谶歌

一

出兰州几步之遥，挡住西去交通的，是从乌鞘岭开始渐次隆起的、那条黝黑形影勾人哀思的嶙峋山脊。

它从古到今，都是一条著名的山。名字古老深奥，叫祁连山。

右手是大沙漠：

蒙古牧人一辈辈地，总是唉叹水不好、惊呼沙如天，他们的骆驼累疲惫得连声哀号。他们心里满是绝望。他们随眼见而命名，给沙漠取名毛乌素（恶水）、腾格里（天），给河流取名哈拉乌苏（清水）、查干木龙（白江）——亮晶晶地，沙漠就在右手的地平尽处，如一根闪烁的白线。

但大沙漠并非完全没有水草。沙窝子，是一种小湖清澄、碱草密伏的概念。了解这一点挺重要，因为即使在沙漠里，也依然走着一个沙漠化的步子。

左手是青藏高原：

早已使人疲惫的、千里万里的焦渴风景突然中断了，虽然还看不到高原的本相，但是寒气已扑面而至。判断不出山有多高，但它的一线连峰粗砺漆黑。遥遥的它一改淡黄的地貌，缓慢地从地平矗立升起。山腰有黑黑的牦牛，在稀薄的绿草上踱步。

举世闻名的吐蕃•西藏高原，在这里露出了边棱。

在东端，它弯成一个团状，如一座半环的团城，似搂抱似挤压地，断然截断了黄土高原。然后居高临下，把凛凛的寒气放了过来。

——我已经几次走过这里？不知道。只算进山住到一种特别的人群之中，也可以数出那一年在北麓的裕固牧区，这一次在南麓的门源县。南北都有灿黄的油菜花，都有拦河断流的淘金客，都有黑黑的杉树林，鹅绿的夏牧场。

那十里金灿的油菜花，朴实又奔放，实在让人喜欢。而一簇簇直瘦的青海云杉，不知为什么使人觉得凄凉。

向西越过了这块楔入的藏山，左右翼豁然开朗了。

那一年我在公路的左翼，也就是山的北麓，结识了一个黧面黑马的藏民汉子，他叫巴达玛。后来到了右翼，在沿着弱水的沙窝子里又认识了骑铃木摩托的蒙古孩子，是红乌珠儿。此刻，他们两骑马拦着路等着我。

隔不远独自立着一个白马的骑手。他们介绍了才知道，是一个远方阿克塞的哈萨克，名叫盘山纳里。

沿着山脉的道路笔直。大走廊，夹在流沙黑岭之间，把门户敞开了。

二

祁连，一个研究了一个世纪也没有懂的山名。是匈奴语么？或者是什么语？这个词几乎与古代史一样古老。在与史料的纠缠中，有学者最后认定它就是天山；也有人考证它可以与阴山同提并论。

与这山脉孪生一般，同时出名的是河西走廊。

但是我猜，哈萨克的盘山纳里也好，藏民的巴达玛也罢，哪怕就是刚刚路遇的那位21世纪的扎红小辫的红乌珠儿——在他们的观念里，草原并没有分成山脉和走廊。存在的只有牧场，只是祁连山脉和山北的巨大“浑地”（hundi，长川）。

山脉瘠薄；北麓的耐冷云杉，南麓的灌木和草地。然后愈朝南，草愈不好，半秃半旱地，一直到西藏的冻沙漠。

长川也是斑秃的；虽然可以在沙窝子里寻找扎营地，但是流沙逼近着，恐怖的没有声音的传说大漠，此刻就横亘北方。

我想在沙窝子寻一位老者，却遇见了骑摩托正放羊的红乌珠儿。这个头发如毡片蓬克、牛仔裤破烂的蒙古新牧民，给我细致指点了与祁连山北面相对的这道平川和包围大川的沙漠。我懂得了这里和长城北部的沙窝子一样，它依然有草；沙窝子里有积水的淖儿，有富盐碱的细草。再远的那边，他指点着喃喃说，是蒙古国的牧场。

那边是我的家乡，他说，那边是骑骆驼放牧，他们的毡包，就扎在沙子上。

编句谚语吧：都长一双眼，看法却不同。若是你在游牧民那儿，癖好般沾染了类似的眼光以后，满视野里就没有别的什么了，只有斑驳夹杂的丘陵、戈壁、森林、山峰、沙漠、草甸、水潦、碱地……

红乌珠儿的意思就是红小辫。他骑姿散漫，脑袋后头的小辫上扎一根红布条。和蒙古本部的同胞一样，这小伙子喜欢歪歪地斜坐在摩托鞍上，只要不说话就不停地哼着些粗哑小调。

虽然概念非常不准确，虽然纠缠概念将永远说不清楚，总之他们（包括他朋友盘山纳里的民族）就是“胡”，是来自漠北及中亚的游牧民族，是古代匈奴和突厥、准噶尔和哈萨克的象征。

鹰眼的藏民巴达玛勒住黑马，他的笑容如阳光般灿烂。“乔德莫！冈交吉？”他大声地向我致意。

他的马笼头上，在马脑门的部位系着一支牦牛毛的黑缨。我知道，他们因为这个标志，被人称做黑缨部落。这个部落过去把守祁连山北麓的三个山口，所以也被叫做“三山口番”。他们的背后，就是广袤的西藏。

好，你好么？你去哪里？我也问他。

他的鞍后驮着重重的马褡子。他用力拍拍褡子，露出雪白的牙齿：“糌粑！糌粑！”

人一说到自己的食物，那口气总有些异样。糌粑就是青稞，是全部的农业，是藏民自己种植的、与外头世界完全不同的作物。磨制糌粑的青稞，是神慈悯给高寒的青藏大山的唯一庄稼。

然后我们坐下小憩。接着又一起上马磕镫并行。

他驮着糌粑，逆着西行的车队，走马穿行在荡漾的绿波中，走在无边走廊的机耕麦田里。在他的意识中，没有机耕的小麦，只有青稞和糌粑。没有道路，没有走廊，黑马的头一摇一晃，骄傲的黑缨也在一抖一甩。

前后都是繁茂一时的绿波，好像区分不出小麦和箭草。巴达玛的黑马向着东方、走在平坦川原的时候，我有一种异样的感觉。古代的吐蕃人就是这副姿态走向东方的；他们的左手是令人不快的沙漠，右手是黧黑嶙峋的祁连。

他没有去想：若这么走下去，骑着马可以一直走过兰州，走到长安。

他也没有想到：虽然藏不是羌，但是为了和沙漠那边的“胡”对应，他就是“羌”；就是古代各种羌人的后裔和代表。

——我的观察开始了。

今年再访祁连山的时候，几个不同民族的朋友被我邀请到了一起。红乌珠儿和巴达玛彼此以前就熟识，遇上一些日子，他们常常在马蹄寺的佛会上见面。而盘山纳里的加入却是由于不打不相识——听说以前有过一次可怕的灾年，大旱草枯人民流散。盘山纳里和巴达玛两家的父辈，有一天，为了争夺山口，曾经剑拔弩张，差点儿打起来。那是一个星期四，盘山纳里就在那一天降生。他的名字是波斯语，意即“星期四的阿里”。

朋友们高兴地聚会。

我们正好来自东南西北四个方向，又恰恰都是牧人出身。投机的交谈真是盛宴啊，那么多的要紧消息，那么多的共同心情！

当他们欢笑吵嚷之时，我打量着我的这几个朋友，我总在暗自思索。古代羌胡两系的差别，相貌、装束、语言、音乐的分界，究竟在哪里呢？

——仔细分辨谁的毡帐应该扎在哪里，谁过去占据过哪里，已是不可能的事了。事事都在变幻。但是，他们又确实大致沿着山麓，在山脉和沙漠之间的狭长地带里，遵守着一条含混的疆界。线虽然看不见，但它就藏在这茫茫西去的沿山牧场里。祁连山又确实是一道古老的界山，它不仅作为一道地理屏障分开了蒙古沙漠和青藏高原，也分开了两个古老的人群集团。

这两个内涵暧昧并不清晰的人群集团，就是“羌”与“胡”。南有羌、霍尔、吐蕃，一脉传承直至今日雪山藏族。北有胡、突厥、蒙古，一片串连遍及欧亚大陆牧民。

边界就藏在这道山脉的外沿。它伸缩不定，时而避让凹进一块，时而挺进占据沙漠。整个一条山脉，养育着羌胡两系的各种牧人，阻挡着懒懒地也阴险地合围逼近的大沙漠。

边界的模糊，暗示着一个地带的游牧性质。

自古以来，这么一对相依于中亚与青藏的游牧邻居，一直把他们繁复的关系，时隐时现地繁衍延伸。他们的传统牧地和势力范围，大致地沿着祁连山脉，时而嵌入交错，时而错离划开。

三

在羌胡之外的汉朝，出了一位奇特之士。后来人形容他的伟绩时，用了一个牧人不能理解的词，说他“凿通”了茫茫的西域路。

其实是人的知识局限于见闻。汉武麾下的武士谋臣，对西方极地的世界一无所知。但是天朝正渴望扩张，也正遭受着羌胡的压力。所以他们要穿过混沌，到可能建大功立大业的远方去。

而通向那里，先要穿过祁连和沙漠之间的长长夹缝，人把它叫做河西走廊。

走廊是一个外来的路人观念。

对于我的那些朋友，对巴达玛、盘山纳里、红乌珠儿来说，大山北麓的宁静草滩，是他们得以自古生息的牧场。他们不能相信：这里对一些外界的人而言，曾经是天堑险途和不可穿透的绝域。他们哈哈大笑；当听说需要用黄羊角锥子钻、用铁匠钎子凿、那些人才能走过去的时候。

在长期的交往中，我染上了他们的眼光。我也像他们一样使用眼睛，眺望和打量，并逐渐习惯了这异类的“看法”。

不过，虽然走廊这个词坦白了一种外来的窘态，它依然是掷地有声。没有四极八方俯瞰世界的气度，人不会把如此自然想象成走廊。那是大时代，人不像今天，目如鼠，步如龟。对张骞来说，两千里穿行不过是前奏。那时人有志向，心在边疆，志向懵懂而烈性。

出了祁连山东端的乌鞘岭，我就目不转睛地盯着走廊的尽头。心不觉之间晴朗开来。愉悦令人捉摸。这么一派水草茫茫、羌胡混沌的古老牧场，居然，被一个陌生的行者凿了一个洞，钻了过去。这是发想的差异，还是角度的相悖？或者，那混沌的大漠草海中，埋伏着绊马索、交飞着铁箭头？

突然心里觉得有趣。从年轻时就熟悉的、大戈壁的风，顺着走廊，挟着灼烫和尘沙，凶猛笔直地冲撞而来。烦恼一扫而光。

心迎着风，念想如飞。一百里又一百里地，在飞转的车轮下，道路被嗖嗖数过。不尽的村庄，五十里一堡三十里一堡，顺着地势，一条长线，像是陪伴和导引着我的希望——正向着西方的天尽头缀连伸延。路在正中，疾疾向前。河西走廊，我总禁不住，咀嚼这个名称。

不用说，命名者并不是发现者，凿通者不过只凿通了自己的盲瞽。从地理和历史的意义上来说，河西走廊的概念，忽视了祁连南北游牧的文明。它不见六畜，只识丝绸。它只知商旅，不懂驻牧。每逢我沉思于四骑手的鞍上研讨时，就不禁觉得它狭隘而值得商榷。

但我又是那些旅人的同情者。难道不是仅仅在这里，人才能实践奔驰的愿望；难道除了这里，还有哪儿能让人通行？在你我寄生的现世，在这个失义的古国，难道不是只有小人的欢奔，而断尽了志士的狭路么？

流水一律从左而来，流向挡住沙漠的、一些偶然隆出的余脉。若是突然时而水流滔滔，那不久就会在右侧看见一片绿洲。每当从大桥上渡过湍流以后，紧接着就越过一座城池。武威，山丹，名字如雷贯耳。

汉武帝派来的并非和平使者。他派张骞凿通西域的目的，是为了“断匈奴右臂”、为了斩断羌与胡的联系——换一句话：为了隔开中亚蒙古与青藏高原。因为这两块大陆一旦连为一体，天朝扩张的梦就要破灭了。

大陆不是用黄羊角、而是用刀矛被血淋淋撕开了一条缝。沿着这一线伤口，马蹄车轮蹚开了一条路。眼前这条路，像是劈开两块大陆的刀伤，又像是缝合它们的针脚。虽然它坦荡舒展，但我辨出了天野苍茫之间，那缝合的伤疤。

车窗外闪过一座扎成八角的黑色牛毛帐。会不会是……说时迟那时快，一个女人抱着儿童，注视汽车的眼神一闪而过。

流闪而过的藏女眼神，有如有好奇的潜语。

汉武帝的河西经略的结果，首先是发动战争，其次是设置四郡。武威、张掖、酒泉、敦煌，著名的河西四郡做为王朝的楔子，钉入了辽阔的祁连山草原。

没有看见巴达玛。当一座相貌古怪的土垒城堡，在几排夹板中被夯筑打着，渐渐出现在这块土地上的时候，你的祖先一定曾经好奇吧？

红乌珠儿，当你的阿巴嘎（父系亲戚）纳和齐（母系亲戚）从北方的大漠家乡纵马驰来，当面前突然一字并排矗立着一座座军州——他们曾经说过什么吗？

武威已过，张掖在前，极目落日的地平尽头，还应该坐落着敦煌与酒泉。

天善良地降下小雨。通常曝晒生烟的走廊大路，被湿凉的阴云遮着，便于我不转眼地远眺。山影似青又黛，落雨时，远处白亮的反光暗淡了。

四

祁连山丰美么？

我这么问，好像在和他们三个进行讨论。望着山坡上深绿单薄的牧草，我觉得不安。我一问，几个人立即都在心里比较，分析或感觉面对的草地。这是牧人式的学术，说出话来的时候，已经参考了传说、往事、灾难和证据。

显然三个人都心事重重。黧面藏民巴达玛，蒙古孩子红乌珠儿，和远方的哈萨克盘山纳里，他们都默默不语。好像，我渐渐悟出了，不存在什么丰美的问题，对于游牧民族来说，只有牧场的宽狭、植被、气候、位置、居民……

祁连山是什么？

那首宝贵的古歌，它抒发又秘默，直白而费解。我在孩童时代就背诵过它，而数十年后再一字字吟味，依然觉得不可思议。

> 失我胭脂山，使我妇女无颜色
> 失我祁连山，使我六畜不蕃息

它是原文的照译，我不止一次地想过。强烈的直觉，逼着人这样断言。它简直是一件天生地造的浑然原物，丝毫不见编者的斧痕。无论你怎样咣咂吟味，它是无法匹配的。从情感、用语、格式、思路，都能判断它是古代的遗物。

此刻它跳跃在我心里，我觉得几乎它就要破口哼出。虽然我的下意识——正紧张地在众多的旋律之间，在中亚抑或蒙古的语言韵味之间，晕眩地胡乱挑选着。都说匈奴无文字信史；我看这两句，正是匈奴给自己的悲怆总结。

以前我们总把它当成牧歌时代，其实它是预言牧歌终结的谶言。

它淳朴简洁至极。我追忆着体验，在哪里似乎遭遇过类似的感受。确实，只区区两句便唱过了从地理到历史的许多事。而两句怎样排列、两句里究竟孰一孰二呢？虽然短短仅两行，但推敲难定。是顺地理排列而来，还是以含意为重点？那么，女人和畜群，又有谁能说清楚哪一个该排在更重要的第一位呢？……

它透露了一个消息：祁连山不仅是匈奴的边界，它还是匈奴的主要牧场。

一条祁连山，如一个巨大的民族十字路口。东西可以望见中原西域，南北能够连结沙漠羌藏。除了东方，三面都是游牧的环绕。匈奴突厥从西，羌霍吐蕃自南，蒙古则由北而来——都如大潮起伏，向着祁连的核心离聚。

好像兴衰运命一样，这些不同的游牧民族，在强盛时他们遮断四面，到了衰败他们又悄然消褪。他们分别充当过一时的主角，在这片荒凉与肥美并存、四通八达又自成体系的大草原里，喂养自己的男女老幼，获取着喘息，代代地生养。

若以乌珠穆沁的标准来观察，作为牧场它寒冷了一点，瘠薄了一点。但是不敢浪言，眼前舒展的草坡和低密的绿草，谁知在20个世纪以前不是茂密繁盛得遮蔽了牛羊；山上碗口粗的杉树，谁知在匈奴人的时代不是搂抱不过的巨木！……

寒冷的林子里流出树根水，它们饱浸着草根的甜味涓涓渗出，淌成小溪、汇成河流。它们本来只是一股股树根水，只漫过牦牛的嘴唇、藏羊的鼻子、在泛滥季节带给草原以沼泽和淖儿——谁能说它平淡无奇？

一条弱水，它缓缓流淌着，一滴渗入草棵便是一片湿土。在它有了余裕的季节，它会一直远流居延洼地，让那天尽头的干涸湖泊漾起清波。它不过是一道夏天才从祁连北麓流下来的雪水河，但是它能在给了青藏的六畜以饱足之后，还穿过山脉和沙漠，越境去滋润北邻的蒙古。

而且，随便在某一个夏初的清爽日子里，一伙阿勒泰山的准噶尔人可以盘算拆散越冬的毡包，由心所欲地到青藏高原的哪里去驻夏。同样，匈奴的大汗也经常考虑，是把宫帐安放在帕米尔的背后呢，还是把它迁到长城边上？

那种雄大的视野，今天已经很难想象了。站在这民族和历史的十字路口，同时远眺中亚、蒙古和西藏、并设想此地是天下中心——然后再观察牧场的话，该说些什么呢？

显然三个人都心事重重。黧面藏民巴达玛，蒙古孩子红乌珠儿，和远方的哈萨克盘山纳里，他们都默默不语。祁连山，它作为天下游牧民族的主牧场，不知为什么今天显得可怜巴巴。

我明白了为什么三个朋友都沉默不言。

因为那不祥的、谶语言般的民谣。

五

汉武帝夺取祁连山——他的语言是经略河西——之后，随着战争停歇下来和进一步的河西经略，出现在黑山岭和黄沙漠之间的，是城市。

最初谁都觉出了河西四郡的特殊。

但谁也没有料到，这群特殊的城市还会繁殖。在这块水和草都不丰足的地方，谁也没料到，日后分娩不止繁衍无度的，是城市。

人们常用“无源之水”，来形容没有前途。祁连山流出的不是无源水，四座军城靠的也不是无源水，但说到底——祁连山是一道蓄含水量不大的瘠薄山脉。这些山里淌出的浅河若是断了水，有源就是无源。

由于高寒，它的植被脆弱，漫山麓生长的，只是一层绿苔般的牧草。簌簌地抖响在高寒的风中，它的杉树和圆柏都呈着一种悲凉色，细瘦而单调。窄小的冰川和稀疏的森林分泌涵养的河流，只是一些“弱水”——它们随时会因为烧了树林或旱了夏季，而断了汩汩的浅流。

它们本来没有打算、也没有气力拖拽巨大的城乡之网！但河西四郡筑起来了，密如虫蚁的村屯寨堡冒出来了！

每逢青黄不接，河流母亲便感到乳头疼痛。

而吮吸坚决而贪婪。人修了闸，挖了渠，沿着水流建起堡寨。他们寓兵于农，时而呼啸着挥舞着锄头和军械，扑向企图把畜群赶进庄稼地的南北牧人。

南北两侧的人一直在变：从土谷浑到吐蕃，从准噶尔到哈萨克。而移居而来的农民却不变；他们操着粗嘎的甘肃土话，使着二牛抬杠的犁铧。渐渐地村落星罗棋布。地黑了，草倒了，愈来愈多的黑土被开垦出来。羊群马群不见了，南北的牧人迁走了。

喧嚣纷攘之间，灌溉的古代诞生了。

自古羌胡的高山沙漠之间，出现了最早的绿洲。

同时，乳头干枯、源头枯断的可能，一年年接近着。

在几道细流拖拽的、农耕和城镇的巨网的贪婪吮吸下，城毁人亡的阴影如天上的乌云，愈来愈浓重也愈来愈临近。

我不明白人怎会视而不见——

如今，村落蠕动着簇拥着，河西四郡俨然君王。林子里流出的树根水今天如今是走廊里的渠河，它们被引导改向，分割汇流，成了蜿蜒千里的灌溉水网。沿着走廊从东到西：石羊河灌溉了武威，黑河养育着张掖，祁连山西部的雪水河，喂养了酒泉和敦煌。

那块城郊的空地里，又是一片脚手架矗立起来，挖土机蠕动着，不知又要盖一座什么。不太像工厂，听说是开发区。烟色的巴达玛，时髦的红乌珠儿，和牵着白马的盘山纳里判断不出那是什么。反正那熙熙攘攘距离他们的日子很远，他们要看好羊，别被陌生人圈了走。

我指着那片方盒纸箱的楼群问：那里盖的是什么。

“一个新的县城？”巴达玛问。

“开发区。”红乌珠儿内行地摇摇头。

盘山纳里一声不吭，凝视着远方。

在望着走廊里的村庄城市的时候，他们的眼神里便如同祖先一样，点燃了一种罕见的热情。虽然保持缄默，但我知道，他们内心的感情很激烈。

若能把城市比成河水，那么在河西走廊里，城市正在肆虐泛滥。

六

为了弄个明白，我走了两次祁连山。一次住进南麓的门源，另一次去了北麓的裕固。从北麓能目击走廊大势，而在南麓能看见最本色的牧区。

车行如飞。“银武威”，当看见一座标志城市的牌坊时，我猜出，马上就要渡河了。果然，几股奔腾的浑浊河水，逼得车不敢涉渡。车小心地爬上了高高的大桥。

就这样，我走过了初中读过的河西四郡的第一郡，也初次目击了祁连山雪水灌溉出的，河西走廊上的第一块大绿洲。

心中若有所动。我在颠簸的车上打开了地图。

每一条河，都串着一片村庄网，浸泡出一块绿洲。

若是小河，在浇灌出一块绿洲后，河就会消失了。像东部的河流汇入湖泊大海那样，这里的河流，终止于绿洲。大河呢，我震惊它们居然还精力有余，那么微缓的水量居然还有剩余——不仅轻易造了一片绿洲，不仅龙口总渠截着的水还淌出下游，它们浸流漫灌，流向更远的荒漠，接着造出第二块绿洲！

这种连续制造两块甚至三块绿洲的河水，来自祁连山积雪不多的、黑白斑驳的山岭。每一片二三相连的绿洲，都是些沧桑演绎的去处。

最大的一股水，是灌溉了张掖绿洲群的弱水。

可以想象古代——弱水的上游，因为水清名叫黑河。它先制造了临泽张掖一双绿洲，又顺着走廊，北去救活了高台。居然意犹未尽，它出走廊进沙漠，在滋润了大片沙漠牧场之后，静静注入了居延泊。

就灌溉文明而言，它曾是一个完整和完美的流程。如果利用它的人，能把一切保留在一定限度上的话。

但是不可能，犁铧一旦刺破了草原处女地的绿植被，一切就欲罢不能了。

河西四个郡，都是祁连雪水造出的绿洲。但是四郡还要挟拥卫城；于是武威携带民勤，张掖控制高台。而支汊尚可拦水，人们又逐水筑城：金昌、民乐，临泽、高台，玉门、阳关……不仅四郡，汉武帝插进草海当中的楔子，到了后日，竟然繁殖出了一字甩手的十数座走廊城市！

只要你残水还有富裕，那么我就上游下游无限垦殖。让它遍野开花，处处村屯。河西的地名系统，如同一个生动的灌溉垦殖故事——头坝、二湾、四满；清水堡、大河驿、下河清。还有些带着军械和体制味儿：总寨、营盘、老军；靖安、宁远、威狄。农耕的本质就是这样：先要生存，二要富裕，然后进攻，它要榨干土地的最后一滴水。

黧面的巴达玛，流浪的红乌珠儿，沉默星期四的阿里三个人领着我，晕晕乎乎走不出阡陌渠汊纵横的村庄。

本来骑者步入农村，心理是傲慢的。但是一处烟树就隐蔽着一座村寨，碰了夯土墙只好转回来，走到头又是一道夯土墙碰鼻子挡路。来回地拨转马头，不久马儿也急躁地嘶了起来。

当我们走进了村落的大网——由纵横交错的水渠织成的、庄户村落墙垣家屋的大网以后，我们迷了路。密麻麻的村庄，如网络上的绳结一般，由一道道泥巴渗水的渠连结着。巴达玛、红乌珠儿趔趄踉跄，我和盘山纳里头上冒汗。一不小心冲进水洼，都溅了满襟满脚的泥水。

一群农民好奇地围观我们。转过来，背后也堵着一群农民。我们打马冲出水洼，方寸乱了，心也慌了。到处都是夯土墙，巷子和农民土墙，把我们团团围住。我看见，几个牧人的眼睛里，已然失了那种古代的热情和兴奋。

现在不是英雄一声呼啸，飞马驰骋把步行的农夫劫掠一空的时代了。现在是骑手被比山头还多的村寨、被比沙子还多的人群逼赶着步步退却——哪怕那些人不会骑马、姿态丑陋，哪怕那是一种卑劣的胆小之徒；被如此人群逼赶着，退向石砬子嶙峋的山顶地带、退向旱渴灼人的沙窝深处的时代，已然降临了。

河西生存的原理就是这样。如同其他的绿洲。山脉融雪，造成了绿洲。绿洲能生育农民，他们引水耕作，沿着渠闸为家。他们也是一样的生计所迫，顾不上被挤压到深山的游牧民。总之有人欢乐有人愁——灌溉的文化形成了，它要发展，要挖金造银，要用渠和村把人网织得更大，把荒地灌成绿洲，把草原犁成耕地——就是这样。

那一天，好不容易我们才逃离了土墙沟渠。

喘息已定，我们懒洋洋地躺在北麓的马镰草丛里，谁也不说话。

抬眼向左翼望，祁连山触目的褶皱孤寂冷淡，一字排开的峰峦，如大地的尖齿。欠起身子回头，刚才走过的路不见了，只见无数的条田块田，一直伸延天边。炊烟弥漫着升飘，罩住了隐现的烟村。密密麻麻的人影，正蠕动在网状的田地上。

七

没准现代和古代的区别，就是现代五十年的变化速度，能够与古代的十个世纪相比。躲在文明阴影里的水草之争，不是十个而是绵亘漫延了二十多个世纪的、古老的草场水源纷争，好像也到了尽头。

古老的南北两麓代表的、宏大的中亚青藏之间，苍狼美鹿与雪山狮子之间，一个古老种族和另一个谱系的族群之间的冲突、谈合、占取、退让——已经改变了方式和规律。传奇的道德规矩荡然无存了。包括谈判双方那巨大的规模，包括其中丰富的暴力和妥协、贪欲和让步，都彻底地改变了。

如今，没有弹性的边界、四季应时的原则、一言之堂的法度，代替了古代的实力形势和调停艺术。但这更不能解决缺水缺草的现实。于是补充外行与霸道的，就是无止无终的纠纷。两个县斗，两个乡打，两个庄子或两群人年复一年的吵嚷揪扯。

富裕了，羊多了。不知怎么回事，就像城里到处都冒出了汽车，如今的乡下满地都是羊。谁都在喂羊，到处都是低头啃草的羊。草地上是羊，秃山上也是羊。就连黄土高原那万世旱渴的赤裸山岭上，羊群也在漫步，好像在啃含有营养的碱土。

哪里还分什么牧民农民户！如今老农民家里圈养的羊，比得上成吉思汗的一半头数。羊比草长得快——这种怪事，古代的哪一个游牧民族能够想象呢？

所以草不够吃。草不够一半、甚至不够三成的牲畜吃。冬天的青贮草没处打，夏天的家门口也稀拉拉。不要说祁连山这么单薄的山；新疆缺草，西藏缺草，就连乌珠穆沁那么肥美的草原，也是冬天缺草，夏天缺草，草原在为草发愁。

过去游牧民族不太在乎草地。因为在古典的观念中，只有牲畜才是财富。而今家家的山坡平原都用铁丝网围着，人人都懂得了“寸土必争、寸草必争”！

人们的心里，早已失去了昔日那巨大山脉灼灼沙漠以及濛濛走廊极目天下的地理概念。眼睛转也不转地盯着的，只是对面的那群牦牛。瞧，它又越过了山脊，吃了我们乡的冬窝子。

潜藏着深刻历史的人群关系，已经简化成了山脊两边的一面坡、一洼草、一道沟。两侧的公家官员或者设禁，或者挑唆，各自为了自己管下的子民，争得面红耳赤。在王法上算计，在会议上决斗，在深夜里值班。一旦山头上的监控哨报告说对方越境，立即用电传直报北京。

——以上都是巴达玛的舅舅，一个办公室主任吐沫星子乱溅地给我讲的。在场的除了我还有巴达玛的爷爷。我听得兴趣盎然，老人听得瞠目结舌。没有料到的严峻日子就这么来了，不容巴达玛爷爷感慨。古老的南北麓之争，早已不是他们佩戴着牦牛毛的黑缨，在三山口度过的那种日子了。

今天在南北麓之间发生的，也不是红乌珠儿和盘山纳里的爷爷们经历过的，谦恭地弯腰行礼、再紧紧握住腰刀就能解决的事情。

在“羌胡”的古代，边界是游移和模糊的。

因为两系的人群本来就分不开；他们互相交换，互相穿插，互相通婚，一块组成了祁连山的居民。祁连山不是可以一劈两半的大西瓜，它是一座伸缩蜿蜒、峥嵘万状的山。人类在它身上往来奔波，但没有谁想把它从头到尾地切开。它的耐寒的森林，那些它的北麓云杉南麓圆柏柴白杨、它的黑黑雪水，都不能沿着中脊线竖着切开。

山中藏民如巴达玛家，都是半兵半牧驻牧界山的藏民后裔。汉人蔑称他们黑番，什么马蹄寺十四族黑番、三山口黑番（巴达玛读着这些资料恨得咬牙）等等，以和裕固黄番区别。巴达玛告诉我，他爷爷以前常把夏营盘扎到北边沙漠的水淖儿里去。那里是走廊以北，靠近蒙古国的界标。

民族的弹性，造成边界的弹性。总的来说，大致沿着整条山脉，亘古的划分是北蒙南藏，沿袭着古老的北胡南羌。只不过边界如山脉一样宽，你中有我，北里有南。藏民的八角牛毛帐篷，就像夏季雨天的云彩，越过了祁连北麓，遮盖了也切断了所谓的大走廊，扎遍了辽阔大陆的西半。同样，哈萨克的毡房、喀尔喀的蒙古包也深深南下，在古老的藏区地界找到了安歇，找到了家。

现代背弃了旧俗，1959年，在山脉森林和人们头上，划了一条清楚的线。从此南是青海，北是甘肃。它不管游牧是一种漫游，本身只能接受弹性的边界。山脊划线，带来了不尽的烦恼。

如今牧民们已经放弃了发言。草场纠纷和水纠纷，全都在官员之间讨价还价。

前一年在张掖，见黑水河边的两个县争水。下游的一个说我们没有地表河流，于是就在上游大打深井截住水脉；上游的一个批判说你们违反民族政策，你们破坏了一个民族的“可持续发展”。原来那是裕固和汉族争水。

这一年在门源，又听说山脊线上两个县在争草场。山北被指责侵略的是裕固牧民，山南自称防卫的是藏回农民。巴达玛、红乌珠儿他们不在，从巴达玛舅舅嘴里我怎么也问不出具体情节。“很严重！反正啥啥都上了！”他很会守口如瓶，咬着牙不露底给我这外人。啥啥都上了呢？是上了刀子斧头、还是上了武警民兵？

我忙拿出深谙纪律的口气：“那只有向中央汇报！”没料到他说，这官司到了中央也不好打——人家是“特有民族”！

我听呆了。离开民族研究所才几年呀，没想到民族理论又前进了。只听说民族有少数多数，没听说还分特有稀有——好像说的不是民族，是熊猫。

八

进山——有着全套丰富的解数。聒噪西部的新潮人不懂，在进入祁连山之前人不能避开一个地理区，它就是火烧干沟般的前山地带。这体验在整个大西北都是普遍的；无论前往天山或是帕米尔，你避不开这一段熬人的前山苦闷。在新疆，在甘肃，数不清多少次，我对着山影绕着沟壑，忍着喉咙皮肤的灼裂！

这一次也不例外，满眼只是不毛的石砾。更可恨的是居民点却建在这种地方；为着水，更为着出山的交通。

祁连山和蒙古牧区不一样。在内蒙，草原本身就是世界。而在这苦海般的大西北，哪怕在夏季，也先要经过一个荒秃焦干的浅山区，才能进入绿色。而且公路修得比浅山更靠外；去草原么？先在远离青绿的狰狞秃山里走个够吧。大地被切割得破碎不堪，山麓没有马镰花，只有恐怖的石砬子。车嘶吼着颠簸着，人的心思和精力，都在干沟里耗尽了。

就这样好不容易进了北麓的浅山。在先要通过的、裕固人牧区外围的荒山里，有一个叫白音的聚落。我的另一个朋友、红乌珠儿的家史就在这里藏着。

他们不愿多说，我也不穷追乱刨。其实苦难都是类似的，它几乎平均地降临给了每个民族。白音藏着的这段喀尔喀蒙古故事，其实并不比哈萨克或藏民更悲伤。

——他们的家乡，并不在张掖西边的沙窝子里。他们是外蒙革命那年，顺着马鬃山，涌入甘肃境内的蒙古难民。唯靠了把守祁连山的藏民同情，血污斑斑的他们，总算获得了一块喘息的草场。

家乡的驼兵居然越过国境来追杀。他们惊魂未定，贴着山麓继续南下，一直到达了祁连山的浅山地带，紧依着藏民扎营。走廊里如链的城市，锁住通道挡住了追兵。外蒙军队没敢越过这道城市链，于是难民们定居了下来。

一向侵占草场的城市，唯此一次，讽刺地替牧民阻挡了来自草原的攻击。

我凝视着红乌珠儿的爷爷，听说他们的身份是侨民。如今他们没有几头牲畜了，乌珠儿的爷爷，那位喀尔喀老人的打扮已是汉装。乌珠儿则一副现代派嬉皮士装束：从铃木摩托的装饰中，看不出他的族属出身。

虽然灌木被啃噬以后，浅山的风景一片不毛——但是它依然有糊口的草。

绝路上其实还可以走许久，听了红乌珠儿的故事后我这样想。我惊愕地觉察到了祁连山深藏的另一个伟大品质——予人避难。

最典型的收容浪人的故事，还当数裕固人。

“裕固”完全是个晚近的称谓。据口碑记忆，他们是一群从“西至哈只”迁徙而来的游民，自称“尧乎尔”（Yohur），由黄黑两部组成。黄尧乎尔讲一种蒙古语言；而黑尧乎尔则讲的是突厥语。不知经历了怎样的磨难，也不知深层的缘故究竟，总之他们赶着残剩的牛羊，抵达了祁连山。

我想，更准确的考据不能够也不必要。简单说，“西至哈只”还是更接近吐鲁番的旧称西州火州；“Yohur”也还是更使人联想畏吾儿——这个后来被雅致地写为维吾尔的词。他们大约是甘州回鹘或西州回鹘的两个小分支，风雪灾难，离散流失，最后流浪着投奔了祁连。

藏民是祁连山的主人。收容的过程和细节已不能细考。但是藏传佛教在收容的前后，显得特别醒目。是穷途末路的投奔者低着头、谦恭地表白了仰慕呢，还是主人划出一隅草场的条件，就是无条件的全面皈依？

不知道。如山体纵横的沟壑一样，所有的细节，都隐藏在历史的褶皱里了。

从此后，两部分人一同归化了藏文明，两种语言一起赞颂佛的慈悲。褴褛的移民渐渐安心定神，在祁连山稀疏的林子里，一辈辈住了下来。他们先是被外部看做一个整体，又被政府挑出两个吉利字命名，这么成了今日的裕固人。

藏、蒙、哈，三大系统的游牧文明都凑齐了，我想。

不过哈萨克被接纳的故事可没有这么流畅。盘山纳里说，他听家族的白胡子老人讲，哈萨克进入这贫瘠的大山的时候，是靠叉子枪打开了一条血路。——那个鱼死网破的日子是个星期四；一个男孩生在那一天，被取名叫盘山纳里。这个词是波斯语，意思是“星期四的阿里”。

我去看了盘山纳里出生的地方，那儿住着他的一个亲戚。

九

在杉树林里有一座林业局的圆木屋，盘山纳里的亲戚是护林员。这哈族汉子微笑着，给我烧了克烈部落式的奶茶。一连几天，他给我指点森林树种。在他的木屋里我发现了两本好书，一本《祁连林业志》，一本《哈萨克民族迁徙史》。

原来，若不是山外那些蠕动繁殖的密密村庄，树林其实是可以适量采伐的。因为树木“过熟”了，会腐烂空朽，也就没有什么用处。但是为了涵养水份，一棵碗口粗的小树也能带着 3 吨水——所以王法禁伐。

他比喻说：每一棵祁连山上的树，都暗暗保着山外农区一个小孩的命。所以禁伐令从来严厉。随着山愈来愈秃，水愈来愈少，人愈来愈多，禁止砍树的法律也愈来愈狠了：谁砍了一棵树就关他十年的牢。

后来，在通向祁连山西极的路上，又遇到一个罕见的哈萨克墓园。墓碑上用蝌蚪般的文字，刻着一段不曾透露的历史。我瞥了一眼便心跳了，但我克制着自己，心里对自己训斥道：算了，你不能一切全懂……

那本林业志说——黑石嶙峋的祁连山，其实不能与昆仑或天山相比。这座被匈奴深爱不已的山，其实它海拔低、冰川小、森林稀疏而且树种单调。

也许它说的仅是今天。也许古代的胭脂或焉支山有过茂密的原始森林。但阏氏（匈奴王妃）盛妆的时代已是不可再追的梦，祁连山如今是个病入膏肓的老人。哪怕一点一点地喂药、一株一株地植树，也不能指望慢慢的调养，能换来一条山脉的再生。

它地处高寒，山体缺乏宽度。它吐出的河流，不仅是内陆河，而且随时可能变成季节河、间歇河，变成断流的浅滩，变成枯涸的干沟。

在我猜度的古代，或许它的褶皱沟谷出没着熊罴虎豹，林间溪流游动着红鳞人鱼——到如今，它已然沦为了一块二流牧场。

祁连山——它只是为了羌人胡人的畜群饱足，才被造化并且耸出地表的。它没有料到：两千年里，从山麓流出的自由河水会被段段截获，被强逼着囚禁于渠网。它没料到流出胸腹哺育六畜的乳汁被四郡夺走吞饮；更没有料到四郡满足之后，等着搂住它狂饮吮吸的，还有沿走廊繁殖出来的成串的城市、无边的村庄！

“没有多久啦！”盘山纳里自言自语。

——什么没有多久了？

随着盘山纳里的家族转了几天，我明白了什么是四大山脉。护林员教给我：四大森林山脉，就是天山、祁连山、大兴安岭、喜马拉雅山。原来是这样，我第一次懂得了什么是四大山脉。当然，他忧郁地补充道，哪儿谁也比不了天山，那是我们克烈部落的故乡啊……天山的森林都是原生林，而这儿，祁连山是次生林。也就是说，以前早被人伐过砍过，现在你看见的树，多半是后栽的。

一棵树，在这座匈奴的山上，长成10厘米直径需要——40年时间。我听得倒抽一口冷气。怎么这么难！……他答道：确实种树难，因为山上太冷了，树像瘦孩子一样生长缓慢，年轮仅仅一毫米。

我打量着树林，心里暗自盘算。这儿的树不粗，直径一般也就是个两尺。转了好一阵子，很少看见一米粗的树……

我只盼一次次地，让脚踏上这些土地。

哪怕粗糙地，此刻我只想和大山独处一回。我心里喃喃重复着那句哈萨克护林员的话：太冷，树的年轮只有一毫米。但是你别小看那棵不粗的树，它的根，可以带3至5吨水。

水脉之源，避难之山。我喜欢这样——身在其中，脚踏现地，然后琢磨微妙的滋味。是的，一切还都在限界之内，祁连山还有一丝的余裕。但我有时好奇地猜度，哪一天才是时机失尽、崩溃枯竭的大限。

十

我们的马儿突兀地嘶着，茫然不知走向哪里。进山吧，他们默默对视一眼，同时勒转了马缰绳。

明花飞地的裕固人，有一个特殊的故事。

为什么是飞地？因为走廊上的牧场，在走廊漫长的农耕史中，已经一半沙漠、无法放牧。飞地之间，插入进来的，不单是农业、还有采矿业甚至工业。河西早已不在羌胡牧人手里，它早变成无孔不入的农耕啃剩的一根骨头了。

城里的四眼参谋居然说：可以在银行里存一个游牧方式。等生态好转以后，取出带利息的款子买回牲畜。

“狗日的！”巴达玛、红乌珠儿、盘山阿里三个人齐声怒骂。

买回一个文明？

在高台，牧人与农民争水。高台农民因为地面没有流过的河流，就打深井，断了明花裕固牧人的地下水脉。而新生的明花“农业综合开发基地”，居然请来韩国的资本，把10万亩草场一下子垦为农田。扭捏了一个多世纪的半农半牧方式，被败家子一顿饭的工夫，就翻了个底。

沿着冷龙岭，顺着范长江爬过的大梁，我登上了鄂博（它当然就是蒙语敖包），一直出了扁都口。

“扁都口的视野”，这个小小心愿，已经是我想象了几年的一件事。以前翻地图时曾经暗自想过：若是有一天能站在扁都口，枕靠祁连山脉，望尽河西走廊，那才是一大享受！

而此刻，我当真站到了扁都口。眼前一字甩开地横铺展开的，是神密莽莽的走廊。

沿着冷龙岭，顺着范长江的爬过的大梁，越过了鄂博（它当然就是蒙语敖包），在霍去病、隋炀帝、尕司令都走过的扁都口西坡上，我坐了下来。难言的壮大视野，此刻尽在我的眼前。

我突然想到——真奇怪，自己怎么总是从这头出来、面对那边？

我的身边站着巴达玛、盘山纳里和红乌珠儿。我高兴我有游牧民的眼光。

此刻山林就在耳侧。这寒冷森林里满是云杉、圆柏、柴白杨。它们寂寞地飒飒响着，在风中抖动着叶片。一股溪水流出扁都口。目击的视野确实浩大。极目望去，坦荡无垠的一字地平线迎着人，影绰的村堡若隐若现。

对农耕民族来说，走廊完全就是一片天赐的平原。他们正辈辈地在那里辛勤劳作，享受着得天独厚的灌溉农业，享受收获。

灌溉的历史，走得太长了。走了两千年以后到了今天，谁能料到令人艳羡的灌溉文明，发达成了自然的死症？在走廊里定住下来的居民，与祁连山吞吐的水量互相平衡的时代，已成了旧远的说话。完美早是逝者，居延海干涸了，弱水半流半塞，黑河被人寸断，下游尽头处水草肥美的额济纳，早变了一道恐怖的干沟。

再加上河西五地市，约十数座城市；70 万公顷灌溉田；数百家工矿企业用水；四千万人口；五百万头牲畜饮水——祁连山日复一日，被榨骨吸髓，早已面黄菜色，早已精疲力竭，再也榨挤不出更多的水了。四郡，汉武帝代表农耕民族钉进河西走廊的楔子，在过了两千年之后，终于遇见了冷冷的质问。

我听见噪杂的吵嚷，不同的见解在比赛喊叫。农民们憋红了脸怒吼着，三个牧民却一语不发保持沉默。我被左右撕扯着，粉碎的快感裂帛般地迸出。农耕是无罪的！我一会儿这么喊；它谋杀了匈奴的大自然！一阵工夫我又那么叫。反正一切都晚了，我们的事不过是看破车滚下坡。我想哭又想笑，想严正声明又想胡闹乱嚷。这时，猛然一个红灯亮了！

——四下里一声惊叫，随即安静了下来。电视上节目标题红灯般地化出：民勤断水。电视说，甘肃计划造一条水泥管道，横贯铺过沙漠，远距离给民勤输水。水泥管子埋在沙子里，不漏不渗不怕牲畜咬。电视有板有眼地讲：线路设计最后决定走北线穿沙漠，好处是不与沿线人等发生纠纷……

民勤，我在那么早就听说过这个县名。土地太懒，人民勤劳，它给人一种振奋的联想。但是民勤县是一个紧紧挨着大沙漠的垦区，上游是巨大的银武威，从冷龙岭流出的石羊河，在武威绿洲的村镇城池的吞饮吮咂之后，到达它的嘴边时已经几近枯干。山水不能到达，沙漠近逼侵噬，它熬了那么久的岁月，最终撑不住了。

人愈来愈多，而水却并没有随之增长。五十年代民勤得到输水5亿立方米，但是去年只得到1.5亿立方米。缺水断水日日警报，气得人干脆给民勤修一条混凝土的地下水管。从甘肃开始埋，绕过走廊的城镇链，整个埋在沙漠底下。

我盯着那方管子，心里想着汉武帝。他会想到有朝一日，他的四郡要用这么一根管子喂养么？一个强盛的文明，一方水土和一群活泼的人民性命，难道就靠这么一根古怪的管子苟活？

而挤榨的大军还在膨胀。甘肃依然视河西为自己的粮仓。你若说河西的农耕化早晚要酿成大悲剧，那些脖子粗脸红的甘肃官员会粗话骂娘。

河西是甘肃的商品粮基地，它的百分之七十粮食出自河西——这种设计的险处，今天显现了。自汉武帝以来，一刀剁断青藏高原与蒙古高原，在边界的夹缝处，寓兵于农，筑城设郡——这种政治的险处，也在今天暴露了。

我注视着那根输水管。管里大约可以开吉普车。这根埋在沙漠下头、给民勤县“地运”（不是空运）用水的混凝土大管子，是一个人类创造的怪胎。

灌溉的文明，已经走到尽头了么？

或者换一个说法——走廊的绝路？

这个词，本身就存在汉语的悖论。

“在银行里存一个游牧方式”！我真是哑口无言。看来，在时代潮流中急欲亮相的知识分子最开人眼界。用存款买回一个文明吗？只怕你落入千载的地狱，旱死渴毙、再也无法超度！

报纸上的大标语写着，要注意克服三化。

我问红乌珠儿什么是三化，红乌珠儿虽时髦也没敢肯定：大概是沙化、退化、盐碱化？要不就是腐化、假话、没文化？

我忽然意识到：没有一句没有说过，没有一句值得再说。话讲尽了，所以人们沉默。我明白了为什么盘山纳里从来都一言不发，他是对的。

人和人无话可说了，大自然开始独自发言。2000 年突然野兔大量死亡，人们都吃惊了，但事情没传开。据盘山纳里告诉我，前些年还曾有过狼和獾子突然随芦苇消失的消息。再往前数，野马群为石油公路的通车，突然实行过集体死亡。

紧接着，北京的大沙暴一场接着一场。人们慌神了。由于黑河也断了流，已经被渴死扼死的居延海，把以前喂给它水的黑河河谷，变成了最大的风沙口。它仇恨地掀起凶狂沙暴，把漫天的黄沙尘一直送到北京，宣布它的报复。

河西走廊的历史，终于走完了。它的兴衰一共是两千多年。

陪着它走尽了自己的路途的，是祁连山的游牧文明。南麓已多是农民厩养，北麓已经退牧改农，中间有采金的推土机疯狂地挖烂了一座山，又挖烂一座山。古歌时代已经逝者难挽，新的祁连日子——从东海龙王处借来海水再把它淡化、然后大搞机械化农业的日子、在大沙漠上密麻麻繁殖小城镇、天天喝着四川湖北输来的水躲沙尘暴的日子，正在发足马力。

从北到南，又从南到北，车随着这条路，不尽地飞驰着。

此刻我清楚地看见了：这条路，就是两大陆之间的那条刀疤伤痕。路面滑如刀面，路基如铁如钢。终于走完了，如今它疾疾驰向绝路。

也许它是我留意过的，最长久的一个历史过程。

四野无声，不祥的空气在酝酿。浑黑的雪水，急速地流淌而过。

这是祁连山的最后宁静。

对岸的草木石头，都是如墨的蓝色。我蹲在河岸上，看着下头渡口。一伙开手扶戴白帽的农民，在清黑的水流里使一个木筏，把砖瓦油桶和水泥一趟趟来回摆渡。他们率先富裕了么？两岸都是云杉，能看见冷龙岭的主峰。一连的黑褐嶙峋的连峰，只有那个山顶披着一层白雪。

失我祁连山，使我六畜不蕃息

失我胭脂山，使我妇女无颜色

突然耳际响起了嘹亮悲亢的长调。如今我字字咀嚼着，只觉得苦涩而震惊。实在是不可思议，总结20个世纪的沧桑，结论目前的绝境的，没有别的，只有这首古老的谶言般的古歌。

2001年12月写成

2009年1月改定

给我视野

一

世上有许多地方，人若是无心则一生都对它们不置一顾；而对其钟情者，它们如强力的磁石，引人千里远投。

从大坂山到扁都口，沉默于祁连山脉奥深的那条路，就一直诱我投奔。去年刚刚来过还不够，今年又来温习的原因，不过为了让自己的眼睛再享受一次。

夏天，第二次从南麓穿过祁连山脉的深奥，越过大坂山，抵达了扁都口。青石口的邦克楼，大通河的铁索桥，元的四角城，宋的三角城——都疾疾掠过眼角。一座经幡敖包一霎，我们对准了扁都口。

以前只是在捉摸地图时，心里曾经飞过一个念头。扁都口，它不仅是古来的孔道，不仅穿行过数不尽的商旅民族，不仅走过霍去病和唐玄奘、隋炀帝和匈奴单于、马仲英和范长江、失败的红军和河湟的回民；它还是两大地理世界，是青藏高原和河西走廊的分界啊。

从闭锁的无尽丛山、从连绵的青藏高原出来，你将会一眼看见河西。我分析着。那是走廊，是连着蒙古瀚海的大平川啊！站在那儿，一眼同时看见蒙古和青藏。那时你获得的，是伟大的视野。很快这个分析变成了火热的追求，我急不可耐，只想马上站在那个立足点上。在那个点上，我能极目眺望——我的眸子盼着那样的享受。

在雨幕里最后几十公里我有些迫不及待，总觉得前方山弯一过，就是那个出口。然而，山脉还在继续，瘠薄的植被，黑绿的牧草，两侧黑牛毛的帐房。山背面河上游的、微微倾斜的大地，还有网一样在上面淌着的溪流。漆亮憨厚的牦牛盯着我们，提醒着西藏还在延续。

出口近了。

我感到了它的靠近。但视野里，还是羌藏的山。

隔断了蒙古的河西，宽阔若海的蒙古，还有古代的胡——还只是在猜想和判断里，正缓缓地逼近。尽管它们近了，但它们仍在山外。只要没到达边缘，只要不出那个口子，山就依然莽莽伸延。终于悟到——不是别处，这峰回路转的山奥，正是藏民的牧场。于是我开始集中精力，打量两翼的黑帐房夏牧场。就在没留意转过一个山脚的时候，阳光好像猛地射来，一瞬间眼前一亮——

眼睛上方的天空豁然开阔，祁连突兀地结束了。脚下的古道，如同被吸干了的河水，忽然汇入前方的苍茫。天空舒展开来，无边无声地倾泻过去——

我不徒劳地形容了。任怎么也不可能写清楚。

我只是想珍惜，那种时辰我总是提醒自己要珍惜。巨大的两个地理世界环绕着自己，眼睛同时看见了黧黑的祁连和白亮的沙漠。切断了游牧民臂膀的走廊，金张掖银武威垦殖无度的河西走廊，就在这儿，与青藏高原对峙。它的彼岸，是蒙古之海。

我默默地赞美造物的主。是他，给了我视野的盛宴，惠与我满心的感受。

唉，没法写。我只是牢牢站稳，握紧相机。

我有一个习惯：用自己的身子做轴，脚跟旋转，慢慢转着，保持水平——尽力把宽阔的风景多少拍些下来。

这事我已干了多次，在扁都口也一样，我总是用 28 广角，兴致勃勃地制作一个接片，不管它们能否应用。我坚持这么做。我喜欢每到一处这样的地方，就如同一种纪念仪式一样，拍一张横跨两界的宽幅画面。

这件事我做得在心在意。用三张或四张底片，一张接上一张地照。管它什么球面差，管它接得上接不上——因为那是真的"壮观"，在那里笔墨和词汇都无法施展。在那种地方能做的事，只此一桩。

二

这个习惯，是在另一个大视野——在隔开阿拉善沙漠和宁夏回民灌区的贺兰山口养成的。

那一年在宁夏开会，一位朋友说你若想去哪儿就言语，他出车。我想了想回答，那就走一个阿拉善吧。

阿拉善左旗虽是蒙古地方，却以宁夏的省城为依托。近代以来，不论军事、教育或商业哪个方面，阿拉善蒙古都受着银川回民军阀的控制。尤其求学，呼和浩特太远，要读银川的学校。阿拉善，它像一只脱了臼甩出去的左手，够不着本土的肩膀。但它确是沙漠型的牧场，是最贴近农耕文明的牧区。

后来，结识过在银川读书的蒙古人，也远眺过贺兰山的峥嵘相。蒙古人告诉我："近得很！去阿拉善，班车一个小时就到了！"给我车的朋友也说："你一个小时就到了。"

那就是说，羊圈和水稻，沙漠与银川，蒙古人与穆斯林，两个地理和两个文化，中间就只隔着一条狭窄得只有"一个小时"的山。二十年走尽了宁夏。我早就该看看——隔山起伏的阿拉善沙漠。

这个念头，引诱着我。

一道连山横挡在面前，峥嵘枯焦。一字并肩摆开的它，狭窄的它，真的就是楚河汉界的贺兰山么？

山脉在这儿断成了一个山口，两翼拉拽而来，在山口子上低低地变成一条长脊。此刻，我站在了"贺兰山缺"上。

公路如一道细痕，嗖地划过山脊，毫无一丝踟躅。

左手是游牧的沙漠草原，右手是农耕的黄河灌区。左手的沙漠草原一览无余，右面的灌区被山脊挡着。

虽然被遮挡，但是右翼的灌区我走的熟。我深知村庄的分布解数，知道怎样从这些狼牙山下去，绕西夏陵，进回民区。秦渠、汉渠、唐徕渠，用天下黄河唯一这一股好水灌这一隅稻子。人不爱吃面，离不开大米。就在贺兰山背后没多远，回民的清真寺星罗棋布。等走尽了一座座渠、闸、桥、堡，看遍了古老灌区的处处庄子，再过下马关，深入固海，直下泾阳，穿透整块大陆，穿透黄土高原……

什么是“贺兰山缺”？

左翼的这一侧，我也不陌生。沙窝子有水草，沙漠并不单调。说陌生，是因为我没有实现年轻时候的愿望，骑马从遥遥东部的乌珠穆沁，一直走到这儿。它的文化是我的颜色。瞧，绵羊、山羊、马群，居然也和乌珠穆沁一样膘肥毛亮。稀疏的牧民不骑马，坐骑是摩托骆驼。站在圆滚滚的山脊望去，灰毡包呈着深色的影子，沙窝子里炊烟袅袅。照理说从这儿一直能走到蒙古中央去，只是阿拉善人更愿意绕道银川，到了那儿再试试搭火车。

这不像一个山口，倒像是一座桥梁，一条边境线。

我享受着风的呼呼推撞，享受着一字并肩的视野。山脉在此断为一个口子，山口高踞俯瞰，地势比蒙古或宁夏都高。我意识到自己正脚跨着两界的文明。蒙古的知识，宁夏的经历，都与这山口密切相关，但又语焉不明。风抖摔着车前的小旗，飞来的云朵，染黑了山巅的锯齿。我凝视着，让眸子尽兴，让胸怀大敞。一种言说不出的心境，一阵阵徒然地冲动。

在疾走的山口的强风中，我用身体做轴，端牢相机，用了大约三张底片，照了一帧连接阿拉善沙漠和银川水稻区两个世界的——贺兰山缺口。

这样的地点，有着这样视野的例子，也许我已经能举出不少。当然，没有地理上的特殊含义、没有介于两块地理区之间——但是一样视野辽阔的地点，就更多了。

以前，我喜欢捉摸人的活动半径对人的思想性格的意义。一个牧人大概能享有约八十里方圆。那种羊倌八十、马倌二百的日常生活半径，造成了牧人的视野与心胸，给予他们与农耕民族的巨大差异。

由于害怕落一个鼠目寸光，我总是千里投奔，寻找这样的地方。十几二十多年过去了，地点的体验积蓄了很多。我常独自计算自己的拥有；像那些发了的富汉掂量埋在地下的钱，也像那种风华凋逝的浪荡子暗数有过的情人。如今我已上瘾成癖，如受着磁石吸力，脚上绑着“甲马”。我恍然大悟了：我一生的目的，原来就是这个。

那也就无从修改。

就让自己且看且行吧！无论如何，追逐伟大的视野，于我已是流水的日程。这不挺好么——让两脚粘着泥土，让眸子享受盛宴，让身体处于分界，不正是要紧的大事？

2003 年 2 月又改于西班牙

奔赴休息

列车进站之前我就等在门前。那乘务员却提着钥匙走开了，我忍着心里的烦躁，等着咣当咣当的轰响结束。车外一片漆黑，这座小城的火车站没有那种雪亮的站台。摇晃中突然一震，列车停在了黑暗中。我有些吃惊，担心车没有驶进月台。而那个慢条斯理的列车员却拉开了车门，凛冽的、大西北的夜风一涌而进。我正想问一句，突然几个人头跑近来。我觉得其中一个像是川里，犹疑间，他手一抬，唰地一道闪光照来，我和他同时互相认出。我大吼一声：川里！……他的捏着相机的手臂落了下来，向我道了礼节。一伙子他的满拉团团围住车门，那列车员目瞪口呆地望着我们，看我手上肩上的包包被一群白帽青年一抢而空。

一股像是委屈似的感动，伴着突然袭来的轻松和疲惫，淹涨上头顶。我心里对自己说，总算到了，我要休息了。

我悠闲地、欣赏般地瞟着他们。寺里正在办妇女扫盲班，满拉们拖着腔慢慢地念上一句，老太婆媳妇子们便高低不等七上八下地嚷上一片。我听了一阵，觉得有趣，又突兀联想到龟兔赛跑的故事，心想老太婆们还要好好追一阵才追得上我。困意袭上来，我钻进为我铺好的洁净的被窝，眼前闪过兔子打呵欠的形象，不禁独自笑了。正是上午八点，庭院直到外面的干滩戈壁，远近一派寂静。扫盲班的琅琅读书声一浪一浪，我像被催眠施法，沉沉地睡熟了。

歇息了两遍以后，再来端详小寺。这里是一种荒漠和水田兼容的天地，若不熟知掌故，左手千里枯黄直让人错以为到了沙漠奥深，右翼又是渠闸密布水网如织一派南国景象。寺门抵靠一条热闹的市街，后墙却连着绵延的荒漠。包兰铁路遥遥贯穿，偶尔的汽笛声，倏忽便被死寂的旷野吞没。

我喜欢这种地理位置。闪挪一步，我就能乘铁路线的不备，一脚踏入农村。移动转徙时，我又能一夜未明之间，就跳过两三个省的边界。而大陆腹心的这小小一点，这个聚落，这座寺，这些淳朴的人，是我的兄弟。

临街有一爿店铺，卖日用杂物，兼公用电话。铺面小，用店主人的话说，只挣一缸子茶水钱。《水浒传》上的旱地忽律朱贵，不是就在水泊梁山外头开一爿店么？他也一样。我把长途电话打到旱地忽律的日用杂货铺，神不知，鬼不觉，炕头上为我准备的干净被子已经铺好了，炕桌上的酽茶已经给我沏上了。

我靠着旱地忽律朱贵的玻璃货柜，高兴地看着店主人老两口。他俩正围着一盆馅，给我包饺子。不时有来买卫生纸或者打酱醋的人，没有一个留意正包饺子的我们。买东西的人推门离开以后就消失在外面，我想，就像我消失在这里。这是多么平凡、又是多么隐秘的地方啊。

斜倚着殿上的立柱，我竭力靠得舒服些。正是斋月的第一夜，我要美美地听一阵川里弟弟的讲道。在半个中国里我对这种讲演已经听得耳熟能详，叫做瓦尔兹的这种讲演很有讲究，无论谁讲，都必须循着经典、持身、证明、因果的一个逻辑。新派讲法往往扯到物理哲学世风日下，旧式讲法则沉湎于经典的推证以及叙述本身的成立。加之政治环境的限制，主题永远是车轱辘般的劝人从善，所以听瓦尔兹如品茗：并不是要听出个见识高下微言大义，而只是要听一个滴水不漏一圈转圆。换句话说，内行的听门道，这所谓门道不是煽动尖锐热情正义，而仅仅是在已知的经典和已知的答案中，完成一个非常玄奥的论证。

——不能再解释，给瓦尔兹下定义并不这么简单。川里弟在台上正稳重地讲着，抑扬顿挫。我特别喜欢在他们“绕”在话里挣脱不出来的时候，盯住了看最后他们怎么绕出来，那种时候是考验阿訇的逻辑条理，也是考验他们的聪明灵活的时候。

而川里弟讲得速度匀称，线条简单。他的语言里，已经没有了前些年那种俏皮。听着察觉到，他已然一副大人气，褪了一分活泼。我欣赏着，微微感慨。但是他的瓦尔兹离开了那张纠缠的网，讲得和西北各地常见的几种套路都有些不同。我渐渐发现：在磨难之间，在离别之间，他的思路和语言都在倾向朴素。

意识到这一点以后，不知为什么心里高兴，我把身子靠得更舒服些，索性捉摸他的讲演。心里想，他还可以更朴素简化一些，他其实只讲一个概念就够了……窗外暮霭落尽，黑暗升满，不时响起大西北隆冬的夜风呼号。

躺在他的炕上，狠狠伸直两条腿。一夜，又是一夜，我俩细致地谈着各种事情，倦意什么时候把我们拖入睡梦，就不知道了。

白天大多出门去，也偶尔应酬一下来客。我总是睡不够，有时迷糊中听见人在屋里谈话，显然是为我压低了声音。我便索性装睡。来的是谁呢？若是几个好人，不起身见见会不会失礼呢？而他们的嗓音浓重地满是西北腔调，压低了像是沙哑的音乐，阵阵送入耳中，使我更加安心，不觉间又睡沉了。

散步时顺着一条古老的水渠。那一年夏初渠里盈满着缓缓淌着的水。记得渠头一座石闸，镌刻着灌溉的典故。我和川里弟且谈且走，沿着渠埂上成排的枯树。远近是暖融冬日的原野，土素的村影，朦胧而沉默。

石闸束着两道渠。我俩是顺着秦渠踱来的，跳一步，返回时沿汉渠走。不用说秦汉早已失传，连百年前镇压时剩下的一堆白骨，仅仅隔了这么几年，这回也寻不见了。

田野里散了步回家，我被娃娃们一团围上，拥到炕桌上检查作文。不知因为我的心情好还是因为娃娃灵性好，老二的文章读来清新扑面。我一夸奖，姐姐急了，立即蹬自行车走学校取作文本。趁这空儿，漂亮的三女儿怯生生递过自己的本本："语文本，没作文。"我说，语文也要检查。然后一页页翻，找出来两个错字，"抄上……二十遍吧！"我宽容地说。

老人们把我引到另一间屋，沏上盖碗茶。唉，和老人谈什么好呢？这些年有那么多事！老人们更想不起个话题，只是乐得闭不上嘴。离家回寺那会儿，大女儿气喘吁吁地回来了。老师不在学校，教室锁着，作文本没有取回来。我刚顺口说没关系，却见她眼中充满真正的失望。心里掠过一丝感动。而这时，三女儿却悄悄地提醒我：那两个字的二十遍，已经抄完了。

回到寺里，又吃了一顿喷香的羊肉拌面。里外事毕，新茶泡上，照例的夜谈还未开始。一日在田野里走过，满眼见的都是友善朴实的人，到了晚间心里熨贴舒服。

睡下前披衣小解，站在寺侧的崖畔。漆黑的高天，在深远处峻急地走着锐厉的风号，像是提醒自己世间的真实。乡村已经早早安歇，低平的旷野在暗中一声不发，只有偶尔的灯火。

回到屋里，川里弟正微笑着等候。炕桌揩得明净，上面摆着四只盘子，黑白瓜子，香蕉和梨。我不吃，只喝茶，慢慢地接着扯我们永远说不完的心事。后来钻进被窝，躺得舒展，再接着谈。从娃娃上学、翻修房子谈到样样大事，从十年前的回忆谈到将来的估计。

外间满拉们已经睡得香甜。鼾声隔墙传来，屋里的气氛安全又神秘。我胸中涌起一股激动，突然起身，讨了笔墨，写了两句字："那感悟的时刻，这珍贵的情义"。

写罢签上名字，端详着觉得没写好。弟弟却喜笑颜开，一连地道谢。熄了灯，打个呵欠，决定睡前，稍稍算了一下：在这里日日休闲、夜夜安睡已经是第七天。我获得了多么快意的休息！奔波几千里，我来这儿休息……念中沉沉地这么想着，渐渐又感到自己被黑黑的暖和裹住了，愈来愈暖，愈来愈甜，愈来愈深。

梦中杂乱地看见了秦渠汉渠、作文本子，还有旱地忽律；梦中依稀又听见了那沙哑的西北口音，压低了像一支古拙的音乐。不知是不是有人来了，我想。不用起来，美美睡吧，于是那低低的伴唱便引着我，向着黑暗甜美的深渊，继续沉没下去。

1998.5

被潮水三次淹没

一　M.

决定在一瞬间就做出了。夏天刚刚开始就已经酷热难当，我们刚刚坐下来，牧民刚刚露出应酬的笑容，我就预感到了。我问的同时看见他的脸上在斟酌，这位当年健壮勇猛的套马手、全旗摔到了第三名的力士放慢了语气，尽可能和缓地选择着词句：

——你家额吉吗？现在，她不在了。

那一瞬我自知已经决定。听着他的讲述，我觉得出我的机械的问答突然拗口，我不能表现得激动也不能流露出感伤。那一瞬多么难堪，额吉当然会死去，就像草原岁岁枯荣的季节。十一年你没有顾上探问她的音讯，那么她的死讯就只能在这样不伦不类的场合听到。但是我不愿自责，那一瞬我在紧张地盘算着。

头发花白的原牧马青年安慰般补充道：你哥哥曾经想给你送信，可是不知你在哪儿……

我冲口而出：我去看看，今年；快的话十几天后我就走。

十几天后，我登上了西直门长途车站的一辆夜行车，在暮色苍茫时分翻越长城，午夜穿过张家口，笔直地向着大草原，向着额吉寄生死而我被启蒙的大草原急急奔去，在车上独自遐想，算来自插队当牧民整整二十八年。半生中不知几遍地走过这条北行的路，而从一九八五年以来，世事沧桑，我一直没有再来。一度感觉自己的蒙语已经退忘，心思也已经彻底地转移。但是斩不断、离不成，我和这青青草原之间已经难舍难分。二十世纪即将结束，世间人事已经变色蜕皮，而我却换了一次缝的夹布袍子，不顾一切地径直而来。

应当留待心有余裕的时候，再来细致地追述。如今我有一种懒得叙述的毛病，好像在等着出现一种直通我脑海的打印机，除非那时，描写和讲述都是不可能的。我是幸福的享受者，默默的享受是至高无上的。人在毡帐里斜斜躺着，话语在我们之间轻柔地传跳。视野里是七月的浓绿，是胸脯般起伏的夏季草原，以及如今属于自己的畜群。在这片草海上我是真正的儿子、弟弟。新长大的年轻人都循着二十八年前的旧例称呼我为阿哈——我如一条潜回水中的鱼儿，身心浸透，似梦似游。我终于被如此巨大、如此温暖地淹没了——我怎能费力地偏要描画和解释呢？

我猜哥哥和我都满意：彼此没有过分地谈论逝去的母亲以及额

吉。他知道我深谙风俗，不提及不该说的话题。比衰死更重大的命题是生存，我们仔细讨论的是一个个孩子：担负起家庭重任的巴特尔、正在戏耍之年的乔玛、辞学回家的单薄的敖屯。当然更细致地谈到三个出了嫁的女儿，谈到她们婆家的财产、为人、夫妇间哪一个更当家，还有她们各自的小宝贝与纳合齐（姑且译为姥爷家吧）的关系。

三个在遥遥的某座毡包里忙碌的女儿，都赶来和我见了面。呼勒根（女婿）们当中，只有当年天使达木琳的丈夫曾是我的游牧小学的学生，另外两个都是新识。他们见我的时候都很拘束，悄悄地躲在蒙古包一角，应答什么都不出大声。不过如同预料一样，谈得多了一些以后，他们都借谈话中需要呼唤之机，赶紧叫上一声“阿哈”，以便向我显示他们完全清楚我们家族称谓的习惯。我猜，他们的这一声，更多的不是从妻子，而是从我们家族其他小伙子那儿学来的。

我微笑着，藏着感慨装作心满意足的样子望着他们。我的两眼中的她们永远是叠印的幻影，永远是二十多年前冻红的小脸蛋、蹒跚着跑在门外阳光里的小精灵。而理智却使我一遍遍确认般数着：达木琳属龙，一九六八年是四岁；五一生于我插队的翌年劳动节之夜，她该是二十八岁了；最小的奥云烟属鼠，我离别草原的那个春天她刚出生，即使这样也满了二十五岁——哪一个都比那时的我还要年长。难道幻象不真实吗？难道在这莫名的空隔之间真的存在着岁月和年龄，真的发生过我的成人、变老和内里的剧变吗？

五一笑得特别幸福，她好像想使我注意到这一点。听哥哥说，她是自己为自己选中了今天的这个女婿。我暗暗佩服。草原姑娘的眼力居然如此不凡——邻苏木（以前叫公社）的小伙子浓眉大眼魁梧憨厚，开着一辆崭新的客货两用型吉普。我们走到草地上合影。我已是第三次分别和出嫁的三个女孩以及她们的丈夫孩子合影。那时我忽然想到近三十年前的一次合影——那时的我才二十一岁，双手捧着哇哇号啕的一个婴儿。背后是插着一杆红旗的我们的毡房，红旗、蒙古包的围毡、我的袍襟都在风中褴褛而生动地抖动。那个婴儿，就是户籍本上由我取名乌尼其、出嫁后被婆婆唤作白音其木格的五一。那帧照片的底版早已丢失，照片存在我手里。我忽然想复制一张送给身旁这黑眉红脸的青年，让他在享有自己活泼勤劳的妻子时，也分享我们家族的往昔。

和两小姐妹一样，家里扔着畜群，他们不能留下过夜。小两口居然拥有一千多只羊，我再三问过，是分家后在他俩名下的羊群。那么无法挽留，我代替出嫁女儿的父母，像以前最后递过马笼头一样，替他们关上了吉普车的门。他们消失在七月的乔布格盆地尽头，夕阳的光线映得草地一片深黛。

哥哥在背后解释般自语开了：要走就走吧，有羊群的人嘛。

关于羊群的话题其实就是关于历史的回顾。离开北京时我查了一下一九八一年和一九八五年两次回草原时记下的畜群数。喝着奶茶，瞟着山坡上散洒开来的羊群，我和阿洛华哥随意漫谈了不知多少次。忽而扯到达木琳出嫁时带走的羊，忽而扯到“铁灾”之冬额吉救护的羊，一九八三年按人口分的羊，还有合作化以前阿洛华哥二十岁时跑着放牧的那两头乳牛和十六只羊。

如今我家拥有八百六十一只羊，还不算近百匹的马群和近百头的牛群。只要今冬天公作美，明年五月我家便跨入千畜之家的行列。几天前我刚进门，哥哥就捧上崭新的团花蓝缎袍子、意大利式样的西服套装、装饰着金属扣的高筒马靴。人要全面地表现自豪；让二十八年前住进这座毡帐的北京知识青年里外三新，已经是富裕的牧民兄嫂自认的责任。

我穿着天蓝色的团花缎子特里克，费劲地迈开被硬邦邦的新马靴夹得生疼的脚，站在乔布格的旧营盘上。二十八年前我恰好就是在这个营盘上，开始了我骑马的青春。骑过的第一匹马是蒙古语称hao 的黑鬃黄马，放牧的范围就是这乔布格四周的奥由特、乌兰陶勒盖、色楞乌兰。中午额吉总是骑着马来找我，换我回家喝茶；而我总是不愿回去，躺在她身旁的茂盛牧草里。

额吉默默陪着我，坐在我的一侧。两匹马带着嚼铁，匆匆地撕扯着大吃其草。那时天空的颜色，那时四野的山头，都已经在记忆中淡忘净尽了，只有她的灰白头发，只有她的破袍子的前襟，还有她略显不安的、沉默的表情，静静地镂刻在我的心底。

每天我都撞见与她有关的什物情景。每个孩子、每只闹嚷的羊羔、牛车和嘎夏（栅栏）上系紧的每个羊毛绳结，都使我悄悄地想起她来。只是遗憾的是当她临终时我不在身旁；唯一欣慰的是我曾把她接到北京住过几天。

不该悲悲戚戚扰乱了一派喜庆和谐的气氛，所以我注意不多谈及额吉。但是，双脚踏上乔布格的旧盘时，胸中被掩饰着的想念就冲击起来，像一道无声的潮在汹涌。

夜里有时由不得地暗哼一首内蒙民歌，那里有一个非常伤感的句子。哼着想着，突兀地控制不住填词的欲望。后来就偷偷地用笔记录，改来改去地，一共用蒙文写了五六节。草原上已经流行录音机，蒙语中借入的“磁带”一词读作“Panzi——盘子”。那些天我们经常听邻苏木、查干淖尔出身的歌手央登的民歌——听时我陷入遐想：我盼我正在填词的这首蒙文歌由他灌成“盘子”，让它响遍乌珠穆沁草原。这首歌至今还没有写好，但我已经把它题为《二十八年的额吉》。

有一节是眺望苏木小镇时想到的。如果先把它直译，大意是这样的：

有岩石的敖包下方，是以前的公社

使你安宁的庙宇，望着那么好看

我大致地押上了“q”音的头韵，使用了时代味的借词“公社”，利用了“苏木”和“庙宇”两个词的谐音，也表达了我作为穆斯林又作为额吉养子，对藏传佛教的感触。

哥哥告诉我，庙里曾为额吉诵经。作为子女的仪礼，我家给庙里布施了一匹马和一头牛。新庙已经彩饰一新，重新成为乌珠穆沁东部的第一胜地。庙中有三个喇嘛，当年都曾和我一起并辔游牧。

二　H.

从内蒙古草原回来后，我开始了对更紧要的一件事的策划。在年初前后一阵紧似一阵的风声雨声稍歇以后，我感到，一步步如履薄冰的感受，该用一个行动结束了。

我给苦苦想念的黄土高原发出了信。

事关重大，谁都会严谨起来。如同屈指盘算的一样，回信稳稳地来了：志文兄弟决心不管农忙农闲，不计甘肃河北，听我的决定赴约见面。

我刚刚从内蒙古草原回来，脱下蒙古袍子，马上就安排接他的细节——我考虑了一切技术性的细处，从住到行。然后再去信，讲清了路线的选择、电报的打法，画了从北京站到我家的地图，强调了良民证、安全，还有守密。

然后我就一天天地，开始了死等。

关于“人等人”，是一个被议论得很多的话题，大多用于男女之间。而我体会人等人之苦，却是在等他们——那荒旱黄土中的，那怀抱着一块叫做哲合忍耶的石头左冲右突的，那讲悄悄话如同愤愤吼喊的，那贫苦而容易受骗、强悍而满心谦卑的山村汉子。

其实只有几天，可是等得心焦以后，人就糊涂。我记不清约定的日期，只觉得他已经迟了，已经误了日子，已经开镰收割，已经无法践约……这时，电报到了。

我欢喜得不知说什么，心里却古怪地涌起些乱七八糟的念头。北京站的长长站台上出现了铁龙般的火车。接着，在车窗彼岸出现了他的戴着白帽的身影。

志文从车门下来时低着头。我抓他手里的包包时他仍然低着头。他哭了。

先吃上几嘴。回家。我在汽车里看他描画复制在一张牛皮纸上的那张地图。他还是背来了一大桶胡麻油。我们笔直地向西飞驰，手足的重逢和相遇，实现了。

我们对坐一间屋子里。此刻，天下是我们的。残忍的干旱，隆隆的战车，蔓延的不义，恐怖的逼近，都被隔离开了。北京正值酷夏，但是凉爽的风已经拂来了。

我们一块去牛街买肉，一块去北海和景山玩耍。我们洗了大水给母亲上坟，念了我们都是新学会的索勒。火烫的骄阳炽烈地照射着，从来没有这样心底的充实。我总忍不住想开玩笑，故意逗得他无可奈何地红着脸扭过头去。志文是传统教法的水浇灌成的树苗：他根本不顾暑热，对我不脱长裤，对女人不穿短袖。他坚持把衣扣一直扣紧到领口，任赤日炎炎穿着长袖衬衣。除了进出我们那道不懂得中国有五十多个民族的门以外，他永远戴着回民的白帽子。我热得大汗淋漓，热得进门就只穿短裤；但我无法劝他哪怕是光着脊梁。他认真地睁眼望着我："不热，我真的不热！"一边说一边对我意味深长地微笑。我懂得，他是在等待，等太阳下山，等晚饭吃罢，等夜深人静以后，和我痛痛快快地倾倒压抑太久的心事。

几年里发生了许多事情。在西海固那十万荒山里，出事就和灾害一样，尽管要在穷苦的农民重负上再压石头，要他们被迫像忍着辘辘饥肠一样寸寸分分忍受；但他们毕竟是惯了。他们习惯于一出事就像刺猬一样紧紧抱成一团，把坚硬的刺对着四面八方；他们习惯在一出事时就牢牢护住心口，只要教门不丢就再不顾皮开肉绽。我长久地凝视着如此习惯，渐渐摸到了他们的思路。是无情的社会和背义的历史，铁钳一般扭出了他们的这种观点和传统。他们不会改变，除非改变这社会，除非给予他们不同的历史。

而我作为一介书生和一个无知的孩子，偏偏又遭遇了造化。于是，我的命运誉毁就与他们系在了一起。时光逝水，心头关山，苦渴地想念着他们，胡乱读着屈原的华章自慰，总发愁黄土沟壑上关卡林立大路断绝，总焦急淫雨不开前途无路——在如此的修炼磨砺中一经数年，我也不觉沾染了他们的风习。于是我写道，命可以弃，它不可弃。丑也罢，俊也罢，舍了它再难新欢，失了它生无滋味。我终于懂了，什么是爱情。

每天深夜，门关紧，茶泡酽，他渐渐讲得眉飞色舞。我兴奋地听着，熟悉的风景汹涌澎湃，随着他的故事冲上心头。

大儿子仨儿（经名“伊斯哈尔”的昵读）的高中，原来是这样读下来的：从家里背去面粉，交上一个学期的蒸锅费，这样每顿由学校伙房发给馍馍；吃菜则全是洋芋，同样背上去，由学校伙房一剁大锅一煮，然后撒两把盐，浇一勺清油——每学期每星期，就这难咽的饭食。而且不能吃饱。于是家里决定派小儿子伊四儿给哥哥送馍。志文说：第一次我引他去了，把车站、运输队两处不同的车站仔细教给他，千叮咛万嘱咐他不要上了走外县的远途车。然后从车站到中学，教他仔细认下每个路口，每个拐角。从村子搭车到县城，单程票价就是四元一张，哪有这样的钱呢？伊四儿从来都是赖车。他人小，冒充哪个搭车人的娃娃，手提个装满家里蒸的馍馍的破提包，车门开了就往上挤。不少次被卖票的发现，撵他下车。这孩子一手死命搂住车里的把手栏杆，一手牢牢抱定馍馍提包，使劲嚷：我没钱！我一个娃娃家为甚打票！……居然一年两年，没有一次被抓下车过。他哥在县里等着馍馍吃，他家祖祖辈辈只有他哥念高中。娃虽小，他知道。

我听着，想起那时我去他家时，伊四儿总是翻我的书包，搜糖吃。气得仨儿妈把我的包锁进柜里，抡着荆条揍他。伊四儿倒地大哭。仨儿妈丢给他一根粉条。他爬起来，捏着那根粉条在炉火上烤焦了吃。他总是一身脏污，胸前粘着一层鼻涕嘎巴，使劲推开哥哥姐姐挤到我面前。我总逗他：你丑得很！看哥哥姐姐多俊，你咋这么丑？他傻笑着，缠住我不走，鼻涕又吸溜出来。

我想象不出伊四儿如今的样子。多少年了，他该长大了。野山边地，民风强悍，养娃娃不能太老实。娃娃太老实了挨欺负。伊四儿是应运而生的一个粗粝儿子，他已经用他的形式，向残酷的人生和不平开始了争夺。每月一次两次，长达一年两年，他硬是在长途班车上为自己夺下了一个立锥之地。居然是靠着他这个小家伙，哥哥好歹读下了高中。我听着。志文讲得绘声绘色。每夜都这么度过着，像是马儿吃着夜草。他扔下了满山庄稼，我摒绝了一切人事。屋里备下的各式点心原样摊开着，茶水淡了又重新酽酽泡上。我们无休无止、淋漓酣畅地谈心，享受着诉说一空的快感。

后两夜志文脱了衬衫，只穿背心长裤。屋里只有一张小床和一个地铺。我俩光着脚，对着茶杯，一个床上一个铺上，盘着腿对坐着倾心交谈。夜那么静，我突然觉得该留个纪念。照片是自拍的，画面上的我俩露着脏脚丫，都留着短平头，活像两个进城找活干的民工。

渐渐地，在几夜连续的深谈中，一个村庄的轮廓在我眼中出现了。话题转到哪里，哪里的线条轮廓就凹凸清晰，染上一角淡色。一些昔日的熟人，一些关键人物，一些大事的脉络，一些历史的纠葛，教门和政府，生计和庄稼，让我牵肠扯肚的一切，都梳理了一遍。我觉察到心里的一隅被轻轻镂刻的触觉。

该问的都问过了。我望着志文。他又低下头欣赏自己左手掌心的纹路——前几天他得意地给我看过，他的虎口处有一个新月般的弯弯掌纹。他极为重视这个现象，他问过有见识的长者，据说这种掌纹一千人中也找不到一个。他觉得这是奇迹，闲时总是摊开手掌，一边欣赏一边独自微笑。几年时光打磨，他显得老了。皱纹布满铜色的脸膛，白帽子推到脑后，头发茬中已经有了灰白。他痛快地说够了，现在只顾猜悟自己的手相，他并没有向我谈及日子的艰难，好像那些流汗受苦的事不值一提。

我建议自己的孩子向志文叔叔做个调查，问问叔叔的庄稼土地。于是孩子记录道：

> 一九九三年大旱绝产，几乎颗粒不收。志文叔叔家种三十亩麦子，种子撒二十多斤，打回二十多斤。另有六亩荞麦，打两百多斤。一亩玉米未收。只有洋芋（土豆）救了命，打了四千五百斤。
>
> 一九九五年稍好一点点：叔叔家种三十二亩麦子，打了一千六百斤，另有十二亩胡麻，打回八百多斤。洋芋仍然稳定，五亩挖了五千斤……

今年呢？当女儿听说今年风调雨顺时如释重负。确实那些饥饿的数字不该过早地让她知道。她兴致勃勃，仔细地记下了今年志文家的种植状况，决心到冬天一一补记收获。

“今年是一九九六年。志文叔叔家种了三十亩麦子、二十亩豌豆、十二亩胡麻、十亩糜子、八亩荞麦、四亩高粱、一亩玉米、五亩洋芋。”“种得可真多呀！”她惊叫着。志文和我忙给她解释什么是坡地，什么是广种薄收。志文高兴地说：今年真主在显迹，庄稼一准能成，冬天我仔细寄个信写个产量。

他的脸闪闪发光。他坚信什么呢？

是的，今年是令人微微称奇的一年。恐怖的压迫，无论从天上还是从世间都渐渐泄了劲。那些卑鄙的小丑狠狠举起“奥姆”的石头，却重重地砸在自己脚上。他们刚刚流露了一下对鲁迅先生的反感，不料发觉全国都默默地和自发地向鲁迅先生求教。大草原实现了富足可是没有丧失真诚。黄土高原渡过了险关，照旧迎送自己的宿命。半年前准备被污水泼满一身，同时应付刀笔和警察的决意，被我悄悄地重新藏起。何况，和志文兄弟的重逢，也被襄助着实现了——这一切让人怎能不感赞呢？

志文临归那一日，我和一位朋友去送。为他放妥行李，占定座位，下来就只有分别。那一个色俩目说得使人心碎。我们下了车，让他坐好再别动。铃响了，列车微微一震。我连忙敲着车窗玻璃唤他，但是他却低低地垂着头。我挥着手叫喊，他只瞥了我一眼，仍然低垂着头。我知道他又哭了，我不知所措，热滚滚的潮从心头漫过。

我们目送着车窗里那顶回民的白帽子。它一动不动地垂着，从视野里掠过，愈来愈远，直至消失。转过身来，我看见朋友的眼中也满盈泪水。她问我：你从不落泪吗？

三　X.

九月，我和一个虎背熊腰的弟弟一起，越过达坂城，进入了迷茫无垠的南疆。

我们戴上东干小帽时，有朋友吓唬说：如今全疆凡少数民族都戴世界杯小草帽，汉族则露发光头，你们这两个家伙的打扮，不嫌太显眼吗？汉族朋友从左边告诫：要是遇上恐怖分子你就乱说蒙语。民族朋友从右边逗乐：只要一打起来你们就马上礼拜！

我对散布紧张空气的人不以为然。但是我对空气的嗅觉却更敏感。从一过焉耆县城，不，从北京一出来，我就清楚了一点——我要坚决地去维吾尔人那里求师问道，同时，也要谨慎在路上的每一步。在找到自己的朋友之前，最忌讳的就是轻狂。

我和身壮如虎的弟弟——姑且称他虎儿吧——戴上东干小帽，夹上一册《穆罕麦斯》。凡在拥挤的小摊上吃饭，我就当真地学上一段。虎儿弟念过经，当我的师傅绰绰有余；我则给他沿途讲史，教他读地图，弄懂地名含义。

我们凭经过路的办法，换来了一路顺风。在铁门关附近，一位汉子从车子后座拍拍我的肩膀，借我手里拿着背诵的卡片。在库车（它在古代以龟兹著名）旧城的高耸古寺旁，一群老少男女围着我们，赞许地陪着我们辨认塔顶花体的经字。在阿克苏我们干脆摆起架子：一个巴郎子伸手想看我们摊开的《穆罕麦斯》，虎儿一声吼，那巴郎子愤愤地跳起来分辩：我看一下子也不成吗？我就不是穆斯林吗？……我们则大模大样，装作不屑的样子：你吗？你不行！然后一边大嚼拉条子一边把经合上，故意不给他翻看。

望见喀什噶尔辽阔的绿洲时，我突然预感到这一次会平安而有益。就像路上每时每刻真实感觉到的一样——民众其实只是在忙于生计，民族其实只是在眷恋传统。其实不用东干小帽和《穆罕麦斯》，只要人们愿意学习——哪怕只学习当年内蒙草原知识青年那敬重态度和口语的三分之一，“紧张空气”中就会涌入亲近。

此刻我没有口语，但我有足够的敬重。

灼烫多沙的热空气里充满浪漫。每一簇墨色的浓荫里都瓜果丰饶。棉花田里吸莫合烟的男子个个如同绅士。路边不时出现女人，音乐悄然从她们头顶飘起。三五人中就能见到一个美人。

抵达这里以后一切就变得安全了。我盼望能够住进他们深幽的葡萄小院，那样会更安全。临行前我匆匆找民院的朋友补充了几句维语，此时我一边咒骂自己，一边胡乱把它们用上。没有词儿的时候我仰天长叹，芝麻开门，立即把我舌头上的蒙语全都变成维语吧！

或者拿日语交换阿语——我痴痴地舍不开这种念头。喀什噶尔的古老庭院强烈地吸引着我，晕眩的感觉从那一天起一刻也没有摆脱。确实，我并不知我为何而来，我微醺般在这片大地上寻寻觅觅，全然忘了自己为了这一刻奔波了几千公里。

无论如何必须找到语言！

人们解释神秘主义时说，它是桥梁，是钥匙和语言。

后来的事情证明：这种语言是强大的，虽然我不打算在这里详细解释。它引导我跨进了天方夜谭的风景，和一个又一个虬髯老者、蒙面女人、鹰眼男子以及天使般可爱的儿童重逢。

在英吉沙，我初次懂了被我们称为“苏非”的“依山”一词，意思是“他们”。我咽下其中深奥的哲理留待后日回味——因为一群戴小花帽的维吾尔人已经进来。他们坐成了“打依尔”——这在回族之中是何等庄严！我急忙上了打依尔，我懂得更谨严的姿态。当诵词（即克尔）被悠扬地吟咏出来的时候，我强压着惊奇和感动。从中亚到甘肃，这一支流水，这一脉文化——传播了多少个世纪居然还是这么一致。当即克尔变成“俩依俩海，印安拉乎”的时候，他们居然和我们一模一样地轻轻摇头，反复地否定与肯定。那一瞬我感到陶醉，我梦见我在给他们讲述东干人的传说，讲述一位被清政府国家机器杀害的十三太爷的故事。打依尔，也就是功课的圈子上出现了无法遏制的、歌舞民族的本色，他们舞蹈起来，伴着动听的赞歌——

就这样，我突兀地一下进入了辉煌的维吾尔文明中央，在明亮的照射中，在艺术化以后的仪礼中，在被沙漠骄阳烤灼又被树林葡萄遮蔽的庭院中，快乐地开始了享受。

一路上吃了八种还是九种葡萄？家中种植的葡萄决不施任何化肥农药，甜得出奇。他们见我吃得酣畅，干脆拖来梯子：请爬上去吃个痛快吧！不用说立即宰羊，不用说黄油烤的小圆馕，不用说托盘端来的沏了桂皮姜片的茶，不用说红透的番茄和喷香的拉面……我已经不能记忆；也许人的生活中不能有这么密集的感动。我忘却了许多细节，只留下甜甜的醉意。

从打依尔下来后主人突然闯进来，汗毛浓密的大手里抓着几把寒光闪烁的刀。不是人人知道的英吉沙匕首，是维吾尔风格的菜刀。他遗憾地对我摇着头：我事先不知道，太突然了，否则我会做一点什么，怎么办呢，这刀是我自己打的。我尚未起身，虎儿已经喜形于色。他喜欢这刀，因为听说英吉沙的钢好。

刚才在激动诵念的时候，有一个穿棕色大衣的男人哭了。他哭时不住地感慨，后来抱住了老人。我因为明白这种情形称为“发纳”（陶醉），所以在打依尔上留意不打扰他。临别时他紧紧握着我的手说：我家就在附近，难道不能去坐一小会儿吗？他的手滚烫，握住我不住地摇。我在那一刹那突然想对整个新疆大喊：他们是最真挚的人！你们懂吗？——

叶尔羌在今天称做莎车县，是丝路南线尽头的首府，历史上曾有叶尔羌汗国。它和喀什城的关系，就像一派中亚大世界中相依相连的两块绿洲——喀什噶尔大绿洲与费尔干纳大绿洲——互为依附一样，喀什城与叶尔羌城是一块文明发达最成熟的绿洲上的姊妹城。它们构成了一个枢纽；以前我以为是叶城和莎车构成文化枢纽，现在应当纠正。自苏非主义兴盛以来，喀什—莎车的文化结更加鼎足扶持，发育成整个塔里木盆地以至天山南北的宗教文明中心。至于南向昆仑的叶城，只是在连结西藏的意义上成为重镇，它不能与深奥的莎车相提并论……

我是在呓语吗？

喀什一位朋友为我引路，他有维语的钥匙。加上另一把神秘的钥匙，插进锁孔。

门开了。

我听见大门开启时那沉重的声音。杨树和无际的棉田，迷宫般的深巷和优雅古朴的小院，已经迎着我和虎儿弟，张开了怀抱。她热情地唤道：进来吧，我们已经是亲戚。

在文明纽结上度过的难忘时刻，以及我找到的新鲜知识，都无法在这个篇幅里尽述。

生逢这样的年月，谁敢预言明天呢？还是只谈谈快乐的琐事吧。无论是我还是他们，都应该不失时机地享受这难得的快乐。

在叶尔羌，我们在吐尔逊汗•和加的果园里吃够了果子才进屋。也许该译成“道堂”的他们的场所——haneha，静悄悄的空寂无人。

他家的七个儿童像小鸟一样簇拥着我，坐在据说是阿富汗风格的廊下。他们高诵即克尔。

还是在叶尔羌，一群乌孜别克人的依山派，用使我惊喜不已的玫瑰花酱待客。一口口吃着玫瑰，我觉得美不胜收。还有更甜的樱桃酱，我认为它完全是蜜，只用馕一块块蘸着吃。人类的丰富还没有完，叶尔羌的深渊里还有一支克什米尔人。他们告诉我，自从英国佬占领了巴基斯坦，他们就穿越昆仑山脉逃亡，最后落脚在这里。他们从西藏贩来药材，建成了自己的十二伊玛目派的 madamsalia（悼念堂）和朴素的寺。为首的一位黑胡子的瘦削男子使劲地攥紧我的手，合影时搂着我的肩头。他好像在一阵注视中判定了我的性质，那牢牢凝视着我的深陷目光好像洞穿了我。他的女儿是位绝美的女人，在他家装饰华丽的客厅里，丰盛的食品摆满四米见方的餐桌。我见识了最诱人的现世生活和最肃穆的宗教精神的和谐。

依然是在弯弯曲曲的叶尔羌巷街里，我们找到了买买提汗·和加的后代。逝去的依山有过怎样的容貌呢？他留下的两个女儿都蒙着面。小女儿懂得更多。朋友同声同步地译着，而我却欣赏着她的女声。真的，蒙面的女人会显得音质丰富。她滔滔地叙述着。她懂得中亚依山派传授的两大支系，懂得自己是默诵即克尔的——“虎夫耶”。我接着说。我反复问到甘肃的北庄派，听说北庄以她父亲为导师。她更兴奋了，盖头垂泻在胸前，成串的话语中不时清晰地用汉语说出“马进城阿訇”。我告诉她，我曾经去看望过马进城阿訇，在一个大雪飘飞的冬日，在甘肃的北庄村。谈话间她的母亲一直默默听着，她也是长裙蒙面，倾听时身体轻轻依着自己爽快的女儿。

我感动地望着这一对蒙面纱的母女。在四壁红蓝斑驳的壁毯映衬下，她们宛如一幅神秘的画。而我们的话题却远在天外，我不住地忆起那年如倾如泻的大雪，忆起在大山里跳下车让路的东乡人，忆起马进城先生给我讲的——麻雀和回民都遭难的一九五八年。

我感慨不尽地问她：你可知道，东干人为了表达虔诚，步行着从甘肃走到这里求学吗？她急急点头：我小时常常看见有东干人来找父亲；我在一边玩着，看见他们把我父亲举了起来……那动人的一切被隔断了，我想，但是人们没有忘记。

最后我开玩笑般问她：你难道不想去北庄看看吗？你若是到了北庄，那里的老奶奶们和女人们硬留下你，一家请你吃一顿饭，你要吃三年。

褐色的面纱里面响起她的笑声。她的母亲也朝前倾着身子。她说："我们太想去了，可是，谁能领我们去呢？"

这真是个典型的回答。每一家每一支，每个维吾尔、乌孜别克、克什米尔的派别，都喜欢把话题引到这样一个终点。谁能呢？谁知道呢？谁能不相信和不等待呢？

唉，不能尽数，总之，在这个神秘的桥梁上，在喀什噶尔和叶尔羌的古老绿洲上，我们和维吾尔人交流了。离开叶尔羌的那天，喀什的朋友说："我总忘不了，你说过——哪怕在维吾尔人的家里住上一夜。"

我永远感激他，这位维语娴熟的汉族朋友。全仗他的百折不回的决心，我被引到去年来过的旧地——疏勒的一个小村庄，在排排白杨中，敲开了阿布•别克尔老人的门。

老人惊叫了一声，接着一把捉住了我的双肩。我们都激动得说不出话来。还是那张凉床，摆在葡萄架下的原处。如水的暮色，正在庭院里弥漫。

他们正在吃饭。于是我吃到了盐煮的玉米，还有硬皮的南瓜。生活无疑是清苦的，还不算无尽的风刀霜剑。我饿了，一个个啃着微咸的煮玉米，又用铁勺把一大块南瓜吃得干干净净。阿布•别克尔老人连连说还有“给客人的饭”，接着又是喷香的奶茶，新揪的羊肉面片。他的伶俐的小儿子抓起筐飞奔出去，转眼便提来一篮白桃。

这果园对我来说也是重访。虎儿和朋友们大吃无花果和白桃，我吃不下，心里涌起想和老人一起举礼的渴望。不知为什么我强烈地感到留恋，觉得这样的时刻将逝而不返。

就这样，在这长旅的尽头，在一个静谧的绿洲小村里，我和一位维吾尔老人一起举起双手，表达了我们对这一切的感赞。

我和虎儿弟，还有老人这机灵的幼子一块散步。星光璀璨，树梢在黑暗中沙沙作响。上面的夜空都是一样的，我悄悄想，不同的仅仅是人的本质。转回屋子，被子已经铺好了。

在四壁挂毯的美丽图案之间，宽敞的土炕非常舒服。被子很厚，枕头又大又宽。我终于住进了自己敬慕的维吾尔的家里。我不仅享受了安全，而且感受到了新鲜的幸福。

我并没有尽兴地描述一切，尤其没有涉及严峻的一面。要紧的是一九九六年被平静地送走了，大潮退了，留下亲切的湿润和抚摸。

大陆依然坦荡又荒凉。我热爱的人们依然在劳作辛苦，维护着自己的方式，静候着天理和宿命。他们依然供养着我，细水长流地向我输送力量。可惜的是，我很难描写周全。

也许人不该如此地承受。色彩鲜烈的大潮实在过于刺激，何况又是一年中一连三次。有些智识分子曾攻击我“文化冒险主义”，因为那时还没有流行恐怖主义一词。殊不知，这样的“文化冒险”，实在是太愉快了。

1996年10月

达坂城的寒夜

南北通道上的达坂城，其实并没有一座险峻的达坂。古路在这儿贴着山坡渐渐爬高，越过一个不大的高度。牙古柏·别克筑的城堡挡住关隘，像静静蹲踞的一只黑虎。不远处雪山耸立，山上有两处苏非的传说古迹，走近些旧城依稀，能辨认的都是各门的寺。

而从这里通过，走的又只能是枯燥的新市街。白瓷砖，政府楼，一眼干干的没看头。

我通过的时候就听说了小杨的事。人说他只喜读书，而且特别喜欢我的书。“噫！那个人可是真喜欢！”讲述的人是个黑红脸青年汉子，讲时目光炯炯地瞪着我。“他那个念书，唉，咋说呢？就是抱住了书不动弹！”

于是我听到了小杨的故事。他没有事时，就去书摊上站定。一套我的文集摆在摊上，掏八十块就归他，掏不出八十元就归摊主。只有那一套四本。听说他经常把书拿起来，翻一会儿又合上，抚摸那书皮儿。“八十个元么……”他总是这么一句话。据说摊主早对他惯了，反正达坂城的书摊上，买的卖的总就是他二人，摊主坐闷了，他来摸摸书，两人也算是相伴。

黑红脸膛的青年阿訇微笑着，一边讲一边望着我。怎么办呢？我环顾一下：四周还有几个满拉，也都眼睁睁望着我。虽然这个故事使我心里滚烫，可是我明白：从这座要道路口的小镇西去，一个个村，一座座寺，我是不可能每人送上八十个元的一套书的。

那天不久就见到了小杨。他个子小小的，穿着破旧，口齿笨拙，没说什么，只是低着头，羞涩地笑。行色匆匆，达坂城东沟煤窑里的马老大等着呢，我们握了一阵手就告别了。

等我从南疆回来，车发托克逊客运站时，已经是黄昏了。那一日天气奇冷，风在高空锐利地嚎叫着。我穿上了所有衣物，束紧了外套上所有的带子。陪着我的波音师傅必须赶回去上班，我一个人在达坂城下了车。

一脚迈下车踏板，狂风就把我卷了一个踉跄。大团大股的疾风涌进这个隘口，后来听说那一夜是一年中气温最低的一夜，大约有零下二十五到三十度吧。我把波音师傅仔细嘱咐过、我自己也来过一次的巷子口迷失了，跌跌撞撞走着，凛冽的风吹透了层层衣服，一直吹得冰凉的背心内衣在肌肤上瑟瑟地抖。漆黑的夜已经吞没，迎面撞来两个人影，我两次用维语问：“一个东干的寺在哪里？”

两个路人都教得准确。我到了寺门上，却撞着一个铁栏杆。里面黑糊糊，背后寒风还在肆虐地扫荡街道。我用力打门，铁栅门哐哐地响，但压不住嗷嗷的风声。我又使着西北腔吼道：寺里有人么！——

一扇窗子亮起了温暖的黄色。我马上放心了。接着又一扇门敞开，黄亮的灯光下，有一个矮矮的身影，迟疑地站着。

我急忙自报家门。灯影里他好像蹲下般怔了一怔，随即小跑而来。是小杨，他一头丁丁当当地开铁门，一头告诉我阿訇满拉都被西沟李老二请去念白拉提了。

那更好，今夜咱俩好好开个座谈会。我开着玩笑进了屋，一瞬间身子被暖和的空气抱住，不禁从头皮处松弛下来。洗脸，收拾，去饭馆买一盘羊肉炒揪片子抱回来，把炉子里加满达坂城著名的无烟煤，把小屋烧得热乎乎——我和小杨两个人的、美滋滋又感动的一夜，开始了。

细细谈过的种种心里话，这里不必一一再记。推心置腹分析过的他的前途事，这里也没有那么长的篇幅。他家庭贫寒，在西海固已经娶亲，却远出谋生。但他没心思数算这些，他爱读书。我详细听了关于那四卷本八十元的事，心里盘算着怎样给他弄一套。但是他似乎很满足，因为他用不到十个元，买了一本萧夏林那家伙编的《无援的思想》。那本书里的文章净是弯弯绕，正好供他一条筋的脑子捉摸。几次他和我说着说着，就又陷进翻开的那一页里。我记日记，他静静读，半晌我俩都默默无言。我住了笔，抬头看着他，这西海固的流浪庄稼人读得专心致志，只听见煤炭在炉子里熊熊地烧，大风在门外轰轰地吼。

我打断他：不念了不念了，咱俩合个影！

他一听大喜，眼睛里闪起儿童般的神情。真的？有胶卷么？先把屋子收拾起？这屋脏的咋照？走！阿訇房子有沙发。

我说："不用收拾，就在这儿，在你炕上。你上炕，拿上你那无援思想。"我把相机设置在自拍上，按了快门，跑过去靠在炕上，面对着这位爱书家。他似乎又陷进了阅读，闪光过后，好一阵才把眼睛从书本里拿出来。

临睡前我突然觉得，别忘了这个宁夏青年，于是我又一次仔细问了他的名字。他有两个名字，"一个是老师安的，一个是家里安的，张老师，你给安个好的吧！"他说。

我咋能乱给人安名字，我说。天太晚了，咱睡吧。一天颠簸和挨冻，暖透的身子裹在阿訇的被窝里，我困了。

"那咱就休息，"他立即放下书本。又等了等我，"咱休息么？"我已经睁不开眼睛，嗯了一声。于是，他就小心翼翼地拉灭了灯。

1998.6

双珍记

我不喜欢玩弄悬念，所以一开头先说谜底。

所谓双珍，指的是一本书和一幅字。书是一本阿拉伯文的经典，字是一张不识汉字者的墨宝。

我这人很少有书籍的收藏，更不搜罗古玩。因为藏书癖多是因金钱条件惯养的，而自幼家境使我养成的，是包书皮和借书读的习惯。不过，漫漫岁月总会积攒下一些什么；所以不藏书的家也早已书橱为壁，西鬲东鬶，积下不少珍爱的收藏。

若说书——早期的蒙古时代，插队时从邻队知识青年处得到的蒙古科学院编《怎样经营牧业》精装本，它是蒙古国召集了五百名科学家和老牧民，关于如何放牧的会谈纪要。单从这种罕见又深沉的编著法，就可以知道这可是一本宝贝！我抱着它啃了约莫两年的时光，里面细细记着我们每天的日子，让人读了不忍撒手。它随我颠簸辗转，一直悄然站在我的书柜里。

到了我个人的西海固时代，书架上的经典、特别是阿拉伯文的经籍，无论石印手抄，渐渐多了起来。我不想逐本费力解说——但要说藏书之首席，当属这本《曼丹叶合》。

何谓《曼丹叶合》？

我尝试作一次常识的科普：它是西北中国流行的、阿拉伯文赞圣诗集的一种。传入中国的时间不详，大约总在明之末清之季。这部诗集有几种编辑本，著名的虎夫耶系的赞圣经《牟路提》，与它大同小异。哲合忍耶的穆斯林，家家珍藏，时时吟诵。

阿訇来家里主持尔麦里（诵经仪式），小包里装着《曼丹叶合》。每逢父母双亲、爷奶姨丈、嫡近亲人亡故的日子，不念经怎能安慰亡人忏悔自己！所以，只要经济上缓了一口气，就要张罗感谢真主的尔麦里了——而那时，《曼丹叶合》正是在《古兰经》之后必颂的经典。

它被吟颂的时候，分为"拉维"（传述）、白提（诗）以及者瓦布（回应），念起来宛似三声部合奏，此起彼落，抑扬顿挫，极富感染力。最后，要为一切古往今来的列圣先贤祝福。等读到那个祝福都瓦的时候，仪式也就要结束了。

一九八四年冬，我初投西海固的时候，常听说这一带有个哑巴阿訇、装哑二十年的故事。听说，他在迫害的一九五八年割喉装哑，以誓死的沉默，向极左政治宣布了人民的抗议。经过十七年或十八年，对异类压迫的一个周期过去了。穆斯林们夺回了自己的信仰权，哑巴在政府的动员下，重新开口说了话。

都说不清他的名字，只叫他哑巴阿訇。

那时这个故事尚未广泛流传，只是在一部分不善表达的哲合忍耶穆斯林之间谈论。但它强烈地震动了我的心。它的象征含义至今诱人思索。我感到自己那么近地、靠近了人不可侮的高贵精神。

那时的我还刚刚起步，远没有走进西海固的深处。但王阿訇却已经走进了我心中，成了我的偶像，和某种标准。

在没有见过他的日子里，老人曾给我写来他的经历。由于不识汉文，他的一个小孙女代笔，篇末，娃娃用稚嫩的笔迹，记下爷爷的最后一句："真主知道。此文无一字虚假。"

我如一个追星族，一封封信向老人求字。我要求他用阿文，给我只写一个词。我说这个词您最有资格写，它就是人们挂在嘴上的"Al-iman"（伊玛尼，信仰）。但是老阿訇两次都寄来了别的：第一次写了两句意在夸奖我的句子，第二次写了一个毛泽东式的题词："Al-shanmus al-Duhi"（早晨的太阳）。我怎敢当！连连去信细加解释。老阿訇，才满足了我的心愿。

这幅书法一直挂在我的室内。我常一看它就是半晌。老阿訇的事迹，每时提醒着我，检点自己的言行。那竹笔写成的阿拉伯草书，一笔字真是帅极了。潇洒深沉的阿文底子，出自一个目不识丁的西海固农民之手，使我不禁揣摩中国经堂教育的水平。我想它也能使猖狂于大学的"拨倒"们一头碰壁，吓一大跳。

时光一直煎熬了那么久，直到二〇〇二年口唤才到了。我终于得以和这位尊敬的长者见面。

在沙沟，在黄沟，我们一块度过了许多难忘的时光。老阿訇罕言寡语，他不多说，总是紧紧握着我的手。他的手掌微微温热，非常柔软。

那一年，不知怎的天有情地有感，我觉得时机在为我们出现。

感于兄弟相交的长久，知念隔绝之后的重逢，我们兄弟举意做了一场尔麦里。这场尔麦里的主题，我们编出来一副对子贴上，红纸黑字写的是“真主的造化，人间的情义。”

哑巴老王阿訇就这样被我们请出来，担任了我们仪礼的主持人。

那一场尔麦里干得痛快！四个满拉四个家人，在炕桌上围坐成对称的圈子。老王阿訇居中稳坐，如一颗定盘星。他威严地压住阵脚，指挥一步步的仪式。我也作为家人之一充数上阵，先传《古兰经》，再放开喉咙高念者瓦布：“拉一拉海印兰拉，拉一拉海印兰拉！”

他抬起祈求的双手，缓缓一抹脸。

就在尔麦里结束、大家还都在炕上没有动弹的时候，他转过身，面对着我。我见他嘴唇微微颤抖着，似乎有什么要说。但是我没想到——他慢慢地向我伸过手臂，把刚刚念过的、自宗教权利恢复正常以来他使用了二十多年的、这本他亲手抄写的《曼丹叶合》，送给了我。

我先是连连推辞：“唉呀，我不懂呀！”

又混乱地说：“那我收下，我也要学一点呢！”

他在去年逝世了。我没能去参加他的送行，但和兄弟在电话里细细商量，要给他送一个匾或者幛。要不就一对条幅，挂在家里添一丝光彩，我们想着这一段缘分，也算个纪念。

我编了一个对子，写好寄去了。隔了半年打问，回话却说老阿訇家里没拿上你送的东西；那副对子被他的两个儿子一抢为二，一家拿走了一联。我气得大骂他们不懂事，他们却嘻嘻笑着说：不夺就没有俄（我）们的了。你再写一副给我达（父亲）家挂上。

跟他们说不清，只好由他们去。哑巴阿訇和我的短暂故事，就这么结了尾。由于决定写到民国止笔，他的故事没有写进《心灵史》，这使我有些遗憾。从他们父子的神情中，我意识到也许那样的纪念更好些。

事常如梦，每过无痕。

哑巴阿訇远远走了，再也不会与我坐在一起。我能触摸到的他的影子，只有赞圣诗《曼丹叶合》以及那副竹笔写的“伊玛尼”。

当然，屋里挂着一幅蝌蚪文书法，就多了解释的麻烦。每逢有客人来，我便得给他讲解一遍哑巴阿訇的故事，并解释我关于收藏的观点。

我告诉他们：任你天下的名流，只怕你的字贴不到我的墙上。让我敬重的是他们——中国最平和又最刚硬的人。当我告诉他们，这笔者是个阿文学富五车、汉字不识一个的西海固老人，这部经整本都是他亲笔写的时，他们都大喊惊奇。趁着他们的一片唏嘘，我再不厌其烦，给他们讲解那个阿文单词的含义。

2004 年初夏改定

逝者的合作

a. 墨迹

1984 年冬，我初入西海固。常听人说及有个哑巴阿訇装哑十八年的故事。人们讲，他在迫害的 1958 年割喉装哑，以誓死的沉默，向极左政治宣布了人民的抗议。一直经过了十八年，整整一个对信仰压迫的周期过去了，穆斯林夺回了自己的合法权利，那个哑巴在政府的动员下，重新开口说了话。

都说不清他的名字，只叫他哑巴阿訇。

那时这个故事尚未广泛流传，只是在一部分不善表达的穆斯林农民之间谈论。但它强烈地震动了我的心。它的象征含义至今诱我思索。我感到自己那么近地、靠近了人不可侮的高贵精神。

那时的我还在蹒跚学步，一位传奇的王阿訇走进我的心中，成了我的一个标准。

在没有见过他的日子里，老人曾给我写来他的经历。我从中知道了当年的一些细节：那是恐怖的五八年的一个黑夜，黄沟村的王家坟院里，“一头牛那般大的”一块黄土，浸透了鲜血。但是，口唤并非殉命而是沉默——于是他被抬回来，垂目缄口，从次日直到1976年。

由于不识汉文，他的一个孙女代笔。篇末，上小学的女孩用稚嫩的笔迹，记下爷爷的最后一句：“真主知道。此文无一字虚假。”

直到2002年，我才得以和自己崇敬的老人见面。老阿訇罕言寡语，只是紧紧握着我的手。他的手掌微微温热，非常柔软。

至那时，我对大西北的投奔也已十七八年。我和西海固的农民兄弟都觉得心事沉重但无从表达，放声赞颂的渴望，几乎抑制不住。于是，哑巴老王阿訇被我们请来，做了尔麦里的主持人。那一天，就在仪式结束的时候，他转过身——把刚念过的、这本他亲手抄写的《曼丹叶合》送给了我。

事常如梦，每过无痕。

老阿訇远远去了，再也不会握住我的手。以前我曾探望过那个荒芜的墓园，对着那块染血的卧牛之地凭吊。前年我又看到他的新坟，深深的蒿草丛中，碑上的铭文是：“哑巴阿訇之墓”。

他去世时，我们合送了一个挽联，写的是“沉默宛似黄土，拍案惊倒英雄”。这本《曼丹叶合》是他给我的遗物。凝视着这些字迹，如触碰着他的行为。字缝之间，墨书表述着但并不出声，一如他的伊玛尼。

b. 译文

译者马金鹏教授的经历，与抄本书写者王耀成阿訇既不同，又相似。

马金鹏教授出身于山东济南，是中国穆斯林争取民族发展与进步的里程碑——成达师范的第一届学生（1925—1932），也是成达师范向埃及爱资哈尔大学派遣的第一届留学生（1932—1936）。他在爱资哈尔学成归国后，曾主持成达师范的教务，后出任上海福佑路清真寺教长，继而转入北京大学东语系，在阿拉伯语教研室执教终生。他的译作很多，更著名的是《伊本白图泰游记》（1985）和逝后问世的《古兰经译注》（2005）。

他是我家的世交。自小至今，或随着老人或因老人的吩咐，我常去中关园的平房看他。作为膝下的晚辈，我不是总结他学术的人选；就此一部庄严的经典，更不该作私人的忆旧。只是，在流水的岁月中，我确实感受到这位山东长辈身上的——那罕见的正派。

他抱着一股凛然的气质，孤单地独居边缘。数十年间，不见他有一句谈及利益、不见他有一字旨在金钱。他总是对我侃侃讲述，但和颜悦色之中，凛凛正气拂面而来。也许，这就是传说的山东气质，或是那一代爱资哈尔学生的气质。必须说：并非身为长者或族属回民，就能具备这种气质——在见惯了那么多苟且谋私、特别是见到了那么多圣职者迎对伊玛尼的退缩之后，我对马金鹏的品质有了感悟。

他是一个不显眼的例子，他证明了清洁的气质再罕见也是存在的。那么我们也不仅感悟而已，我们决意仿效。

1991年他相濡以沫的老伴归真。衰衰老矣的他，居然开始了《古兰经》的翻译。维系心志的伊玛尼，激活了残存的生命。他用这最后的努力（jihād），全美了自走出山东以来的、他的一生。

他没有看到《古兰经》的出版。但是他似乎并不在意。译稿杀青之后不久，他就在陋室里瞑目归真。一隅安宁的旧平房，被矗立的楼群包围着，点缀着浮躁的北大校园。

c. 诵法

这部《曼丹叶合》是流传穆斯林世界的赞美诗的一种，内容是赞颂先知穆罕默德的美德懿行。题因内涵而定，曼丹叶合（madāyah）一语的含义乃是“赞颂”。

它是中国的宗教赞美诗。在漫长的中国穆斯林传统中，把诵读这种赞美诗称为赞圣。它是穆斯林献给先知的赞歌，也是穆斯林抒发内心感情的形式。

可以推测《曼丹叶合》大约在清代初期传入中国，全经用阿拉伯语写成，作者佚名。其后一半的篇幅使用较少，民间称为“大了”，用于大规模的仪式。其中包括浸透苏非思想的、一系列祈愿祝福辞句。

它的前半分为十六大段，每段以首词为题。每个大段之中，又分为“拉维”、“白提”、“者瓦卜”三部。抄写的规则是：“拉维”之首词写红字，“白提”双句排列，“者瓦卜”第一次出现时书红、重复时用朱笔记号示意。

吟诵赞美诗《曼丹叶合》的仪式，是穆斯林文化传统之精华。诵经（尔麦里）如庄严的多声部合唱。声部依次而起，第一如同歌剧的领唱，由一个人用溪流般的快调，独诵段落开始的一节散文，是为“拉维”（rāwi），意思是传述。

在散文的讲述结束之际，“白提”（bayti）即诗句叠压而起。每一联诗，都是双句。白提即双句诗，乃是《曼丹叶合》的主调。

在诗句将尽时，第三部齐声应和。这种众人的应答辞，一般内容比较简单，多是赞主的句子，名为“者瓦卜”（应答，jawāb）。它是重复的副歌。

在诗句与应答的此起彼伏之间，声浪迴环，壮怀激烈。一浪高过一浪的赞颂声，抑扬顿挫，强烈地抚慰着人心。在弥漫的肃穆气氛中，望想和祈求被满足了。

把两位已逝长者的遗著——马金鹏教授的译文，和王耀成阿訇的墨迹合印为一册，是做晚辈的一个发想。这样做了，心中忐忑，我们不知是否合适，不知他们远在天堂的卢罕，是否会感到欣慰。

世事的违悖人心，尤其是神圣领域里的藏污纳垢，常使人怀疑真的信仰。会有人不以为然，讥讽马金鹏和王耀成，说他们不过是善良的弱者。

但这一部《曼丹叶合》，会给他们以有力的支撑。

他们生前并不认识。不仅不与世争，不单罕言寡语——他们完全是惯于吃亏、拙于言辞、不会表白的一类人。所以，若没有人说出他们的贵重之处，或许他们会真的湮没。但是，我们想，当他们站在一起、互作解释的时候，他们会变得强大和雄辩。

在编辑和印制马金鹏译、王耀成书《曼丹叶合》的过程中，我们一直想象着——逝者在天堂里合作的情景。我们想，若是卢罕携起手来，坚贞的伊玛尼便不会孤独。

——眺望茫茫的大地，在每一个诵经的仪式结束之际，当《古兰经》和《曼丹叶合》被轻轻合闭、一双双祈求的手向着真主举起的时候，我想，两位逝者也会得到真挚的祝福。

真主与他们同在。

2005 年舍尔巴月

祝福北庄

最初听得很模糊，有消息说，好像在北庄村里有我的文章。后来，有个兄弟在电话里又说，他听人讲，在北庄老人家的墙上贴着我的一个散文。

我闻言心中吃惊。老人家的宅院，是究里的深处、是大名鼎鼎的门坎；我的浮层文字怎会贴到那里去！但传言使我不安，我在电话里嘱咐兄弟，要他抽空亲自去看看，然后把情况仔细告诉我。

不多时回音来了。“确实，你那北庄雪景，端端地挂在老人家的正房墙上。我不多说：你看照片吧。我拍了照，已经给你寄去了！”

只是在看见照片的时候，我才明白事情的重大。我看到，那篇《北庄的雪景》被用电脑打印成竖排黑字，又被绫边挂轴，书法作品般地裱成了横幅，挂在老人家的道堂兼客厅的中央。我不敢想象——我那两三千字，我涂鸦的那个随意凡俗的小文，怎能挂到了那里！……而且那是穷乡僻壤的极地啊，那是伊斯兰的东乡！我在看见照片的一瞬，心中刹那空白，耳际嗡嗡轰鸣。

一时思绪还不能够梳理通顺，我只是意识到：这事于我又将是一次不可思议的经历。它如同又一次降临于我的传奇，使我猛然地淹没在幸福里。刹那间我不由得暗暗感赞。我明白：这是我的人生大奖，是我一生心血的回报。我知道它将永不磨灭，长久珍存在我的心里。

北庄老人家与我之间，十五年里，见过三四面。

在我独自寻求于一条小路的那些年月，他如一个遥远的山里传奇，伴着神秘的东乡语，吸引着还年轻的我。

后来我得以拜见他：那是一个大雪倾泻的日子，他披着一件光板羊皮大氅，如一个朴实的老农，坚持坐在下首。

头一次，当然他不会记住人群中的我。后来，谁知道时光流逝如此迅疾，随着我对浮层之下这一领域的深恋不舍，我不仅熟悉了大西北的礼性，更对这块风土，有了愈来愈专业的理解。

末一次我们见得匆匆忙忙。他来北京开会，拜会的时间，真的只够说一句赛俩目。下了友谊宾馆的台阶，握着老人温热的手我只觉得留恋。但是我万万没有料到：这一次我让老人家挂念了。接着就是文章被错爱的事。

一个念头充斥了我的大脑。

——要全了我的礼性！要亲自去道谢！

紧接着，这个念头慢慢膨胀，迅速丰满了：这必须是怀着一种举意的道谢。一个消息，对于我它是一个饱受劫难的民族的奖励——

从天而降了。它如一个1字，如阿文字母表的第一个艾里夫。那么，我的答辞，我的道谢，也要包括信仰世界的解数。

我要在低低的坡下头就停了车。绝不能傲慢地让车开到老人家门口。我要进了门先要汤瓶净身，完成了最重要的事情再坐下喝茶。我要言谈举止如同毕业答辩一般讲究，不能人家客气我就不拘小节。学着以前看在眼里记下的西北礼性——抢着掀门帘让着出门，抢着下炕为长辈拾鞋。

东乡人都在猜想老人家的举动呢，要让那些庄稼汉感到值得。也要让那如此错爱了我的老人，获得一星半点——他从不追求的慰藉。

走着神不禁噗哧一笑。我突然联想到，在城里的文人堆里，怕没有谁说我谦虚。尺度规矩是什么呢？我也闹不清楚。

ب

七月的东乡，滚滚无边的黄褐，染点着层层的碧绿。是千万座疤伤累累的苦焦大山，到了青枝绿叶的夏季。刺目的视野，好像在无声地提问。是啊，怎么愈是穷苦的绝境，愈有这么旺盛的活力？

望着七月的黄绿，心里觉得不可思议。在老人家的庄户里小住的几天，沙目前邦答后，我喜欢站在门口，眺望海一般的山峦。

对这个庄子来说，我是个多么罕见的客。胸中升起感慨。虽是自己的身上事，却千真万确如他人在做。真的，一只无形的巨手一推，我站到了老人家的门上。

四顾荒山如海，远近一派寂静。从几个意义上来说，这里都是中心——它是一间讲东乡语的穆斯林最敬重的长者净室，它是一个地跨数省的大教派的核心场所，它是中国大陆的地理中心、是黄土高原的奥深腹地。

此刻正是西历的2000年，世间在上演着各式的活剧。为了领受一份情，为了致上一句谢，我越过了数不尽的山河阻隔，站在了这里。

老人家，这个词其实是双义的：一半是尊称，一半意指教门主持。当地人，从县委书记到娃娃妇女，都以各自的礼性，称他阿爷。这么称呼有一点阿尔泰语言的味道；我很喜欢，也学着喊阿爷。

与城里出没于座谈会的教授不同，他使人感到一种深度。坐在他的对面，我感到，自己在揣测一种实在透了以后的深度，在感觉一种朴素尽头才有的威严。

他仍是率领一群人，像举行仪式一般在门上迎接。我如同来前想好的一样，在下头就跳出车门，跑着上坡到达他的跟前。不错，这正是我人生的发奖式，在大西北的重重山岭中央，一个纯朴的人群接纳了我。就这样我拉住了北庄老人家的手，感动电流般袭过全身。他深陷的眼睛笑着，白髯在风中飘拂。他依然温软地握着我的手，神情似满意似慈爱，但并不能看到深处。

见了面以后，阿爷和我没有提及那篇挂在墙上的散文，一次都没有提到它。我只是偷空去那横轴下留了个影。像一个领奖的，不好意思又心里喜欢、偷偷地抱着奖杯留个影一样——毕竟太难得了。

次日礼罢了邦答，阿爷引我去脑后山坡，看了一个蓄水池。

水，对东乡的旱渴大山金汁银液一般贵重的水，已经到了家门口。一问才知道，原来“北庄的雪景”时，我在这里喝的是窖水！听着吃了一惊，眼前仿佛闪过自己的影子。向着文明，时代毕竟迈过了艰难沉重的几步。即便比起我初来的那时，绕山引来的水，以及不再妄想的富裕，都缓慢地出现了。

阿爷的一生，宛如大西北穆斯林的缩影。幼年念经，青年负笈叶尔羌求道，五八年的白俩（bela，灾难）中，因莫须有罪入狱。

女人拖累着几个孩子，受尽了人间苦难。她苦熬着等，一年一年，直等到四人帮灭亡前的几个月时，她气力衰竭了，猝然倒下。只差几个月，没等到丈夫的平反出狱。

十几年浪迹西北，这种受难故事听得太多了。也许就是它们，扭转了我的人生。迪各尔之后，在北庄拱北，望着阿奶的那座小小砖墓，她差一步没有熬到新光阴。我心里难受得堵噎。

而阿爷却转身快步走了。

他惯于不多描述，对历史只讲一遍。感情更不流露；转头就走的他，像是不愿纠缠这个话题。环绕着拱北，矗立着东乡疤痕累累的大山。满沟满坡，活活刻着百姓的心伤啊，如此不平令我难忍。

但是前头走着的阿爷沉默，坟里睡着的阿奶沉默，我也只得沉默。是的，难忍的经历积得多了，就成了深深一个忍耐。

有人问：您走北庄去干个啥呢？我的回答各式各样：去深入生活结合民众，去浪一个耍一趟，去沾个白勒克提（barket，吉庆）……对世间，我算说不清了。哪怕对自己人，只要火候仅差半分，我也难以解释。对着这片接受了我的大山，来到这穷乡僻壤的极地，我有满腹要说的话，也有无法讲出的话。

顺着山里的公路，我们随意散着步。

初来时触目惊心的大山，此时看来柔和些了。像是个难得的年成，农民们星星点点蠕动在高山深壑，在块块破碎的洋芋地里忙碌。

时而驱车，多是走路，散着步身心彻底地松弛了。仪式之后，险峻的风景也变了：如今它像是自己的。心中摇荡着富足的感觉，我信步走着，看看旧日的窑洞和遗址，看看大夏河的台地。

山里的冷夏，使疲惫的人得到了调养。

ت

若是能重生一遍，我猜我能当个不坏的塔里普（talibu）。塔里普就是经学生，西北称满拉，东部叫海里凡。因为我从小喜欢学习；长大后学得多了，愈发止不住地企图向本质的领域求学。只不过——同时把学问和人间、知识和信仰浑作一体；同时要求着人生实践和读懂书籍的、所谓一弓两弦境界的“学”，怕只在这个领域。

可惜只能留待来世了。如今，每当我在这个世界里遇到了有真才实学的人、禁不住想向他打听上一二句常识的时候，总得先摇着手声明：“我可是瞎汉（文盲）！说错了您不骂！……”

顾虑万一失了分寸，住定以后，我不多去阿爷的正厅纠缠。

而阿爷，似是来待客，又似要深谈，常到我歇息的屋里坐坐。那些时候，我清晰地意识到这是难得的求学时间，但更经常任它静静流逝——与如此长者的言谈分寸，简直是艰深的艺术。

有一种文化讲究“腹艺”，即追求默默不语中的交流。与北庄老人家对坐闲谈的时候，我觉得似乎出现了这种交流。

七十多岁的阿爷是个慈祥老者，但他出言简捷，而且话语极少。以前觉得，老人家的脸庞那么美，而后来又觉得，他那美好像正融化成一种慈悯。这一次，我觉得他变得更大了；形容的美，眼神的爱，都变化成一种公开的朴素。他不爱絮叨旧事，也不愿担忧来日。无论对眼前或身后，他似乎都怀着一个决意。但凡此世的事情，就是他淡漠的事情。

他深陷的眸子瞟过来看着我时，我感到，他像是向我探询一个遥远的、不知在哪里的话题。我应答不上，但我肯定地点了头。……宝贵的、价值千金的时间啊，就这么在默默无言中流淌过去了。时间好比流水，把送给我的信息哗哗地笔直冲来，它们淹泡着，冲刷着我的肉体，使我身心浸透。但我并不能点滴吸收，洞悉全部。

我恨自己的根基浅，不能参悟所有一切。能悟到的只有一点：我明白眼前发生的一切的贵重。我只能暗自地、一刻刻地数着时间，体会自己度过它的感觉。

对教门和神圣领域的话题，我只听不问。

关于遥远的叶尔羌，以及他年轻时的负笈远途，我们只粗略地说了几句。幸好我已不是初学。在血染的大西北，在一个个村庄，入门的课程已经过了。现在深一层知识的学习，需要通过参悟。

我习惯了交流，而不多通过言语的交谈。也许，修身和功炼，就这样渐渐成形了。关键是什么？我似乎解决着这个问题，又似乎不断地和这个质问相遇。

裱好的那《北庄的雪景》，一直挂在正厅。确实后来我们再也没有言及它。只是一次忙着去哪儿，一回头猛然见深沟陡壑的大山，像要踩着脚跟一样就在背后矗立——刹那间我的心头滚过一阵颤动，不禁想：不知这一个我，和屋里墙上的那一个我，究竟哪个是真的。……

日影黯淡，晚暮来临，地平的连山变了深色，沙目的时分又到了。

望着阿爷的朦胧面影，我心里漾动着惋惜。短暂的小住，眼看就要结束了。可是对我，以及北庄的后来人来说，关于未来的疑问毕竟是尖锐的。我还是问了他对未来的看法。

阿爷说的简短坚决。落日霞光之下，他的神情使我永生难忘。但是我不得不写得坦白：恰恰在最要紧的这搭，我没有句句听懂。

我无法用笔转述。就连感悟，也多是自己的思路。总之他早把一切置之度外，包括一切究里的、责任的、传统的大事。就像当年在冤狱把一己的安危性命置之度外一样。他早把一切托付给那冥冥之中的伟大存在，他坚信，如信仰一般地坚信。

从那间小小净室出去的时候，我们都轻提慢踏，一个个悄悄地离开。只剩下阿爷一人，久久地独自面壁跪着。偷偷瞥过一眼，他的侧影一动不动，美好而平和。沧桑结束了，他正享受安宁，正沉浸在一派纯净之中。

我踏出门外。头上是繁星璀璨的东乡夜空。高原如黑暗的怀抱，温融地四面围合。

塔里普的学习就是这样，进了寺不管八年十年，反正要念罢十三本大经才算完。我呢，我本是来领取幸福和荣誉的，可我不知不觉却又把享受当了课堂。而学有学的章法，不管你能吃透几分，十三本已然翻过了一册。

知识、火候、情感错综渗透，如夜空的星月浮云。每一颗星都那么闪烁难定，如同课程刚刚开始。是的，对如此的一册一页，我还要耗费更多，才能触到全部。

突兀想到了鲁迅。他俩相比的话，也许阿爷是幸福的。东乡大山在四下卫护，没有谁敢上这儿扰乱。银河临近得伸手可触，月亮静挂在中天。好像它们正散出无限的银辉，在这样的夏夜，安慰着北庄。

结尾

其实，或许我也算久经阵场，但是这次离别不知为什么，居然那么揪动心肠。我孩子一般总想着这怕是最后一次了，别人还没怎么，自己心里先难受起来。

北庄拱北对于我，更多地是一个与底层民众盟誓的式场。有"雪景"那一年，我连阿布黛斯都不会洗。我只是对那株白雪地正中的、墨绿的分杈柏树印象深刻。那时它浑身披满了白雪，一尘不染，一痕不留，沉默着矗立在茫茫的雪山中央。如今呢，即便在我一己的身上，也是如梦的沧桑。北庄，我能够这么离开你么？

走那天，送的人很多。书记和县长想顾全礼性，所以都来了。我本来想像的，在离别一刻可能体验的——北庄的仪礼，动人的都瓦，成了一个喜庆的欢送会。我有一个蒿枝沟的弟弟，闹着要我题字。还说："让他写！让他写！跑了今天再抓不住他！趁着在北庄老人家跟前，他不敢不写！……"恨得我咬牙。可确实当着老人家，我不好耍脾气。只好勉强写字。笔不合适，墨也太浓，纸更不对。第一笔下去就写坏了。

顾不上了。只能胡涂乱抹，哪怕为了围抱的欢乐气氛。老人家、三师傅、满拉们、书记、县长、司机、厨子，都围着看。

给老人家难道能七步诗么，实在写不出。编了半天，结果弄了个“清洁的精神”，字写得像小孩描的帖。这哪儿行呢，一着急，前头赶紧用阿文加了个 B-ism Allah，太斯米。接着给书记写了“与民众同在”，给县长写了“满目黄土如金”。直到给老人家的儿子三师傅写时，心才静了一些。我写的虽然仍然不是书法，但流利些了。纸眉上头先是一行的阿文：Amantu b-Allhi kema huwo，意思是让咱们在中国信仰，中间是一句心里话：“祝福北庄”。

2000 年，斋月

墨宝和纪念照

他是我在这个世界里结识的第一个长者。

传说他六岁那年大灾荒，他父母拖着一家逃荒到了白崖，再挣扎不动了。据说大人把六岁的他扔在清真寺门口，对阿訇说了句："您能养就养上，养不了就撇了吧"，然后就拉扯着骨头壮些的几个逃命走了。

阿訇看着奄奄一息的他，叹口气，牵了他的手进了水房。一个水冲下来，他就从那个六岁一直到九十岁，在清真寺里度过了一生。

我在一个山深远僻的地方初次拜见他，想听听他十八年冤狱的故事。他神情严厉，一字不谈自己，给了斩钉截铁的三句话：一、公家说落实政策；二、政策还没落实；三、兰州拱北的政策必须落实。"你是中央的记者，你去说。"他言毕就不再开口。

兰州拱北被落实政策归还回民以后，九省民众举行了盛大的庆典。他调任兰州看守拱北，我在人头攒动的人海中重逢了他。一股信赖在我们之间油然而生，虽然那时我纯属一个外道浪子。我们在白布苫起的经亭前合影一帧，急急在照相馆印了，我请他在相片反面签个字。他说：汉字我写不来，写给个经名字吧。留下了一行蝌蚪文经字。

在激动的催迫中我变了，从装束到内里。他稳如泰山，坐镇兰州不动。

慢慢我听到的多了，包括他并不言及的。他有着担任民众一方的首席谈判代表，与官方各级大员交涉归还兰州拱北的经历。

被清朝政府于1781年杀害于兰州城头的、清廉的宗教导师马明心的遗骨，在这次谈判后回到了民众的掌握之中。那次谈判顺利结束后双方照了一张大合影。排排的西服革履之中，屹立着农民打扮的他。

这使我崇敬至极，我不知多少次凝视那张照片，拉着老阿訇的手，心里禁不住一种欢喜。

我说：老阿訇，您给我写个字吧！我拿上走北京装个镜框，挂在我屋墙上哩。

我从不收藏谁的墨迹。那一天我才明白，是我没有遇上值得我收藏的人。老阿訇心情也好，难得笑容的脸庞松弛以后，他的和蔼那么动人。我兴致勃勃找出一张硬纸，灰蓝色的，不粘墨。又找出一张大红纸，“那就写个束海达依！”我叫着。

他戴上老花镜，取了最粗一支竹笔。于是，殉道，一个最庄严和决绝的词，就在这双西海固老人的手中，浓重地写成了。

那是哪一年？白布搭起的经亭已经变成了建筑中的水泥结构。离别时我们又去合影，记得他拉着我的手，默默走到，转过身来，对准照相机。——从位置到姿势，前后两次都一丝不变。若是他能再等我几年，我们就能在峻工建成的拱北前，使这一组时光中的照片全美。

那阙如的第三幅里我会是怎样呢？不知道，只知自己正学着他的蝌蚪文、只知我已经能献给他一份答卷。那不存在的第三张照片中的他，又会是怎样的呢？无疑，他依然如石头稳稳不动，如他生命依托的白崖大山，苍凉而朴素。

时光飞逝。那么多人围着我走马灯般地去留，那么多阿訇被发现并不虔诚。只有老阿訇使我永远难忘；我常回忆他，体会他的作派，琢磨他的处世，欣赏他的脾气。我更常常琢磨，一个并未殉教但是坚守了一生的人，写下的“束海达依”一词，也许更有深味。

2000.10 改定

长笛如诉

一

对古典西洋音乐如同朝圣——和很多人相似，这种心情体验，我也有过。但是到了后来不能不承认这心情的淡漠。穷国野民的风刀霜日，与那些高雅大曲之间，毕竟太容易疏远了。谁去细究自己身上的现象；只不过偶尔意识到的时候，觉得有一个微妙的结纽，它尚未解开。究竟它是怎么回事呢，暗自想弄得明白些。

当然这不可能，音乐是理不清的一团麻。也许，可能梳理一番的只是一些私人心事，是自己与音乐接触的背景、心境、缘分、故事。

对古典乐朝圣的时期，虽然还远远谈不上虔诚，但一度也确实热心。心情也急切，进入了一股求学的心态以后，恨不得时刻泡在音响里。忆起那一期的结交，都是古典迷人士。

时代恰恰又踏上了那段路程，与许多国家二十年前一样，中国刚进入一个卡式录音机和音响组合进入家庭的时代。我是留学生，早早便舶来了一套配置很高的音响组合。于是音乐猛地涌入日常，我寄居的简易楼终日轰鸣着大音量的音乐。从蒙古到日本，从美国的 Bob Dylan 到哈萨克的 Engběk kuyě。

也许是音乐生活或听觉生活，带给了我整个八十年代的好心情。

我在美妙的听觉享受中，洞开门扉，结交上下各流人等；不假思索，在稿纸上挥泄无度。美音不能独自品茗般默听，我义务讲解，记得曾把一个朋友（他那时迷恋绘画）用大音量把冈林信康的《我们大家所盼望的》播放给他，伴以我煽动的解释。他在那些嘶吼的日语音声中，虽然不解一语，却听得哗哗泪下，这件事使我至今惊奇。

当然在音响旁，我也见多了听了一句半句就做感动状，迫不及待不怕夹生地写进个人文字的“作家”。总之，那时，我自己和小屋盛着的我的家庭，都因为美声盈室的状况而暴富了。丰足而且满意的心情，流露于我那一期的不少败笔之中。

二

而且追求的目标在古典。我生了野心，忍不住想用已获的基础，试着叩门一次。我在真地尝试去窥探古典殿堂。太偏爱流行音乐，甚至沉溺比“下里巴人”更不入流的蒙古突厥的胡音——这种现象使我暗怀不安。我好像一个没有上过大学的乡间塾生，总是觉得学堂还没念完。记得我四处求师，购置了许多古典音乐的唱片磁带。我和朋友一道，专门请来专业人士，逐段地听他解释，并暗自给自己的耳朵判分。

应当说收获多少是有过的，获得的愉悦自然更多。但是我不能就此理解、并全部接受古典迷们经久不衰的热情。我还是保留了一丝感觉；我捉摸着关于听觉、心情、标准的问题，我在琢磨一个我能接受的音乐ABC。

有一个小事挺难忘。一九八六抑或八七年若干作家访问德国，在汉堡听了半场歌剧。说是半场，原因在我们迟到了，在黑暗中寻不到座位。咬耳出声时被观众们不屑地呵斥，后来一些人被引导员领到空座位暂且坐下；另几个则干脆退出来，在休息室里等第二幕再入座。

还记得终于等到了幕间休息，急急去找自己座位时的感觉。有一种终于放松了紧张，倾听的神经和渴望油然浮起的滋味。我端坐稳当，从第二幕开始的第一声男中音开始，强力集中自己一切意念，听。

使读者意识到朝圣，让人们自律着、迫使他们学习自己的感觉，真不可思议啊。我走神了，遐想着能获得如此一切的歌剧作家多么让人羡慕。若是我们的小说散文被人如此阅读——换上晚礼服打上领带，正襟危坐忍住咳嗽地阅读，会有什么效果呢？

我偷偷瞥一眼侧右，是一伙日本白领。当然礼仪没有一丝纰漏，西服笔挺，头发油亮。但我看见了在东京熟悉的疲惫，看见了“社用族”（公司付款者）的表情。有一个游忽的眼神和我相遇了，一瞬间闪过局促。它马上转回去，赶紧回到神圣的倾听。——哈，他们和我差不多，也是害怕被文明开除，寻机会听听是怎么回事，也是顺从着一个规矩。

遐想之间，又一幕降下了。我们到了休息室。突然有一位同伴建议，可能休息室这种地方引诱人的世俗性吧，他建议回家。更让我惊奇的是作家们都没有拒绝。

走在夜空清爽的汉堡大街上，溜溜达达非常惬意。大家讨论着女高音和男中音，朝旅馆走着。那时一位同伴的话，虽然至今尚未决定赞否，但我已经记牢了——他说："说真的，只有一个歌剧让我感动过，而且掉了泪。你们猜是哪个？——《洪湖赤卫队》。"

一句话使大家都默然许久。虽然都是作家，不便简单地吭声。

他说的是实话。可是，关于音乐的结论是什么呢？

汉堡体验之后，我更不会判断自己的耳朵。使用那台立体声山水，在八十年代后半的几年里，我浏览了不知多少音乐。高雅是有的，悦耳是有的，讲究是有的，就是没有达到朝圣的境地。宁静的休憩和愉悦，对巧妙谱成的个别旋律的喜爱——都有过，但我不能简单地皈依绅士淑女的解释，不能说我也听见了他们描述的听觉。

也许我才是一个语言憧憬者。因为我终年都在雕刻自己的语言，至少常常都为自己语言的无力而感慨。我相信——语言在暧昧的时候，可能显现美，也可能封闭原意。在追求成为激动的河，在河水冲刷不已的时候，语言可能向放弃自己的神秘主义皈依。但是如此火候的语言，和本来就空洞虚伪的同类物之间，也许会出现一点相像。

区别之一是，达到神秘主义阶段的语言，会沿途留下一连的记号。如真挚朴素的小事，如他人不能的经历，如预见或奇异等等。后来者可以依据这些记号，解读荒唐和非理性的本意，使关上的门再度开启。

音乐是这种语言么？

我不敢浪下结论。我能做的删节从略地，对要紧的事多少记下几笔。

三

和我的读者的年表不同，那还是人们期待的改革开放尚未到来的时代。我像许多知识青年一样，先与穷乡僻壤的农民结交，后来又为自己处境的压迫，远走异乡。

那结交如我全部文章的注解一样，交得太深了。农民把它用旧式比喻说成结拜。我却嫌太封建。结拜兄弟，涵盖不了红卫兵蜕变再生、一介学生与大地民众相融、一个知识分子被异端濡染直至背叛的所有内容。

远托异乡也不是闯关东下西口。我如一片叶子，在生计的寒风中簌簌抖着，跨过海，越过政治和贫富的边界线，走了外国。

——若顺势找个词儿形容，应当说那是一段“没有音乐的日子”。或者用反义句，说那些日子里，每时每刻心底都萦绕着一股悲哀且激烈的乐曲？

肚腹的原则，生存的铁律，扳正着人柔软的一部分生性。

我在那两年里练惯了疾走，默默地以两步迈三步，奔波在东京——于我而言它是个劳动市场和战场。刷盘子，教大学，出著作。

为了活下去（主要是使自己的做人原则活下去），我的心硬了。

那时偶尔拍的一张相片曾使很多朋友震动，被记录下来的我面貌凶恶，满目杀意地瞪着假想的和真实的对手。在坚决地夺取生存所需物质的日月里，我觉察得出自己的异化。没有时间缅怀，没有条件助人，只是似乎在遥遥天际，在梦幻一般不真实的某地，好像才有过或存放过旧日的我。

在那样的时候人很难在古典音乐里浪费，虽然从第一天我就弄了个录音机，后来又买了一个音质更好的。听的内容要么彻底轻松，最好是柔美圆润的女声；要么是最狂热的六十年代摇滚——音乐于那时的我，如同粮食女性一样都是充饥物。它抚慰或宣泄，给我一天天短暂而实用的补充。

但有一天，我收到一个邮件。

那天我的斗室里，弥漫着一种难以形容的空气，我打开邮件，是一个最知心的朋友的信。我照例细嚼慢咽，津津有味地读着。信也同时为我充饥，我对信很贪婪，并已习惯了享受它们。这一次，读到了末尾时，朋友写道：附上的这盒磁带里面，是你的农民兄弟录的话。

四

我打开磁带盒时，什么也没有料到。突然空荡荡的破旧木造小屋里，响起了一个西海固汉子的硬直嗓子。

我怔了半晌。才意识到这是我的结拜兄弟，他的声音已到了日本。他急冲冲地，有些羞涩又像下了一个决心地，宛如念一封接一封旧式书信似的，正在向我说话。六叠小屋的板壁上，嗡嗡地震荡着他的粗嗓子。

我还没有从晕眩中醒转过来，已经听他几遍地讲“我们全家都很好”，几遍重复“不知何时能见你的面”。过了好久，我觉察到自己已经瘫软了，歪在日本式的榻榻米上。这种铺席正适合我的感觉。我意识到屋里空无一人，我发觉自己一个不动的姿势，趴在屋子正中，呆呆地对着一台小录音机。

我的位置奇妙。我潜伏在声音的外界。一个使我的脑袋晕眩崩垮的西海固声音，在我眺望的对面一方异国空间里，粗硬地穿荡。

他显然克服着面对录音机的不安，努力把车轱辘般的问候话录制得流畅。他讲到录音时的情景，讲到我们俩之间那些往事。

渐渐地他讲得流畅了。条理和他主张的道理夹杂在讲述的事情中，在结结实实的声音里，向着我鼓动传播，一浪浪地淹盖而来。心中的痛苦和感动一同醒了，一个湖或是一条河涨水了，它们把我淹没，把我压倒，使我一动也不能动。

几个孩子都录了几句。当年那个在暮色中吆牛的少年，给我录了他朗读的我的作品，又录了他在县中学读的英语课文。

我听见了彼岸的孩子在紧张地喘息，听见有哪个娃娃在旁边窃笑。孩子们的声音后面，又是结拜兄弟——他已经习惯，而且想抓住机会，他沙哑浊重的嗓音开始给我交代一些要紧的、黄土高原的大事。

——就这样，在一个日本的下午，猝不及防地，我突然跌入了一个声音的深渊和埋伏。西海固的，黄土高原深奥腹心的声音，征服了我。

当长笛悄然游来的时候，我觉出从浊重的西海固嗓音返回的困难。倒退着，我还原到一个别扭的旧状态。听觉被那嗓音磨得粗砬了，脑子也早就凝滞，我还发觉：自己的姿势居然原封不动，时间久了，它已经僵硬。

长笛的第二个乐句，千真万确不能否认的长笛声，替代了农民的诉说，像一汪细流，转了一个弯，然后淌进了这木壁隔开的空间。

后来很长一段时间，我不敢听这半盘长笛。朋友说，农民兄弟的录音仅占了磁带A面的大半，剩下的空白，就录进了些长笛曲子。而我，在我听音乐的全部经历中，从未有过如此感动的体验。也许唯有那一瞬算是振聋发聩。也许那个下午我蒙受了造物主的慈悯，被恩赐了一种音乐。我不知道发生了什么。日后里我曾多次企图发掘、重温、体会，但都没有结果。

我只清楚地知道——在长笛流入的过程里，我身心的壳都崩裂剥落了。我没有落泪，但我知道自己哭了。我僵硬地跪伏在六铺席的中央，任长笛的旋律围着我穿梭缠绕，如触如洗，把我一层层地浸蚀掉。我不知道人间还会有这样的感动，我的肉体层层融化了，剩下心一派透明。音乐，唯有音乐，唯有此情此景之下显形的音乐，是绝对的美，是彻底的洁净，是这一方空间的至尊。无名的曲子，长笛的无名曲浸漫着，游忽着，诉说着，陪伴着我，已经没有听觉，我被莫名的感动裹挟走了，失去了具体的知觉。

——许久以后醒悟过来，外面是东京的日暮时分。我关上录音机，小心地藏起了那盒磁带。默默收拾着的时候，我觉得，自己好像再生一般，变了一个人。

五

我在那次经历以后不再信任现代派，而且暗暗地给音乐下了一个没有字迹的定义。不用说，如此主观任性的定义不入大雅乐厅堂；可是，做贵族态一生抚弄音乐技术或资料的人，比这粗野定义离音乐本质更远——也未可知。

那个白昼的下午，使我的心成了一页薄薄的记录纸，它刚涂抹了一行，但是永不消褪。听觉，或者说音响碰出心脏时的触觉，直至今天丝丝可辨。

我独自反刍过，也微微责备过自己。走在人称世界物质之都的繁华中，我觉察到自己拥有的多么宝贵。那个下午之后我沉着了，我不露声色地迎送异国剩下的日子，冷静地一步步实现着目的。

但每时每刻——虽然不轻易告诉别人，那长笛常常响起，它有时突然浮现，接着逐步清晰，然后在我的胸中萦绕。它柔美又低沉，哀伤而平静，它已经追上了、化入了我生命的律动，在我的奥深不息地流淌。

就这样，对于西洋的古典乐，我经历了这么微小的一件事。

在疾疾的人流里，我独自穿行奔波，不住地默想着一个兄弟重逢的场面。

那时天该晴了，高原上空走着清爽的风。倒行逆施的“四人帮”如清朝污吏“申兆林”，他们消失时无声无息。西海固荒凉而温柔的十万大山，那时会伸开母亲的臂膀，再一次搂住我这失群的儿子。

那时天穹六合、大地四野中将只有一个声音：我们弟兄的长笛。我将把录音机放在庄户的窗台上，接给电源，安上珍藏的带子——那时十面埋伏的乐队将从海浪般的山峁背后，突然间一齐吹奏起来，庆贺人民的光阴，兄弟的相聚。

六

有一段时间我求教过音乐界人士，想调查一下这盘长笛的曲名作者，也想知道对这些曲子的定评——也就是公认的听觉。找了两个人，各自见仁见智，听觉完全不同。我问：那么是否可以说，人对音乐的欣赏是主观的呢？他们说不，还是有客观的分析途径。

我只好只信任自己的体验。长笛和感动之外，还有很多因素。大西北的日子，百姓的受难，书生的遭遇——没有这些条件，长笛的乐曲能是丰富的吗？反过来，如果听者主观的情绪把听觉染上了一层色彩——那么音乐的本意，还能够穷究吗？音乐与欣赏之间，会不会本来就是一本误读的历史呢？

——转了一圈，我没有找到音乐的定义。我不仅不再追究洋乐，也不在乎机器以及指挥乐队。附着于音乐的一切物质都可有可无；唯有耳朵，唯有耳朵主人的内心，才与音乐密切相关。

我没找到，也不想追寻一个观点了。要紧的是在我内心的收藏里，终于有了一首古典的、西洋的音乐。一首，但并不少。它命定般音沉似铁，虽然也伴着丰满阴柔。甚至它究竟为谁而写也不再重要，我多盼自己也成为这样的作者：一己的姓名可以略去，历史的是非也可以不计，但是给人以感动，给世界留下一点儿神秘。我猜曲作者没准能同意我，说不定还会为我的诠释高兴。

音乐本是天籁，是人对它的幻听。长笛在高天飘忽，呜唤低诉着，等待着下界的回应。而我们来了——事情就是这样。

我很少触碰那盒长笛与西海固农民口信混录的磁带。我有一种恐惧，怕那种过分强烈的刺激，更怕若是听惯了，那刺激会被磨掉。第一次的听觉太难忘了，它占据的不光是我的耳朵还占据了我的感情；我害怕后来的听觉会单薄，我怕耳朵捣蛋，乱了人心中美好的方寸。

包括机器，我不愿使用北京家里的立体声，更不愿把我的长笛插进哪台最新锐的高烧音响。那个孤单下午的音乐，是用一台黑色的小录音机播出的；我明白，任凭哪台机器，也不会原样地还我那天的听觉。

我珍藏着那盘盒带，更珍藏着——即便此刻还在痛苦地奏鸣着的我们的心事。它那么动听，那么悲怆，那么激烈。它不是音乐；因为音乐的表达是不够的，它背衬着鲜艳的画面，怒吼着嘶哑的诗篇。它一响起便与它共生的——有满目疮痍的凄厉风景，有连年干旱的山顶麦子，有永远呼唤着我的、那西海固汉子的嗓音。

2000.10

斯诺的预旺堡

一

……与陕西和甘肃的无穷无尽的山沟沟相比，我们走的那条路——通向长城和那历史性的内蒙草原的一条路——穿过的地方却是高高的平原。到处有长条的葱绿草地，点缀着一丛丛高耸的野草和圆圆的山丘，上面有大群的山羊和绵羊在放牧啃草。兀鹰和秃鹰有时在头上回翔。有一次，有一群野羚羊走近了我们，在空气中嗅闻了一阵，然后又纵跳飞跑躲到山后去了，速度惊人，姿态优美。

五小时以后，我们到达了预旺县城。这是一个古老的回民城市，居民约有四五百户，城墙用砖石砌成，颇为雄伟。城外有个清真寺，有自己的围墙，釉砖精美，丝毫无损。

——以上两段不是我写的。

我仔细地又把《西行漫记》咀嚼一遍。这一次我惊异的是路上花费的时间;虽然爱德迦·斯诺当年骑马，而如今我却乘坐一辆达依热牌的超豪华型丰田越野吉普——我们为进入预旺堡花费的时间，都是五个小时。

当中隔着半个世纪的沧桑岁月。预旺县城衰败凋残，变成了一座“土围子”预旺堡。堡墙也段段颓坍，居民更迁徙外流，如今的预旺只是一处僻冷隔离的穷乡弃里。

十几年来奔波在公路干线的两端，我忘了中段路左隔着一架大山，有一条古代通路藏着;更忘了那儿有预旺，一个被名满天下的《西行漫记》描写过的地方。

可能是因为见惯了腐败奸狡官僚的缘故吧，这两年，有时突然对真正的革命觉得感兴趣。南至瑞金，北到预旺，这两年我留着意，到了一处处的红色遗址。我在那儿徘徊寻味，想试着捕捉点湮没的什么。

前几年在锁家岔的苦焦大山上，已经远远眺望过预旺堡。我想像着斯诺“越过平原眺望蒙古”的样子，想像着“在预旺堡高高结实的城墙上，红军的一队号兵在练习军号。这堡垒城的一角飘着一面猩红的大旗，上头的黄色锤子镰刀在风中隐现。”

这一年在阿富汗的哀伤大山上，倾泻的“滚地雷”炸弹（中央电视台语）在宣布着蛮横时代。我猜想斯诺在后来，比如在他和毛主席并肩站在天安门上，一边倾听着滚雷一样的山呼万岁一边讨论着民主与崇拜的后来——或许，他也询问过预旺的遭遇。那些红军号兵撤退到哪里去了？他们委派的哲合忍耶农民出身的县长被处决。预旺堡远近的荒川野径上，农民们或者追杀流落的红军掳取枪械，或者恻隐心动把苟活的红军收留进家。喧嚣只是在这一角落响起，随后又归于沉寂。

我们的“达依热”一阵咆哮，从简直是壁立的壑底一下子冲上塬顶，溅了半身灰色的雪泥。从我决定实现走预旺的念想那天清晨，纷扬的细雪就一直在空中漫舞。从塬顶可以极目远望，只要你辨得出那银白聚落是哪里。迟迟不来的、大旱之中的初雪终于落下了，半个北中国总算沾濡了一点潮湿。

二

灶儿弟的外祖父，正是斯诺下榻的杨家堡的主人。灶儿驾驶着“达依热”越野抵达那天，没有对我说明。于是我也就不知道——当年接待斯诺的，今天接待我的，居然是一家人。灶儿弟的外爷当然早已无常，但是堡子却健在。高大的堡墙厚实雄峻，难怪斯诺口口声声“城墙城市”。

清晨起来，空气凛冽呛鼻。赶忙奔出几步，素雪染白的杨堡——正在彤云碎雪中屹立。好大的一个堡子！……我失声喝彩道。我的喜欢引来灶儿弟的一群亲房家门，高兴地一旁补充着说：堡子打得美，再一百年不得坏。……我问：斯诺他真就住这吗？他们笑答：住堡子里的上房，走，进去看看！

灶儿外爷的后人在堡墙外也盖了几院房子。怕是为的堡外的这一家房新些体面些，昨夜我就没有被放在堡子里那一家睡。这么说，我心里想，那就是——他住堡子里，我住堡子外。多么神奇，中间隔着沧海桑田的变化，隔着恍如隔世的无情时光！

预旺的云，宛如魔术一般，白涂青抹，使这不义的世界变得能看些了。夯土堡墙上，干枯的黑刺绒草都被染白，满墙像生遍了雪白的苔癣。万里静默，村庄淡隐如隔烟幕。

唉，你一去不返，连同那位终日给回民看病，并且给自己取了一个马姓的黎巴嫩医生马海德。如今有谁能宣扬正义，有谁还像你那样为一群褴褛的起义军说话！……手抚着杨家堡子的夯土墙，指尖插进了冰冷的雪里。不可思议的是斯诺当年就住在这堵墙里，不可思议的是斯诺当年就住在一个哲合忍耶和嘎德林耶联姻的家庭里！……

雪停了。但是天穹依然沉沉地垂着铅云，亮些的景物都是白雪砌盖的屋顶。它们无言地潜伏着，在雪雾中低藏着，不愿像我一样急着倾倒心声。

堡子里和堡子外的灶儿家族，好像在争执由谁家请客。看样子，两家要轮着表示待客之道。我陷入遐思，由他们争执商量。斯诺书里也特别提到了预旺的羊肉，说彭德怀很爱吃。但我猜他们都不懂预旺啃碱土的羔羊，与江南或蒙古的羊肉的区别。

清末民初，由于领袖人士的深谋远算，预旺堡一带平坦塬上的荒地，被哲合忍耶教门购入了两三千亩。灶儿的爷爷就被派到这里管理瓦合甫（宗教性的共同财产）土地，同时娶了杨家堡子的（灶儿奶奶）。斯诺的书中提到“老教，新教，新新教”，灶儿爷爷和外爷便正是那前两种：新教哲合忍耶和老教嘎德林耶。

这里是黄河灌区、陇东山地和陌生的陕西的交界，不论地势还是民族，从此向东就不一样了。夹在边区的是亘古荒原，因为它平整，所以叫做塬，刀劈一般的深沟无底壑，把它切割成一连串的张家塬、李堡塬、南塬北塬骆驼塬茅草塬，直至传说中的董志塬。

一道道含硝碱的苦水朝低处涌流，顺路恣意切削着黄土河床。百年千年过去，河沉绝壁之底。我们的“达依热”一天要往返预旺堡和杨家堡几次，于是也就只能反复地钻入地底般地溜下沟、再翘着鼻子爬上塬来。

攀谈久了，一丝滋味才悄悄地从嘈杂缭乱的信息中浮升起来。堡子不就是土围子么，当年手中有枪的褴褛红军，也未必就是被灶儿的外爷羊羔浓茶地欢迎进来的。听说灶儿爷爷因看管瓦合甫寺管耕地，也被划成了“看家地主”。也许，当斯诺骑着马花了五个小时进入预旺堡子之前，主客之间的序幕故事，至少是严峻的。

但是回民生存的底线显然没有被破坏。生计，教门——这两样似乎根基未动。你看斯诺写的:“从一边望下去，可以看到一个清洁的院子，回族妇女在舂米做饭，另一边晾着衣服。”还有:“彭德怀走过预旺堡的大街，停下来同出来向他道别的穆斯林阿訇说话。”

斯诺也许什么都听说了，也许根本没挖到深层，但是只有斯诺勾勒了一幅预旺的草图。

蒋介石当年气得语无伦次的时候，只会频繁地骂人家是“匪”。正像小布什咬碎钢牙，咒骂人家“恐怖主义者”一样。只是在预旺时代还没有流行这新潮的词儿，所以红军也好斯诺也好，就没有戴上这个恶谥。

三

临走那个下午依然飞雪如幕。人总是这样，鬼催着一般急着赶日程，把好不容易到达的地方，把好不容易获得的时光，又轻易地放弃。堡子墙的里侧，一溜颓残的窑洞。沿着一堵堡墙数数，就有十几孔之多。若是这么个，恰好能住下一个山大王，或者一个司令部。

斯诺住过的房在哪搭？我问。

喏，只剩下了地基。我忙低头辨认，原来在这里，堡子边上有一层高起的台基，原先正房的痕迹被雪半露半埋。我失望地说：噢，正房不在了。

——可斯诺正端端地坐在这里。他还写了一幅画儿，墨的，都是宁！……那宁看不来。听说是个歌嘛是个诗？……

我查了资料。书上说斯诺发表在预旺的一篇热情讲演，被翻译成中文，抄写在杨家堡子的“列宁室”墙上。他在讲演中高呼“红军胜利万岁”、“世界革命成功万岁”——而仅仅两个月以后红军就全面败退，丢下了刚刚建立的预海县回民自治政府，丢下了刚刚委任的县长马和福，撤回到了陕北一隅。而蒋介石更加怒气冲冲，大骂赤匪不已，使得地方学舌，创造了“汉匪”一词。

就在这个时辰，堡子里一家和堡墙外一家都炒开了羊羔肉。

大雪停了，但天还没有晴开。

我看天色已晚，接着还有几百里冰雪路，于是忍痛割爱地说：“两家子的羊羔肉，只能吃一家！”

如今深深后悔了。信笔写着，我恨我那时着的是哪门急。为什么不安排松宽些呢？如今预旺已是千山万水，远在天涯！

红军大概是为着接应二、四方面军才西征甘宁。七月占了预旺，八月斯诺来了，九月结束了他在宁夏的旅行。十月红军一、二、四方面军终于在会宁一带会了师，十一月就全部东撤陕北。他们放弃了平等主义的农村战略，中断了新鲜的民族自治尝试，他们扔下了预旺和小半个海原的苏区，扔下了被他们吸引的朴实的回民党员。

西北的红星转瞬消逝了，变成了一个模糊的传说。

体制卷土重来，处处在追杀零散掉队的红军。马和福，这哲合忍耶的贫农，预海两县的县长，被同胞捕住，被官军杀害，成了宁夏第一革命烈士。我有一个当阿訇的弟弟曾在不久前给马和福家过忌日，念《古兰经》的地方，是革命烈士陵园。

但是红星确实曾经照耀过。不可思议的是，那些头戴红星的“恐怖分子”的思想和口号，即便对于坚信伊斯兰教的回民，也散发着魅力。我猜大多熟读过《西行漫记》的读者都不会太留意——斯诺这本书还是一本早期的共产党人民族政策的记录。在“穆斯林和马克思主义者”一章中，斯诺令人留恋地讲述了许多红军尊重清真寺和回族权利的细节。如连队里热烈辩论是否应该没收回族地主土地的段落，读着让人浮想联翩。

正如哪怕一滴血落入水，也会洇染漶漫一样，任何一点的好意和善举，都换来了民众的回报。红军退回陕北，扔掉预旺以西的地盘以后，在官军民团对残留赤色分子的报复中，也有许多把流落红军收留保护的行为。当阿訇的弟弟就对我讲：“救下红军的人，多得很！……我们家就藏下了一个。她入了教，从小我喊她萨风儿姑姑。解放了她进银川当了工人，一直到前几年还活着。我在银川念经，星期天就去看姑姑……”

他们的土话把萨菲叶或索菲亚这个名字，挺好听地念成“萨风儿”。也许那是一个江西或者福建出身的南方农民女孩。人的慈悲心动，使她躲过了屠刀。以后她藏身异族的家庭，终生做了一个穆斯林。

——追杀游兵劫掠军械也好，藏匿罪犯救人一命也好，都是一九三六年十一月大形势在荒僻预旺的星点表现。斯诺的著作多少染着一点左翼的惊喜，而没有更多涉及泰山压顶般的严重形势。但是，蒋介石对一支起义军斩尽杀绝的国家恐怖主义行为最后物极必反——十二月爆发了最富戏剧性的西安事变。

筷子里夹着香嫩无比的羊羔肉，窗外银白混沌的风景依然静默。斯诺和红军都走了，只有堡子一如旧日在雪中矗立。它就像微渺的百姓一样，忍住命运轮番的折磨，维持自己一脉的存活。

四

三番五次道别之后，我们的达依热驶离了预旺。最后上下那道深壑时我们下了车，顺着雪路一阵跑到沟底。后来我才知道它就是史上著名的苦水，如今地图上写为“折死沟”，老百姓叫它“黑风沟”。总之是王法的边缘，俗世的绝地；所以回民先寻到这里安家，红军又找到这儿扎寨。

开车的灶儿沉默了，陪同我的阿訇弟也不再言语。我们在晃闪的遐思中，顺着白亮的大道，翻越着大郎顶，对准了下马关。

——这条路，曾经是他快乐纵马的故道。“我要回预旺堡时，徐海东借给我一匹宁夏好马。我在草原中一个大碉堡附近同十五军团分手。这条道路五十多里，经过平原，一路平坦。”译文在这里至少是不精致的——所谓草原中的大碉堡，其实是著名的灵州古道上的烽燧。这些古老的烽火台一座座遥遥相望，陪伴着我们的达依热，体会着道路的几层含意。

车过大郎顶以后，眼前白茫茫的无限雪原，就是斯诺所说的大草原。那里串连着一座座古城：下马关、韦州直至丝绸之路的重镇灵州。此刻烽燧和堡寨都被白雪半遮，它们笔直排向正北，勾引着人心的惆怅。

我梳理不清自己对斯诺的感受。在大时代，不仅会出现伟大的行为，也会出现伟大的言论。早就听说过对斯诺的批评指摘，说他对农民和农村的了解，不如韩丁的《翻身》。现在看来这样的挑剔毫无必要——难道非要一个美国人了解杨家堡子是嘎德林耶、看家地主的土地属于哲合忍耶，才能对他首肯吗？关键在于他的声音使石破天惊，关键在于他为人的革命权，实行了响亮的辩护。

越野的达依热滑过雪路，飞一样向着下马关疾驶。我向北，他往南，那一天斯诺勒不住口硬的骏马，一蹦子跑回了预旺。雪晴了，一直到地平线的景物都从白幕中浮现。我们和他擦肩交臂，错过了两个时代。

我想起一件事，忙拍拍驾驶员灶儿。

“不要等公家，你们自己把那堡子好好收拾一下，照样恢复一个列宁室。把能找得见的文物都摆上。把那一段历史的解数，连图带表，给它挖一个又真实又清楚。记着：下一步马上先去……”我仔细地嘱咐着灶儿，幻想指导他在杨家堡子搞出一个超过延安的小展览馆。

“怕的是亲房们都是回民，对展览斯诺没兴趣。”灶儿说。

“那你就把这段话抄上，看他们还没兴趣，”我说的是《西行漫记》里记录的，斯诺对红十五军团回民教导团一个穆斯林红军的采访。问答都非常精彩，值得大书于灶儿办的博物馆墙上：

——如果革命干涉到你们的宗教呢？

——不，红军不干涉伊斯兰教礼拜。

闲谈之间，达依热驶过了下马关镇。一些穿红缎子袄、戴白盖头的回民媳妇，倚在砖门楼上朝我们瞭望。斯诺就是在这里采访了十五军团的回民兵士，然后骑马跑回预旺的。车子再掠过两座烽火台，前方的雪原上，便影绰地现出了韦州的烟树。

他使那个时代，响起过同情和公正的声音。虽然仅仅是一个声音和一本书，但却获得了天下的倾听，因此也压倒了围剿者可笑的诅咒。

然而天下或许没有留意倾听他的另一些话；他曾善意地暴露，清醒地怀疑。他委婉但坚决地表现了自己的原则，他为潜在的弱者，预先地表达了关注。

天尽头的雪地中现出一座尖塔。仿佛灶儿说，那是韦州的宝塔，但我心不在焉没有答言。读爱德迦·斯诺的书像读很多好书一样，还是要到现场，对照景物，句句体味。

初读他大概还是当中学生的时候，后来就和众人一样把他当了口头禅。现在看来以前不过是翻阅而已，没有将心比心。在与西海固广袤大地结下了不解之缘以后，在走遍了左右的山川庄户最后结识了预旺的弟兄以后，我读出了《红星照耀中国》的滋味分寸。

前方路面黑了，柏油路上的雪已经化净。雪停了，接着又将是冬春的连旱。韦州的庄稼地没有接上多少落雪，视野里已是一望黄黄。就像空中响过了——那同情与公正的雷声一样，从这一刻起，土壤和庄稼，世界和人心，又开始了干渴的等待。

写于 2002 年 3 月

三种知识

下乡插队三十周年过后，换句话说，是在从住进草原变成牧民、到成为作家描写草原的第三十个年头过后——总结自己的念头特别强烈。所以满脑子都是“文明主人的权利”、“文明内部的发言”以及“文明代言人的资格”——这些人们可能觉得像是痴人说梦，而却纠缠了我很久的问题。

这些事关乎人的取道，所以我把它当了主题，当真干了起来。

不单是用文章，我还尝试完成一种实践——辅导清真寺的阿訇满拉进行学术研究。尤其是把与他们无缘的高等学府里讲授的学术规范和方法，尽量通俗而准确地讲给他们听。

这么实践着，其中的乐趣来了。

乐趣多来自矛盾。农村就是由永恒而活跃的人际矛盾组成的世界。

咂摸着这些农民的事，一边觉得长见识，一边也为个个的具体矛盾犯愁。有一次，我把自己的苦恼诉说给一位老阿訇听，没料到引出他一些金玉良言。为着不致遗忘，特意记录下来。

由于乡间的一些亲属关系，我们都喊这位老阿訇为师傅。我喜欢到师傅家里坐坐，问些典故消息。这一回在屋里坐定，我不由叹了口气。师傅问我近来可好，在乡下可惯。我说，都好都好，就是泼烦小满拉们闹矛盾。本来举意开辟寺里的学术，结果开展了寺里的是非。

老汉笑道："你说说，咋回事。"

我诉苦道："满拉大王总是说满拉小王的坏话。他俩是亲亲的叔伯弟兄呀！我批评大王：你已经占了身高力大、多念了三年书的上风，怎么就不想着把你兄弟拉扯一下？几次听见你讲小王的坏话。"

老阿訇给我倒着茶："后来呢？"

想不到大王回答我说："张老师，你不知道，小王满拉他偷看黄色录像！……"气的我不知说甚才好。

说得老学者兴致勃勃，捋过一把银须，呵呵笑道：

——经堂里常说，学者骑着嫉妒的驴。你莫慌！都是人之常情。不要怕他们耍嫉妒！你想，眼见着小王一日日身子长高着，再加上尔林增强了，你想，大王怎能不多少嫉妒一些？

——那我咋处理？把个学术教室变一个酸溜溜的醋缸么？

于是引得老人一句句有板有眼。显然，对我体验的这些，他一生见得多了。

——宽宽地放开手，你就放心由他俩竞争。反正是一搭在求尔林的路上竞争，又不是比着打仗斗殴。

我大声质疑道："不，阿訇老人家，那会一步步走向伪学！没有虔诚举意的学问，是病态的学问！"

尔林（γalim）是个阿拉伯语词，意思就是学问。这个词派生的另一个名词，是学者。阿訇就是学者。

听我把话讲到了学问上，老学者的脸上，现出了水流入了正渠、车走上了辙印的神色。他一字字地对我传授道：

"学问有三种。第一种是'舍勒尔提'（sharat）的总和，也就是一切规矩和专业的技能、认识的学问。比如城里大学教的物理算术，比如我们讲的五功教规。

"第二种是'陶合提'（touhid）的学问，也就是关于唯一的真理的学问。我们叫认主学，他们叫哲学。

"第三种是我们叫它'西勒'（siri）的学问：它是人的修养品质，是一种隐蔽的本性。它也许可以追求学习，也许干脆不能妄想学习——它的养成，决定在人的天性。你说的大王小王，我半辈子遇的数不过来的赵钱孙李前王后王，他们能不能学成一星半点尔林，把握定然的不在你，也不在他，隐藏的机密人不能知。他们的本性，只有真主知道！唉，还兄弟拆台，争什么风！……"

一席话说得我冰水罐顶，通心透彻。

我感到他总结的虽是经堂体会，道理却融会着一切学科。包括文学，包括自然科学。崎岖小道拥挤的人们何妨伸手相助呢？其实最终的成事者，只是极少极少的少数。

看来文明内部有点儿像自然世界，一窝的狼羔虎娃一旦发了言，时不时会咬住他兄弟的疼处下牙。最多的都不是关于学问的。都想把发言的资格只留给自家。但是这不是说一切的努力都白费了；尽管前路迢迢，跋涉却不会中断。

我问：那么这阵子买电脑、培养人、闹研究是不是喊叫得早了？

老阿訇说：不早。无非是敲山震虎，赶出一两个藏着的人。

我又说：赶出来些是非。借着学问要嫉妒。

老汉呵呵笑了：一百个嫉妒的驴跑过去了，一个尔林的马就来到了。慢慢来么，不急不急！

我记下了老阿訇教的这几个词，注了音，打算以后遇人再请教。然后喊来大王小王两个满拉，各自给他们布置了些作业，由他们慢慢做去。

写于 2002 年 9 月

太爷的拐杖

多年来有意无意，散文里总是沾碰了一点大小的地理。

这一篇也一样。它触及了一块黄河穿过的土地；河两岸，这一半是青海，河对岸是甘肃。它被一些大山围困，自身也被雨水流蚀，满是深沟险壑。它虽然以旱渴著名，又到处有阴湿的角落。交通干线远远在外面绕行，百姓们走的是另一些路——黄河上的摆渡，咽喉间的小径。

——换一个办法解释吧：黄河从循化劈开了这块土地，若是在循化离河上岸，向左手的贫瘠深处走去，进的便是卡力岗的大山；若接着顺河走，河水东流，出了积石关到了大河家，上岸几步便是官亭。河与陆地终于分家了；黄河拐弯北去，被河水抛弃背后的，是西马营的一串连村。

那根枣木拐杖，先是在西马营，二次在卡力岗，与我相遇了两回。

一　西马营

那一次，还正在离散的岁月。我徘徊不定，转呀转，不知怎地，就转到了西马营境内。

西马营，指的是青海民和与甘肃永靖相交的一片山区。它好像刚刚跑出青藏高原的一头牛犊，蹲在一个角落，浑身牧区的潮凉阴湿。它不太像老实的农村，残存一股强悍的民风。那些庄子多是冷阴山区，夏季里终日雨飘飘，炕头上被子潮乎乎。登上山顶远眺，乌云滚走的远山腰麓，一望是遍野的黄璨璨油菜花。哎，一句话，怎么看也不像黄土高原！

这些静悄悄坐落藏民牧区边缘的村子，被喜欢编外号的宁夏农民唤做西马营。地理学家是不知道这个地名的，也不知它们为什么“西”。据说是为了和东边另一个马营相区别，但那东马营位置暧昧。

西马营有一位德高望重的老者，人称曼苏尔老阿爷。由于他，我在那儿度过了美滋滋的几天。

人住进了西马营以后，就会慢慢习惯把邻近的村子看做一家。我没正事，一天跟着曼苏尔阿爷，在这片土地上打转。远近庄子里的学者净是阿爷的徒弟，阿爷陪我走，好像我就成了他们的师叔，走到哪里都殷勤招待。

在一个庄子的寺里正在闲聊，小教长突然说：

“我们这儿有一根花寺太爷的呼图白拐杖，枣木的，想看不？”

他说的花寺太爷并非一般，那是苏非史上留下大名的马来迟老人家。只不过和这个哲合忍耶小寺不是一个炉灶，小小闹过些是非，如两兄弟分家争米，起过些所谓的“家务”。

我饶有兴趣地问：“花寺太爷的拐杖，怎么到了你们的手里？”

他说：听说是花寺太爷留下了话，说拐杖只有留给咱们，还能守得住。就这么个，东西到了咱的手里。

——你守得住？你们小心着守呢么？

——那是自然。平日藏起来，只主麻日拿出来，念呼图白时用。

——不藏不行么？

——人家就偷上走了！

我忙说快给我看看。小教长转身离去。不多时，一根古色古香的手杖，就拿在了我的手里。刚触到手掌时，只觉它如一根铜棒，沉甸甸的。

这是一根坚硬的枣木拐杖。黑红的杖身，被清漆油汗打磨得通体锃亮。从第一个枣木的弯节开始，一首古兰开端章随着杖身的扭转，刻得字字疏朗均匀，笔笔编织细密，凹凸缠绕，畅流而下。而且雕刻分节，花草圆环隔开段落，一点不急促拥堵。一章分成的几个大节，又与枣木疤节错落有致，且行且止，抑扬顿挫，一直流动，直到拐杖的腰部。

可真是一件宝物！我暗暗称奇。

掂量着它我想入非非。这事奇……何止它只算上一件艺术品！在也门国同窗求学的两兄弟，后来半路龃龉，分道扬镳，给后人留下了无尽的烦恼。我心里不知为什么浮起宽慰和快意，好像碰上了一个暗示。既然是哲合忍耶看守着花寺太爷的拐杖，那就意味着两百年前的“家务”，快到了完满的团圆。

喉头一阵哽咽。我不好意思，忙说，你看这枣木的龙丝凤纹！你看这雕刻的金刀铁笔！……就这么，一边心疼着抚摸着，一边和学生们一道，顺着拐杖上缠绕的经文，把个《法蒂哈》一路摸着读了一遍。

赏玩够了，才顾上问个究竟。

花寺太爷的事业，主要是在河州和循化。他的拐杖，怎么没有传在他起家的循化，也没有辗转流入河州，这么一件紧要的物品，怎么最后没留在街子工或花寺街，而偏偏不嫌远地一头跑到你们西马营来了呢？

学生娃和小教长都答不上言。

这时，一边一直静静听着的曼苏尔阿爷开口了：

——花寺太爷，原先就在咱西马营开学。明后天，你不上去浪耍一个？去看看他住过的老地方。

我突然感到：百姓们其实永远主张皆大欢喜。纠纷家务，在百姓的心里，都是些令人惋惜的事。西马营其实一直把花寺太爷当成自己一家，守着他的物品，记着他的地方。

“听说过卡力岗么？”

“嗯。说是，花寺太爷最大的干办，是劝化卡力岗的藏民当了穆斯林？”

他们异口同声，使出青海话赞同道：“啊来呀！——”

曼苏尔阿爷高兴了：“咱们西马营，正是卡力岗的东大门。从卡力岗到这儿不远，斜斜的一条路。”

二　卡力岗

过了不知几年。

我偶然在一天决定：走卡力岗！

原因只是因为那一回的条件实在太好：朋友热心、新越野车、一流司机、稳当助手——那般的天时地利凑齐，是为了干点大些的事的。我当即决定，了却夙愿，走那个神秘兮兮的卡力岗。

若是在七十年代，若是在我二三十岁的新疆，我不会谈及这几圈盘山路的险要。但时光已是2002年，连东乡倒栽陡立的吓人大山里都修通了溜滑的柏油路、连乌珠穆沁的羊圈之间都织网般布满了“套松将末”（油漆路）；这时冷不丁爬上卡力岗的大山，人就会震惊于此地的交通。那条百丈陡崖边上朝外侧歪斜的土路，那一个出溜就造成的千古恨！人的惊奇，还由于突然明白——这是一块四面闭合的小世界：四周高山壁立，当中连绵平缓，一连十数个村子，秘密地闭锁其中。我一颠一簸地遐想着，不信这条溜肩膀路，能把我摔下去。

听说两条路中的一条，就在这几天，已经翻了三辆蹦蹦。我正走着的这一条上，刚才沟底肚皮朝天地睡着一个大卡车——尖嚎的风吹着悬空的汽车轱辘，呜呜地转！

我兴奋又紧张，屏住了呼吸。越野车如一头试探的野兽，一快三慢，边哼边跳，先是上爬，后来又下，在卡力岗表演它的性能。

终于下到了卡力岗里面的平缓丘陵，把车开进了冶力春的大寺。再借助一个冶力春结识的亚尔（朋友），到达了卡力岗的中心。

我怎么也不能接受他们是藏族的事实。白号帽，青夹夹，揣手披着棉袄，腮上留着河州式的大胡子。他们蹲在漆画剥落的大殿台阶，晒成铜色的脸，推在后脑的帽，活脱一群赶集的回民。

可是冶力春的亚尔说：你听，你听，都是藏话！

他们是地道的吐蕃藏民，也是地道的穆斯林。那时的卡力岗与世隔绝，苦甲天下，偶尔有贩子翻山进来，运来些茶砖盐巴、锄头犁铧。马来迟老人家来到卡力岗，传授了种种新的道理，从穿上裤子，到戴上帽子。“可咱就是说的藏话，”一个老汉嘿嘿笑着，不知是自豪还是怎么。

卡力岗藏民诚信他的奇迹，都说老辈子人见过，太爷啪啪甩手走过黄河，连裤脚也没沾水。

“太爷从哪一哒过的黄河？”我问。

“……”他们异口同声，说出一个地名。

声音重重轰击着我。这不一般。这是一个古老民族的接纳和敬服。我默然了，心里漾起着感动。一瞬间想去找那个黄河滩头。但又想，在哪里下河有什么重要呢？关键的是这一片土地欢迎了他，要紧的是这一方藏民接受了他。于是封闭的大山敞开了，黄河也化作坦途。

冶力春的亚尔是个急性子：

“还等啥？把太爷的拐杖拿出来吧！”

拐杖？我听了一阵懂了：太爷的拐杖，看来还不止一根。也就是说，西马营的故事，在这儿还有一个卡力岗版。

我微笑着，看这伙藏回扭捏犹豫，就忙说：“宝贝不能给看就不看算了，我一个哈（读哈意瞎）汉看了也看不出机密！……”但冶力春亚尔可不是我。他决心要解决问题，他显然天生就是一个领袖。午后出冶力春时，他一屁股坐进车，就对我们的师傅命令道：直达！直达大庄子！

他滔滔不绝，对两三个为首的训斥开导。

花寺太爷的拐杖，就这么为我搬出来了。开始还不许照相；后来也放松了，我用近距离照拐杖上刻的字，大庄子人帮我小心拿稳。

同样是一根坚硬枣木做成的拐杖。同样的紫红清漆，被粗粝的农民大手，摩挲得光滑无比。不同的是卡力岗版没有刻开端章，只深深镂刻着“沙赫 艾布福土哈”两行经字。

同样，那阿文的字迹飞扬刚劲，笔法飘逸。我心疼地抚摸，它让人爱不释手。握住的拐杖，有难言的质感。它滑润温暖，把一种暖暖的讯息传到我的手掌。我舍不得放手，我知道这一刻的短暂和贵重。满院的阿林哈汉都围着，听不见我与它的悄悄话。

哎，如今我听懂了一切，无奈时光已经流逝！

我没有告诉卡力岗，在遥遥的西马营还藏有拐杖；也不打算对西马营介绍，卡力岗也收着同样一根。我想最可恨的就是说什么你真我假；最愚蠢的，就是不去感悟两根拐杖都讲述的，一个道理。

可以估计，那位老人是从西面的门户，多半是从群科一带，渡过黄河进入了卡力岗。自然，他也从东边的口子进出，往来于西马营。他一生的轨迹，已经能够勾勒出来：手拄着拐杖，肩负着背夹，一年年一月月跋涉奔波，终老在积石山脉，黄河渡口。

太爷的时代结束了。

唯有枣木的拐杖，像留言像谜语，留给了我们。

两根拐杖都是枣木雕的，一重一硬，一光一亮，一滑一润，一根赠回，一根遗藏，简直是孪生的兄弟。

2007 年 6 月 3 日写成

为泥足者序

一

大约在《心灵史》出版十年以后，我听到了来自学术界的某种回声。质疑无一例外，都根据后人整理的、美国学者弗莱彻的研究遗稿《中国西北的乃格什板丁耶》（*The Naqshbandiyya in Northwest China, Joseph Fletcher*）。也就是说，驳难的表露，那时尚主要集中在哲合忍耶派的传承起源问题上。

我更在意的，是其他内容的驳难——我想那是自然的：我的立场，以及这一立场招致的资料涌现，使得体制内的学术感到了一点难堪。但我想：风既从这一方吹来，就说明学术的一方牙城，尚未被百姓光顾；满脚污泥的民间学者，尚无插嘴学术的能力——是的，他们怎能读得懂弗莱彻呢？仅仅昨天他们还在饥寒交迫中挣扎！但这也是一种动力；黄土高原上正涌动着求学的大潮，它加入进来，化做了催促和监督。

二

确实，长久以来，包括《心灵史》在内，哲合忍耶穆斯林对于自己自西亚抑或中亚传来的源流，不仅没有下大的功夫追究，也并未抱着多大的兴趣。承续的系谱，既然是几迭重译的传说，也早就迷濛诡异虚实混杂，难以逐一实证，更难解释清楚。因为对他们来说，源流只不过又是一块自豪和笃信的阶石；他们与遥远的穆罕印迪尼（谁也不问他究竟是西班牙的穆罕印迪尼•伊本•阿拉比还是穆罕印迪尼•阿卜杜伽迪尔•吉兰尼）以及与乃格什板丁耶的领袖普哈丁尼、甚至与亲切的“也门太爷”之间的关系——不是派别链条的承继，而仅是认同的表示。而且，前者并非达到了对一个伟大思想的追认，后者也没有与一套功干仪礼去接轨。

至于这个传承的谱系，在中国称为“尼斯巴提”（nasabat，维吾尔人多用另一个词 silsilat），多数有修养的哲合忍耶穆斯林，家中都藏着它，如传家宝。

它的所谓也门七辈是这样的：

اِبْن زَيْن ••• عَبْدُالْخَالِق •• زَيْن ••• قِيبَا ••• تَاج الدِين ••• بهَاءُالدِين ••• مُحْى الدِين

穆罕引丁尼→普哈丁尼→塔准丁尼→→巴给→→载尼→阿卜杜哈里格→伊本载尼

在乾隆四十六、四十九年清廷对哲合忍耶穆斯林进行了残酷镇压之后，这个派别潜入了地下。此后不久，大约在清嘉庆年间，大学者关里爷怀着悲愤的举意，用阿拉伯文和波斯文写作了《热什哈尔》（*Al-rashah*），秘藏民间。

此书叙述马明心的异乡求学时，没有提及“也门”一语。至民国初年，它的续作或称仿作《哲合忍耶道统史传》和《曼纳给布》追逐杀青，使得该派内部有了三部阿拉伯－波斯文的史籍。后出的两部据尼斯巴提，才最初写出了“也门沙赫”这一称呼和地名。此外，家庭中不可或缺的《曼丹叶合》末尾，有一个祷词（都瓦）系列——也是一个未提及所谓也门七辈的谱系。

这些显然都为弗莱彻所不知。

清末民初，沙沟太爷马元章在甘肃宣化岗揖迎八方。一个题为《道之本源》的汉文名簿在那时抄印，流入了活动于甘肃的欧洲传教士手中。

后来，从三十年代直到中国大陆解放前夕，西方的传教士和学者仍继续固执地进行情报搜集，如在内蒙古包头（日本岩村忍等）或宁夏板桥（C. 泰勒）对哲合忍耶派进行摸底。但他们不外听说了类似《道之本源》的一个名单，得以窥知了哲派的传承接续链条，而全然不知尚有更重要的阿拉伯－波斯文《热什哈尔》，以及《尼斯巴提》的阿文写本。

1958 年在极“左”的政治中穆斯林堕入浩劫，由《热什哈尔》衍生的《哲合忍耶道统史传》被官宪搜走。1980 年银川伊斯兰学术会议上，它的节译本被印刷散发，是为《哲合忍耶道统史小集》的缘起。中国学界也因此知道了这个链条的大概——以上，即是哲合忍耶源流被外界所知的大致脉络。

弗莱彻从传教士的搜集中，得知了这个模糊的名单。他并以在阿拉伯世界访查的手段，得到了一些重要的线索。简言之，他从苏非世界繁复的线索交织中，发现了一个中国穆斯林也在讲述的名字，即伊本·载尼（اِبْن زَيْن）。无疑这是一个好消息。

弗莱彻的发现，于两点对中国穆斯林有着学术的意义：一是他的发现若可实证，则马明心曾在“也门”求学而不像魏源所说“不过在喀什噶尔念经”的说法，便又多获一分；二是这一缕线扯出的流脉有些异样，与中国常说的“乃格什板丁耶”有所不同。弗莱彻的提示是有益的——即必须留意载尼其人可能真实存在、留意“尼斯巴提”里七辈与其他乃格什板丁耶各支谱系的差异。

弗莱彻很谨慎。他直至逝世都没有刊布自己的成果。八十年代付梓的《中国西北的乃格什板丁耶》是由他的弟子犹太人学者李普曼整理出版的，书是否全合弗莱彻的本意，尚不得而知。

除了西洋的弗莱彻，另一个乃格什板丁耶的追寻者是东洋的佐口透。在读到据《心灵史》改写的日文版《殉教的中国伊斯兰》（亚纪书房，1992）后，他来信表白了自己的“震惊”。

三

西方的传教士和学者们，没有深入信仰世界的内部。传说的链条固然重要，但链条也惯于缠成一个乱团。它随时会阙失、中断、假托。特别在苏非派的广阔农村，念辞和凭证的授予，被许多因素所左右。它的授受，虽不能说随意，有时也是比较容易的。往往父亲传给了某甲，殊不知父亲的徒弟又传了某甲的朋友。诚然地名人名皆是线索，但苏非世界更是活跃的和变动的；其间经名道号，纵横穿插，托言讹误，不能尽免。久而久之，一道溪水长流蜿蜒，其间的细微，已很难实考。

访得一个也门的称谓，并不是摸清了一个教派。若把一次对号，看得超过了文化主人的历史记载以及民族记忆，就不仅偏离了学问的道德约束，也违背了学术的方法本身。

西方学者由于受西亚－中亚苏非派的话语影响，思路中有固执于低念和高念，以及把源流看做派别的倾向。他们在叙述中，总是用境外的苏非猜测甘肃的门宦，有时连维族与回族也没有弄清。殊不知，一切在进入中国之后，变化首先就表现为对西亚苏非气质的扬弃，而演变为中国的形式。

比起自拿破仑军队进入埃及开始、直到奥斯曼帝国瓦解之后，英法军队带着详尽的调查表进入中东，逐村逐户进行的考古、民族、宗教调查，那场大规模的情报搜集行动指导着直至今日他们在中东的战略——传教士所做的一点哲合忍耶调查算得了什么？从内容杂芜的皮肯斯书信中读到的，与其说是对学术的执着，莫若说是对情报的贪婪。

涉及事情重大，关系教门信仰。人在压力下应答，未必尽吐真心。口头的问答作为研究手段，是大可商榷的。但是这种搜集他者信息的方法，久之居然成了一种传承的学术；也许今天我们尚未抵达对之进行方法论清算的历史关口，但我们已经感受了它成为一种霸道的学术话语后、给予文明主人的压迫。

四

在广袤的中亚和阿拉伯，教门链条横竖钩织，早是一片密密的蛛网。它们彼此触交、互作搭桥、攀附伪说、虚虚实实。即便从尼斯巴提也可以看出端倪：所谓也门七辈，其实言之不详。

从关里爷的文脉中可知，哪怕在清代人们对“也门”或“罗姆”已不求甚解。仅仅七辈的这个链条，已经有着认同或攀附——不消说第一辈穆罕引迪尼、甚至第二辈即大名鼎鼎的乃格什板丁耶·普哈丁尼，也更像是一种认同而已。可信的只是最后的几辈，尤其是弗莱彻碰到了线索的载尼父子。

这一线索的重要，仍在于那个逻辑——赤贫且闭锁绝地的百姓，不可能虚构“也门”那么陌生的地理概念。其次，《热什哈尔》提示的云南路即海路，也更指向着阿拉伯包括也门的方向。

但是它与中亚的纠葛，依旧诱人生疑。载尼的存在，尚不能说明一股清水唯自也门流来。蛛丝马迹中窥见的哲合忍耶与中亚苏非系统的关系，直至今天我们仍不敢浪言。

在比较维吾尔族的仪式后可以明白：除开清晨邦达和下午迪格尔的礼拜后、对少量赞辞的诵念及同时的身体动作，哲合忍耶并未保留多少苏非派的“即克尔”（zikr）仪式。从四月八太爷马以德在打麦场上率众挥动连枷、踏着步点大念即可尔的记载又透露，在马明心时代还是存在西－中亚式的即可尔的，但是很快就销声匿迹了。无论高念或是低念，一句话就是呼喊、痴醉、入迷、身体的剧烈动作、转动与踏步、歌声与伴奏的使用——在中国的方寸之地，这一套都无一例外必须减少，因为它们只要想生存，就必须适应这个国度的信者气质，以及宗教的谨严形象。

所以，对仪礼做了大幅扬弃的哲合忍耶，虽然不仅追认了穆罕引迪尼而且追认了普哈丁尼，但还是和乃格什板丁耶各派清晰地划分开了。包括对道谱的态度。哪怕比较一些小派别，如自述源于新疆吐鲁番的一个派别，其流脉的传承达45辈、来自麦加的甘肃法门（链条接续近50辈）以及活跃于欧美的一个乃格什板丁耶组织（链条40辈）；不用说新疆塔里木盆地南北的各苏非支系，人家都有动辄写满几丈长卷的谱系——哲合忍耶的也门七辈显得记录太少。甚至使人怀疑，它只是一个道谱的“节选”。

因为要紧的从来只是当代。弗莱彻找到的那个名字，以及包括了“也门太爷”的、可能有过的“高念即克尔”的时代，已经“封印”而且消亡了。从被尊称为道祖太爷的伟大苏非马明心归国之日起，他创建的哲合忍耶一步步踏入的，是一部封建中国的历史。

五

大学教授们在居高临下地俯瞰，批评我们没有读过弗莱彻。似乎弗莱彻的调查，是比《热什哈尔》和《尼斯巴提》更大的史源。

我们是否也该批评他们——没有企图去同情和支持民众的信仰呢？他们是否也该懂得：学术的立场与道德本身，有时也能直接变为成果呢？不，即便只把讨论止于学术一隅，他们的方法论也未能战胜：那根最古老、最可靠的链条，其实本来就存在于民间；接近它，唯需让脚踏入泥泞，甚至决意毁名弃利。关里爷的《热什哈尔》

及其一系列续作，与二十世纪初在中国活跃地进行文化盗掘的列强学者的擦肩而过，是一个讽刺也是一个标志。崇拜资料的学术拜物教，没有引导它的信徒获得苦寻的“资料”。这一因果过程，不仅是一种拒绝的象征，更是一种价值的判决。

在 1991 年出版的《心灵史》中，哲合忍耶派首次披露了《热什哈尔》的存在并公布了部分内容。随即《热什哈尔》汉译本先于大陆在三联书店（1993）、后在台湾商务印书馆（1997）出版。此外《曼丹叶合》、《穆罕麦斯》、《哲合忍耶道统史传》的阿文本也随后接连印出；涉及哲合忍耶传承的资料，大体都已由主人公布。应当指出：第一性的史料是《热什哈尔》和《尼斯巴提》，继而是《曼纳给布》、《哲合忍耶道统史传》，还有《道之本源》等晚近的汉文钞本，以及最初引用了它们的《心灵史》。因为它们是穆斯林表述自己的尝试，是对包括学术优越在内的歧视的反抗，是出自文明内部的发言。

回忆八十年代，我曾与日本的佐口透、中田吉信等故人促膝潜心、深谈这个魅人的领域。他们给了我很大启发，也促我深深陷入反思。在象牙之塔，我独自思索——怎样才能成为一种真正的知识分子呢？

后来我在东洋文库撰文介绍了《热什哈尔》（东洋学报，1992—1）。当日本友人建议我把这部书深入做好、争取在名著系列《东洋文库》中出版时，我表示：我出身学界，但我幻想昔日褴褛的农民、入主学术大雅之堂的未来。感悟他们遭受过的苦难，这一事业不该是名利之饵。它应留给泥巴黄土的农民来做，我的任务只是秘书或助手，尽力帮助他们——依稀记得，那时动情的吐露，使友人们怎样兴奋。

以清真寺的通俗散谈与讲稿写作结合的《寺里的学术》，是这类“助手”工作的一步。2004年经由云南盘溪，弗莱彻的英文原著被传达给清真寺。我们在网络上动员全国穆斯林，介入苏非起源问题的研究。2005年在北京，我们不分教派组织伊斯兰青年学者，整理出版了阿汉合璧的《曼丹叶合》。

是的，这些行为不过是一些象征。

但它更是一种理想。我坚信随着人类的进步，文明阐释的话语权，迟早会迎来改变甚至革命。文明内部的发言，会随着资本主义的退潮一步步逐日醒目，虽然今天离它的实现，尚隔着许多时日。在这样的视野和背景下，我蔑视在大学或研究院里被体制豢养因工资职称才弄学从业的知识分子，尤其不想容忍那些攀附伊斯兰以谋食、又歧视伊斯兰的一群。

不消说，若我的思路被认定偏激排外，我们将缺乏讨论的基础。但重要的是，泥足的学者，今天已朝着学术之塔上路了。

六

一个小小的讨论自己源流的行动，正在穆斯林中间酝酿。比起昨天，他们已有了生活的余裕，也有了研究的基础。这本主要是资料展示的小书，姑且算一次练兵或初试。此刻还必须补充说：无论弗莱彻或佐口透，虽然生老于他们的局限，倒是没有因一孔之见而轻慢民间。他们的劳作积累的读者，也许更是莽莽底层的农民。因为唯有这些人并无心雕虫逞技，而只想追寻信仰的源头。

这本小书的著译者，无一不是穆斯林农民的儿子。如雨后的荒山，泥流正在汇聚。它会倔强地前行，坚韧地穿过封锁。

莫笑话这本小册子皮青瓤苦，昨天它还草纸别字活像光着屁股。就是它们，居然在盘算——嘲笑和超越以学术歧视、甚至对信仰实施压迫的学院体制。这本小册子还会唤来续集，所谓挖山不止、无穷匮也。这种行为究竟是一齣南柯梦还是一场祝家庄，自会迎面严肃的判断。不同意见的驳难尚在其次，最终的关口，仍是举意的指问。

在广阔的中国南北，穆斯林内部兴起的兴学求知与自我表述的运动，正方兴未艾。莫小觑昔日的贫贱者，他们已要问鼎伊斯兰的学术。虽然他们从思想到脚板，尚还污泥点点，谋求一家的温饱，尚是奔波的目的；但有志者事竟成，因为一切之外，尚有不可预测的判断与襄助。

大潮已然涌动。

此次触及不过一滴露珠。

初稿于 2009 年 11 月，牺牲节

2009 年 12 月 16 日改定

桃花源里的门宦

引子

在京都的河合塾，主持讲座的朋友特意过来，指着我拿着的《从战后日本到现代中国》对我说：谷川先生是拼上性命，写了这本书的。

河合塾例行的讲演会，参加者多是“抱着问题的人”。那天我讲的主旨，是“站在叫做穆斯林世界的反帝阵线一边，抵抗今日全球正发生的新十字军侵略”。与会者虽然净是教授，但唯有谷川道雄身为京都学派的掌门人，据说是超有名。

讲演完毕，他站起来说：一打开电视看见布什，确实，让人浑身都发抖那么地厌恶！テロリスト……若这么说我岂不也是テロリスト！

这话引起全场的兴奋。我感动至极：到底是京都气派，真是名不虚传！テロリスト即恐怖分子，但几分钟里，所谓的反恐已被嘲笑一过。这般痛快的话，虽很多人都在想，但真说出嘴的没有几人。到了晚上，加加美光行又来即席发言，他一口一个“テロリスト大都长得漂亮”、“テロリスト大体都文章写得美”，逗得大家阵阵哄笑。

河合塾的朋友说：希望你认识他。因为谷川先生的共同体论，与你在西海固的实践，有相通的地方。

是么？

从那一天至今又是数年。我抱着他的书回到了北京，我读了他的著作，明白了他讲的共同体。我被他带进了一个思索良久的问题。

一　京都的突围

自从日本战败，持皇国史观的主流学者，或遭驱逐或愧而辞职，新一代学人登上了教坛。

他们带来马克思或韦伯的方法论，给饥渴的人以启发。哲学重归日本，尤其前资本主义时期各社会形态的理论，带来了新鲜的刺激。日本学术借助马克思主义重新站起，这期间的细末我们多不关心。肯定有过一度的马克思主义思潮占据主导的阶段，约十年后，人们迎来了——与僵化的唯物史观的碰撞。

刚刚挣脱军国思想控制、又陷入教条主义束缚的日本知识分子，面临着一次新的突围。大概围绕着马克思“前资本主义诸社会形态”的论断，日本史学界发生了相当剧烈的思想撞击。以后日的眼光回顾，百年传统的日本东洋史学自僵化的唯物史观突围本是早晚的事；只是于个人而言事关重大，一次遭遇的突围，改变或实现了人生——谷川道雄即是风口浪尖的存在。

谷川道雄是著名的京都学派在今日的代表人物，也是自战后参与民主斗争的进步史学家。他披露胸襟的小册子《从战后日本到现代中国》，我已读过几遍。令人深读的原因是，这本是他心血表白的书，几乎与学术风马牛不相及，讲述的都是战后左翼的选择和运动。于是这一本就更加令人沉吟，因为他这一例历史研究，显然已逸出了习惯的常规：不是通常的学者话语，在宣泄的阐释中，战后知识分子的政治抉择、个人的存在、私的体验，在俨然的史论中叠印。

一名知识分子，且是最大名牌学府的教授，其政治前途的探求，导致的却是一个学术的结论。这就是他摸索的“南北朝豪族共同体”。这个观点，在阶级和精神两个命题上遭到驳难。依据魏晋南北朝史料对古代中国企图建构的他，在日本被说成“背离和平与民主主义战斗”的“背教者”。

具体地描述他的结论体系，有些过费篇幅也不易一语中的。概言之，谷川强调在中国，尤其在魏晋南北朝（中世）时期的民间，有一种“豪族共同体”的存在。他强调乱世的契机。在乱世，地方豪族仗义疏财救危济穷，其中的道德，成为民间维系的关键。

如下的史料，确实比比皆是。我只能最少限度地引用：

家富于财，躬处节俭，每以振施为务……其后出粟数千石以贷乡人。值年谷不登，债家无以偿，皆来致谢。士谦曰：吾家余粟，本图振赠，岂求利哉。于是悉召债家，为设酒食，对之熣契，曰：债了矣，幸勿为念也。各令罢去。明年大熟，债家争来偿谦，谦拒之，一无所受。他年又大饥，多有死者。士谦罄竭家资为之糜粥，赖以全活者将万计。收埋骸骨，所见无遗。至春又出粮种，分给贫乏。赵郡农民德之，抚其子孙曰：此乃李将军遗惠也。

（《隋书》卷 77，隐逸·李士谦）

这种视野当然会被人觉得缺乏阶级论的眼光。但谷川并不否认共同体内部的阶级存在，以及阶级冲突时的危机——他只是坚决强调社会关系的另一面：即比冲突更长久的依存。

无论在怎样的阶级社会，若无与民众之共存，社会则无法成立。尚不仅此，阶级制度若不能保障民众生活的安定，阶级制度将失去存在理由并崩溃。如此，阶级性与共存性之间，乃是相互依存之关系。

（p.44）

用共同体的眼光取代分析的阶级眼光，使得谷川道雄遭到了战后唯物史观思潮的批判。我不了解批评的经过，但是似乎曾非常激烈，以至于有人抗议说：批评已类似欧洲的“异端审判”。他自己则针锋相对地说：“就像伽利略说‘无论如何地球还是在转’一样，我也想说：无论如何，中国的中世就是这样！”

一个旁观的评论者的述怀，也许说的最好：

不知为何，拿着谷川氏的书，读得恍惚，不知读了几遍。

> 不可思议的共感。从未有过共感的人，初次强烈体验共感，这感觉实在奇异。靠着从马克思主义逃脱的努力，现在，我终于抵达了大致能客观评价马克思的地步。蔑视哲学者最终将被最低劣的通俗哲学所俘获，这么说的不正是马克思么。“哲学”可置换为历史观、世界观、历史理论。……为什么是谷川？因为谷川氏比我更深地对马克思的共感、也远甚于我的恶战苦斗的轨迹，经常在说明着。……但我所共感的还并非谷川氏的恶战苦斗。我的努力是逃脱，谷川的努力是克服和超克。姿势的相差很大。我是对那姿势共感么？也不尽然。我是对已抵达的地点、或正在靠近着的地点，怀着共感。
>
> （《从战后日本到现代中国》，p.47—48，奥崎裕司语）

中国人很难想象。马克思主义与日本居然也有那么多纠葛，以至那么重地触及甚至伤害了人心。但我们能揣摩他们的思路，那种想挣脱强大的外来压迫的本能、那种日本式的思维冲动。

谷川的学问多是白话道来，其实潜伏了颠覆的体系。

总之他说，从先秦时代的“士”，到南北朝时发育成一种“豪族”。是他们织就了中国社会的大网。他们及所率部曲族众组成的一隅地方，是唐以前中国社会的基本单位。士族豪门裹挟吸引，割据了一方地缘的且是宗族的地盘。这种共同体的维系，更多依仗的是精神。领袖的个人魅力、尤其施舍钱帛的行为，化解了天灾及人祸、不公与危机，稳固了乡党的共存。他们与国家之间，通过民举孝廉等输送代理人即官员的渠道，维持了民间与国家的平衡。

隋朝出现的科举制，意味着发生了民间共同体的瓦解。比之贵族的入仕者，科举的官僚，天生骨头软。而宗族共同体一旦瓦解，也就意味着秩序的溃垮，此即唐末黄巢大乱发生的解释。

以后，自宋开始至清截止的一千年，中国史上纵横绵延着农民的战乱。规模之大，世界罕有——都是民间共同体毁灭的结果。到了当代，谷川特别指出，毛泽东时代禁止了宗族的公然活动。据此可以推断，远在湖南农运时代，痞子的革命就在打击“共同体”。联想叶德辉，印刷了《元朝秘史》的精英被视作劣绅，在阶级斗争中杀了头。南北相惜，在北京据说王国维以杀身抗议，“殉了文化”。自斯中华共同体跌入了不救魔劫，踉跄崩溃，垂垂至今。

若非本人强调，谁也难把上述史论，与日本战后的左翼联系一起。

但谷川道雄常有超出学术的表白：

> 我怀着遗憾不得不说：现在反体制组织的多数，都是没有共有物的诸个人的粒子般的集合体。它们当然是资本主义社会生活方式的反映。但若反体制运动仅仅停止于这一反映之上，则就不得不说：它将是极为非历史的东西。唯因反体制运动，乃是自古以来被阶级制度侮辱了的共同体的复仇、乃是以共同体的全面繁荣为其目标。尽管如此，若现实世界缺乏检证命题的条件，而问题又只停留于个人的思考，则它岂非不过空想而已……既然现实世界不能给予检证，就唯有向过去追求证明，并于斯辟出一己之生路。我终于以为，在这里存在着历史学与现实的相遇。
>
> (p.32–33)

他说的“共有物”是什么？遥远中国的坞壁堡垒，曾被他们——

日本的反体制派视为自己宝贵的共有物么？谷川这样剖白："心境变化的原因……无疑是时代的影响"，"对自己研究方法的怀疑，扩散到对自己生存方式的怀疑"。（p.37）

这真挚的思路，使我震动不已。

很少有这样的历史学者：他们把政治的寄托与思想的出路，都倾注于学术研究。而且，并非学术因此成为一种侧证——学术本身的结论，即政治的目标。

但具体的问题没有解决：坞堡族众，它们的真相是什么？

二《桃花源记》

对史上的坞堡，涉及最深的是陈寅恪。1936年，陈寅恪发表《桃花源记旁证》，认定桃花源并非唯属一个文学的象征，所谓桃花源尚有可考的原型。他的逻辑梳理如下：

东晋戴延之，从军自洛阳西征，受命勘察洛水，回来写了《西征记》二卷。无奈此书佚失，残文存《水经注》。

《水经注·洛水》保留了参军戴延之游历："即舟溯流，穷览洛川，欲知水军可至之处。"又载："洛水又东，径檀山南。其山四绝孤峙，山上有坞聚，俗谓之檀山坞。"

而陶渊明与那场战事的军人不仅相识，还有诗文赠答，"与征西将佐本有雅故"。于是，陶渊明就听闻了檀山坞或桃源的故事（至少地理），为之启发。

魏晋之际，民不聊生。为避战乱，百姓常常聚族而居，在险要封闭的地方筑堡储粮，以求自保。这一乱世相态，既是檀山坞的地理和聚落形成的原因，也是世间思潮渴望太平的背景。

陈寅恪的视野辽阔。他以一线逻辑，贯穿《桃花源记旁证》通篇。如对后来的谷川道雄，读者能觉察其中的某种个人色彩。所以唐长孺质疑：“（陈）从避难入山推到坞保组织，又从坞保推到檀山坞和皇天原。又以皇天原所在地的阌乡即古之桃林而推到桃花源。”

看来南北都曾有类似的传闻，陶渊明所写的桃源，也许并非孤例。唐长孺为说明这一点，比较了一条与《桃花源记》几乎同时的资料：

> 元嘉初，武陵蛮人射鹿，逐入石穴，才容人。蛮人入穴，见其旁有梯，因上梯，豁然开朗，桑果蔚然，行人翱翔，亦不以怪。此蛮于路斫树为记，其后茫然，无复仿佛。

但这一资料虽然“几乎同时”，年代仍晚于《桃花源记》。它还是不足成为话本流布、复数来源的证据；而且愈是有“才容人、豁然开朗、砍树为记”等语，愈可疑为对陶渊明的移抄。

陈寅恪的考证仍难动摇。所以，《桃花源记》写作之中，嬴秦与苻秦的巧妙替换、成就了“不知有汉无论魏晋”的名句，就更是文学的美谈了。

陈寅恪留意了滋生乱世的坞堡碉寨。“西晋末年，其不能远离本土迁至他乡者，则纠合宗族乡党，屯聚堡坞据险自守。”他还对“坞”字探讨，甚至检索敦煌文书，见西凉建初十二年敦煌县户籍写本有“赵羽坞”地名。虽有种种痕迹、坞字的较早出典又在《汉书·马援传》涉及的西北羌人边界；但陈寅恪仍未得出坞乃西北方言的结语。他仅提醒："所可注意者，即地之以坞名者，其较早时期以西北地区为多。"

倒是"源"字更该留意。我猜桃花源的正名，也没准是"桃花塬"。它恰指"高处的平地"，通俗且在西北常见。董志塬、五丈原，坞虽湮没，塬却流行。因一种源头溪水的意境，后人在读《桃花源记》时下意识地对"源"字喜爱；而没留意陶公的乌托邦，说不定真在萧杀的西北，而非湿润的江南。

对谷川道雄来说，陈寅恪当然提供了"共同体"的好例。他进而说：

> 《桃花源记》不是纯粹空想的产物。坞的生活实际上是人们逃避乱世、向往实现和平社会的愿望的产物。坞里的居民们为了自身愿望的实现，必须维持道德秩序这一点是肯定的。（《中国中世社会与共同体》p.88，中华书局中译本，2002年）

三 乌玛与堡子

话题于是触及了道德和秩序。

最强有力的道德维系，也许不过宗教的维系。宗教的道德戒律，是一种吸引和保护，也是一种威慑和规范。谷川共同体论中强调的，正是史籍记载的、豪族的淡漠金钱、舍己救人的高尚品德。因此坞堡之内，如同教团。宗教维系的共同体，或松散或严密，甚至发展成完全的宗教，若汉末的太平道、五斗米道。它营造的秩序未必恒久，但被民众攀附，于其中求存活。

公元622年，先知穆罕默德在麦地那率众建立的公社，史称“乌玛”（umma）。它可能是传述中最理想的共同体。由于遭受迫害，一群人举众迁徙，在麦地那建立了一个伊斯兰共同体。他们搭建了公众场所（著名的麦地那寺），围寺而定居。由一个黑人召集的礼拜，定下了不言种族的规矩。频繁的礼拜和共同的劳作，使他们保持了凝聚。大家围着一个大盘子、共同伸手进餐的习惯，后来演变成各地的美食。他们与邻人订立契约，恪守和平共处，禁止强迫人的信仰。他们在内部定下关于伤害、偷盗、奸淫的处罚戒条，维护共同体的稳定。当战争来袭时，停战、谈判与抵抗同为应对的原则。当上阵的男子牺牲，遗孀由生者抚养。乌玛不是共产制，但它借施散的规定，追求贫富的平均。在驼队商贾的熙来攘往中，它允许生意，但禁止高利贷。《古兰经》的降示与乌玛的成长并行，随岁月流逝，乌玛成为一种理想，被代代的穆斯林怀念。

乌玛一如桃源，永远逝去了。

而效法先知这一模式的实践，至今还在许多地方延续。甚至在欧洲，仍能看见一些穆斯林模仿乌玛、组织自给自足的教团的行为。然而这种乌玛的仿效，并不同于传统的穆斯林聚居地，或曰社会共同体。

从非洲、西亚、中亚到中国，在穆斯林密集的地区，存在着许多传统的共同体，如国中之国，如潜在的社会。但它们大都烟熏火燎百态复杂，与理想的乌玛相距甚远。它们虽是共同体，但难称乌玛。

在强韧的中国文化熏陶下，中国回族社会中存在的、类近共同体的社会组织，诸如吐峪沟、东道堂、宣化岗，若愿意还可罗列下去：甜水沟口、锁娃丁耶、洼里上头，是诸多的“门宦”。很难定义这个拗口又贴切、带着人间烟火气息的词儿。简言之，门宦是一部分最中国化的伊斯兰、是最贫瘠的底层的教门、是农民中的组织——但门宦并不是乌玛。

可以设想一个小小的门宦：

——在甘肃或青海的某山区，有一个自称家有真传的人。他秘藏一册经书，常做神秘的功修。据说他医病医心，手到病除，逐日聚集了信徒。若干年后，他修葺坟墓，招收徒弟，打了一个堡子。其曾祖、祖父和父亲，都被追尊为老人家。通过寺，掌握村，在半个县十来个村里，悄然划出的地界他人不知。每当忌日聚众诵经，远近来者献上礼性，凑凑也有几万之数。贫富的差异、金钱的侵占，都确乎存在却不能统而言之；因为在青黄不接吃劲之际，正是富汉尤其领袖拿出了大额，盖了寺、顶了账、救了急。若是卷入冲突，体系更显出实力，数千农民舞锹弄棒，攻村围县，给官府以强大的震撼。

农民是需要依附的。此刻农民们涌来了，企图靠门槛的迈入，经由捷径达到温饱。在这里，在门宦或庄子的深奥处，无论辩论真理或者揭竿反叛，都是可怖的冒险。此即地缘对于农民的含义。就这样只消二三十年，顶多两三代间，一个或可称做共同体的门宦俨然诞生。在堡子四周，在领袖家族与芸芸众生之间，形成了一种亦亲亦疏的纠缠维系。

共同体就这样建立了。

毛泽东有一段语录，讲到陕北的打土围子。其实就是逞仗武力，攻下山头的堡子。打土围子，也许是一种对共同体的侵犯？只不过，农民头上压着的大山中有一座是神权——也是真实的一语道破。

精神维系和道德存在，并不是一回事。精英人物的行为因人各异；他们可能像史料描写的那样行善，也可能选择作恶。愈是宗教的堡子里，或许愈多道德的退避。

谷川道雄的共同体论断所以使人震动，是它驱使史籍，勾勒了一个与今天那么酷似的古代。我以今天的经验，直觉他或许触到了关键。但我依然觉得他太武断了；判断古代共同体以道德为维系的论点，或许表露的只是论者的追求。

咯血呕心孤注一掷的，是陌生的外国史。靠近的地点、抵达和解决的地点，在他人的国度。当论述太过严肃，中国人便更难想象。他们不禁想问：如此判断古代的方法，能达到历史的真实么？

共同体互助共存的构拟，旨在挣脱僵化的唯物史观和阶级对立论点。依然不能轻率低估谷川的思路；因为在乡党宗族血脉地缘之中，民众憧憬的道德净土，也一直在重建和循回。虽然还需更多的验证，共同体的构拟是重要的。确实从地缘与宗族的眼光瞭望，中国的农村显得好懂了。

那一年我去河南，想走一走洛水。但未曾想，自己就与这片文章涉及的地点擦肩而错。车发洛阳，沿岸东去，宜阳，洛宁，一直到尽头的卢氏。如今知道，荒凉的卢氏县，已经离桃花源候补的几个地点不远。

洛水再有名，说到底也只是一道浅河，难行舟楫。隔着一道崤山，背面就是陈寅恪考据的桃山坞或皇天原。隔着山，仿佛隐约听见——隔山的黄河，在三门峡低吼。

《桃花源记》令人向往，是由于它描画了一方净土。古今的文墨里，道德的空谈尽是遮掩的污浊，衬得它的立意太过罕见。桃花源隔世出国，遥遥诱人遐想。很少有人深究细末，只是文藉名走，逐渐脍炙人口，成了古典的名篇。

远不止洛水流域，若是顺直直的泾水深入陇东，塬上山上，到处坞堡。石峰堡、金积堡、毛泽东讲的土围子、斯诺住过的预旺堡，座座堡子远近点缀。干打垒的围墙，马面和角楼，如今已尽数废弃，留下攀伏枯焦山头的废墟，静静趴着，任风雨浸蚀，坍塌殆尽。

2009 年 7 月 27 日写成

2009 年 11 月 30 日再改

《中国中世社会与共同体》谷川道雄著，中华书局，2002 年

《戦後日本から現代中国へ》谷川道雄著，河合出版，2006 年

重逢关川

上

大约是四月的下旬，我独自一人离开兰州，搭上了从小西湖走关川的班车。

那是在激动的八九年。这趟长途车上，满满挤着晃着的，都是农民。那是最胆大或最绝望的农民，咬咬牙走出家门、刚刚尝试走出去的八十年代末。后来我才明白，与我同挤一车的，都是西海固史上最初的打工者。我刚从他们的腹地出来，与一场凶恶的械斗交臂而过。车里响着粗浊的陇东口音，不时有人一声胡大一声主地长吁短叹。我捉摸着农民，他们永远叫人费神难猜。我觉察自己触碰着了他们的一个规律：利益多了就闹些是非，逢灾遇难就远走他乡。他们不识地理，只认方向，循着五八年的老路向西，先青海，再向西，走新疆。

被陇海京包几条干线甩开的甘沟道，是一条弃儿般的老路。

在那条我惯走的路上，天荒地旷，沥青剥落，车影稀疏，不见树荫。只有眼巴巴的农民等在路旁，等着兰州放下来一天两趟轿子车。上了车再坐上座儿不容易，我有时就坐在车门的铁台阶上；而农民傻，常一路站到甘沟驿或马莲湾。

窗外的革命如火如荼，贫瘠的窝里却在斗殴。想着天下的兴亡，听着愚昧的械斗，我欲哭无泪，心里一团乱麻。我几乎是逃跑般到了兰州，打算从那个码头穿越黄土迷蒙的陇东。

憧憬的关川，以前只来过两次。

在马家堡的桥头下了车。我寻着依稀印象，朝土崖上走。鞋子也咀嚼一般踏着，走上斜斜的漫坡。那一年，红脸银须的老者已经卸任，换了我还没谋面的一个新人。从远近空旷无人的苦旱风景，从苦水河那望着难受的辽阔河滩，升起扶摇蛰气。我踏着没踝的软土，登着土坡，走向迎面的关川窑洞。

那个缓慢的上坡，冷冷寂寂。没有为我出现谁。我敲门进窑，炕上一个沉默的老者，对我欠起身来。

他脸颊瘦削，不苟言笑，面色铁黑，是西海固山里那种硬脖子不易通融的类型。问答间知道，我在《金牧场》里怀念过的银须老者已经退位，他是接替了银胡子的新任，姓高。时刻已进了迪格勒，我忙着洗；往下一连串的功课，晚间睡前能谈些什么，那时我顾不上想。

沙姆、胡夫坦、塔巴莱，穆罕麦斯——住进拱北，流水的功课终于都结束了。我站在土崖顶上，四顾漆黑。大川平滩都不见了，混沌天穹把它的浓黑重蓝，直接罩在我的脸上。它浩莽且孤独，低垂着四合。

进了窑，一盏茶沏上。我喝了一口，茶水甜甜的。该是炕头上细声漫话的时候，但高阿訇不善言谈，不接人的话头，我也就早早躺下了。

在漆黑的关川窑洞里，我散漫想着些心事，闭上眼准备入睡。

——“那个事，你也听说了么？”黑影里，老汉突然问。声音硬硬的。

他问的是家乡的械斗。一句话，挑起了我心头的怒气和烦乱！

于是我们俩就一来一往，倾倒开了满腹的心事。

……日后我想，若不是为着那场丢人的窝里斗，和这个倔犟的老头怕还真谈不起话来。只是因为那场事出得太凶残，只是由于它太出乎意料，才使人那么担忧。哪里是担心，那是从心的深处淌血。我一路独行在高原上，觉得心已经被沉甸甸地浸透了。

再也睡不成了。

一个话题，把我俩捆绑一起。我拥着被坐起，追问每个细处。从盘根错节的历史枝蔓，到吆喊宣言的金钱阴影；从第一锤是怎么打的，到第一滴血流在哪儿。老汉三个词半句话——从来如此，愈是要紧处，愈听不太懂。

细节若是不出场尚好，它们一出场事情愈发血腥。我觉得自己的身体和心都悄悄抽缩，想藏到角落，想躲开远些。黑暗的窑内满盛温暖和隐蔽。被真相震撼动摇的心，被轻柔地托扶其中，没有破碎沉没，渐渐地冷静了。

不能再多说了。

我叹口气说："照这么下去……一切就完了。不敢多想……"

炕桌那一面，没有动静。

那几天懊丧到了顶点。持续的伤感和紧张的思索，已经耗尽了我的力气。我感到，自己正慢慢沉入来袭的睡意。

猛然，黑影里忽地坐起他来。像是宣布一般，老汉嗓音浊重地，对我刚才的话表示异议：

"唔！我看完不了！……你想，要是这么个一切全完了的话，道祖太爷的教门不就假了么？……道祖太爷的教门，是不会假的！"

他的话里，有一种铿锵的坚决。

我听见了其中的逻辑。这逻辑和外人正相反，但是让听得懂的人热泪盈眶。我为亲眼目击了一位西海固老者的思路，为他那朴素的信念，滚烫地感动了。是的，老鼠坏汤的作孽，与这种道路以及对这道路的诚信，是不可共语的！……我仿佛觉察到自己内里的破涕为笑；我虽然还不能接受，但我愿意试着也从逻辑圈子的另一头，理解他们的思考。

关川一夜，帮我度过了那次思想的危机。次日邦达时分，听着众人一遍又一遍地强调"印兰拉！印兰拉"，窑洞一隅的我，激动得伏在黑暗里。

是的，任谁也不能改变，道路依然是光明的。待到他们斩钉截铁，念得进入痴迷时，我陶醉其中，只顾大声地倾诉，否定和肯定：

"俩，印！俩，印！"

在离开关川和高阿訇之前，在窑底不意一瞥，忽然看见阳光穿过窗棂，组成一幅罕见的图画，我心中一动。

……已经记不清我是否意识到了摄影的事，只记得我搬弄着老汉，让他背光跪坐桌前。“念些啥！一动也不动！”记得我喊道。

我退到窑底，背顶着窑后墙坐稳。让尼康FM2的背带紧缠在左臂，绷直的带子固定了相机。我尽量舒服地把两肘都支在膝盖上，最后把相机压紧眉弓。我知道曝光是远远不足的，决定试试B门。

取景框里出现了十八世纪。我屏住呼吸，手指轻轻压下了快门。随着嚓的一声，一个过程开始了。

二百多个粗糙的年头，在那寸秒的移动中，擦破了肌肤，粗野地撞击着身体。我身置茫茫穷人之中，褴褛的潮水涌满河滩。学者从山东云南，寻觅着爬上坡道，来到了窑洞门前。

最少曝光十秒。下意识中，我心里漂浮着一个念头。

半圆的窑窗，迎对着泻入的阳光。黑黑的窗棂木格，横竖错落切隔着光线。我感觉到自己的淹没，我沉入不可言说的神秘。待到暗暗数至十五秒时，僵硬的手指松开了。一个戴六角帽的人端坐在半圆的窑洞和射入漆黑的光芒里，成了一个苏非的剪影。

——这张反转片，就是《心灵史》的封面。

下

怎想一隔就是十三年后！

听说过“百里赶主麻”这句话么？我给你慢慢讲来。

那是二〇〇一年的八月三日，我前往阔别十三年的关川。出发的码头还是兰州，只不过小西湖的班车，改成了一辆桑塔纳。开车的小枣和坐车的三儿，都是头一次走关川。

我们出了城就离开高速路，上了那条旧道。农民提示关川的位置时喜欢念叨一个公里数，2099 或者 3088？反正发音挺像舅舅巴巴。从那里下路，就是磨米湾。估计靠近了，我掏出本子，确认了这个数字，然后就瞟着路边。车朝着浩淼的高原，朝着唯我们知晓的里程牌飞驰。

唉！你苦甲天下的连连荒山！

车抵磨米湾时，日影正当中央。远远看见一伙子人正在忙碌，走近看，是认识的固原人。他们正把道祖太爷住过的两孔破窑，包上红砖。

这一天刚巧是主麻（聚礼）日，原本我们就计划赶到这磨米湾，参加主麻。随着我的小枣和三儿都还是孩子，我暗想跟着我的头一次，不能让他们粗率，所以监视着他们洗。

固原人不知是忙么还是架子大，不太爱搭理人。我想那就自己先念了，完了事也差不多就到了主麻时间。这么打算着，我领了两个娃进窑诵经。念罢后，又给他们指点：这就是乾隆年间、道祖太爷被排挤出河州以后，艰忍贫窘，居家传道的地方。

出了窑，不料固原人还是爱搭不理。问主麻，他们说还要做一阵活，不忙礼。“你们赶关川吧。近！赶得上。”那冷漠的领头人说。

一个又严又巧的时刻问题出现了：关川的主麻时间一点半，此刻已是十二点三十五分。离关川还有二十五公里盘山路，他们不知为什么，非说近，赶得上。

连一个字也不愿再与这些人多说。转瞬上了连续弯路，我们左悠右摇，在来回盘绕的路上争分夺秒。车驰如飞，三人缄口。关川，主麻，已经忘了危险，心思只在一刻一分。

我们抵达关川、跳下车冲进院子的时间，是下午一点十五分。

院子里，静悄悄。我心里一惊：只想着这下完了，到底还是没赶上！……

边想着几步走到窑前，看见一地的鞋。

我的脑子空白一片，只顾解开鞋带脱鞋。经过了磨米湾，皮鞋被土染成了黄白色。就在这时，恍惚听见窑洞里传出一缕——那么熟悉，但当时我没意识到，它是呼图白（演讲词）。

我掀开帘子进了窑。不敢看迎着我的、满窑乌压压的人。跨一步、进了第一排、扭转身、再对着窑窗跪下，然后才顾上让自己静下心来。抑扬顿挫的呼图白，使我有机会喘了一口气。我努力凝神——视野清楚了，我看见了迎面的人。

与我正迎面，跪坐着的，是高阿訇。

十三年不见，他的形象丝毫未改。连袍子都似乎还是那一件，灰色的，穿在瘦瘦的身上。他半闭着眼睛，低着头，双手扶着膝盖。

我们没有对视。但我清楚地感觉到——他已经认出了我。

剩下的几句呼图白格外抑扬。它制造了短暂的两三分钟，供人飞快地回忆一遍。即便如此我还是没能即刻明白；直到大家都起立成班，直到高阿訇转过身背对着众人，站在那半圆的窑窗之下——我才猛然醒悟：今日里追赶的时间，今日从兰州来赶的主麻，简直巧到了极点！我恰恰就在前面的逊奈已经结束、正式的聚礼尚未开始、中间的呼图白还正念着的寸分当口，一把掀开了关川道堂寺的棉布门帘！

……主麻的仪礼做完了。

我又一次和高阿訇迎对而坐。

唯有此刻，遥远的旧事，才慢慢地涌涨而来。

自从拍了那一帧封面，我与他俩，居然已十三年没能遇面了。近东和日本国，我流浪了半个世界；关川和磨米湾，他却守着一个地方。国事家事，分别之间，出了那么多的事。比起上次小小的打锤，连战争也见识过了。

我注视着他，他却眼皮微闭，垂手抚膝，并不看我。

最后一项是传念古兰。

神妙的经句，像活泼的泉水，在进深五丈的窑里，从贴壁跪坐的众人中间轻跳快淌，次第传过。我入神地听着，渐渐地坠入了陶醉。仙乐在强大地抚慰着，累累的心伤一瞬间被熨平了。后来，三儿告诉我，就在那一阵，他看见高阿訇的眼角淌下了泪。

——把手使劲地握在一搭、互相大笑着问候；把茶倒进杯盏、刚呡了一口有人立刻续上，还笑问喝得惯这窖水么——是更靠后的事。我呢，一边喝，心里却为粗茶夜话的十三年前暗暗称奇，那一夜我居然不知喝的是窖水。

余下的时间，不仅气氛庄严，简直是皆大欢喜。不仅高阿訇、以前的银胡子老者也拄着拐杖过来了，热乎乎的人群，把我拥裹其中。

我们去河滩地，给乾隆四十六年的逝者诵经。又去蒿草的孤坟，探望刚烈的撒拉夫人。我们的鞋子，在台地上蹚起扶摇不落的白烟。我们的圈子，撒在那么大的一片原野上。一窑的关川人都欢喜，拉着我说个不停。不苟言语的高阿訇憋不住，罕见地笑了。

我明白：一切都因为——那个封面。

和他们这些农民相处惯了，我也变得不善言谈。世间的攻讦，与如此的真情怎能相比呢？人若真体验了巨大的命题，就连感慨都想节制了。我和高阿訇都一样，都有快乐而失语的感觉。只是那帧画面——当它在一方封面上，为被压迫和被歧视者的历史和真理，辩护并赞颂的时候，我们不便说也不想说出事情的贵重、和恩典的庄严。

我已经能够想象——十多年里，先是在马家堡和会宁县、后是在西海固以西、新疆、云南还有河北，在大陆的腹地，当那些农民们认出了书上的人影就是他；当人们对他报信说你的影儿在书上印着——他曾怎样先是紧张万分，后来又怎样释然舒畅。而且这样的一幕会反复再演，他会在多少年里反复慨叹。那时他会想起我来，会想起在那个多事之秋路过关川、和他促膝夜谈的人。虽然他以为与我不会再度相遇，但他会对我做出过一些判断。他对我的观点一定非常特殊，我能猜测，但我不问。

这就是我的千里赶主麻，这也是我的两次探访关川的故事。

前年我专程去看望高阿訇，事先还打了电话。

岂知人常说世事无常，却不知它到了眼前真的无情；总之贫蛮之地瞎汉多，瞪圆大眼不识人的情况，是常见的。他遇上了不顺心的事，关川对他再不能住下去了。既然接到了电话，我知道他一定想与我再会一面；但他还是领着孙子，就在我抵达的前一天，离开了关川。

我说不出心里的难过。

从那一天，我就盘算着到他家去。他家的村子名字好听，叫陈田玉。但我一直没能计划周全，放任了日子白白淌掉。

我们的事情，就这么着，在珍惜中一天天陈旧朦胧，在念想中眼看着残缺漫漶，渐渐地走向了湮没。但在某些时刻，比如，风刀霜剑的语境使人词语无措时，结拜兄弟的背叛使人黯然心惊时，我常忆起关川；那个地点，和它细细的旧事，是我生命中无价的财富。

事如春梦了无痕。

我尤其常常忆起深夜的窑里，他断然的结论。我长久地思考着他的思路，把它与各样的思想比较。最终我还是接受了他。是的，信仰的道路，是真挚的。

就像发生过的：我和那位老人之间的消息，总是用最特殊的方式传达——那么，这一次我也姑且托付文章、书做鸿雁吧：我盼他能在活着的时候，哪一天听说这篇文字；或者打发孙子与我联系——尽管已经有印在书上的，我还是想把那张照片，给老汉精美地制作一张。

也许，他愿意在西海固自家的泥屋里，也挂上那帧曾在书上印刷无数的小照？也许那帧照片能作证明，告诉后代他乃是关川高阿訇，在他守望关川的那些年里，还有过一段启发作家的轶事。

写于 2007 年 6 月

旱海里的鱼

一

若回忆八四年冬，回忆初进西海固的情景，已觉得漫漶混淆、梳理不清了。如今还占据脑海的，只是那场冬月里的大雪。

我在一个飘雪的早晨南下。

到了积雪幽蓝的傍晚，在码头般的固原城，独自下了车。记得那时心情和视野一样，四顾一片茫茫。然后就匆忙迈开了我的脚步。

遥远的北京正在召开文人们的大会；我却蹒跚着，踩着封了山也断了路的积雪，踏进了这个村庄的路口——如闯入了一扇忘了关上的、阿里巴巴的山洞大门。

这儿有夯土的长城，虽然颓坍半尽，在白雪覆盖的原野上，微微地隆作一道长脊。我去看固原，听说它有砖包的古城。我去看清真寺，掩饰着孩提以来的陌生。那一回我头一次触碰到了枯黄的山、烧炕的树叶、神秘的白帽子和一个响亮新鲜、叫做西海固的地名。我好奇也留意地，记住了他们的衣食住——六牙的帽子和领口用一个大扣绊扣住的大皮袄；大伙儿扯着一条旧花棉被盖住脚的、用扫来的树叶烧热的炕头；以及酸酸的、当心有一汪清油和一撮菜末的长面。

在日后的半辈子与我兄弟相称的、手心有一个月亮纹的农民家里，娃娃们和家里大人吃的，是半锅洋芋半锅面糊的散饭。交通已被大雪截断，住进来的我，觉得隐秘和安心。每天的夜间是谈论教门历史的；白天则多是被几个家门弟兄拉着，到各自的屋里转，吃同样没有菜蔬的一碗面，或者炸得黄黄的油香。

我们的历史，就这么开始了。

敞开的正房门框，盛着一方银装素裹的山峁，如一幅引人凝视的画图。不论是伊斯儿还是桃花，我多少次看着娃娃们吃力地端着一个大粗碗，吃着走进这个画面。他们个个都精着脚，冻红的小脚丫毫无知觉地踏着雪，迈进了门槛。筷子太长，他们只能捉住筷子的下半截。一边朝嘴里拨拉，一边抬起双眼皮的大瞳仁，不眨眼地看着我。

我觉得心疼，遛弯儿时去了供销社。看有黑白布和棉花卖，就给一个放牛的儿子扯了一条棉裤的料，给几个小的或是袜子，或是头巾。握月兄弟的女人手巧，一夜工夫就缝了出来。第二天早上，大儿子穿着新棉裤。看着我时，他的眼睛一副闪闪的神采，像是悟着什么奥义——那时他十二岁，还没有上学。这眼神他后来一直没失去，一直到他把高中毕了业，一直到他用打工的血汗钱，扭转了家境。

只是完全没有青菜的日子，使我多少觉得不适——几天吃下来，话题便开始围绕着种菜。我打听西海固不种菜的原因，握月便连连摇头：不会种！不能成！这土不成！这天气不成！

他一个劲摇开头的时候，犟得像拒绝一项哈拉目（宗教的禁物）。渐渐我半疑半信，也以为西海固的土壤节气，不适合种菜。

公社书记提着一个黑人造革包，领着随从来看我。他宣布公社党委觉得我辛苦，决定给我煮些牛肉送来。宣布完了，当场把人造革倒空，一堆煮牛肉堆在炕桌上。

我非常感动，那时的“党群关系”多亲密啊。那位书记后来退休，当了清真寺里的保管。他是我见过的最淳朴的党委书记，不沾一根草的便宜，无一句多余的言语。他的道路里，含着一种深刻的一致性。

见到书记大驾光临，农民捉了院里的鸡儿。灶房叮当，做饭待客。娃娃们全数被驱逐，陪客们在炕上饕餮。哦，贫困山区的、牛肉与鸡的盛宴啊！……我心中不安，望着肉，只摆样子，不忍伸筷去吃。

一本兄弟故事，就这么，缺油少盐地翻开了篇。

兄弟劳神于无米之炊，总算计怎么招待我。

他溜到当院沉吟半晌，要捉了院里的鸡宰。可我已经开始熟悉西海固，有多少鸡可以这么宰呢？于是，就在一次鸡儿已被炒熟的当儿，我不顾封建的灶房规矩，踏入那块男子的禁区，趁着娃他妈一阵慌张，劈手夺下炒得油汪汪的鸡肉盘子，塞给围观已久的孩子们。

娃他妈还来不及叫喊，娃娃们已小狼般扑来，伸出黑黑的小手，塞进大张的小嘴，盘中的鸡肉，霎时间被掳掠一空。我开心得禁不住哈哈大笑。就是为了这个原因，娃娃们至今个个是我的同党。

交情和信任，悄悄地浮现了出来。

娃他妈叹一口气，从此不再对我回避。甚至我半夜睡得呼呼，她也敢径自进屋给我添炭。只是无菜的食生活，还要缓缓延续很久。

我们结识的第二年，春季里，两人在兰州分手。我舍不得。可是那时的兰州，除了南关或者西关十字有一家能胡乱炒几个菜的地方，剩下的清真饭馆一色只是牛肉拉面。加上我兄弟他们对清真馆子也审查严格，只认一家张家川的。

我和张家川人谈好，借他的牛肉面摊子炒几个菜，告别弟兄。记得用了二十一元，菜不好，可量大。

“二十一个元！……”握月兄弟惊呼道。

这西海固汉子的表情上，充满了一种宗教感。整个席间他惊慌失措，好像这是要他干罪，好像他肯定如此的奢侈犯了教法。他瞟着我，像是想说什么，但又没说出来。他的畏惧传染了我；但我愈是感动，就愈是只能催他多吃。他一个个端起那些八寸七寸的盘子，用筷子朝嘴里扒着。同时想说些啥，但脸直至胸口都挣红了，气嘘嘘说不出来。

一时我担心过他的胃，但正如我的分析：一般说来，穷人是不会生胃病的。饱饱地吃一顿，永远是好事情。

娃娃们，那经常翻我的背包“搜糖”的小儿子，他的零食是把一根洋芋粉条伸进炉子里烤焦（握月三弟在学校干活，有学校补给的煤炭。所以能在我屋里架起烧炭的炉子），然后捏着一头咬吃。至于一副理解大人机密神情的美目长子伊斯玛依儿，他常常在夜里，当我和他父亲谈得入港之际，蹦下炕来给我们烤洋芋。

夜里，我们说的兴奋，突然觉得肚饿。握月就喊一边被儿里睡着的儿子：

“快！捅炉子！给你巴巴烤个洋芋吃！”

我呢，也猛想起梵·高的《吃土豆的人》。土豆就是洋芋，想到在西海固大山奥深的冬夜，在农民泥屋夜烤洋芋的滋味，我也催孩子：“快，烤三个！”

娃娃一下就跳下炕，把炉子捅旺。又推门钻进寒风，咚咚跑着，捧回地窖里的洋芋。他机灵地看着我笑，好像说：不急不急，烤熟要一阵工夫呢。然后攥着火剪，披着他的小棉袄蹲在炉前，一直到唏嘘着把烤得焦黄滚烫的洋芋，捧到了我的枕头上。

二

潜入西海固的那些年，我吃的最多的，是娃他妈的细擀长面。

听说她当姑娘时切面的本事就出名。七十年代的哪一年，嫁来握月家那天，她作为新媳妇的见面礼，就是给婆家人擀一顿面。听说，那一天端出来的数十碗长面，根根一样粗细，不止一人怀疑这媳妇从哪弄来了高级挂面。一席面吃得婆家人人赞叹，吃罢了，她也就开始了苦难的媳妇生涯。

长面待客，桌上多摆开四只小碟：辣子、醋、酸白菜渣，再就是一碟咸盐。长面煮好以后，用筷子挑起，然后在碗里一顺一摊，根根面条又细又匀。清油浇在碗心，再调上碟子里的小菜。

清苦的吃食，自然引出了饥饿的话题。

“不，这就好得多了！比起吃食堂的五八年！……”他们忿忿地说。

我留神地听。那时流行说“浩劫”，而西海固的浩劫，是在一九五八年。

五八年西海固天降横祸，树皮被剥光了，食堂里只有清汤。据说吃树叶吃得肚皮透明，隔着皮能看见暗绿的肠子。握月的二弟那时还小，他在攀上一棵榆树时晕厥，不省人事地被背回来，不知怎么留住了命。

天灾之下是政治的暴戾；莫须有的罪名飞舞着，遭到杀、关、管，处决或狱死的例子，充斥每个家庭。固原的王阿訇以自杀抗议，脖子上割了四刀，淌了一个牛的血。居然没有死成；一块鸡皮贴住伤口，从那天起他装哑巴十八年，直至四人帮垮台，才重新开口。握月的父亲，拄着一根牛角拐杖、每天从下湾蹒跚到上湾来看我的一个老农民，也成了“反革命”的营长。他只有逃跑一条路，咬咬牙远走青海。临行前放下一块馍，留给孩子。

握月说：夜里他离了家门，月亮下我妈送他出庄子。我没送他，心里只想着那块馍。他一出门我就抓过馍，几嘴先把它吃下。

叫做“白俩”的灾难，不仅光顾回民。一个发配来的北大中文系“右派”学生在待毙之际，不意发现了破炕席下有一层谁埋下的陈年麦粒。不敢告人，悄悄吃着，他活了下来。

狼在村庄里游荡，溜进屋子。人互相问：噫！那是个狗么？但饿得眼睛模糊，看不真。说着的时候，那条狼慢慢地穿过屋走了。

最惊心动魄的一件事我以前写过。是关于一个背了冤死的兄弟埋体（尸体），昼伏夜行，从千里外的平罗监狱回家的故事。他们家四兄弟，一个狱死，一个饿毙，一个疯了，还有一个自杀未遂。

也许那件事，以及哑巴王阿訇的事，对于我是一次颠覆的教育。从那以后我变了。

可是轮到我复述时，我总搞乱了农村的亲族关系。我总是先激动起来，说得声音嘶哑，但却弄混了究竟是背回老三的老二失了神，还是老大被捕后寻死的老四疯了。

西海固的荒凉大山，从那个冬月开始，成了我的故乡。清油辣子的浆水面，苦中有甜的罐罐茶，无事在泥屋里闲谈密语，有时去山野间访故问新。渐渐地，我熟悉了这块风土，听够了这里的哀伤故事，也吃惯了这里的饭食。

他们说着，我在倾听。吸溜进一口面条，再摸起笔来记录。

忆起在东京，有个日本教授说，中国仅在五八年就死了两千万人，我抬杠问：你数过吗？没想到握月家的夜话，给了我一个扎实的数据。在五八年仅四十户、二百余口的这个小村，居然约有七十人饿死或狱死。

不多写了，这篇文章的主题是美食。

我剥开一个洋芋的焦皮，黄里透红的沙瓤冒着腾腾热气。怕烫嘴，我吹着，心里琢磨着一个条理。

握月家的老二对他大哥忠心耿耿。不管有事没事，他总是每晚都来伺候，煮罐罐茶，添炉子炭。这时他建议道："砸上些蒜么？醋也有。"

强加于农民之身的一切都失败了。"不要蒜，醋也不要，"我沉吟着。人到了濒临绝境的时候，肯伸手拉扯一把的，只有血脉的家族。"盐有么？有就要些盐。"我掰下一块香喷喷的烤洋芋，蘸一点盐，慢慢品味着吃着。

门扉之外，西海固的寒风在呼啸，呜呜地掠过山沟。一抬眼，不只是二弟，老三和老六也站在炕下伺候。最后的治国安家，还是退回到农民原始的结构。

烤熟以后的洋芋，是我们绝好的夜点。微焦、滚烫，嚼着咸丝丝的洋芋，使人浮想联翩。梵·高的土豆像是煮的，暗褐色的灯光下，农民围着一只锅。若是画的话，我们面对的色彩比他明亮——日间的沟壑淡黄，夜晚的村庄黑褐，屋里的泥壁涂过粉贴着纸，还有嵌了玻璃的画儿镜框，阿拉伯文的红字条幅。

三

唉，谁能尽知时光——难解的时光！

那些年，不如意，事连连。为了生存，我远走了日本，他也打工于海原。那一阵我们都各人自救，咬牙应对躲不开的命。我洗碗教书加写作，三合一地过了关；而他一个举意十年下苦，解开死结盖了新屋。

久别后重逢的日子，我们喜欢挤在炕上，扯他一个东方既白。渐渐地都像上了瘾，总盼着半夜的倾倒，说尽满腹的大小心事——饿了朝下面灶房寻觅吃头。现在做饭的都是女儿，娃他妈半辈子落下了手臂疼的病。我一到，出了嫁的女儿们就候鸟般飞回娘家，引着女婿，抱着娃娃。女婿担水倒茶，伺候着陪我们万一要走个哪里；女儿守在灶房，防备着看我们突然想吃个什么。

我兄弟的口才是一流的。讲出门，从打票开始一路风景；讲盖房，从料到工绘声绘色。

“这高房就是四十根椽子！多一根没有，少一根不成！他匠人也没有办法！……”引得我忍不住去看椽子。

倒叙隔绝的时光，是一大难得的享受。听我讲日本的洗碗教书，他们听得着迷。一边几个娃娃的神色，像是看一场日本电影。兰州打工的侄子算了我刷碗的工钱，惊叫着这个工打得美！巴巴给我们也联系一下！……

就这么，我们大人娃娃挤作一堆，畅谈着各自生存的故事。听了我的刷碗经而不是文学奖以后，娃娃们由衷地服了我了。我一边端着女儿们恭敬地端上的碗，一边对女婿说教：人生几次搏。你们要改变苦命，就要决心搏它一场。万千的没出息人都是顺水漂的渣子，只一些有志气的，斗赢了这个顿亚（现世）……云云。

在都市，也许改变命运靠一次“搏”就成了；而在农村，据我观察在西海固改变一个家，要两代人的光阴。

若数数这家人的第一代，六个兄弟有五个闯过新疆。

他们的走新疆，可不是什么“西部探险”。那是达坂城荒山的煤窑，是乌鲁木齐烂脏的车站。二弟挖贝母是在特克斯。恰巧，我也在特克斯河边挖过古墓，便问他待的地点。

二弟嘿嘿笑着。他心满意足：苦了只一年，吆回了一头牛。至于他在特克斯的住处地点，他怎么也没说清楚。

问多了突然意识到：哪怕我在特克斯再考古十年，我也永远不会懂得——那些离乡背井的、西海固农民蹲踞的角落。如同没有户籍的盲流，如同没有人权的苦力，挣扎在生死的边沿，睡在没地名的地方——他们怎么对我说得清那生涯的位置呢！

从一九八四年冬天算起，我们的结识已经逼近了二十年。

谁能尽数时光？

殉物是有规矩数目的。一代人的受难还不够，我一双眼睛目击了两代人。下一个轮到的是漂亮的大儿子，八十年代常给我烤洋芋的伊斯玛依尔。

娃娃高中毕业以后，马上坠入了炼狱。在给我的信里，他还没放弃复读升学的念头呢，就跟上伙伴走了银川。残酷现实接二连三，半年劳苦没有挣上钱，几乎连思考的缝隙都没有，紧接着他又走了新疆。

孩子在轮台一线挖甘草的时候，巧极了我也到了南疆。可只听到消息，却没有找见人影。轮台东门送君去，一川碎石大如斗。只知一群西海固人在巴音布鲁克以南的和静或轮台的戈壁滩挖甘草，但是不知地点。

我到达焉耆的时候，听说他们被雇主骗了。一伙外乡人，拿不上钱却被扔在戈壁滩，没有车回不来。我正着急，到处嘱咐焉耆的朋友留意帮助寻找，可又听说这伙人早走了。传言他们先是在库尔勒想告状，这一阵没了踪影。我明白，如果没吃食又没车辆地被扔在戈壁滩上，那吃的苦就说不尽了。最后一个消息传到了焉耆，说他们已经回了口内了。

正说着，女儿们做好了饭。烤油香，烩粉汤。妹妹把托盘递给哥哥，好像发现了屋里气氛沉重，就望着哥哥，站在一旁凑着听。

哥哥已经是一个成熟青年。站在炕沿，给我端着一碗热腾腾的羊肉粉汤。我回想起他披着一件小黑袄，蹲在炉子旁烤洋芋的往事。不知从何时起，烤洋芋，吃得少了。

我沉吟了好久，还是决定问：

“我一直想问，在新疆，为什么不试试我托付的人？不知道地址么？还是怎么？”

“我没找，”他低头瞟着碗。“咱们和要饭的一样，谁看着也不喜欢。”

我拨弄着热腾腾的碗，一时间哑然无语。总之都过去了，没有必要渲染。想着吃了一大口。滚热的粉汤，烫过了我的胸口。

四

前年是连旱的第三或第四年。一次半夜扯磨，握月兄弟突然自语道：明后天你走了，我也出门，借些麦种。

我不经意地问：借什么麦种？

握月的语调坚决：种冬麦。

我怕他笨，新鲜事弄不好，赔不起，就反对道：好像我初中学过哪门课，生物或者自然，教过冬小麦春小麦的事。不是高寒地区只种春小麦么？

握月解释说：这里也和书上一样，是代代的春麦地方。可如今，春麦年年旱死，于是就有人试冬麦。开始人都说不能成，可是种的人都种成了。

我继续反对：改变千年的庄稼？不是种子站技术站管着么，他们咋说？

“谁管你！现在都是各人自己干。我看透了，这春麦，再不能指望。”

我明白事关重大。包括内蒙古都不下雪了，以后的干旱已是必然。

次日我去看了他的冬麦。在苦水河的平滩里，有兄弟的一块地。我穿行过去，猜谜般打量那些墨绿的麦苗。可别都死了！你看能活吗？我叨叨着。四下的大山影障迷蒙，暖冬的气流浮沉着，看不清远处的村落。

“成不成，那就是胡大（波斯语：真主）的事情了！”他叹口气说。

改变的不仅是麦子。经历了轮台挫折的大儿子，已经在兰州初战告捷。

几年时光，娃娃没有睡过床铺。煮羊肉，当采购，几年都睡拼起的板凳。好像有个规律，不管哪一个时代都一样：经历过前一个时代的娃娃，就和后一个时代出生的孩子不同。

第二代西海固年轻人的自救，不是用粮食，而是用现金。他们心重顾家，不诉苦也不生病，心里牢记着的，只一个存折的密码。

几次到了关键，握月都走兰州。一听说他追到城里向孩子要钱，我就不免觉得有些残酷。但时光流过，我也学会了：人生可靠的互助体无非自己的家族，紧要关头人能抓揽的最后绳索，只是一根血脉。他没有糟蹋儿子的血汗；我在一旁看得清楚——当那只掌心有一个月亮纹的粗手接过娃娃下苦挣来的钱以后，一个个元如一支支箭，准准射在了要害。

儿子的接济是刃上的钢，但儿子不是唯一的力量。

还有女儿们。

出嫁的女儿不仅换来了彩礼，也引来了年轻的女婿。两个女婿一经一书——大的读过高中、二的念过满拉（清真寺里的经学生）。只要到了姨父家（西海固把丈人叫做姨父），铡草喂牛、担水扫院，不用催促一个劲干活。听说我来了，两个女婿都专程赶来行礼。他俩一个朴实一个英俊，在我的高房炕下站着，我喝一口茶，他们就续一点水——凭空多了两个护兵，我高兴得不知怎么才好。

见我喜欢丈夫，女儿的话就多了：

“巴巴，你喜欢他，可他恼了时，还把我打呢！”

女婿又害臊又快活，哈哈笑得肩膀抖个不停。

女儿还告状：“巴巴，我达（父亲）最把女儿不当人。连一天书也没让我念过！”

握月不把脸对着闺女，却直直望着我说：

“最数这娃苦大。噫！放牛、背柴、书一天没念！”

他显然不太歉疚。

女儿们的牺牲被忽略了。但是确实感谢真主——她们或许得到了更多的幸福。毕竟，一个称心的女婿，才是女儿最需要的。虽然都是农民，贫贱夫妻百事哀，但女婿的事令人知感——小伙子们如活泼的清水，和谐地融入了这个家。高中生举止稳重，大满拉精神抖擞。当年蜷缩在寒风里的褴褛女儿，由于顺心，在婚后开始漂亮，人丰满了，连皮肤都显得白润。

小两口们到了农闲就如两对候鸟，忙过了自家的事就搭着班车跑来了。加上同辈的家门弟兄，这个家已然是一架不停息的机器。没有谁管理，也没有谁怜悯，农民们默默地立下了决意，或者人前低头再一世受穷，或者破釜沉舟开一条活路——他们使足劲，搭着手，把满山旱渴稀薄的麦子，把满山广种薄收的洋芋，割下来，挖出来，装上车，运回家。

从冬麦地回家的路上，我仔细盘问他的经济账。他一五一十地算，我听得认真。午后的冬麦地里，微弱的日光，把我们的身影长长拖在麦苗上。怎么算，儿子能拿得出的，多了也就是万把元么。就这些？我不信。你还雇推土机，改了山洪的通道。你还两亩换一亩、把前后都换成了自家的地。还栽果树、盖高房、玻璃窗子、涂料的墙……去年没有喂牛的麦秸，还买四百元一车的牛草。不说还谋划着给儿子娶媳妇盖一排新房——难道一样的元，到了你的手就比别人耐花么？我怎么算不出你这农民的算术题。

“我还有洋芋嘛。”他累了，顺口地说。

差不多二十年，在胡大拨派的时光里，除了改种冬麦、儿子挣钱、女儿出嫁，还有一辆车也值得一提。

如今流行谈车。我听过一个作家唾沫星子乱溅地大谈奔驰宝马。而我却喜欢谈论另一种车：时风，还有蓝电。

本质上它们是一种三轮摩托而不是一种汽车，但是却有着小卡车的厢斗和咣当当的速度。它们的学名大概是叫“农用机动车”，我只熟悉它们的诨名：甘肃叫三马子，宁夏叫蹦蹦儿，内蒙古牧民则音译其三轮，叫它“三诺尔”。

物换星移，我们西海固的家里，已有了蹦蹦车一辆。

嘿，最数这个车危险！每年死多少农民！……他感慨着。

他引着我，看过运洋芋出事的白土崾岘。那一回，刚好爬到这座白石头山最高的山顶时，三马子蹦蹦车先是使尽了力气，接着刹车失了灵。

缘故是我托兰州的朋友，给美目长子介绍了一家餐厅打工。兰州战役是决定性的，因为人不能总像在轮台戈壁那样倒霉。

娃走兰州，要多少带些盘缠。父子拉着一车洋芋去卖。装得重，车突突突挣扎到崾岘的山口子上，一丝气吐尽熄了火。传说中的农用车事故发生了——车从山口倒滑下来，倒退着栽向路沿。那时果然刹车失灵了，右手是三十几丈的深崖！

他说他已经吓得失了神。

但是，说时迟那时快，下面一辆卡车突然冒了出来，巧巧地卡在路沿和他的三轮蹦蹦之间！

就这么，避开了一次上了眉睫的车毁人亡，也避开了这一篇兄弟故事的悲剧。

我不知问啥才好：

“那一车洋芋能卖多少钱？四百多元么？”

他答：

“你看机密有多么大！端端的（刚巧）一个车闯过来，将将的（恰好）把我挡住了！……唉，胡大呀！”

我俩的思路，总是有些不同。

我是感慨农民为了生存，感动于他们为微不足道的一点收入赌命冒险；而他呢，却完全不是这种常规思路。他是西海固数第一的参悟家；总是牢牢捕捉着每个细微，咀嚼着隐显的非理性因素。他能迅速剥开事物的外壳，不舍不弃持续分析，在冥想中细细发掘，直至总结出其中逻辑。多少次我注视着他，不得不承认这农民的脑子；它确实敏感警觉，真挚且富于思辨。真的，我不知接触过多少文人墨客，总觉得他们不及他半点悟性。

他的结论是神秘主义的——不是事故，不是巧合，那是千真万确的真主的意欲！这件事再加上已经积攒下的其他一些事，使这个西海固的汉子激动万分。

他的情绪感染了我。虽然总的说来，我对于克拉麦提（奇迹）的故事持谨慎态度，但我也不能否认强大的吸引。不止一次，是我要他再讲一遍。我喜欢他的讲述，包括渐渐兴奋起来时他的神色。

我也喜欢坐他的三马子。每逢挤在一堆农民里笑着喊着，行驶在黄土高原的莽莽山间时，我就禁不住兴奋，而且痒痒地计划写一篇《巡洋舰乘风破浪》。

每逢我路过白土崾岘，无论是坐桑塔纳还是坐三马子，我都忍不住注视那山口。

那道崾岘确实险恶十分，如今已被废了不再当公路。在怕是白垩纪的灰白砾石层里，混着血红的胶土。它沉默地高举着一道白石砬子，蹲踞在山的一角，如与我互相注视。确实，西海固的穷山恶水，就这么一处处地，与我有了关系。

五

人和人之间常拦着一个离别。谁没经历过一些离别分手呢，可是我活了半世，如此伤神的离别，如此的人想人，大概只能举出这一次。

我是在日本听说了他离家出走的事的。以后，更听说了摇旗堡这个地名。

知道了，不过是给心里添一股烦恼。知道了也没有办法，这是一个自救的年月。

人在剧烈地分化，组合选择，暴发破灭，浮沉起落。人不诉苦世不笑娼，没谁一声约定，但数不清的人都动作起来——我们弟兄也一样；我们在各自的前定路上，听凭着个人的造化，暗暗咬牙，走着自己的一步险棋。

在日本，我常靠着车站拉面馆的洗碗池（也靠着大学研究室的落地窗），久久地陷入冥想。无论与怎样的人相交，谈不到这么深的一层。有谁能听懂大灌渠和华家山、李得仓和王耀成呢？我从不想重逢的日期。家路隔断，正是分离的季节。

只是，有时车正在驶近名古屋的哪个站，我突然看见了他的背影，正吭吭攀着后山的干沟。我经常发现，愈是自己在滔滔不绝时，其实正在陷入沉默。我独自享受着痛苦，如啜饮着一剂浓稠的苦药。在隐蔽的角落里，我悄悄想象着他的处境，想象着一个摇旗堡。

前一夜多少落了些雪，山野显得清冷干净。我是在爬着后山时，才发觉自己的体力真的不行了。我俩抄近路爬一个崖坎，从一个碎石头裂隙里往上攀登。我还寻摸攀扶的地方呢，他挤到前面，肩晃腰扭，居然不踩石头不走路，笔直地噌噌上了陡壁。我气喘喘地说："你那两个脚是两个耙子！……难怪人家说西海固人是山狼！……是山熊！"

跟着的女儿咯咯地笑。他却摇摇头，不屑谈这些山野小技。

我俩相伴近二十年，走过了数不清的路。但发觉他的山狼爬山术，还只在这一次。我猜他们那种脚趾头，一爬山，就在鞋里自然地揸煞成五个耙齿，能隔着鞋底，扒住石头，不打滑也不闪失，使人如履平地。

就在那时，一直通向远方摇旗堡的莽莽山野，一字横铺地展现眼前。

昨夜落下的晚雪，把远近的山点缀得一块块明暗白亮。一般人没有事谁费力攀山呢，所以人也就不常看见俯瞰的雪景。我俩，还有小女儿三个，从后山的最高处，眺望下界的家屋。那是老二家，那是我住的高房。一座庄子变作了沙盘，刻画入微，又黑白鲜明。涂着雪，方院墙和高房子一座座低伏矮卧，望着那么亲切。

“这块地，埋的是信，”他指着黄土的中央。

“这哒埋了五本子书。”他又指着一个崖角。

在他走摇旗堡、我去日本国的那一段时间里，把我和他的一切私物：全数的通信，各样的照片，我写的书籍——都埋在了这片白雪薄薄的山顶。

他开始讲了，我静静地听。

渐渐他讲得嗓门高昂，我更听得心跳怦怦。连绵的大山滚滚似海，四野空寂，我们的话无人听见。

那几年天灾人祸，连续的颗粒不收。世间一阵阵地乱，传说摇旗堡一线的公路上，劫道的司空见惯。在决心出走之前，他和娃的妈起了个半夜，悄悄上山，把我俩的物品，埋到了山顶的洋芋地里。

“南山埋了些，北山也埋了些。我走以后，不是你给娃娃邮了封要紧的信？他妈把它埋在唔——个地方，”他拖着尾音遥遥指点远处。

“唔——不是一棵枣树！孤着的一棵。唔——个就是的……”

一声风号嗖地掠过山沟，把他的粗嘎尾音带走。哪里有枣树，我辨不出。我只看见哀伤的风景，四下里环绕着我。仿佛山影和烟树都在动，辨不清是涌动还是吼叫。

女儿在一旁笑起来：“你咋不给我巴巴说，后来寻不见地方了？”

他不好意思地笑道：

“后来太平了，从外头回了家。喊上妇人娃娃，一搭上山刨书。咦，咋刨不见了！把我惊的！……挖了几遭，才把书连信寻见。”

不是震动，不是激动，是一种彻骨的感觉，慢慢传遍了我的周身。

望着一浪浪的山影，我沉吟着，心中沉重。初生牛犊的那一年，也是在这样的冬日，我攀上了并描写了雪中的六盘山。从那以后，风卷草叶，很难尽数经历的事情、也很难列举流水的文章。我两个默默站在山顶，像弟兄相帮陪伴。

早已不是文人自赏的火候了，我在掂估分量，他在参悟含意。我们都在把这件事咣咂品味，如猜着一道算术题，如解着一串九连环。重重的大山围抱着我们，此一刻是安全和真实的。

门拴柜锁都不可靠，农民们在关键时刻，把最宝贵和最机密的还是埋在山顶。所以人们都讲，西海固的故事，就埋在漫山的洋芋麦子里。现在这么说已不是夸张了——在这片一望茫茫的荒山旱岭里，如今不仅埋着农民们的、也埋着我的机密。

六

等那些天过去以后，才发觉人一直笑着，忘了闭上脸上的纹。

从走近家门时女孩儿喊了一声“巴巴，你把我想死了”始，喜洋洋的乐曲就一直奏个不停。重逢的喜庆是真实的，只是我嫌它太闹，打搅得人不能静心。

锁死的高房子门打开了，炕烧上了，铁炉子里灵武的无烟炭架上了。李俊堡什字街的亲戚开着蹦蹦车道礼性来了，黄花川白崖乡的女儿抱着外孙子浪娘家来了。老交情的熟人说着赛俩目来见个面，不认识的生客穿着小西服来谈文学。门外的空场不时跑来一个小车，门里的院子经常立着几辆摩托。平辈的弟兄晚辈的女婿挤满了一地，实诚的阿訇矜持的干部坐满了一炕。

灾难和饥馑都过去了，社会转了一个大圈，最后退回到农民原始的结构。在这农民的结构里，我一阵子抖擞精神一阵子哈欠连连，一批批地应酬记不住名字的来客。烦得受不住了就发上一阵火，隔着门把一个小西服追掉（赶走）；或者干脆甩下一屋子人，下沟爬坡走对面的老三家、要不就走寺里去躲避。

摆脱纠缠时我很坚决，恨恨地骂，无情地追。但在内心深处我明白，我没有真的动怒。这就是农村，或者投降它或者驾驭它，你可别幻想改变它。这就是西海固，谁叫你觉得西北五省唯有它美，谁叫你对它千里投奔纠缠不弃！

此地的风俗是：若是心里的感动太多，若是想抒发一种心情，就举意一场“尔麦里”（穆斯林的纪念仪式）。那一天，妻女亲戚都经过沐浴，颂读经典，宰羊出散，了却心事，大家体会一次纯净的感觉。

兄弟问我时，声音很小，神情也显得谨慎：“你看，干个尔麦里，能行么？”

其实我从北京来时，心里恰恰盼着这么办。否则不能拂去积压的遗憾，否则无法寄托满心的感动。离别了那么久，又经历了那么多事，中间隔着摇旗堡，还隔着名古屋。我问：“娃他妈说啥？”

他答：“他妈最坚决。说若是不做尔麦里，她心里不得过！……”

就这样，我们商量了所有的细节，把日子定在了农历腊月二十二的上午十点。那一天是冬天的最中间，三九的第九天。从一九八四年数，已是我们兄弟结识的第十八个冬天。

从羊圈里窜出来一个羊。

“你要照相，就照这个羊吧！……明天它就没有了！”他喊道。我忙抓着相机跑下高房，小儿子使劲扯住那头大白羊，等着我照。后来我细听了这个羊的故事，有一句话让我心酸：几年里无论谁想买，他就说，这个羊等着一个人呢。

那只羊壮得罕见，跳着挣着，险些把拉绳的小儿子绊倒。

正面的炕上方，贴上了一对红纸的条幅。沉吟斟酌之后，我使一块硬纸条，写了这么两句：“真主的造化，人间的情义。”正中央拥着一块斗方，红纸黑字的阿文是“Ya，Anlla”（啊，安拉）。从红对子贴上的时分开始，屋子里突然安静了，客人们不敢再进来。只有女婿们悄悄进来，再扫上一遍地。

仪式开始之前，当院里静静的。

我洗过，一人散步到院门前的沟沿上，等着我们兄弟俩最崇敬的固原王阿訇的驾临。他是民不可辱的宣言者，是装哑十八年传奇文学的主人公。我和握月弟一个心思要敬敬老汉，于是便央求他出任我们仪式的主持人。还想请转业到清真寺的书记，可惜他刚巧出门了，使我遗憾得不行。

时辰正是上午十点之前，冬月清冷的光线渐次涂染着荒山。抬起头来，昨日看过的埋书山融进了野色，随众山一起四下合抱。望着阳光里自己的影子，我心里感觉奇异。小女儿出门来拾掇。那个冬天也是在这儿，她赤脚站在雪里。我喊住她，却忘了要说什么。

女儿笑一笑，端着东西进院去了。

尔麦里的菜照例是粉汤羊肉。可是，没想到后面还有吃头。当鱼端上来的那一刻，我失语了。

一条大草鱼，粗憨憨地对着我卧着。它炖得黑乎乎的，浑身沾满了黄的葱花红的辣子。哑巴老阿訇默默坐着，并不动筷。一炕的客都不动，等着我。

“鱼？哪哒弄来个鱼？”我吃惊地问。“吃吃！你夹上！”兄弟一边催我动筷，一边照顾桌上的客。“怕炖得不好？吃吃！夹上！”他指点着那条炖鱼，掩饰着脸上的表情。

但众人都不动。除了一般的让客礼性，众人的表情都显出异样，谁都敏感地觉出来了，这不只是个光阴好了日子富了的事情。

突然忆起自己写过的两句：“你这无鱼的旱海，你这无花的花园。”那是当时的我，对西海固的描写。而这条鱼像在回答我的句子，它躺在大海碗里，头直直对准着我。一霎那间我有些不知所措，我还不能分析眼前的刺激。我努力思索着，想捋顺思路。

“全村的人都不会做鱼！”我兄弟掏出谜底。刚才，直到尔麦里开始他都没给我透露一字。“怕做得不好？……全庄子只一个女子走银川打过工，这鱼是她做下的。”他说着客套话，却朝我使眼色，催我朝鱼动筷子。

哑巴老阿訇不动，握月的老父亲也不动。满炕的客都不动，等着我。

我不愿再渲染席间的气氛。大海碗里，香气四溢的鱼静静躺着，像是宣布着一个什么事实。总不能说，鱼的出现是不合理的吧，伸出筷子，我从鱼背上夹了一口。

粘着红辣子绿葱叶的鱼肉，如洋芋剥开的白软的沙瓤。众人啧啧感叹着，纷纷吃了起来。都是受苦一世的长辈，他们不善言语，从不说出心里感觉。烤洋芋、浆水面、鸡和肉……我暗自数着吃过的饭食。

确实，粗茶淡饭，年复一年，点缀了我们的故事。确实从来没有想过鱼，确实不觉之间，把鱼当做了一种不可能。这不，因为一条鱼，因为它上了旱海农户的炕桌，老少三辈的客都拘束了。女儿女婿们用托盘端来菜蔬，摆上桌后，也挤在下边围看。

客已经吃开，我兄弟便退下了一步。我为打破严肃的空气，领头说些闲话。先夹起一块鱼肩膀敬给主持了尔麦里的老阿訇，再夹起一块鱼后腰敬给走过青海的老父亲。谈笑间，知道不单是全庄子只一个女子会做鱼，而且知道了有几家子合伙买了鱼。相聚的宴席，还在后面。能放得住么？时令正在三九，北屋便是冰箱。随意闲扯着，突兀地一个念头闪过：人不也像一条鱼么，跳过危险的边界，游进无鱼的旱海。

这么想着，不禁去望兄弟。刚巧他在炕下正愣愣地盯住我出神呢，两人目光一碰。下意识地，他先是一紧张，随即又放松下来，迎着我微微一笑。

完稿于 2003 年 6 月 4 日

附录一　张承志著作集目录

1.《老桥》，小说集，北京十月文艺出版社，1984 ☆

2.《张承志集》，小说集，海峡文艺出版社，1985

3.《蒙古大草原游牧誌》，日文，朝日新闻社，1986

4.《北方的河》，小说集，北京十月文艺出版社，1987 ☆

5.《北方的河》，小说集，台湾新地出版社，1987

6.《黄泥小屋》，小说集，宁夏出版社，1987

7.《金牧场》，长篇小说，作家出版社，1987 ☆

8.《黄泥小屋》，小说集，台湾林白出版社，1988

9.《奔驰的美神》，小说集，四川文艺出版社，1988

10.《北望长城外》，小说集，中原农民出版社，1988

11.《张承志代表作》，小说集，黄河文艺出版社，1988

12.《骑马民族国家》，译著（江上波夫著），光明日报社，1988

13.《The Black Steed》，小说英译本，中国文学出版社，1989

14.《绿风土》，新散文集，作家出版社，1989 ☆

15.《心灵史》，长篇小说，花城出版社，1991 ☆

16.《Les Rivieres du Nord》，小说法译本，中国文学出版社，1992

17.《神示的诗篇》，小说集，江苏文艺出版社，1992 ☆

18.《神示的诗篇》，小说集，香港南粤出版社，1992

19.《张承志回族题材小说选》，小说集，青海人民出版社，1993

20.《热什哈尔》，译著（署名参与），三联书店，1993

21.《红卫兵的时代》，日文，学术类，岩波书店，1992

22.《从回教看中国》，日文，学术类，中央公论社，1993

23.《错开的花》，新诗集，北京师范大学出版社，1993

24.《美丽瞬间》，小说集，北京师范大学出版社，1993

25.《殉教的中国伊斯兰——哲合忍耶史》，日文，亚纪书房，1993

26.《清洁的精神》，散文集，安徽文艺出版社，1994 ☆

27.《金草地》，长篇小说，海南出版社，1994

28.《荒芜英雄路》，散文集，上海知识出版社，1994 ☆

29.《绿风土》，散文集，香港天地图书，1994

30.《黑骏马》，日译，早稻田大学出版社，1994

31.《黑骏马》，小说集，长江文艺出版社，1994

32.《大地散步》，散文集，群众出版社，1995

33.《张承志文学作品选集》（四卷），海南出版社，1995

34.《清洁的精神》，散文集，香港牛津大学出版社，1995 ☆

35.《鞍与笔》，以日文写作，散文集，太田出版，1995

36.《牧人笔记》，随笔集，花城出版社，1996 ☆

37.《张承志卷》，散文集，人民文学出版社，1997

38.《北方的河》，日译，露满堂，1997

39.《鞍与笔》，散文集，北京师范大学出版社，1998 ☆

40.《大陆与情感》，摄影散文集，山东画报出版社，1998

41.《张承志》，散文集，香港明报出版社，1999

42.《以笔为旗》，散文集，中国社会科学出版社，1999 ☆

43.《张承志文集》（五卷），湖南文艺出版社，1999

44.《北方的河》，作家出版社，2000

45.《一册山河》，散文集，作家出版社，2001 ☆
46.《东岳文库》，七卷袖珍本，山东文艺出版社，2001
47.《西省暗杀考》，小说集，北岳文艺出版社，2001
48.《金草地》，长篇小说，北岳文艺出版社，2001
49.《金牧场》，长篇小说，时代文艺出版社，2001
50.《鞍与笔的影子》，摄影散文集，学林出版社，2001
51.《张承志 20 年散文选》，散文集，青海人民出版社，2001
52.《粗饮茶》，散文集，春风文艺出版社，2003
53.《谁是胜者》，散文集，现代出版社，2003 ☆
54.《音乐履历》，散文集，上海三联书店，2003
55.《辉煌的波马》，江苏文艺出版社，2003
56.《金牧场》，长篇小说，春风文艺出版社，2004
57.《文明的入门——张承志学术散文集》，北京十月文艺出版社，2004
58.《金牧场》，作家出版社，2005
59.《鲜花的废墟》，游记，中国文学出版社，2005 ☆
60.《北方的河》，人民文学出版社，2005
61.《风土与山河》，散文集，作家出版社，2005
62.《张承志散文》，人民文学出版社，2005
63.《海骚》，小说集，台湾正中书局，2005
64.《草原印象》，散文集，浙江大学出版社，2005
65.《鲜花的废墟》，游记，台湾允晨出版，2005
66.《张承志精选集》，燕山出版社，2006
67.《正午的喀什——张承志新疆题材作品选》，新疆人民出版社，2006
68.《金牧场》，人民文学出版社，2006
69.《张承志自选集》（三卷），花城出版社，2007

70.《牧人行歌》，散文集，盲文出版社，2007

71.《长笛如诉》，散文集，盲文出版社，2007

72.《聋子的耳朵》，散文集，河南文艺出版社，2007 ☆

73.《五色的异端》，散文集，香港大风出版社，2007

74.《金牧场》，人民文学出版社，2007

75.《大西北》，散文集，中国青年出版社，2007

76.《鲜花的废墟》，游记，中国友谊出版公司，2008 再版

77.《荒芜英雄路》，散文集，中信出版社，2008 再版

78.《清洁的精神》，散文集，中信出版社，2008 再版

79.《鞍与笔》，散文集，中信出版社，2008 再版

80.《敬重与惜别——致日本》，中国友谊出版公司，2009 ☆

81.《黑骏马》插图本，上海人民美术出版社，2009

82.《黄土：张承志的放浪笔记》，江苏文艺出版社，2009

83.《饮虎池》，作家出版社，2009

84.《金草地》，作家出版社，2009

85.《你的微笑》，散文集，青海人民出版社，2010 ☆

86.《大草原与大西北》，散文集，广东教育出版社，2010

87.《匈奴的谶歌》，上海文艺出版社，2010

88.《张承志寄小读者：向常识的求知》，21 世纪出版社，2011

89.《黑骏马》，青海人民出版社，2011

90.《北方的河》，青海人民出版社，2011

91.《涂画的旅程》，青海人民出版社，2011 ☆

92.《金牧场》，长江文艺出版社，2012

93.《常识的求知：张承志学术散文集》，三联书店，2012

94.《心灵史》改订版，珍藏纪念版，2012 ☆

95.《相约来世》，作家出版社，2013

96.《张承志作品》（四卷），华文天下，2013

97.《北方的河》，花城出版社，2013

98.《骑手为什么歌唱母亲》，译林出版社，2013

99.《敬重与惜别》，台湾行人文化实验室，2014

100.《张承志作品系列》（十卷），东方出版社，2014

注：带星号的为初版。

附录二　张承志文学创作年表

1978 年

夏天，在研究生考试后写作蒙文诗《Arat-un hu boln-a》（做人民之子）及短篇小说《骑手为什么歌唱母亲》，因后者获第一届全国优秀短篇小说奖而开始文学道路。

1981 年

夏天，重返阔别的内蒙古草原。是年 10 月，毕业于中国社会科学院研究生院民族历史语言系，获历史学硕士。12 月，中篇小说《黑骏马》完成。

1982 年

年底，第一本小说集《老桥》编成。

1983 年

5 月，赴日本东洋文库进修。参加 UNESCO 举办的暑期土耳其语基础讲座。在东京外国语大学旁听小泽重男的《元朝秘史》。写作游牧社会学概要书《蒙古大草原游牧誌》（日文版）。同时被歌手岡林信康的艺术吸引，归国前完成《绝望的前卫》。中篇小说《北方的河》

在日本校订。

1984 年

6 月初自日本归国。为梵 · 高的绘画和故事所震撼。是夏，再回乌珠穆沁草原。秋天，赴新疆调查。12 月，初次进入西海固腹地的农村。此后多年，在甘、宁、新疆等地的农村下乡。

1985 年

6 月写成短篇小说《GRAFFITI——胡涂乱抹》，刊于同年 11 期《上海文学》。12 月，由业师翁独健先生亲笔题署书名的小说集《北方的河》编成。

1987 年

长篇小说《金牧场》出版。

8 月调入海军创作室。

翌年开始，写作下列诗体作品：4 月写成《黑山羊谣》；1988 年 3 月，《海骚》；1989 年 3 月，《错开的花》。

同时更频繁地在黄土高原的回族农村下乡。

1989 年

第一个散文集《绿风土》出版。6 月号《文汇月刊》发表中篇小说《西省暗杀考》。

是年 9 月，开始写作《心灵史》。12 月，从海军退职（复员），辞退一切公职待遇。

1990 年

3 月，《心灵史》写成，交花城出版社。

为青年阿訇做秘书工作，校订他们译自阿拉伯—波斯文的宗教史典籍《热什哈尔》。

8 月，散文《天道立秋》出版。

11 月，赴日本。在日本岩波书店《世界》杂志连载，并在“岩波新书”出版文库本《红卫兵时代》。

1991 年

《心灵史》出版。

为冈林信康的 CD《信康》写作“解说”。

在日本的中央公论社出版《从回教看中国》。此为第一册独立使用日文写成的著作。

1992 年

在东洋文库，与友人合作学术著作《殉教的中国伊斯兰》。

诗体作品集《神示的诗篇》在香港出版。

1993 年

4 月，就职日本爱知大学法学部。带领学生进行“六十年代的世界与青年”讲座研讨。

应约为《世界》毛泽东诞辰 100 周年纪念专辑写作《毛主席 Greffitti》

1994 年

年初，提前结束契约，归国。

散文集《荒芜英雄路》出版。

秋，母亲病逝。

初访云南。

1995 年

3 月：《三舍之避》及《心上关山》。

4 月：获首届爱文文学奖。发表《首届爱文文学奖获奖致辞》。

自是年起，连续三年赴新疆，比较和学习维吾尔文明的知识。此年赴塔什库尔干，在帕米尔高原，决定逐步写作系列的阐释新疆的论文与散文。10 月：《冰山之父》，11 月：《正午的喀什》，1996 年 6 月：论文《从象牙塔到吐鲁番》，1998 年：《面纱随笔》，2001 年：《文明的入门》。编辑了新疆题材专集，由香港明报出版为“当代中国文库精读”之一。此书并被湖南文艺版五卷本《张承志文集》收入，书题《冰山之父》。

在北京完稿的日文散文集《鞍与笔》在东京出版。

《张承志文学作品选集》四卷本出版。

1996 年

在云南农村的小村寨里，迎来元旦。

散文集《清洁的精神》（修订版）出版。

3 月，针对攻讦和诽谤，以及对穆斯林世界的歧视与偏见，写成《墨虽浓惊无语》。

6 月，在内蒙古额吉去世后，亦是八十年代以来，又一次重赴乌珠穆沁草原。

8 月，因无法前赴西北，在北京家中，接待来自西海固回民区的农民朋友。

9 月赴南疆，在维吾尔社会深处探寻苏非的源流。

岁末，为纪念这一年写作《让潮水三次淹没》。

《牧人笔记》出版。

12 月，在中国作协第一届全国委员会上的表决中，就选举方法投唯一的弃权票。

1997 年

为宗教史译著《热什哈尔》的台湾繁体字版代理著作权事务。

删改长篇小说《金牧场》，以《金草地》为题重新出版。

7 月，赴乌珠穆沁草原。

12 月，又赴新疆。在寒冬季节的吐鲁番和伊犁，度过宝贵的日子。归途再去河州、宁夏、平凉，并抵达枯水的黄河壶口。

岡林信康在日文版《北方的河》封面围带上撰写短文。

1998 年

散文集《鞍与笔》(与同名日文书内容不同）出版。

3 月起，主编《三联人文地理》杂志试刊。写作发刊词《人文地理概念下诸学科的方法论问题》。此文与散文《二十八年的额吉》等作品一起，提出了“文明的内部发言”“文明代言人的资格”等理论观点。

抵达以前在小说中想象的黑龙江。

有意识地写作包含复数文化的散文。是年 3 月《粗饮茶》、4 月《音乐履历》写成。

1999 年

出版摄影散文集《大陆与情感》。

3月赴江西，登庐山，踏查陶渊明的粟里。继赴绍兴，拜访山阴道上的名胜古迹。

7月遍游甘肃河州各县。过河入青海，西马营。再访关川。

新散文集《以笔为旗》出版。自己设计的封面，以亲身参加的艾提尕尔大寺的聚礼为主题。

开始在大西北的清真寺，讲解学术研究的方法论。与这一实践同步的论文《寺里的学术》，已至三稿。

10—12月，开拓新的世界学习，首次奔赴西班牙。深入地中海西部的穆斯林历史。

2000年

3月，再访江西。登梅岭、井冈山。

8月盛夏，赴酷暑的乌珠穆沁草原。

是年前后，继续留意作品的学术性。它们涉及的学科分别有：

考古学：《时代的召唤与时代的限制》；

社会学：《一页的翻过》（2000.4）；

伊斯兰研究：《刘介廉的五更月》、《双联璧》（2000.7）；

古代交通史：《水路越梅关》（2000.斋月）；

思想史：《波斯的礼物》（2000.6）。

腊月，再入黄土高原，在久别的山村，与农民朋友重逢。

2001年

于除夕归京。

3月，第三次游学江西，访景德镇、婺源、王安石故乡东乡、吉水吉安、瑞金；并进入福建，拜访泉州圣友寺、厦门鼓浪屿。

7 月赴青海，踏查祁连山脉南麓，大通河流域及扁都口。黄河李家峡以及东部农业区。

8 月，继腊月之旅后，再进旱灾中的西海固。

继续写作学术类散文。

建筑：《石头的胜利》（2001.10）；

植物：《幻视的橄榄树》（2001.8）；

新疆研究：《文明的入门》（2001.12）等。

新散文集《一册山河》出版。

10 月，游浙江，再上山阴道，访徐锡麟烈士遗迹。游舟山、上海，看古代港口形势。回山东故乡。

青海人民出版社出版《张承志 20 年散文选》。

2003 年

1—4 月，第二次西班牙调查。遍走西班牙、摩洛哥、葡萄牙的历史旧地和各种农村。

9 月，赴新疆。在天山南北巡游新疆全境。遍及昌吉、伊犁，从库尔勒经沙漠路进入塔里木南缘，遍访昔日的旧友。

2005 年

应《南方周末》纪念苏珊·桑塔格而写作的《他人的尊严》，反被《南方周末》拒绝发表。西方知识分子“左派的傲慢”的命题，与标榜自由的媒体之可疑背景的命题。

出版《鲜花的废墟——安达卢斯纪行》，此为对世界学习的一次总结，也是第一本描述外国的著作。

6 月，讲演河州城。

2006年

远赴秘鲁、墨西哥三个月。开始尝试学习西班牙语。了解拉丁美洲的16世纪及殖民世纪历史。对安第斯山腹地、亚马逊河丛林、太平洋沿岸、印第安人、殖民地及教育，白银、土豆、玉米等作物的传播，有了宝贵的认识。

为反省“文革”中的血统论并纪念“红卫兵”诞生40周年，写作《四十年的卢沟桥》。

秋，赴日本两月，日本历史文化调查。

组织阿拉伯文与汉译对照的宗教典籍《曼丹叶合》的出版。

2007年

独自以学术散文《掩卷追怀亦邻真》纪念蒙古史业师翁独健先生诞辰100周年。

新散文集《聋子的耳朵》出版。

四川，松潘。经若尔盖抵达甘南。再访东乡，帮助流落红军。

2008年

曲阳、龙泉关、五台山。

4—6月，赴古巴、西班牙两个月。了解古巴的殖民时代与革命时代。在西班牙南部调查摩里斯科历史。

第二本描述外国的著作、散文体日本概论《敬重与惜别——致日本》出版。书中以对大中华天朝思想的自省、以警告中国思想界浸淫传染的大国主义危险为武器，分析批判日本明治维新以来的“脱亚入欧”国策，呼吁新的亚细亚主义。

2009 年

1 月，在两岸四地华人抗议以色列入侵加沙的网上联合声明书上动员中国知识分子和穆斯林踊跃签字。

在《读书》杂志开设题为“尚能学否”的不定期专栏。

夏季赴柴达木盆地西端，访问荒漠尽头的马海哈萨克安置地。

10 月，再访西海固、将台堡与陈田玉。散文《重逢关川》。

多年神交的北庄老人家马进城逝世。用手机短信发出的唁电刊载在甘肃媒体。

组织印成一册农民学者研究乃格什板丁耶源流的粗糙论文集《为泥足者序》。批判体制豢养的伊斯兰学者及其方法论。

2010 年

2 月，写成寓言《磨坊目击记》。

3 月正式开始《心灵史》修改。

4 月，《敬重与惜别》获“第八届华语文学大奖盛典”年度散文家奖，在发奖会上使用 1995 年的旧作《首届爱文文学奖获奖致辞》。

6 月 20 日，在北大国家发展研究院讲演，题为《常识的求知》。

6 月，全国高考语文试题采用《大河家》为试题。

夏季赴青海与编辑共同工作，新散文集《你的微笑》出版。

动员西宁穆斯林援建的哈萨克马海安置区清真寺建成。

总结对从祁连山到积石山的甘青边界地域长达十数年的文化追究，发表《凡生命尽予收容》。

11 月，再访日本，在明治学院大学发表日文写作的讲演稿，题为《四十年之初衷未曾敢弃》（敢えて四十年の初心を抱えて）。

2011 年

2 月第二次倾注全力于《心灵史》修改版作业。

夏季赴青海，就地即写即编，编成绘画、速写、草图合集的美术散文集《涂画的旅程》，9 月出版，召开西北各族农村友人汇聚新书签售式的聚会。

9 月，《心灵史》修订版完成。在西北两座城市前后进入编辑阶段。编辑过程中，仍有重要的修改。

2012 年

《心灵史》改定版 750 册以真皮封面、银徽嵌饰、毛笔签字、孤版钤封的豪华装帧问世。书上明印对读者的允诺：收益将全数用于扶贫。

5 月 24 日，精装版成品运抵北京。7 月上旬，书以每册 1500 元的收藏价格销空。

9 月 7 日，前赴中东。

9 月 12—15 日，在约旦境内的巴勒斯坦难民营，将《心灵史》改定版所获收益实施捐献。一共对 5 个村庄、计 476 户巴勒斯坦难民及约旦穷苦农民，捐献了 10 万美元。五次演讲《越过死海》。

10 月—11 月，在上海亚洲思想论坛、南京大学、复旦大学以及北京，共五次公开汇报此次巴勒斯坦难民营的捐献行动。

为强调少数民族的母语权利，长篇散文《启蒙的历程》发表。

2013 年

这一年的时间主要用在印刷两批各 5 万册简装本《心灵史》修订版的工作上。此版由友人印成，10 万册免费赠送不取分文。封底明印“全部赠阅，严禁营利”。

4 月，短暂韩国之旅。江华岛、釜山、首尔清真寺的印象。

9 月，念盼的土耳其之旅实现。震惊于奥斯曼帝国的文化辉煌，流连忘返。

10—11 月，赴日本，从北海道至对马岛，旅行一个月。

10 月 26 日，在日本中央大学骏河台纪念馆，用日语进行最后一次以《心灵史》收益援助巴勒斯坦难民行动的宣传讲演。题目为《从红卫兵到巴勒斯坦》。

12 月，《张承志文学创作年表》完成。

图书在版编目（CIP）数据

张承志作品系列．第6卷，散文．黄土高原 / 张承志 著．— 北京：东方出版社，2014.4

ISBN 978-7-5060-7370-7

Ⅰ．①张… Ⅱ．①张… Ⅲ．①中国文学—当代文学—作品综合集 ②散文集—中国—当代 Ⅳ．① I217.2

中国版本图书馆 CIP 数据核字（2014）第 068372 号

张承志作品系列：卷六·散文·黄土高原
(ZHANGCHENGZHI ZUOPIN XILIE JUANLIU SANWEN HUANGTUGAOYUAN)

作　　者：张承志
策 划 人：张　杰
产品经理：王丽娜
责任编辑：姬　利　王丽娜
责任审校：孟昭勤
书籍设计：张志伟　纸墨春秋设计工作室
统　　筹：吴玉萍
责任营销：王莉莉 010-64258071
出　　版：东方出版社
发　　行：人民东方出版传媒有限公司
地　　址：北京市东城区朝阳门内大街 166 号
邮政编码：100706
印　　刷：三河市金泰源印务有限公司
版　　次：2014 年 12 月第 1 版
印　　次：2014 年 12 月第 1 次印刷
印　　数：1—6000 册
开　　本：880 毫米 ×1230 毫米　1/32
印　　张：12.875
字　　数：259 千字
书　　号：ISBN 978-7-5060-7370-7
定　　价：56.00 元
发行电话：(010)64258117　64258115　64258112